Und hinter dir die Finsternis

MARY HIGGINS CLARK

Und hinter dir die Finsternis

Roman

Aus dem Amerikanischen
von Andreas Gressmann

Weltbild

Die amerikanische Originalausgabe erschien 2007 unter dem Titel
I Heard That Song Before
bei Simon & Schuster, New York

Besuchen Sie uns im Internet:
www.weltbild.de

Genehmigte Lizenzausgabe für Verlagsgruppe Weltbild GmbH,
Steinerne Furt, 86167 Augsburg

Übersetzung: Andreas Gressmann
Umschlaggestaltung: Jarzina Kommunikations-Design, Holzkirchen
Umschlagmotiv: Corbis, Düsseldorf (© Tracy Kahn)
Gesamtherstellung: Bagel Roto-Offset GmbH & Co. KG, Schleinitz
Printed in the EU
ISBN 978-3-8289-9200-9

2011 2010 2009 2008
Die letzte Jahreszahl gibt die aktuelle Lizenzausgabe an.

Für Marilyn,
mein erstgeborenes Kind und meine geschätzte Freundin,
in Liebe

PROLOG

MEIN VATER HAT ALS Landschaftsgärtner auf dem Landsitz der Carringtons gearbeitet. Mit zwanzig Hektar war es eines der letzten noch in Privatbesitz befindlichen Anwesen dieser Größenordnung in Englewood, New Jersey, einer noblen Ortschaft, über die George-Washington-Brücke drei Meilen westlich von Manhattan gelegen.

Vor zweiundzwanzig Jahren, als ich sechs Jahre alt war, fuhr mein Vater an einem Samstagnachmittag im August hinüber, obwohl er an diesem Tag frei hatte, um die erst kürzlich installierte Außenbeleuchtung zu kontrollieren. Für den Abend hatten die Carringtons zu einer Dinnerparty eingeladen, zu der sie zweihundert Gäste erwarteten. Weil er wegen seines Alkoholproblems bereits Schwierigkeiten mit seinen Arbeitgebern hatte, befürchtete Daddy, er könnte seinen Job verlieren, wenn die über den gesamten Garten verteilten Lampen nicht richtig funktionierten.

Weil er mit mir allein lebte, blieb ihm keine andere Wahl, als mich mitzunehmen. Er ließ mich auf einer Bank in der Nähe der Terrasse zurück und schärfte mir ein, mich nicht von der Stelle zu rühren, bis er zurückkäme. Dann fügte er hinzu: »Es könnte ein bisschen länger dauern. Falls du aufs Klo musst, dann geh zum Hintereingang um die Ecke. Gleich dahinter befindet sich die Toilette für die Bediensteten.«

Mehr brauchte er mir nicht zu sagen. Ich hatte zugehört, als mein Vater meiner Großmutter das Innere des vornehmen Herrenhauses beschrieben hatte, und sofort hatte ich mir mit überbordender Fantasie die Räumlichkeiten auszumalen versucht. Das Haus war im siebzehnten Jahrhundert in Wales errichtet worden. Es gab sogar eine verborgene Kapelle darin, in der ein Priester sowohl wohnen als auch in aller Heimlichkeit die Messe zelebrieren konnte, denn es war damals die Zeit, in der unter Oliver Cromwell der blutige Versuch unternommen wurde, auch noch die letzten Spuren des Katholizismus in England zu tilgen. Im Jahr 1848 ließ der erste Peter Carrington das Herrenhaus abtragen und Stein für Stein in Englewood wieder aufbauen.

Der Beschreibung meines Vaters hatte ich entnommen, dass eine schwere Eichentür zur Kapelle führte und dass sie sich im hintersten Teil des ersten Stockwerks befand.

Ich musste sie unbedingt sehen.

Nachdem mein Vater außer Sichtweite war, wartete ich noch fünf Minuten und rannte dann zum hinteren Eingang, den er mir gezeigt hatte. Gleich danach fand ich zu meiner Rechten das hintere Treppenhaus, und ich stieg lautlos die Stufen hinauf. Für den Fall, dass ich jemandem begegnen sollte, hatte ich mir die Entschuldigung zurechtgelegt, ich sei auf der Suche nach einer Toilette; was ja zum Teil der Wahrheit entsprach, wie ich mir einredete.

Im oberen Stockwerk angekommen, schlich ich auf Zehenspitzen und mit wachsender Beklommenheit einen Gang nach dem anderen entlang, da ich immer wieder auf eine unerwartete Biegung stieß. Doch dann sah ich sie: die schwere Eichentür, die mein Vater beschrieben hatte, und die in dem durchgehend modernisierten Inneren des Hauses so völlig aus dem Rahmen fiel.

Das Glück, bei meinem Abenteuer niemandem begegnet zu sein, flößte mir neuen Mut ein, und so hastete ich die letzten Schritte auf die Tür zu. Sie knarzte, als ich an dem Griff zog, doch dann ließ sie sich so weit öffnen, dass ich hineinschlüpfen konnte.

Drinnen fühlte ich mich in eine andere Zeit versetzt. Der Raum war viel kleiner, als ich erwartet hatte. Ich hatte sie mir ähnlich wie die Lady Chapel in der St. Patrick's Cathedral vorgestellt, die meine Großmutter immer, wenn wir zu einem unserer seltenen Einkaufsbesuche in New York waren, aufzusuchen pflegte, um eine Kerze für meine Mutter anzuzünden. Und jedes Mal erzählte sie mir, wie wunderschön meine Mutter ausgesehen hatte, als sie und mein Vater dort getraut wurden.

Die Wände und der Boden dieser Kapelle waren aus Stein, die Luft fühlte sich klamm und feucht an.

Die religiöse Ausstattung des Raumes beschränkte sich auf eine Statue der heiligen Jungfrau Maria, von der die Farbe abblätterte, und eine vor ihr aufgestellte elektrische Votivkerze bildete die einzige Lichtquelle und hüllte den Raum in schwaches Dämmerlicht. Zwei Reihen Holzbänke standen vor einem kleinen hölzernen Tisch, der wohl als Altar gedient hatte.

Während ich all das betrachtete, hörte ich plötzlich das knarzende Geräusch der Tür. Jemand war im Begriff einzutreten. Mir blieb nur eins übrig: Ich hastete nach vorn, ließ mich zwischen den Kirchenbänken zu Boden fallen und vergrub in Vogel-Strauß-Taktik mein Gesicht in den Händen.

An den Stimmen erkannte ich, dass ein Mann und eine Frau die Kapelle betreten hatten. Ihr aufgebrachtes und zorniges Flüstern hallte von den nackten Wänden wider. Ihr Streit drehte sich um Geld, etwas, was mir wohlvertraut war. Meine Großmutter schimpfte oft mit meinem Vater und hielt ihm vor, wenn er weiter so trinke, würden er und ich bald kein Dach mehr über dem Kopf haben.

Die Frau verlangte Geld, und der Mann erwiderte, er habe ihr bereits genug gegeben. Daraufhin sagte sie: »Es ist das allerletzte Mal. Ich schwöre es dir«, worauf er antwortete:

»Das behauptest du jedes Mal. Es ist immer das alte Lied.«

Ich bin sicher, dass meine Erinnerung an diese Worte korrekt ist. Seit ich alt genug war, um zu begreifen, dass ich, anders als meine Freunde im Kindergarten, keine Mutter hatte, hatte ich meine Großmutter angebettelt, mir alles von ihr zu erzählen, auch die kleinste Einzelheit, derer sie sich entsinnen konnte. Unter all dem, was sie mir erzählte, war auch die Erinnerung an einen Auftritt meiner Mutter in der Theateraufführung an der Highschool, bei der sie ein Lied mit dem Titel »Es ist immer das alte Lied« gesungen hatte. »Ach, Annie hat das damals so wunderbar gesungen. Sie hatte wirklich eine schöne Stimme. Alle haben lange geklatscht und ›Zugabe, Zugabe‹ gerufen. Sie musste es noch einmal singen.« Dann hatte mir meine Großmutter die Melodie vorgesummt.

Nach der Bemerkung des Mannes konnte ich nichts mehr von dem verstehen, was gesprochen wurde. Ich hörte nur, dass die Frau flüsterte: »Vergiss es nicht«, bevor sie die Kapelle verließ. Der Mann hatte sich nicht gerührt. Ich hörte ihn erregt schnaufen. Dann begann er ganz leise die Melodie des Liedes zu pfeifen, das meine Mutter in der Schulaufführung gesungen hatte. Heute glaube ich, dass er sich damit vielleicht selbst beruhigen wollte. Nach ein paar Takten brach er ab und verließ die Kapelle.

Ich wartete noch eine Weile, die mir wie eine Ewigkeit erschien, dann schlüpfte auch ich hinaus. Ich huschte die Treppe hinunter und rannte aus dem Haus. Natürlich habe ich meinem Vater nie erzählt, dass ich in der Kapelle gewesen war und was ich dort gehört habe. Doch die Erinnerung an dieses Ereignis ist nie verblasst, und ich bin mir heute noch über den Wortlaut dessen, was ich damals gehört habe, ganz sicher.

Wer diese Leute waren, weiß ich nicht. Jetzt, zweiundzwanzig Jahre danach, ist es wichtig, das herauszufinden. Fest steht nur, nach allem, was ich über jenen Abend erfahren habe, dass es eine Reihe von Übernachtungsgästen im Herrenhaus gab sowie fünf Haushaltshilfen und die örtliche Catering-Firma mit ihrer Mannschaft. Doch dieses Wissen könnte sich als nicht ausreichend erweisen, um meinen Mann zu retten; vorausgesetzt, er hat es überhaupt verdient, gerettet zu werden.

1

MEINE KINDHEIT STAND IM Zeichen der Entführung des Lindbergh-Babys.

Damit meine ich, dass ich in Englewood, New Jersey, geboren und aufgewachsen bin. Im Jahr 1932 wurde der Enkel von Englewoods bekanntestem Einwohner, Botschafter Dwight Morrow, gekidnappt. Außerdem traf es sich, dass der Vater des Babys der damals wohl berühmteste Mann auf der ganzen Welt war, Colonel Charles Lindbergh, der als Erster im Alleinflug den Atlantik überquert hatte, in seiner einmotorigen Maschine, der *Spirit of St. Louis*.

Meine Großmutter, die damals acht Jahre alt war, kann sich gut an die Schlagzeilen erinnern, an die Massen von Reportern, die sich vor Next Day Hill drängten, dem Anwesen der Morrows, und an die Verhaftung von Bruno Hauptmann und den nachfolgenden Prozess.

Viel Zeit ist seitdem vergangen, Erinnerungen sind verblasst. Heute ist das Herrenhaus der Carringtons das bekannteste Anwesen von Englewood, jenes schlossartige Gebäude aus Naturstein, in das ich mich als Kind heimlich eingeschlichen hatte.

All diese Gedanken gingen mir durch den Kopf, als ich zum zweiten Mal in meinem Leben das Eingangstor zum Carrington'schen Anwesen passierte. Zweiundzwanzig Jahre, dachte ich und sah das neugierige sechsjährige Mädchen vor mir, das ich damals gewesen war. Vielleicht weil ich daran denken musste, dass mein Vater nur wenige Wochen später von den Carringtons entlassen worden war, fühlte ich mich mit einem Mal befangen und unbehaglich. Der freundliche Oktobermorgen war in einen windigen, feuchten Nachmittag umgeschlagen, und ich bereute, dass ich keine dickere Jacke angezogen hatte. Diejenige, die ich gewählt hatte, schien mir sowohl zu dünn als auch zu hell in der Farbe zu sein.

Automatisch parkte ich meinen Gebrauchtwagen seitlich von der imposanten Auffahrt, denn ich wollte vermeiden, dass er die Aufmerksamkeit auf sich zog. Über hunderttausend Meilen auf dem Tacho lassen einen Wagen ziemlich alt aussehen, selbst wenn er kürzlich erst gewaschen wurde und durch glückliche Fügung von Beulen verschont geblieben ist.

Ich hatte meine Haare zu einem Knoten zusammengebunden, doch der Wind zerzauste sie, als ich die Stufen zum Eingang hinaufschritt und klingelte. Ein Mann, den ich auf Mitte fünfzig schätzte, mit hohem Haaransatz, schmalen Lippen und herabgezogenen Mundwinkeln, öffnete mir. Er trug einen dunklen Anzug, und ich war mir nicht sicher, ob er ein Butler oder ein Sekretär war. Doch bevor ich etwas sagen konnte, teilte er mir, ohne sich vorzustellen, mit, dass Mr. Carrington mich erwarte, und bat mich einzutreten.

Die weite Eingangshalle erstrahlte in dem Licht, das durch bunte Bleiglasfenster fiel. Vor einer Wand ragte die Statue eines Ritters in voller Rüstung auf, daneben hing ein mittelalterlicher Wandteppich, auf dem eine Schlachtszene abgebildet war. Gern hätte ich den Teppich näher betrachtet, doch der Mann forderte mich auf, ihm zu folgen, und führte mich durch einen Flur zur Bibliothek.

»Miss Lansing ist eingetroffen«, sagte er. »Ich werde im Büro sein.« Aus dieser Bemerkung schloss ich, dass er vielleicht ein Assistent war.

Als ich klein war, habe ich oft Häuser und Räume gezeichnet, in denen ich gern wohnen würde. Am liebsten dachte ich mir ein Zimmer aus, in dem ich ganze Nachmittage sitzen und lesen würde. In diesem Zimmer gab es immer einen offenen Kamin und Bücherregale. Meistens stand dort auch ein gemütliches Sofa, und ich zeichnete mich, eingeigelt in die Sofaecke, mit einem Buch in der Hand. Ich möchte keinesfalls behaupten, dass diese Zeichnungen irgendeinen künstlerischen Wert für sich in Anspruch nehmen könnten. Ich zeichnete Strichmännchen, die Bücherregale waren schief, und der Teppich war eine bunt gekleckste Kopie nach dem Vorbild eines prächtigen Stücks, das ich einmal im Schaufenster eines Antiquitätengeschäfts gesehen hatte. Ich war weit davon entfernt, ein genaues Abbild meiner Vorstellung auf dem Papier zustande zu bringen, doch ich wusste genau, was ich mir wünschte. Ich wünschte mir ein Zimmer, das ziemlich genau so aussah wie das, in dem ich jetzt stand.

Peter Carrington saß in einem breiten Ledersessel, die Füße auf einen gepolsterten Fußschemel hochgelegt. Die Lampe auf dem Tisch neben ihm beschien nicht nur das Buch, in dem er las, sondern warf auch ein Schlaglicht auf sein ansprechendes Profil.

Er trug eine Lesebrille, die auf seinem Nasenrücken hinunterrutschte, als er aufsah. Er nahm sie ab und legte sie auf den Tisch, dann schwang er die Füße von dem Schemel und erhob sich. Ich hatte ihn ein paar Mal flüchtig in der Stadt gesehen, und in den Zeitungen war sein Foto abgebildet gewesen, daher hatte ich eine gewisse Vorstellung von ihm. Doch jetzt im selben Raum vor ihm zu stehen, war etwas ganz anderes. Peter Carrington strahlte eine ruhige Autorität aus, auch als er lächelte und mir die Hand entgegenstreckte.

»Sie scheinen über sehr viel Überredungskunst zu verfügen, Kathryn Lansing. Ihr Brief zeugt davon.«

»Ich danke Ihnen, dass Sie mich empfangen, Mr. Carrington.«

Sein Händedruck war fest. Ich sah, dass er mich musterte, genauso wie ich ihn musterte. Er war größer, als ich vermutet hatte, und besaß den schmalen Körperbau eines Langstreckenläufers. Seine Augen waren eher grau als blau. Sein schmales, ebenmäßiges Gesicht wurde von dunkelbraunen Haaren umrahmt, die vielleicht eine Kleinigkeit zu lang waren, was ihm jedoch gut stand. Er trug eine dunkelbraune Strickjacke, durch deren Muster sich ein rostroter Faden zog. Wenn man mich aufgefordert hätte, allein aufgrund seiner äußeren Erscheinung seinen Beruf zu erraten, hätte ich auf College-Professor getippt.

Ich wusste, dass er zweiundvierzig Jahre alt war. Das bedeutete, dass er ungefähr zwanzig gewesen sein musste, als ich mich in dieses Haus eingeschlichen hatte. Ich fragte mich, ob er bei dieser Party anwesend gewesen war. Das war durchaus möglich – Ende August war er vielleicht noch nicht nach Princeton zurückgekehrt, wo er damals studierte. Oder falls die Vorlesungen doch bereits begonnen hatten, war er über das Wochenende nach Hause gekommen. Von Princeton waren es nur eineinhalb Stunden Fahrt.

Er lud mich ein, in einem der beiden Sessel neben dem offenen Kamin Platz zu nehmen. »Ich hatte mir kühle Witterung gewünscht, um einen Grund zu haben, Feuer zu machen«, sagte er. »Heute Nachmittag hat der Wettergott mitgespielt.«

Mehr denn je war ich mir bewusst, dass meine lindgrüne Jacke eher für einen August- als für einen Herbstnachmittag gepasst hätte. Ich spürte, dass sich eine Haarsträhne gelöst hatte und über meine Schulter fiel, und versuchte, sie wieder in den Haarknoten zu winden.

Ich besitze ein Master-Diplom in Bibliothekswissenschaft. Da ich so ein Büchernarr war, schien dieser Berufswunsch nahezuliegen. Seitdem ich vor fünf Jahren mein Studium abgeschlossen habe, arbeite ich in der öffentlichen Bücherei von Englewood, außerdem bin ich sehr aktiv im Rahmen des Alphabetisierungsprojekts unserer Gemeinde tätig.

Nun stand ich in dieser beeindruckenden Bibliothek und fühlte mich »wie ein armer Hausierer«, wie meine Großmutter gesagt hätte. Ich hatte mir vorgenommen, eine Benefizveranstaltung für das Alphabetisierungsprogramm auf die Beine zu stellen, und das Ganze sollte möglichst spektakulär sein. Die Leute wären sicherlich bereit, so hatte ich mir gedacht, dreihundert Dollar für einen Cocktailempfang zu zahlen, wenn er in diesem Haus stattfinden würde. Das Herrenhaus der Carringtons war zu einem Teil der Folklore von Englewood und den umliegenden Gemeinden geworden. Jeder kannte seine Geschichte, wusste, dass es Stein für Stein aus Wales importiert worden war. Ich war überzeugt, dass die Aussicht, das Innere zu Gesicht zu bekommen, ein entscheidender Anreiz für die potenziellen Teilnehmer sein würde und wir damit unser Ziel – eine ausverkaufte Veranstaltung – erreichen könnten.

Normalerweise fühle ich mich recht wohl in meiner Haut, doch als ich in diesem Raum saß und spürte, wie diese grauen Augen mich prüfend taxierten, war mir beklommen und unbehaglich zumute. Plötzlich fühlte ich mich wieder wie die Tochter des Landschaftsgärtners, der zu viel trank.

Reiß dich zusammen, ermahnte ich mich im Stillen, und lass diesen Quatsch mit der Ehrfurcht. Ich gab mir einen Ruck und begann meine wohleinstudierte Ansprache. »Mr. Carrington, wie ich Ihnen schon geschrieben habe, gibt es viele gute Gründe, weshalb Menschen bereit sind, einen Scheck auszustellen. Natürlich kann man von niemandem erwarten, dass er alles unterstützt, was ihm unter die Nase gehalten wird. Und es scheint so zu sein, dass heutzutage selbst bei wohlhabenden Leuten das Portemonnaie nicht mehr so locker sitzt. Deshalb ist es für unsere geplante Veranstaltung von entscheidender Bedeutung, dass wir etwas finden, womit wir die Menschen dazu bewegen können, für unseren Zweck zu spenden.«

An dieser Stelle trug ich die Bitte vor, er möge uns gestatten, die Cocktailparty in seinem Haus stattfinden zu lassen. Ich bemerkte, wie sich sein Gesichtsausdruck änderte und das Wörtchen »nein« sich auf seinen Lippen bildete.

Doch er blieb mir gegenüber freundlich. »Miss Lansing …«, begann er.

»Bitte nennen Sie mich Kay.«

»Ich dachte, Ihr Name sei Kathryn.«

»So steht es in meiner Geburtsurkunde, meiner Großmutter zuliebe.«

Er lachte. »Ich verstehe.« Dann setzte er zu einer höflichen Ablehnung an: »Kay, ich bin gerne bereit, Ihnen eine Spende zukommen zu lassen …«

Ich unterbrach ihn. »Das ist sehr freundlich von Ihnen. Doch wie ich Ihnen bereits geschrieben habe, es geht hier um mehr als nur um Geld. Wir brauchen freiwillige Helfer, um den Menschen das Lesen beizubringen, und der beste Weg, sie zu bekommen, ist, sie auf eine Veranstaltung zu locken und sie dort anzuwerben. Eine große Catering-Firma hat mir bereits einen Preisnachlass zugesichert, falls die Veranstaltung hier stattfindet. Das Ganze würde nur für zwei Stunden sein, und es würde so vielen Menschen unendlich viel bedeuten.«

»Ich werde es mir durch den Kopf gehen lassen«, sagte Peter Carrington und erhob sich.

Das Gespräch war beendet. Ich dachte fieberhaft nach und entschied, es noch mit einem letzten Argument zu versuchen. Schließlich hatte ich nichts zu verlieren: »Mr. Carrington, ich habe sehr viel über Ihre Familie recherchiert. Viele Generationen lang war dies eines der gastfreundlichsten Häuser in Bergen County. Ihr Vater, Ihr Großvater und Ihr Urgroßvater haben Wohltätigkeitsveranstaltungen der Gemeinde unterstützt. Es wäre für Sie ein Leichtes, uns Ihrerseits zu helfen, und Sie könnten sehr viel Gutes damit bewirken.«

Ich hatte kein Recht, so furchtbar enttäuscht zu sein, doch ich konnte nicht anders. Er reagierte nicht auf meine letzten

Worte, und ich verließ das Zimmer und ging zur Haustür, ohne darauf zu warten, dass er oder sein Assistent mich hinausbegleitete. Nur einmal blieb ich kurz stehen und warf einen Blick in den hinteren Teil des Hauses, weil ich an die Hintertreppe denken musste, die ich vor so vielen Jahren hinaufgeschlichen war. Dann trat ich hinaus mit dem Gedanken, das Herrenhaus zum zweiten und vermutlich letzten Mal betreten zu haben.

Zwei Tage später prangte Peter Carrington auf der Titelseite von *Celeb*, einer wöchentlich erscheinenden Klatschzeitschrift. Das Bild zeigte ihn zweiundzwanzig Jahre zuvor beim Verlassen der Polizeistation, nachdem er wegen des spurlosen Verschwindens der achtzehnjährigen Susan Althorp verhört worden war. Diese war zuletzt auf einer festlichen Dinnerparty im Herrenhaus der Carringtons gesehen worden. Die riesige Schlagzeile lautete: IST SUSAN ALTHORP NOCH AM LEBEN?, und unter dem Bild von Carrington stand: »Industrieller gilt immer noch als verdächtig im Fall des Verschwindens der jungen Susan Althorp, die in dieser Woche ihren vierzigsten Geburtstag gefeiert hätte.«

Das Magazin breitete noch einmal genüsslich die Details der Suche nach Susan aus, und da ihr Vater Botschafter gewesen war, wurde der Fall mit der Entführung des Lindbergh-Babys verglichen.

Der Artikel enthielt auch eine kurze Schilderung der Umstände, unter denen Peter Carringtons schwangere Frau Grace vor vier Jahren umgekommen war. Grace Carrington, die als starke Trinkerin bekannt war, hatte eine Geburtstagsfeier für Carringtons Stiefbruder Richard Walker gegeben. Als Carrington nach einem dreiundzwanzigstündigen Flug aus Australien zurückkehrte und ihren Zustand bemerkte, hatte er ihr das Glas aus der Hand gerissen, den Inhalt auf den Teppich geleert und sie zornig zur Rede gestellt: »Kannst du nicht wenigstens an das Kind denken, das du im Bauch trägst?« Darauf hatte er gesagt, er sei sehr müde, und war zu Bett gegangen. Am Morgen hatte die Haushälterin die tote Grace Carrington, noch mit dem Satinabendkleid bekleidet, auf dem Grund des Pools gefunden. Die Autopsie hatte ergeben, dass sie den gesetzlichen Alkoholgrenzwert um das Dreifache überschritten hatte. Der Artikel schloss mit den Sätzen: »Carrington gab an, er habe sich sofort schlafen gelegt und sei erst durch die Ankunft der Polizei geweckt geworden. Möglich, dass es so war. Wir führen dazu eine Meinungsumfrage durch. Besuchen Sie unsere Website und sagen Sie uns, was Sie davon halten.«

Eine Woche später erhielt ich in der Bücherei einen Anruf von einem gewissen Vincent Slater, der mir mitteilte, dass wir uns bei meiner Verabredung mit Peter Carrington begegnet seien.

»Mr. Carrington hat beschlossen, sein Haus für Ihre Benefizveranstaltung zur Verfügung zu stellen«, sagte er. »Er schlägt vor, dass Sie die weiteren Details für den Ablauf des Abends mit mir besprechen.«

2

VINCENT SLATER LEGTE DEN Telefonhörer auf und lehnte sich zurück, ohne das leise Quietschen seines Bürostuhls zu beachten, das ihn seit Längerem störte. Schon öfter hatte er sich vorgenommen, die Sache endlich beheben zu lassen. Sein Büro im Herrenhaus hatte er in einem der selten benutzten Wohnräume an der Rückseite eingerichtet. Er hatte das Zimmer nicht nur wegen seiner relativen Abgeschiedenheit, sondern auch wegen der Glastüren gewählt, die auf die Gartenterrasse hinausgingen und ihm als Privateingang dienen konnten, durch den er unbemerkt aus- und eingehen konnte.

Das Problem war, dass Peters Stiefmutter Elaine, die in einem eigenen Haus auf dem Grundstück wohnte, sich nichts dabei dachte, urplötzlich aufzutauchen und, ohne anzuklopfen, sein Büro zu betreten. Genau das hatte sie in diesem Moment wieder getan.

Sie hielt sich nicht lange mit einer Begrüßung auf. »Vincent, gut, dass ich Sie antreffe. Vielleicht fällt Ihnen etwas ein, wie man Peter davon abbringen könnte, diesen Benefizempfang hier abzuhalten? Eigentlich sollte man doch meinen, dass er nach dem Riesenwirbel, den diese Schmierfinken von *Celeb* mit ihrem Artikel über Susans Verschwinden und Graces Tod veranstaltet haben, klug genug sein würde, so wenig Aufmerksamkeit wie möglich auf sich zu lenken.«
Vincent erhob sich, eine Höflichkeitsgeste, die er am liebs-

ten unterlassen würde, wenn Elaine einfach bei ihm hereinplatzte. Doch auch jetzt musste er, obwohl ihn ihr Eindringen maßlos ärgerte, widerstrebend anerkennen, dass sie unerhört elegant aussah. Trotz ihrer sechsundsechzig Jahre war Elaine Walker Carrington mit ihrem aschblonden Haar, ihren saphirblauen Augen, ihren klaren Gesichtszügen und ihrer gertenschlanken Figur eine Erscheinung, die die Blicke auf sich zog. Graziös wie ein Fotomodell, das sie tatsächlich früher gewesen war, setzte sie sich in einen der antiken Sessel, die vor Vincents Schreibtisch standen.

Sie trug einen schwarzen Hosenanzug von Armani, wie Vincent vermutete, der wusste, dass sie diesen Modeschöpfer bevorzugte. Als Schmuck hatte sie mit Brillanten besetzte Ohrringe angelegt, eine dünne Perlenkette und den Ehering mit dem großen Brillanten, den sie immer noch trug, obwohl ihr Ehemann, Peters Vater, schon vor fast zwanzig Jahren gestorben war. Dass sie ihm so treu ergeben geblieben war, hatte, wie Vincent sehr wohl wusste, in erster Linie mit den Bestimmungen ihres Ehevertrages zu tun, der ihr ein lebenslanges Wohnrecht auf dem Anwesen einräumte, sofern sie nicht wieder heiratete, und ihr darüber hinaus eine jährliche Rente von einer Million Dollar zusicherte. Und natürlich gefiel es ihr, als Mrs. Carrington angeredet zu werden, mit allen sich daraus ergebenden Privilegien.

Das gibt ihr trotzdem nicht das Recht, hier hereinzuplatzen und so zu tun, als ob ich nicht sorgfältig das Für und Wider einer öffentlichen Veranstaltung in diesem Haus abgewogen hätte, dachte Vincent. »Elaine, Peter und ich haben die Sache eingehend besprochen«, begann er, ohne seine Irritation zu verbergen. »Natürlich ist diese ganze Medienaufmerksamkeit schädlich und bringt uns in Verlegenheit, doch genau deswegen ist Peter gezwungen, etwas zu unternehmen. Um damit dem Eindruck entgegenzuwirken, er habe etwas zu verbergen. Das ist genau die Wahrnehmung in der Öffentlichkeit, die wir unbedingt vermeiden müssen.«

»Glauben Sie wirklich, dass sich die Wahrnehmung der Öffentlichkeit ändert, wenn hier Fremde durch das Haus rennen?«, fragte Elaine mit sarkastischem Unterton.

»Elaine, ich schlage vor, Sie halten sich aus dieser Sache heraus«, gab Slater zurück. »Darf ich Sie daran erinnern, dass unser Familienunternehmen vor zwei Jahren an die Börse gegangen ist, was den Nachteil hat, dass man den Aktionären Rede und Antwort stehen muss. Auch wenn Peter bei Weitem den größten Anteil an den Aktien hält, bleibt die Tatsache bestehen, dass eine wachsende Zahl von Aktionären der Meinung ist, er sollte als Vorstandsvorsitzender zurücktreten. Wenn man nach wie vor in zwei ungeklärten Fällen, dem Verschwinden einer Frau und dem Tod einer weiteren, als Verdächtiger gehandelt wird, so ergibt das nicht gerade ein gutes Image für den Chef eines international tätigen Unternehmens. Peter spricht zwar nicht darüber, aber ich weiß, dass er sich große Sorgen macht. Deshalb ist es äußerst wichtig, dass man ihn von nun an als jemanden wahrnimmt, der sich für die Anliegen der Gemeinde einsetzt, und auch, selbst wenn ihm das eigentlich zuwider ist, dass seine vielen Aktivitäten im Bereich von wohltätigen Stiftungen in der Öffentlichkeit bekannt werden.«

»Ist das Ihr Ernst?« Elaine erhob sich. »Vincent, Sie sind ein Dummkopf. Das funktioniert nicht, das kann ich Ihnen gleich sagen. Sie sorgen lediglich dafür, dass Peter der Öffentlichkeit preisgegeben wird, aber Sie schützen ihn nicht damit. Bei gesellschaftlichen Anlässen macht Peter doch eine äußerst klägliche Figur. In geschäftlichen Dingen mag er ein Genie sein, doch Smalltalk ist nicht gerade seine Stärke, das müssen Sie zugeben. Wenn er nicht in seinem Büro sitzt, schließt er sich doch tausend Mal lieber mit einem Buch in seiner Bibliothek ein, als dass er sich bei irgendwelchen Cocktailpartys oder Dinners blicken lässt. Er ist wirklich der geborene Einzelgänger. Wann soll diese ganze Sache über die Bühne gehen?«

»Am Donnerstag, dem sechsten Dezember. Kay Lansing, die Frau, die das Ganze organisiert, braucht ungefähr sieben Wochen Vorlauf, um die Sache genügend in der Öffentlichkeit bekannt zu machen.«

»Gibt es eine Begrenzung für die Zahl der Teilnehmer?«

»Zweihundertfünfzig.«

»Ich werde mir jedenfalls eine Eintrittskarte sichern. Für Richard auch. Ich muss jetzt in die Galerie. Dort findet gerade ein Empfang für einen seiner neuen Künstler statt.« Mit einer beiläufigen Geste verabschiedete sie sich, öffnete die Gartentür und ging hinaus.

Slater blickte ihr nach, die Lippen zu einem dünnen Strich zusammengepresst. Und der ganze Empfang wird von ihr bezahlt, dachte er. Seit seinem zwanzigsten Lebensjahr hat sie ihren Sohn, diesen Versager, mit dem Geld der Carringtons ausgehalten. Er musste daran denken, dass es Grace immer zur Weißglut gebracht hatte, wenn Elaine das Haupthaus, wann immer es ihr gerade passte, betreten hatte. Wenigstens hatte Peter klugerweise zu verhindern gewusst, dass Elaine nach Graces Tod wieder hier einzog.

Es war nicht das erste Mal, dass Vincent Slater sich fragte, ob nicht mehr hinter der auffälligen Toleranz steckte, die Peter Carrington gegenüber seiner Stiefmutter an den Tag legte, als auf den ersten Blick zu erkennen war.

3

VINCENT SLATERS ANRUF erreichte mich bei der Arbeit in der Bücherei. Es war am späten Mittwochvormittag, und ich hatte mich schon fast damit abgefunden, unsere Benefizparty im Glenpointe Hotel in Teaneck abzuhalten, einer Nachbargemeinde von Englewood. Ich hatte dort bereits Veranstaltungen durchgeführt, die sehr zufriedenstellend verlaufen waren, aber dennoch enttäuschte mich Peter Carringtons Absage. So war ich natürlich hocherfreut, als mir Slater die große Neuigkeit mitteilte, und ich beschloss, meine Begeisterung sofort mit Maggie zu teilen, der Großmutter mütterlicherseits, die mich großgezogen hat und die immer noch in demselben bescheidenen Haus in Englewood lebt, in dem ich aufgewachsen bin.

Ich bin eine umgekehrte Pendlerin. Ich wohne in der West Seventy-ninth Street in Manhattan, in einer kleinen Wohnung im ersten Stock eines umgebauten Stadthauses. Die Räume sind wirklich winzig, doch es gibt einen offenen Kamin, hohe Zimmerdecken, ein Schlafzimmer, in das ein Bett und eine Kommode passen, und einen vom Wohnzimmer getrennten Küchenbereich. Die Möbel habe ich mir bei Garagenverkäufen in den besseren Vierteln von Englewood besorgt, und ich bin mit dem Ergebnis meiner Einrichtungsbemühungen sehr zufrieden. Außerdem liebe ich meine Arbeit in der Bücherei von Englewood, und das bedeutet natürlich auch, dass ich viel Gelegenheit habe, meine Großmutter Margaret O'Neil zu besuchen, die mein Vater und ich von jeher Maggie genannt haben.

Ihre Tochter, meine Mutter, starb, als ich gerade zwei Wochen alt war. Es passierte an einem Spätnachmittag. Sie lag gerade mit mir auf dem Bett und stillte mich, als eine Embolie auftrat und sie einen Herzinfarkt erlitt. Mein Vater rief kurze Zeit später an und war besorgt, als sie nicht ans Telefon ging. Er fuhr sofort nach Hause, fand jedoch nur noch ihren leblosen Körper auf dem Bett. Ihre Arme hielten mich immer noch umfangen. Ich war eingeschlafen, zufrieden an ihrer Brust saugend.

Mein Vater war Ingenieur, hatte aber, nachdem er ein Jahr bei einem Brückenbauunternehmen gearbeitet hatte, seinen Job an den Nagel gehängt und das Gärtnern, zuvor sein Steckenpferd, zu seinem Hauptberuf gemacht. Mit seinem Talent verstand er es, in den größeren Anwesen der Umgebung sein Können als Ingenieur auf andere Art unter Beweis zu stellen, indem er Gärten mit Felswänden, Wasserfällen und gewundenen Wegen schuf. Aus diesem Grund hatte ihn auch Peter Carringtons Stiefmutter Elaine engagiert, die, was den Garten betraf, den steifen Geschmack ihrer Vorgängerin verabscheute.

Daddy war acht Jahre älter als meine Mutter, die mit zweiunddreißig Jahren starb. Damals hatte er sich bereits einen soliden Ruf auf seinem Gebiet erworben. Alles hätte zum Besten stehen können, doch nach dem Tod meiner Mutter begann Daddy zu trinken. Das war der Grund, weshalb ich mehr und mehr Zeit bei meiner Großmutter verbrachte. Ich erinnere mich noch sehr gut, wie sie auf ihn einredete: »Um Himmels willen, Jonathan, du musst dir von anderen helfen lassen. Was würde denn Annie sagen, wenn sie sehen könnte, wie du dich zugrunde richtest? Und denk doch an die arme Kathryn. Womit hat sie das verdient?«

Eines Tages, nachdem Elaine Carrington ihn entlassen

hatte, kam er abends nicht zu meiner Großmutter, um mich abzuholen. Sein Wagen wurde am Ufer des Hudson River gefunden, etwa zwanzig Meilen nördlich von Englewood. Seine Brieftasche, sein Schlüsselbund und sein Scheckheft lagen auf dem Vordersitz. Kein Brief. Kein Abschiedsgruß. Nichts, was darauf hindeutete, dass ihm bewusst war, wie sehr ich ihn brauchte. Ich frage mich manchmal, ob er mir vielleicht die Schuld an Mutters Tod gab, ob er vielleicht die Vorstellung hatte, ich hätte ihr das Leben aus dem Leib gesaugt. Doch selbst wenn es so wäre, hat er mich das nie merken lassen. Ich habe ihn sehr innig geliebt, und er schien mich immer genauso geliebt zu haben. Ein Kind weiß so etwas. Seine Leiche ist nie gefunden worden.

Ich entsinne mich noch, wie wir zusammen das Abendessen zubereiteten, wenn er mich von Maggie abgeholt hatte. Oft sprach er von meiner Mutter. »Kathryn, du weißt ja, dass Maggie nicht gerade eine große Köchin ist«, sagte er einmal. »Deshalb hat deine Mutter sich aus purer Verzweiflung ein Kochbuch gekauft, um es sich selbst beizubringen. Wir haben früher oft zusammen neue Rezepte ausprobiert, und jetzt machen wir es genauso, du und ich.«

Ein andermal sagte er: »Weißt du, sie hätte alles dafür gegeben, um erleben zu können, wie du aufwächst. Schon Monate vor deiner Geburt hatte sie die Wiege neben unserem Bett aufgestellt. Du kannst dir gar nicht vorstellen, wie viel dir entgangen ist, weil du sie nicht mehr erleben durftest.«

Nie werde ich ihm ganz verzeihen können, dass er nicht an all das gedacht hat, als er seinen Wagen am Steilufer hoch über dem Hudson parkte und auf den Rand der Klippen zuschritt.

Diese und andere Gedanken gingen mir durch den Kopf, als ich von der Bücherei zu Maggies Haus fuhr, um ihr die Neuigkeit zu erzählen. Auf ihrem kleinen Rasenstück steht ein wunderschöner roter Ahorn. Er verleiht dem ganzen Ort seine besondere Note. Mit Bedauern stellte ich fest, dass der

Wind gerade die letzten Blätter von den Zweigen riss. Ohne sein Blätterdach wirkte das Haus irgendwie ungeschützt und fast ein bisschen unwirtlich. Es ist ein eingeschossiges Haus im Cape-Cod-Stil, mit einem nicht ausgebauten Dachboden, in dem Maggie den gesammelten Krempel aus ihren dreiundachtzig Lebensjahren aufbewahrt. Schachteln mit Fotos, die sie nie geschafft hat, in ein Album einzukleben, Schachteln mit Briefen und gesammelten Weihnachtskarten, die sie in ihrem Leben nie mehr durchsehen wird, die Möbel, die sie damals durch diejenigen aus dem Hause meiner Eltern ersetzte, von denen sie sich jedoch trotzdem nicht vollständig trennen konnte, Kleider, die sie seit zwanzig oder dreißig Jahren nicht getragen hat.

Im Erdgeschoss ist es nicht viel besser. Alles ist sauber, doch es genügt, dass Maggie ein Zimmer betritt, um sofort Unordnung zu schaffen. Ihr Pullover liegt auf einem Stuhl, die Zeitungsartikel, die sie noch lesen will, auf einem anderen. Neben ihrem bequemen Sessel stapeln sich die Bücher. Die Rollos, die sie jeden Morgen hochzieht, hängen immer schief. Die Hausschuhe, die sie überall sucht, finden sich eingeklemmt zwischen Sessel und Fußpolster. Es ist richtig gemütlich bei ihr.

Nach den strengen Maßstäben von Martha Stewart würde sie niemals als gute Hausfrau durchgehen, obwohl sie sehr viel von ihr hält. Um mich großzuziehen, gab sie ihre Anstellung als Lehrerin auf, doch immer noch erteilt sie jede Woche drei Kindern Nachhilfeunterricht. Und sie hat die Gabe, Lernen zu einer lustvollen Sache zu machen, wie ich am eigenen Leib erfahren habe.

Doch als ich sie begrüßte und ihr die Neuigkeit erzählte, blieb die erwartete Begeisterung aus. Sobald ich den Namen Carrington erwähnt hatte, gab sie sich ablehnend.

»Kay, du hast mir gar nicht erzählt, dass du sie bitten wolltest, die Veranstaltung in ihrem Haus abhalten zu dürfen.«

Maggie hat in den letzten Jahren ein paar Zentimeter an

Körpergröße eingebüßt. Sie pflegt darüber scherzend zu sagen, dass sie allmählich verschwinde, doch als ich jetzt auf sie hinunterblickte, hatte sie plötzlich etwas geradezu Furchteinflößendes an sich. »Maggie, es ist doch eine tolle Idee«, versuchte ich einzuwenden. »Ich bin schon auf einigen solchen Festen gewesen, die in Privathäusern stattfanden, und sie waren immer ausverkauft. Und das Haus der Carringtons ist so bekannt, das muss die Leute einfach anlocken. Wir werden dreihundert Dollar für eine Eintrittskarte verlangen. Das würden wir an einem anderen Ort nie und nimmer bekommen.«

Doch dann begriff ich, dass Maggie besorgt war, zutiefst besorgt. »Maggie, Peter Carrington war wirklich äußerst zuvorkommend, als ich bei ihm war, um die Sache zu besprechen.«

»Du hast mir gar nicht erzählt, dass du bei ihm warst.«

Warum hatte ich ihr das nicht erzählt? Vielleicht, weil ich intuitiv ahnte, dass sie es nicht gutheißen würde, und nachdem er mir die Abfuhr erteilt hatte, sah ich keine Notwendigkeit mehr, darüber zu sprechen. Maggie war überzeugt davon, dass Peter Carrington für das Verschwinden von Susan Althorp verantwortlich war und dass er auch beim Tod seiner Frau die Hand im Spiel gehabt haben könnte. »Er muss ja seine Frau nicht unbedingt ins Becken gestoßen haben, Kay«, hatte sie mir erklärt, »doch vielleicht hat er gesehen, wie sie hineinfiel, und ich möchte wetten, dass er keinen Finger gerührt hat, um sie zu retten. Und was Susan betrifft: Er war derjenige, der sie nach Hause gefahren hat. Für mich ist sie danach heimlich aus dem Haus geschlichen, um sich mit ihm zu treffen, als ihre Eltern glaubten, sie sei zu Bett gegangen.«

Maggie war 1932, als das Lindbergh-Baby entführt wurde, acht Jahre alt, und sie hält sich in dieser Sache für die weltweit führende Expertin, genauso wie in der Sache des Verschwindens von Susan Althorp. Schon als ich noch ein kleines Mädchen war, hatte sie mit mir über die Lindbergh-Entführung gesprochen, hatte mich darauf hingewiesen, dass Ann Morrow Lindbergh, die Mutter des Kindes, in Englewood aufgewachsen war, keine Meile von unserem Haus entfernt, und dass Annes Vater, Dwight Morrow, Botschafter in Mexiko gewesen war. Susan Althorp war ebenfalls in Englewood aufgewachsen, und ihr Vater war Botschafter in Belgien gewesen. In den Augen von Mary waren die Parallelen offensichtlich – und erschreckend.

Die Lindbergh-Entführung war einer der sensationellsten Kriminalfälle des zwanzigsten Jahrhunderts. Das Baby und das glamouröse Traumpaar und die vielen ungelösten Fragen. Wie hatte Bruno Hauptmann in Erfahrung bringen können, dass die Lindberghs an jenem Abend beschlossen hatten, in ihrem neuen Landhaus zu bleiben, weil sich das Kind erkältet hatte, statt wie ursprünglich beabsichtigt zum Anwesen der Morrows zurückzukehren? Wie konnte Hauptmann so genau wissen, wo er die Leiter aufstellen musste, um das offene Fenster des Zimmers zu erreichen, in dem das Baby lag? Maggie suchte immer nach irgendwelchen Gemeinsamkeiten in den beiden Fällen. »Die Leiche des Lindbergh-Babys ist durch Zufall entdeckt worden«, hatte sie mir einmal erklärt. »Das war natürlich schrecklich, doch wenigstens musste die Familie nicht den Rest ihres Lebens mit der Angst leben, dass das Kind womöglich irgendwo bei einem Fremden aufwächst, der es vielleicht auch noch schlecht behandelt. Wahrscheinlich wacht Susan Althorps Mutter jeden Morgen mit der quälenden Frage auf, ob dies der Tag sein wird, an dem das Telefon klingelt und ihre Tochter sich am anderen Ende meldet. Ich weiß genau, dass es mir so ergehen würde, wenn mein Kind spurlos verschwunden wäre. Wenn man ihre Leiche gefunden hätte, gäbe es wenigstens ein Grab, zu dem Mrs. Althorp gehen könnte.«

Maggie hatte schon seit Langem nicht mehr über den Althorp-Fall gesprochen, doch vielleicht hatte sie die Ausgabe von *Celeb* mit Peter Carrington auf dem Titel an einer Supermarktkasse entdeckt und sofort gekauft. Das würde auch erklären, weshalb sie so heftig auf die Nachricht reagiert hatte, dass ich bei ihm gewesen war.

Ich gab ihr einen Kuss auf die Stirn. »Maggie, ich hab Hunger. Lass uns irgendwo Nudeln essen gehen. Ich lad dich ein.«

Als ich sie eineinhalb Stunden später wieder vor ihrem Haus absetzte, zögerte sie kurz und sagte: »Kay, komm doch noch mal mit rein. Ich möchte zu dieser Veranstaltung. Ich schreibe dir einen Scheck für eine Eintrittskarte aus.«

»Aber Maggie, das ist doch Wahnsinn«, protestierte ich. »Das ist doch viel zu viel Geld für dich.«

»Ich möchte aber hingehen«, entgegnete sie. Ihre entschlossene Miene erstickte jeden weiteren Widerspruch im Keim.

Ein paar Minuten später fuhr ich über die George-Washington-Brücke zurück zu meiner Wohnung, ihren Scheck in meiner Geldbörse. Mir war klar, warum sie darauf bestanden hatte, an der Veranstaltung teilzunehmen. Maggie hatte sich zu meinem persönlichen Bodyguard ernannt für die Zeit, die ich unter dem Dach der Carringtons verbringen würde.

4

Während sie auf die Ankunft ihres Besuchers wartete, betrachtete Gladys Althorp das Bild ihrer verschwundenen Tochter. Es war auf der Terrasse des Carrington-Herrenhauses aufgenommen worden, an dem Abend, an dem sie spurlos verschwunden war. Sie trug ein Abendkleid aus weißem Chiffon, das ihre schlanke Figur betonte. Ihre langen blonden Haare, leicht zerzaust, fielen ihr auf die Schultern. Sie war sich nicht bewusst gewesen, dass die Kamera auf sie gerichtet war, und ihre Miene wirkte ernst, fast nachdenklich. Woran hatte sie wohl in diesem Augenblick gedacht, fragte sich Gladys einmal mehr, während ihre Finger die Konturen von Susans Mund nachzeichneten. Hatte sie vielleicht eine Vorahnung, dass ihr etwas zustoßen könnte?

Oder war ihr an diesem Abend schließlich aufgegangen, dass ihr Vater ein Verhältnis mit Elaine Carrington gehabt hatte?

Gladys seufzte, während sie sich mit einer Hand auf der Sessellehne abstützte und mühsam erhob. Brenda, die neue Haushälterin, hatte ihr das Abendessen auf einem Tablett serviert und war danach in ihre Wohnung über der Garage zurückgegangen. Leider stach Brenda nicht durch besondere Kochkünste hervor. Eigentlich habe ich auch gar keinen Hunger, dachte Gladys, als sie das Tablett in die Küche zurücktrug. Sie verspürte leichte Übelkeit beim Anblick des nicht angerührten Essens und kratzte es rasch in den Abfalleimer, ließ Wasser über das Geschirr laufen und stellte es in die Spülmaschine.

»Lassen Sie es doch einfach stehen, Mrs. Althorp«, würde Brenda am nächsten Morgen wieder protestieren. Und ich werde darauf antworten, dass es mich nicht mehr als eine Minute kostet, die Küche in Ordnung zu bringen, dachte Gladys. So könnte man auch umschreiben, was ich jetzt in Angriff genommen habe. Versuchen, die wichtigste Sache in meinem Leben in Ordnung zu bringen, bevor ich diese Welt verlasse.

Ein halbes Jahr. Die Ärzte waren sich einig gewesen, als sie ihr den Urteilsspruch verkündet hatten. Bislang hatte sie sich noch niemandem anvertraut.

Sie ging zurück ins Arbeitszimmer, dasjenige von den siebzehn Zimmern, die das Haus umfasste, in dem sie sich am liebsten aufhielt. Eigentlich wollte sie schon seit Langem in ein kleineres Haus umziehen, und sie wusste, dass Charles das tun würde, wenn sie einmal nicht mehr da sein würde. Doch sie wusste auch, warum sie es nicht getan hatte. Susans Zimmer befand sich in diesem Haus, und alles war noch genau so, wie sie es zurückgelassen hatte, als sie in jener Nacht noch einmal weggegangen war, nachdem sie zuvor an die Schlafzimmertür geklopft hatte, um Charles Bescheid zu geben, dass sie wieder zu Hause sei.

Am nächsten Morgen wollte ich sie ausschlafen lassen, erinnerte sich Gladys, während die Ereignisse jenes Tages, wie so oft, wieder an ihr vorüberzogen. Gegen Mittag habe ich schließlich nach ihr geschaut. Das Bett war unberührt. Die Handtücher in ihrem Bad hatte sie nicht benutzt. Sie musste schon bald, nachdem sie an die Schlafzimmertür geklopft hatte, das Haus wieder verlassen haben.

Bevor ich sterbe, will ich noch erfahren, was mit ihr geschehen ist, schwor sie sich einmal mehr. Vielleicht kann dieser Privatdetektiv etwas herausfinden. Nicholas Greco war sein Name. Sie hatte ihn im Fernsehen gesehen, als er über einzelne Fälle sprach, die er gelöst hatte. Er hatte als Kriminalbeamter der New Yorker Polizei seinen Abschied genommen und seine eigene Agentur aufgemacht. Bekannt geworden war er dadurch, dass er einige Kriminalfälle gelöst hatte, die als unlösbar gegolten hatten.

»Die Angehörigen der Opfer haben ein großes Bedürfnis nach Aufklärung der Verbrechen«, hatte er in einem Interview gesagt. »Bevor das nicht geschieht, finden sie keine Ruhe. Zum Glück werden täglich neue Mittel und Methoden erfunden, die es uns ermöglichen, einen neuen Blick auf ungelöste Kriminalfälle zu werfen.«

Aus zwei Gründen hatte sie ihn gebeten, am heutigen Tag um acht Uhr zu ihr zu kommen. Einmal, weil sie wusste, dass Charles nicht zu Hause sein würde, und zum anderen, weil sie Brenda während seines Besuchs nicht in der Nähe haben wollte. Vor zwei Wochen war Brenda ins Arbeitszimmer gekommen, als sie sich gerade eine Aufzeichnung eines Fernsehauftritts von Greco anschaute. »Mrs. Althorp, ich finde auch, dass die wahren Kriminalfälle, von denen er spricht, viel interessanter sind als diejenigen, die sich Leute ausdenken«, hatte Brenda gesagt. »Und wenn man sein Gesicht betrachtet, merkt man sofort, dass er sehr klug ist.«

Pünktlich um acht Uhr ertönte die Hausglocke. Gladys beeilte sich zu öffnen. Ihr erster Eindruck von Nicholas Greco war beruhigend und ermutigend. Von seinen Fernsehauftritten her kannte sie ihn als konservativ gekleideten Mann, Ende fünfzig, von durchschnittlicher Körpergröße, mit rotblonden Haaren und dunkelbraunen Augen. Doch als er jetzt leibhaftig vor ihr stand, gefiel ihr besonders sein fester Händedruck und die Tatsache, dass er ihr gerade in die Augen schaute. Alles an ihm wirkte vertrauenerweckend.

Sie fragte sich, was er wohl für einen ersten Eindruck von ihr hatte. Vermutlich sah er nur eine Frau von Mitte sechzig, viel zu dünn, der die tödliche Krankheit ins bleiche

Gesicht geschrieben stand. »Danke, dass Sie gekommen sind«, sagte sie. »Ich kann mir denken, dass Sie viele Anfragen von Leuten wie mir erhalten.«

»Ich habe selbst zwei Töchter«, antwortete Greco. »Wenn eine von ihnen spurlos verschwunden wäre, würde ich keine Ruhe haben, bis ich sie gefunden hätte.« Er machte eine Pause und fügte dann mit ruhiger Stimme hinzu: »Selbst wenn das, was ich herausbekäme, nicht das sein sollte, was ich mir erhofft hatte.«

»Ich glaube, dass Susan tot ist«, sagte Gladys Althorp. Ihre Stimme blieb gelassen, ihre Miene hatte sich jedoch auf einen Schlag verdüstert. »Aber ich bin sicher, dass sie niemals aus eigenem Antrieb verschwunden wäre. Etwas muss ihr zugestoßen sein, und ich bin überzeugt, dass Peter Carrington für ihren Tod verantwortlich ist. Ich muss die Wahrheit herausfinden, wie auch immer sie aussieht. Wären Sie bereit, mir zu helfen?«

»Ja.«

»Ich habe alle Unterlagen für Sie herausgesucht, die ich über Susans Verschwinden gesammelt habe. Sie liegen in meinem Arbeitszimmer.«

Nicholas Greco folgte Gladys Althorp über den breiten Flur und warf im Vorbeigehen einen kurzen Blick auf die an den Wänden hängenden Gemälde. Es muss einen Sammler in dieser Familie geben, dachte er. Ob diese Bilder wirklich Museumsqualität besitzen, kann ich zwar nicht beurteilen, aber in jedem Fall wirken sie ziemlich erlesen.

Alles, worauf sein Blick in diesem Haus fiel, strahlte Qualität und guten Geschmack aus. Der smaragdgrüne Läufer unter seinen Füßen war dick und weich. Die Stuckleisten an den reinweiß getönten Wänden verliehen den Gemälden einen zusätzlichen Rahmen. Der Teppich im Arbeitszimmer, in das Gladys Althorp ihn führte, war in einem sanft abgetönten rot-blauen Muster gehalten. Der Blauton des Stoffes, mit dem die Couch und die Sessel bezogen waren, passte genau zu dem Blau des Teppichs. Er bemerkte das Bild von Susan Althorp auf dem Schreibtisch. Seitlich dagegengelehnt stand eine exklusiv wirkende Einkaufstasche, prall gefüllt mit Papieren und Dokumenten.

Er ging zum Schreibtisch und nahm den Rahmen mit der Fotografie in die Hand. Seitdem er beschlossen hatte, den Fall zu übernehmen, hatte er einige Recherchen durchgeführt und dieses Bild im Internet gesehen. »Ist das die Kleidung, die Susan an dem Abend ihres Verschwindens trug?«, fragte er.

»Das ist das Kleid, in dem sie zum Dinner bei den Carringtons gegangen ist. Ich fühlte mich an jenem Abend nicht gut, und so verließen mein Mann und ich die Party frühzeitig. Peter versprach mir, sie nach Hause zu fahren.«

»Waren Sie noch wach, als sie nach Hause kam?«

»Ja, es war ungefähr eine Stunde später. Charles war in seinem Zimmer, und die Zwölf-Uhr-Nachrichten liefen. Ich hab gehört, wie sie ihn gerufen hat.«

»Ist das nicht ein bisschen früh für eine Achtzehnjährige, um nach Hause zu kommen?«

Greco entging nicht, wie Gladys Althorp leicht den Mund verzog. Offensichtlich verärgerte sie diese Frage.

»Charles war ein überbesorgter Vater. Er bestand darauf, dass Susan ihn aufweckte, egal um welche Uhrzeit sie nach Hause kam.«

Gladys Althorp war nur eine von vielen gramgebeugten Müttern, denen Nicholas Greco während seiner Berufslaufbahn begegnet war. Doch im Gegensatz zu den meisten anderen, so schien ihm, hatte sie es immer geschafft, ihre Gefühle zu verbergen. Er spürte, dass es ein gewaltiger Schritt für sie gewesen sein musste, ihn zu engagieren.

Mit dem Blick des professionellen Ermittlers beobachtete er die extreme Blässe ihres Gesichts, die Hinfälligkeit, die aus ihrer gesamten Körperhaltung sprach. Er bekam den starken Verdacht, dass sie nicht mehr lange zu leben und sich vielleicht deswegen dazu durchgerungen hatte, Kontakt mit ihm aufzunehmen.

Als er eine halbe Stunde später das Haus verließ, trug Greco die Einkaufstasche unter dem Arm, darin sämtliche Unterlagen, die Gladys Althorp ihm über das Verschwinden ihrer Tochter geben konnte: die Artikel aus den Zeitungen, das Tagebuch, das sie während der laufenden Ermittlungen geführt hatte, und die kürzlich erschienene Ausgabe von *Celeb*, deren Titelblatt ein Bild Peter Carringtons zierte.

Bei seinen vorausgegangenen Recherchen hatte sich Greco die Adresse des Carrington-Anwesens notiert. Jetzt fasste er den spontanen Entschluss, einen kurzen Abstecher dorthin zu unternehmen. Obwohl er wusste, dass es nicht sehr weit entfernt sein konnte, war er dann doch überrascht, wie nah beieinander die Carringtons und die Althorps wohnten. Peter Carrington hatte wohl nicht mehr als fünf Minuten gebraucht, um Susan nach Hause zu fahren, falls er das tatsächlich getan hatte, und weitere fünf Minuten, um wieder zurückzufahren. Als Greco wieder auf dem Weg nach Manhattan war, merkte er, dass ihn dieser Fall bereits in den Bann gezogen hatte. Er hatte das Bedürfnis, sofort loszulegen. Ein klassischer Corpus-Delicti-Fall, dachte er, doch dann sah er im Geist das von Gram gezeichnete Gesicht von Gladys Althorp vor sich und schämte sich für seinen Enthusiasmus.

Ich werde diesen Fall aufklären, für sie, dachte er entschlossen. Er verspürte den vertrauten Energieschub, wie immer, wenn sein Gefühl ihm sagte, dass er an einem spannenden Fall dran war.

5

GLADYS ALTHORP WARTETE in ihrem Arbeitszimmer auf die Rückkehr ihres Mannes. Kurz nachdem die Elf-Uhr-Nachrichten begonnen hatten, hörte sie ihn die Haustür öffnen und wieder schließen. Sie schaltete den Fernseher aus und eilte den Flur hinunter. Er war schon auf halbem Weg in das obere Stockwerk.

»Charles, ich muss dir etwas sagen.«

Sein bereits gerötetes Gesicht verfärbte sich dunkelrot, und seine Stimme wurde immer lauter, als er erfuhr, dass sie Nicholas Greco angeheuert hatte. »Ohne mich zu fragen?«, herrschte er sie an. »Hast du nicht daran gedacht, dass unsere Söhne gezwungen sein werden, diese schreckliche Zeit noch einmal zu durchleben? Hast du nicht bedacht, dass jede neue Untersuchung wieder Horden von Klatschjournalisten auf den Plan rufen wird? Hat dir dieser ekelhafte Artikel in der letzten Woche noch nicht gereicht?«

»Ich habe das mit unseren Söhnen besprochen, und sie sind mit meiner Entscheidung einverstanden«, entgegnete Gladys ruhig. »Ich muss unbedingt die Wahrheit darüber erfahren, was mit Susan passiert ist. Machst du dir deshalb Sorgen, Charles?«

6

Die erste Novemberwoche war noch mild, doch danach änderte sich das Wetter schlagartig. Es wurde kalt und feucht, die Art von Nieselwetter, bei dem man am liebsten gar nicht erst aufstehen oder aber sich mit der Zeitung und einer Tasse Kaffee wieder ins Bett verkriechen möchte, doch für beides hatte ich leider keine Zeit. Fast jeden Tag gehe ich frühmorgens in ein Fitnessstudio am Broadway trainieren, danach nehme ich eine Dusche, ziehe mich an und fahre zur Bücherei nach New Jersey. Die Besprechungen wegen der Benefizveranstaltung fanden nach den Arbeitsstunden statt.

Die Karten für das Ereignis fanden wie erwartet reißenden Absatz, was natürlich erfreulich war, doch andererseits hatte der Artikel, in dem das Verschwinden von Susan Althorp wiederaufgewärmt wurde, neues Interesse für den Fall geweckt. Als dann Nicholas Greco, der Privatdetektiv, in der bekannten Radioshow *Imus in the Morning* enthüllte, dass er von der Familie Althorp beauftragt worden sei, das Verschwinden ihrer Tochter zu untersuchen, witterten alle ein heiße Geschichte. Im Gefolge von Grecos Bemerkung beeilte sich Barbara Krause, die energische Staatsanwältin von Bergen County, vor der Presse zu erklären, dass sie es begrüßen würde, wenn eine Spur oder neue Beweismittel auftauchten, die zu einer Aufklärung des Falls führen könnten. Als man sie über Peter Carrington befragte, antwortete sie kryptisch: »Peter Carrington gehörte im Fall Susan Althorp von Anfang an zum engeren Kreis der Verdächtigen.«

Im Gefolge dieser Bemerkung wiederum erschienen in den Klatschspalten Berichte, wonach der Vorstand von Carrington Enterprises Peter Carrington dringend aufgefordert habe, von seinem Posten als Vorstandsvorsitzender zurückzutreten, obwohl er bei Weitem der größte Anteilseigner war. Den Berichten zufolge sollten die übrigen Vorstandsmitglieder der Meinung gewesen sein, dass es nicht angemessen sei für jemanden, der in zwei potenziellen Mordfällen zum Kreis der Verdächtigen gehöre, weiterhin an der Spitze eines weltweit operierenden Multimilliarden-Unternehmens zu stehen.

Fotos von Peter tauchten jetzt regelmäßig in den Wirtschaftsteilen der größeren Zeitungen auf, ebenso wie in den Boulevardblättern.

Daher war ich den ganzen November über in Sorge und erwartete täglich, dass mich Vincent Slater anrief, um mir mitzuteilen, dass der Cocktailempfang abgesagt werden müsse und er einen Scheck als Entschädigung für die entgangenen Einnahmen senden würde.

Doch der Anruf kam nicht. Einen Tag nach Thanksgiving fuhr ich mit einem Vertreter der von uns engagierten Catering-Firma zum Herrenhaus, um die Details der Veranstaltung zu besprechen. Slater empfing uns und verwies uns an das Ehepaar, das für den Haushalt im Herrenhaus zuständig war, Jane und Gary Barr. Sie mussten beide Anfang sechzig sein, und offensichtlich standen sie schon sehr lange bei den Carringtons in Diensten. Ich fragte mich, ob sie auch schon am Abend jenes unseligen Dinners im Herrenhaus gearbeitet hatten, doch ich getraute mich nicht, sie direkt danach zu fragen. Später erfuhr ich, dass sie bereits von Peters Vater angestellt worden waren, nachdem seine erste Frau, Peters Mutter, gestorben war, dass sie jedoch ihre Stelle aufgeben mussten, als Elaine Walker Carrington das Ruder übernahm. Als dann jedoch das Unglück mit Peters Frau Grace geschah, hatte man sie überredet, wieder zurückzukehren. Sie schienen alles über das Haus zu wissen.

Sie erklärten uns, das Wohnzimmer sei normalerweise in zwei Zimmer unterteilt, doch wenn man die Schiebetüren öffne, sei der Raum groß genug, um zweihundert Leute zu fassen. Das Buffet sollte im großen Esszimmer angerichtet werden. Auf das ganze Erdgeschoss verteilt sollten kleine Tische und Stühle aufgestellt werden, damit die Gäste nicht mit ihren Tellern balancieren müssten. Bevor wir gingen, gesellte sich Vincent Slater noch einmal zu uns und teilte mit, dass Mr. Carrington sämtliche Kosten des Empfangs übernehmen wolle. Bevor ich ihm meinen Dank ausdrücken konnte, fügte Slater hinzu: »Es wird ein Fotograf anwesend sein. Im Gegenzug möchten wir Sie bitten, dafür zu sorgen, dass die Gäste keine Aufnahmen mit ihren eigenen Kameras machen.«

»Wie Sie sich denken können, werden wir zu Anfang kurz über das Alphabetisierungsprojekt informieren«, sagte ich ihm. »Es wäre sehr schön, wenn Mr. Carrington ein paar Worte zur Begrüßung sagen würde.«

»Daran hat er bereits gedacht«, antwortete Slater. Er fügte hinzu: »Bevor ich es vergesse: Selbstverständlich werden die Treppen, die in das obere Stockwerk führen, mit einem Seil abgesperrt sein.«

Ich hatte gehofft, mich nach oben stehlen zu können und mir die Kapelle mit den Augen einer Erwachsenen anzuschauen. Manchmal hatte ich mich im Lauf der Jahre gefragt, ob ich nicht besser Maggie von dem Wortgefecht erzählt hätte, das ich dort mit angehört hatte. Doch sie wäre nur böse auf mich gewesen, weil ich mich ins Haus geschlichen hatte, und außerdem, was hätte ich ihr schon sagen können? Ich hatte einen Mann und eine Frau gehört, die sich über Geld stritten. Wenn ich das Gefühl gehabt hätte, dieser Streit könnte irgendetwas mit dem Verschwinden von Susan Althorp zu tun haben, dann hätte ich sicher davon berichtet, selbst noch Jahre später. Wenn es jedoch etwas gab, worum Susan Althorp bestimmt nie jemanden hatte bitten müssen, dann war es Geld. Am Ende hätte meine Enthüllung nur die Bestätigung erbracht, dass ich ein ziemlich neugieriges sechsjähriges Mädchen gewesen war.

Bevor der Vertreter der Catering-Firma und ich das Haus verließen, warf ich schnell noch einen Blick in den Flur, in der Hoffnung, Peter Carrington zu sehen, falls er gerade aus der Bibliothek kommen sollte. Soviel ich wusste, trieb er sich gern in der Weltgeschichte herum. Doch weil viele Manager den Freitag nach Thanksgiving freinehmen, hatte ich insgeheim gehofft, er würde zu Hause sein und liefe mir zufällig über den Weg.

Doch vergeblich. Ich gab mich mit dem Gedanken zufrieden, dass es noch nicht mal zwei Wochen bis zum 6. Dezember waren, und ich ihn dann ja sehen würde. Gleichzeitig versuchte ich, nicht darüber nachzudenken, wie schrecklich enttäuscht ich sein würde, falls Peter aus irgendeinem Grund bei dem Empfang nicht anwesend wäre. Seit einiger Zeit war ich mit Glenn Taylor befreundet, dem stellvertretenden Dekan der naturwissenschaftlichen Fakultät an der Columbia University, und unsere Beziehung hatte sich mittlerweile gefestigt. Wir hatten uns in einem Starbucks kennengelernt, womit diese Coffeeshop-Kette ihrem Ruf gerecht wurde, ein ausgezeichneter Ort für Singles zu sein, um neue Bekanntschaften zu machen.

Glenn war zweiunddreißig und stammte aus Santa Barbara. Er strahlte eine unglaubliche Gelassenheit aus, wie sie nur einem waschechten Kalifornier zu eigen sein kann. Er sah sogar aus wie einer – nach sechs Jahren in der Upper West Side in Manhattan wirkten seine Haare immer noch sonnengebleicht. Er war gerade so groß, dass ich nicht ganz auf gleicher Augenhöhe mit ihm war, wenn ich Absätze trug, und er teilte meine Leidenschaft für das Theater. Ich glaube, wir hatten die meisten Produktionen am Broadway und Off-Broadway in den letzten Jahren gesehen, natürlich nur mit verbilligten Karten. Über Weihnachtsgeld für Bibliothekare stand noch nie etwas in der Zeitung, und Glenn hatte immer noch nicht alle seine Ausbildungsdarlehen zurückgezahlt.

In gewisser Weise liebten wir uns, und ganz gewiss konnten wir uns voll und ganz aufeinander verlassen. Manchmal sprach Glenn sogar davon, dass wir mit unserem geistigen Potenzial, mit meinem Sinn für Literatur und seinem Sinn für Naturwissenschaften, einen herausragenden Nachwuchs zustande bringen könnten. Doch ich war mir bewusst, dass unsere Gefühle füreinander nicht annähernd das Niveau von Jane Eyre und Mr. Rochester erreichten oder von Cathy und Heathcliff.

Vielleicht waren meine Ansprüche einfach zu hoch, doch seit meinen Kindheitstagen hatte ich mich mit der Welt der klassischen Liebesgeschichten der Schwestern Brontë identifiziert.

Vom ersten Augenblick an hatte mich etwas an Peter Carrington fasziniert, und allmählich fing ich an zu begreifen, was es war. Das Bild, wie er da so allein in diesem verrückten schlossähnlichen Herrenhaus saß, ging mir nicht mehr aus dem Kopf. Ich wünschte, ich hätte die Gelegenheit gehabt, nachzuschauen, welches Buch er las. Wenn es eins gewesen wäre, das ich selbst kannte, hätte ich vielleicht noch ein paar Minuten länger verweilen und mit ihm darüber reden können.

»Ach, wie ich sehe, haben Sie die neue Biografie von Isaac Bashevis Singer«, hätte ich zum Beispiel sagen können. »Finden Sie, dass der Autor seine Persönlichkeit richtig dargestellt hat? Ich fand es ein bisschen ungerecht, dass er …«

Das waren so etwa die Gedanken, die mir durch den Kopf schwirrten.

Am Abend vor dem großen Ereignis fuhr ich zu Maggie, um sie zu einem unserer regelmäßigen Pastaessen abzuholen. Als ich eintraf, puderte sie sich gerade die Nase vor dem

Spiegel im Flur und summte dabei fröhlich vor sich hin. Als ich sie fragte, was denn los sei, eröffnete sie mir mit zufriedener Miene, dass Nicholas Greco, der Detektiv, der sich seit neuestem mit dem Verschwinden von Susan Althorp befasste, angerufen habe und vorbeikommen wolle. Er müsse jeden Augenblick da sein.

Ich war völlig verdattert. »Aber Maggie, warum sollte dieser Mann mit dir sprechen wollen?« Doch noch im selben Moment hatte ich auch schon begriffen, dass Greco sie befragen wollte, weil mein Vater zum damaligen Zeitpunkt für die Carringtons gearbeitet hatte.

Automatisch fing ich an, das Wohnzimmer aufzuräumen. Ich richtete die Rollos an den Fenstern aus, sodass sie gerade hingen, sammelte die herumliegenden Zeitungen ein, hängte ihren Pullover in den Schrank und brachte die Teetasse und den Teller mit Keksen, die auf dem Couchtisch standen, in die Küche.

Greco klingelte, als ich gerade ein paar lose silbrige Strähnen an Maggies Haarknoten befestigte.

Ich bin ein großer Bewunderer von Dashiell Hammett und Sam Spade, besonders in *Der Malteserfalke* ist er für mich der Inbegriff des Privatdetektivs. An diesem Vorbild gemessen erwies sich Nicholas Greco als eine glatte Enttäuschung. In Erscheinung und Gebaren erinnerte er mich an den Schadensbegutachter von der Versicherung, der mich aufgesucht hatte, als es in der Wohnung über mir einen Rohrbruch gegeben hatte.

Dieser Eindruck verflüchtigte sich jedoch sehr schnell, als er sich, nachdem Maggie mich als ihre Enkelin vorgestellt hatte, an mich wandte: »Dann müssen Sie diejenige sein, die Ihren Vater damals begleitet hat, als er an dem Tag von Susan Althorps Verschwinden im Garten der Carringtons gearbeitet hat.«

Als ich ihn nur anstarrte, lächelte er. »Ich bin die Akten zu dem Fall durchgegangen. Vor zweiundzwanzig Jahren hat

Ihr Vater bei der Staatsanwaltschaft ausgesagt, dass er an jenem Tag noch einmal zu dem Anwesen gefahren sei, weil es ein Problem mit der Beleuchtungsanlage gegeben habe, und dass er Sie mitgenommen habe. Außerdem hat einer der Mitarbeiter der Catering-Firma erwähnt, dass er Sie im Garten auf einer Bank hätte sitzen sehen.«

Hatte jemand beobachtet, wie ich ins Haus geschlichen war? Ein plötzliches Schuldbewusstsein überkam mich, und ich hoffte, dass man es mir nicht ansah, als ich Greco bat, Platz zu nehmen.

Es irritierte mich, dass Maggie sich offenkundig über den Besuch freute. Ich wusste, dass dieser Mann – der mich nicht länger an einen Versicherungsmenschen erinnerte – engagiert worden war, um zu beweisen, dass Peter Carrington für das Verschwinden von Susan Althorp verantwortlich war, und das beunruhigte mich zutiefst.

Seine nächste Frage kam allerdings ganz unerwartet. Sie betraf weder die Carringtons noch die Althorps, sondern meinen Vater. Er fragte Maggie: »Gab es bei Ihrem Schwiegersohn Anzeichen von Depression?«

»Wenn Sie die Tatsache, dass er an der Flasche hing, als ein Zeichen für Depression ansehen, würde ich sagen, ja«, antwortete Maggie. Sie warf einen schnellen Blick auf mich, als ob sie befürchtete, dass ihre Antwort mich verletzen könnte, und beeilte sich, als Erklärung hinzuzufügen: »Ich meine, er ist nie über Annies Tod hinweggekommen. Sie war meine Tochter, und dennoch habe ich Jonathan einige Jahre nach ihrem Tod inständig gebeten, sich nach neuen Bekanntschaften umzusehen. Ich kann Ihnen versichern, dass es hier in der Gegend genügend Frauen gab, die nur allzu gern bereit gewesen wären, einmal mit ihm auszugehen. Doch er hat sich nie darum bemüht. Er sagte immer: ›Kathryn ist das einzige Mädchen, das ich um mich haben will.‹« Etwas unnötigerweise fügte sie noch hinzu: »Als Kathryn zehn Jahre alt war, wollte sie plötzlich nur noch Kay genannt werden.«

»Dann sind Sie der Ansicht, dass der übermäßige Alkoholkonsum ein Zeichen für seine Depression war und dass er letztlich zu seinem Selbstmord führte?«

»Es fing damit an, dass er bei einigen Gartenprojekten den Zuschlag nicht bekam. Ich glaube, die Tatsache, dass er von den Carringtons gefeuert wurde, hat ihn vielleicht endgültig verzweifeln lassen. Nicht mehr lange, und seine Versicherung wäre abgelaufen. Nachdem er offiziell für tot erklärt wurde, konnte ich Kays Ausbildung davon bezahlen.«

»Aber er hat keinen Abschiedsbrief hinterlassen, und seine Leiche ist nie gefunden worden. Ich habe ein Foto von ihm gesehen. Er war ein enorm gut aussehender Mann.«

Ich fing an zu ahnen, worauf diese Art von Fragen hinauslief. »Wollen Sie etwa andeuten, dass mein Vater sich gar nicht das Leben genommen haben könnte, Mr. Greco?«, fragte ich.

»Miss Lansing, ich will gar nichts andeuten. Wie immer wenn eine Leiche nicht gefunden wird, bleibt die Frage offen, wie jemand zu Tode gekommen ist. Außerdem hat es immer wieder Fälle gegeben, bei denen Menschen, die man für tot hielt, irgendwann wieder aufgetaucht sind oder zwanzig oder dreißig Jahre später aufgespürt wurden. Diese Leute sind einfach einem Leben entflohen, das für sie auf die eine oder andere Art unerträglich geworden war. Das passiert häufig.«

»Dann müssten Sie doch wohl im Fall von Susan Althorp auch von dieser Möglichkeit ausgehen«, gab ich zurück. »Auch ihre Leiche ist nicht gefunden worden. Vielleicht schien ihr das Leben auch plötzlich unerträglich zu sein.«

»Susan war eine schöne, gesunde junge Frau, eine begabte Studentin der Kunstgeschichte in Princeton und die Begünstigte eines Treuhandfonds. Sie hatte die gesicherte Aussicht auf ein mit allen Privilegien des Wohlstands ausgestattetes Leben. Zudem war sie sehr beliebt und konnte sich nicht über mangelnde Aufmerksamkeit seitens der Männer beklagen. Daher sind diese beiden Fälle wohl kaum zu vergleichen.«

»Peter Carrington muss diesem Mädchen etwas angetan haben. Bestimmt war er eifersüchtig auf sie.« Maggie hörte sich jetzt an wie der oberste Richter des Vereinigten Königreichs bei der Urteilsverkündung. »Bis zu dem Zeitpunkt, als seine Frau ertrank, war ich der Meinung, dass auch für ihn im Zweifel die Unschuldsvermutung gelten müsse. Aber das Ganze zeigt doch nur, dass ein Mensch, der einmal getötet hat, fähig ist, es auch ein zweites Mal zu tun. Und was meinen Schwiegersohn betrifft, so war er nach meiner Ansicht durchaus verzweifelt genug, um sich das Leben zu nehmen in dem Glauben, Kay damit einen Gefallen zu tun, indem er für ihre Ausbildung aufkommt.«

An jenem Abend wollten mir die Nudeln nicht so recht schmecken, und es war auch kein Trost, als Maggie noch einmal Grecos Besuch ansprach und die Bemerkung anschließen ließ: »Er gilt ja als überaus scharfsinnig, aber mit seiner Annahme, dein Vater wäre imstande gewesen, einfach abzuhauen und dich im Stich zu lassen, lag er vollkommen daneben.«

Nein, dazu wäre er nicht imstande gewesen, dachte ich, aber Greco wollte auf etwas ganz anderes hinaus. Er fragt sich, ob Daddy nicht sein eigenes Verschwinden inszeniert haben könnte, weil er etwas mit dem Schicksal von Susan Althorp zu tun hatte.

7

Es hatte angefangen zu schneien. Nicholas Greco nahm die leichten, nassen Flocken, die ihm ins Gesicht trieben, kaum wahr, als er zu den Fenstern im ersten Stock hinaufblickte, die zur Kunstgalerie Richard Walkers gehörten.

Greco hatte seine Hausaufgaben in Bezug auf Walker gemacht. Sechsundvierzig Jahre alt, zweimal geschieden, Sohn von Elaine Walker Carrington, nicht besonders bekannt in Kunstkreisen, wenn überhaupt, dann sicherlich durch die glückliche Fügung befördert, dass seine Mutter in das Vermögen der Carringtons eingeheiratet hatte. Walker war unter den Gästen des festlichen Dinners gewesen an jenem Abend, an dem Susan Althorp spurlos verschwunden war. Den Berichten in den Akten der Staatsanwaltschaft zufolge war er nach dem Ende der Party zu seiner Wohnung in Manhattan gefahren.

Greco öffnete die Eingangstür des Gebäudes, wurde von einem Sicherheitsangestellten überprüft und stieg die Treppe zur Galerie hinauf. Er wurde sofort von einer lächelnden Empfangsdame eingelassen.

»Mr. Walker erwartet Sie bereits«, sagte sie. »Es wird jedoch noch ein paar Minuten dauern, weil er im Moment gerade in einer Telefonkonferenz ist. Vielleicht haben Sie Lust, sich in der Zwischenzeit ein bisschen in unserer neuen Ausstellung umzuschauen? Wir zeigen gerade Arbeiten eines wunderbaren jungen Künstlers, von dem die Kritiker in den höchsten Tönen schwärmen.«

Jede Wette, dass sie diesen Spruch bei jedem Besucher von sich gibt, dachte Greco. Wahrscheinlich brütet Walker gerade in seinem Büro über einem Kreuzworträtsel. In der Galerie, die mit ihren reinweißen Wänden und dem dunkelgrauen Fußboden steril auf ihn wirkte, war weit und breit niemand zu sehen. Er schlenderte von Gemälde zu Gemälde und tat so, als würde er sie genauer betrachten. Allesamt stellten Ansichten von trostlosen urbanen Landschaften dar. Er war gerade beim vorletzten der rund zwanzig Bilder angelangt, als eine Stimme dicht hinter ihm fragte: »Nicht wahr, dieses hier erinnert besonders stark an Edward Hopper?«

Nicht einmal entfernt, dachte Greco, und mit einem Brummen, das man als Zustimmung werten konnte, drehte er sich zu Richard Walker um. Er sieht jünger aus als sechsundvierzig, war Grecos erster Gedanke. Walkers Augen waren das Auffallendste an seinem Gesicht – saphirblau und weit auseinanderstehend. Ansonsten waren seine Züge markant, er war von mittlerer Größe, hatte breite Arme und den stämmigen Körper eines Boxers. In einem Fitnessstudio würde er eine gute Figur machen, fand Greco. Walkers dunkelblauer Anzug war sichtlich teuer gewesen, was ihm jedoch infolge seiner wuchtigen Gestalt nicht unbedingt zum Vorteil gereichte.

Als deutlich wurde, dass Greco nicht die Absicht hatte, über Kunst zu plaudern, schlug Walker vor, sich in sein Büro zurückzuziehen. Auf dem Weg dorthin schwadronierte er, wie viele große Vermögen aus dem bloßen Umstand hervorgegangen seien, dass am Anfang ein Mensch den richtigen Blick gehabt hätte, um das Genie in einem noch unbekannten Maler zu entdecken. »Natürlich gilt dasselbe auch für andere Gebiete«, sagte er, als er seinen Schreibtisch umrundete und Greco bedeutete, auf dem Stuhl davor Platz zu nehmen. »Mein Großvater pflegte dazu immer die Geschichte zu erzählen, dass Max Hirsch, der legendäre Pferdetrainer, einmal die Gelegenheit ausschlug, das berühmteste Rennpferd der Geschichte, Man O'War, für sage und schreibe hundert Dollar zu kaufen. Gehen Sie manchmal zu Pferderennen, Mr. Greco?«

»Ich habe leider nicht viel Zeit für Hobbys«, antwortete Greco, und in seiner Stimme lag ein Anflug von Bedauern.

Walker lächelte liebenswürdig. »Auch nicht für Smalltalk, habe ich den Eindruck. Nun gut. Was kann ich für Sie tun?«

»Zunächst möchte ich Ihnen danken, dass Sie sich die Zeit genommen haben, mich zu empfangen. Wie Ihnen vielleicht bekannt ist, hat Susan Althorps Mutter mich beauftragt, das Verschwinden ihrer Tochter zu untersuchen.«

»Sie können davon ausgehen, dass zumindest in Englewood jeder davon gehört hat«, entgegnete Walker.

»Sind Sie oft in Englewood, Mr. Walker?«

»Ich weiß nicht genau, was Sie unter ›oft‹ verstehen. Ich wohne in Manhattan, in der East Seventy-third Street. Wie Sie sicherlich wissen, besitzt meine Mutter Elaine Carrington ein Haus auf dem Anwesen der Carringtons, und ich bin dort öfter zu Besuch. Daneben fährt sie auch häufig nach Manhattan.«

»Waren Sie an dem Abend, an dem Susan Althorp verschwand, auf dem Anwesen der Carringtons?«

»Ich war auf der Party, zusammen mit etwa zweihundert anderen Leuten. Drei Jahre zuvor hatte meine Mutter den Vater des jetzigen Peter Carrington geheiratet. Der eigentliche Anlass für die Party war, dass Carrington senior damals siebzig wurde. Er war sehr empfindlich, was den großen Altersunterschied zwischen ihm und meiner Mutter betraf – sechsundzwanzig Jahre, um genau zu sein –, daher wurde die Party nicht zum Geburtstagsfest erklärt.« Walker hob eine Augenbraue. »Wenn Sie nachrechnen, werden Sie feststellen, dass der alte Carrington sich ganz auf junge Frauen spezialisiert hatte. Er war neunundvierzig, als Peter geboren wurde. Peters Mutter war also auch sehr viel jünger als er.«

Greco nickte und blickte sich um. Walkers Büro war nicht besonders groß, doch es war geschmackvoll eingerichtet mit einem blau-rot gestreiften Sofa, cremeweißen Wänden und einem tiefblauen Teppich. Das über dem Sofa hängende Bild, auf dem alte Männer abgebildet waren, die um einen Tisch saßen und Karten spielten, gefiel ihm weit besser als die Ansichten von Elend und Verkommenheit, die er in der Galerie gesehen hatte. In einer Eckvitrine standen mehrere Fotos von Walker auf dem Polo-Spielfeld sowie ein silberner Teller mit einem Golfball in der Mitte und einer eingravierten Inschrift. »Ein Hole-in-one?«, fragte er und deutete mit dem Finger auf den Teller.

»In Saint Andrew's«, antwortete Walker nicht ohne Stolz.

Greco registrierte, dass sich Walker in Erinnerung an diese Heldentat sichtlich entspannte, was genau in seiner Absicht lag. Er lehnte sich zurück und sagte: »Ich versuche, mir eine ungefähre Vorstellung von der Persönlichkeit Susan Althorps zu bilden. Was hatten Sie für einen Eindruck von ihr?«

»Nun ja, zunächst muss ich sagen, dass ich sie nur oberflächlich gekannt habe. Sie war damals achtzehn oder neunzehn. Ich war vierundzwanzig, hatte eine Vollzeitstelle bei Sotheby's und wohnte in der Stadt. Außerdem, um ganz aufrichtig zu sein, war ich nicht besonders gut auf den Ehemann meiner Mutter, Peter Carrington IV., zu sprechen, was im Übrigen auf Gegenseitigkeit beruhte.«

»Worüber sind Sie aneinandergeraten?«

»Aneinandergeraten wäre zu viel gesagt. Er bot mir einen Einsteigerjob in einer Maklerfirma an, die ihm gehörte. Dort könnte ich nach einer Weile richtig Geld verdienen, statt von der Hand in den Mund zu leben, meinte er. Als ich das Angebot ablehnte, hat er mir das sehr übel genommen.«

»Ich verstehe. Haben Sie Ihre Mutter dennoch häufiger besucht, als sie in seinem Haus lebte?«

»Natürlich. Jener Sommer vor zweiundzwanzig Jahren war sehr warm, und es gab jede Menge Poolpartys. Meine

Mutter liebte es, Leute einzuladen. Ihre Freunde waren regelmäßig bei ihr zu Gast. Peter und Susan studierten beide in Princeton, und ihre Freunde von der Uni waren ebenfalls häufig da. Ich wurde normalerweise aufgefordert, noch ein oder zwei Gäste mitzubringen. Es war eine schöne Zeit.«

»Wurden Peter und Susan für ein Paar gehalten?«

»Sie sind ziemlich oft zusammen ausgegangen. Ich hatte den Eindruck, dass sie gerade dabei waren, sich ineinander zu verlieben, oder besser gesagt, dass er sich in sie verliebte.«

»Sie meinen, es war eher eine einseitige Geschichte?«, hakte Greco in freundlichem Ton nach.

»Ich meine gar nichts. Sie war anderen gegenüber sehr aufgeschlossen und kontaktfreudig. Peter ist eher ein stiller Typ. Doch wenn ich an den Wochenenden zu Besuch kam, war sie praktisch immer da, spielte Tennis oder lag am Pool.«

»Haben Sie am Abend der Party im Carrington-Haus übernachtet?«

»Nein. Ich war früh am nächsten Morgen zu einem Golf-Vierer verabredet und bin nach dem Dinner gegangen. Den sich anschließenden Tanz habe ich ausgelassen.«

»Susans Mutter ist felsenfest davon überzeugt, dass Ihr Stiefbruder für den Tod ihrer Tochter verantwortlich ist. Halten Sie das für möglich?«

Eine Spur von Verärgerung lag in Richard Walkers Blick, als er Greco direkt ins Gesicht schaute. »Nein«, entgegnete er knapp.

»Und Grace Carrington? An dem Abend, an dem sie ertrank, waren Sie ebenfalls zu Gast bei den Carringtons. Meines Wissens waren Sie sogar derjenige, der bei dem Dinner gefeiert werden sollte, nicht wahr?«

»Peter war sehr oft verreist. Grace war eine sehr gesellige Frau und hasste es, allein zu sein. Sie lud immer Leute zum Essen ein. Als ihr zu Ohren kam, dass ich demnächst Geburtstag hätte, beschloss sie, das Dinner an jenem Abend zu meiner Geburtstagsfeier zu erklären. Wir saßen nur zu sechst am Tisch. Peter kam erst dazu, als der Abend sich bereits dem Ende zuneigte. Er kam gerade aus Australien, und sein Flug hatte Verspätung.«

»Soviel ich weiß, hat Grace an diesem Abend viel getrunken.«

»Grace hat immer viel getrunken. Sie hatte schon einige Entziehungskuren hinter sich, aber es hat nie sehr lange vorgehalten. Als sie dann nach acht Jahren Ehe endlich schwanger wurde, haben wir uns alle Sorgen gemacht, dass das Kind Schaden nehmen könnte.«

»Hat nicht irgendjemand an jenem Abend versucht, sie vom Trinken abzuhalten?«

»Sie war eine Meisterin darin, ihr Trinken zu kaschieren. Die Leute dachten, sie würde Mineralwasser trinken, dabei war es reiner Wodka. Als Peter nach Hause kam, hatte sie schon ordentlich einen sitzen, und das hat ihn natürlich rasend gemacht. Aber als er ihr das Glas aus der Hand riss, es auf den Teppich ausleerte und sie anbrüllte, versetzte ihr das doch einen ziemlichen Dämpfer. Ich erinnere mich, dass sie, als er die Treppe hinaufstürmte, gesagt hat: ›Das war's dann wohl. Die Party ist aus.‹«

»›Die Party ist aus‹ könnte auch mehr bedeuten als nur das Ende einer Party«, warf Greco ein.

»Ganz richtig. Grace sah sehr traurig und müde aus. Meine Mutter und ich waren die Letzten, die gegangen sind. Grace sagte noch, sie würde sich ein bisschen auf die Couch legen. Ich glaube, sie wollte einer weiteren Konfrontation mit Peter aus dem Weg gehen.«

»Haben Sie und Ihre Mutter sich gemeinsam verabschiedet?«

»Ja, wir sind zum Haus meiner Mutter hinübergegangen. Am nächsten Morgen hat die Haushälterin angerufen. Sie war völlig aufgelöst, weil sie gerade die Leiche gefunden hatte.«

»Glauben Sie, dass Grace Carrington unglücklich in das Becken gestürzt ist oder Selbstmord begangen hat?«

»Auf diese Frage kann ich nur so antworten: Grace wollte dieses Kind und sie wusste, dass Peter es auch wollte. Ist es überhaupt denkbar, dass sie sich unter diesen Umständen das Leben nehmen wollte? Nein, es sei denn, sie wäre endgültig verzweifelt über ihre Unfähigkeit, mit dem Trinken aufzuhören, und hätte panische Angst bekommen, dass sie ihr ungeborenes Kind bereits geschädigt haben könnte.«

Nicholas Grecos Stimme klang noch eine Spur freundlicher, als er in beiläufigem Ton fragte: »Glauben Sie, dass Peter Carrington wütend genug war, um beim Tod seiner Frau etwas nachzuhelfen, vielleicht nachdem sie auf der Couch bewusstlos geworden war?«

Diesmal war er sich ganz sicher, dass der ärgerliche Ton in Richard Walkers Stimme nur vorgetäuscht war: »Das ist nun wirklich absolut lächerlich, Mr. Greco.«

Das ist nicht das, was er sich wirklich denkt, überlegte Greco, als er sich von seinem Sessel erhob. Aber es ist das, was ich glauben *soll*.

8

PETER CARRINGTON UND ICH heirateten in der Lady Chapel der St. Patrick's Cathedral, wo vor dreißig Jahren meine Mutter und mein Vater ihre Ringe tauschten.

Ironischerweise ist ausgerechnet Maggie der Katalysator gewesen, der uns zusammengebracht hat.

Der Empfang zugunsten des Alphabetisierungsprojekts auf dem Anwesen der Carringtons war ein großer Erfolg. Das Haushälterehepaar, Jane und Gary Barr, hatten in Zusammenarbeit mit mir und der Catering-Firma für einen perfekten Ablauf gesorgt.

Elaine Walker Carrington und Peters Stiefbruder Richard setzten sich groß in Szene und versprühten vornehmen Charme bei der Begrüßung der Gäste. Ich war überrascht, wie unähnlich sich Mutter und Sohn in ihrem Aussehen waren mit Ausnahme dieser wunderbaren Augen. Irgendwie hatte ich erwartet, dass Elaine Carringtons Sohn ein bisschen wie Douglas Fairbanks junior aussehen würde, aber davon konnte keine Rede sein.

Vincent Slater war allgegenwärtig, hielt sich jedoch im Hintergrund. Meine unstillbare Neigung, immer alles herausfinden zu müssen, brachte mich dazu, die verschiedensten Hypothesen darüber aufzustellen, durch welchen Umstand er wohl mit Peter zusammengekommen war.

Vielleicht war er der Sohn von jemandem, der für Peters Vater gearbeitet hatte. Schließlich war ich selbst die Tochter von jemandem, der für Peters Vater gearbeitet hatte. Oder ein Freund vom College, dem man angeboten hatte, im Familienunternehmen anzufangen. Schließlich hatte auch Nelson Rockefeller seinem Zimmergenossen in Dartmouth, einem Stipendiaten aus dem Mittleren Westen, ein solches Angebot gemacht. Der Mann wurde am Ende Multimillionär.

Als der Abend begann, sagte ich zunächst ein paar einleitende Sätze und übergab dann das Wort an Peter. Nichts an seinem Verhalten deutete auf den großen Druck hin, unter dem er stehen musste, als er die Gäste willkommen hieß und über die Wichtigkeit unseres Alphabetisierungsprojekts sprach. »Es ist eine gute Sache, für diesen Zweck Geld zu spenden«, sagte er, »aber es ist genauso wichtig, dass Menschen – Menschen wie Sie und ich – sich freiwillig melden und ein bisschen Zeit opfern, um anderen zu helfen, lesen zu lernen. Wie Sie vermutlich wissen, bin ich sehr viel auf Reisen unterwegs, doch ich würde mich gern auf meine Weise als Freiwilliger für das Programm einsetzen. Ich schlage also vor, den heutigen Abend zu einem jährlich wiederkehrenden Ereignis in meinem Haus zu machen.« Als die Menge Beifall klatschte, wandte er sich zu mir: »Wären Sie damit einverstanden, Kathryn?«

War das der Augenblick, an dem ich mich in ihn verliebte, oder war es schon vorher um mich geschehen gewesen? »Das wäre wunderbar«, antwortete ich, und mein Herz schmolz dahin. Gerade an diesem Tag hatte wieder ein kurzer Artikel im Wirtschaftsteil der *New York Times* gestanden, in dem die Frage aufgeworfen wurde: »Muss Peter Carrington demnächst seinen Hut nehmen?«

Peter streckte mir seinen erhobenen Daumen entgegen und ging, lächelte im Vorbeigehen den Leuten zu, gab ein paar von ihnen die Hand und verschwand im Flur, der zu seiner Bibliothek führte. Ich bemerkte jedoch, dass er sie nicht betrat. Ich vermutete, dass er entweder über die hintere Treppe dem Trubel zu entkommen suchte oder sogar das Haus ganz verließ.

Ich war den ganzen Tag über in und außerhalb des Hauses unterwegs gewesen, um die Leute von der Catering-Firma und dem Blumengeschäft bei ihren Vorbereitungen zu überwachen und darauf zu achten, dass beim Umräumen der Möbel nichts beschädigt oder zerkratzt wurde. An diesem Tag schloss ich Freundschaft mit dem Ehepaar Barr. In der Mittagspause saßen wir bei einer Tasse Tee und einem schnellen Sandwich in der Küche, und sie erzählten mir von Peter Carrington, so wie sie ihn von früher kannten: von jenem zwölfjährigen Jungen, der nach dem Tod seiner Mutter auf das Elite-Internat Choate geschickt wurde, vom zwanzigjährigen Princeton-Studenten, der immer wieder wegen des Verschwindens von Susan Althorp verhört wurde, vom achtunddreißigjährigen Ehemann, dessen schwangere Frau tot im Schwimmbecken gefunden wurde.

Es war zu einem nicht unbeträchtlichen Teil ihrer Hilfe zu verdanken, dass der gesamte Abend reibungslos und zur Zufriedenheit aller verlief. Ich wartete, bis die letzten Gäste sich auf den Weg gemacht hatten, alles geputzt und aufgeräumt und die Möbel wieder an ihren Platz gerückt waren, bevor ich mich auf den Heimweg machen wollte. Peter tauchte nicht wieder auf, obwohl ich bis zuletzt darauf hoffte, und in Gedanken grübelte ich schon über eine Möglichkeit nach, wie ich ihn bald wieder zu Gesicht bekäme. Ich hatte keine Lust, so lange zu warten, bis es Zeit wurde, den Empfang des nächsten Jahres zu planen.

Doch dann, unabsichtlich und ganz bestimmt gegen ihren Willen, brachte Maggie uns zusammen. Ich hatte sie zum Empfang gefahren, daher wartete sie natürlich auf mich, um mit mir wieder nach Hause zu fahren. Doch als Gary Barr uns an der Haustür verabschiedete, blieb sie mit der

Schuhspitze an der leicht erhöhten Schwelle hängen, stürzte und schlug hart auf dem Marmorfußboden des Vestibüls auf.

Ich schrie auf. Maggie ist für mich Mutter, Vater, Großmutter, Freundin und Mentorin zusammen. Sie bedeutet mir alles. Und sie ist dreiundachtzig Jahre alt. In den letzten Jahren mache ich mir zunehmend Sorgen um sie, da ich der unausweichlichen Tatsache ins Auge blicken muss, dass sie nicht unsterblich ist. Auch wenn ich weiß, dass sie noch einiges an Gegenwehr leisten wird, bevor sie sich auf sanftem Weg in jene andere Welt aufmacht.

Vom Fußboden aus schimpfte Maggie: »Ach, Kay, nun reg dich doch bitte nicht so auf. Schließlich habe ich keinen Schaden angerichtet, höchstens hat meine Würde etwas gelitten.« Sie erhob sich auf einen Ellbogen, versuchte sich aufzurappeln, verlor das Bewusstsein und sank wieder zu Boden.

Die Ereignisse der nächsten Stunde habe ich nur verschwommen in Erinnerung. Die Barrs riefen den Notarzt, und ich vermute, dass sie Peter Carrington verständigten, denn er war plötzlich zur Stelle, kniete neben Maggie und fühlte an ihrem Hals nach dem Puls. Dann sagte er mit beruhigender Stimme: »Ihr Puls fühlt sich kräftig an, Kathryn. Ich nehme an, dass sie mit der Stirn aufgeschlagen ist. Sie ist angeschwollen.«

Er folgte dem Krankenwagen und wartete mit mir in der Notaufnahme des Krankenhauses, bis der Arzt mir die beruhigende Auskunft gab, dass sie nur eine leichte Gehirnerschütterung davongetragen habe und lediglich zur Sicherheit über Nacht in der Klinik bleiben solle. Nachdem sie in einem Zimmer untergebracht war, fuhr Peter mich zu Maggies Haus. Vermutlich durch den Schock und die Erleichterung zitterte ich immer noch so stark, dass er mir die Hausschlüssel aus der Hand nahm und die Tür aufsperrte. Dann ging er mit hinein, fand den Lichtschalter und sagte: »Ich glaube, Sie könnten jetzt einen Drink gebrauchen. Hat Ihre Großmutter überhaupt Alkohol im Haus?«

Bei dieser Frage musste ich lachen, ich fürchte, es klang sogar etwas hysterisch. »Maggie sagt immer, wenn jeder sich an ihr Hausmittel hielte und sich vor dem Schlafengehen einen heißen Grog genehmigte, würde die Pharmaindustrie keine Schlafmittel mehr verkaufen.«

In diesem Augenblick fühlte ich, wie sich meine Augen mit Tränen der Erleichterung füllten. Peter reichte mir sein Taschentuch und sagte: »Ich kann mir vorstellen, wie Ihnen zumute ist.«

Wir tranken beide einen Scotch. Am nächsten Tag schickte er Maggie Blumen und rief mich an, um mich zum Abendessen einzuladen. Danach sahen wir uns jeden Tag. Ich war verliebt, und er war es auch. Maggie jedoch war außer sich vor Sorge. Sie war immer noch überzeugt, dass er ein Mörder war. Peters Stiefmutter riet uns, noch ein wenig zu warten, da wir uns unserer Gefühle noch nicht sicher sein könnten. Gary und Jane Barr waren dagegen äußerst erfreut über die Entwicklung. Vincent Slater brachte die Sprache auf einen Ehevertrag und war sichtlich erleichtert, als ich ihm sagte, dass ich nichts dagegen einzuwenden hätte. Peter wurde wütend, worauf Slater wortlos den Raum verließ. Ich sagte Peter, dass ich über Eheverträge gelesen hätte, bei welchen sehr eingeschränkte Abfindungen festgelegt würden, falls die Ehe nur von kurzer Dauer sei. Ich sagte, dass ich mit einer solchen Regelung einverstanden sei. Ich sagte ihm auch, dass ich mir darüber keine Gedanken mache, weil ich mir sicher sei, dass wir immer zusammenbleiben und Kinder haben würden.

Später haben sich Peter und Slater natürlich wieder versöhnt, und Peters Anwalt setzte einen Vertrag mit einer großzügigen Regelung auf. Peter bestand auch darauf, dass ich ihn von einem eigenen Anwalt begutachten ließe, damit ich sicher sein könne, mich auf eine faire Abmachung einzulassen. Dies geschah, und ein paar Tage später unterschrieb ich das Dokument.

Am nächsten Tag fuhren wir nach New York und erledigten in aller Ruhe die notwendigen Hochzeitsvorbereitungen. Am 8. Januar wurden wir in der St. Patrick's Cathedral getraut, wo wir einander feierlich gelobten, uns zu lieben und zu ehren, bis dass der Tod uns scheide.

9

Staatsanwältin Barbara Krause betrachtete das Paparazzi-Foto von Peter Carrington und seiner neuen Ehefrau Kay, die am Strand von Santo Domingo spazieren gingen. Wie rührend – das junge Glück, dachte sie sarkastisch und legte die Zeitung beiseite.

Krause, zweiundfünfzig Jahre alt, hatte nach Abschluss ihres Studiums ihre Karriere als Gehilfin für einen Strafrichter im County Bergen begonnen. Nach einem Jahr war sie innerhalb des Gerichtsgebäudes umgezogen und Assistenzstaatsanwältin geworden. In den folgenden siebenundzwanzig Jahren arbeitete sie sich kontinuierlich nach oben, wurde zunächst prozessführende Staatsanwältin, dann stellvertretende Bezirksstaatsanwältin, um dann schließlich, nach der Pensionierung ihres Vorgängers vor drei Jahren, zur Bezirksstaatsanwältin ernannt zu werden. Es war eine Welt, die sie liebte, und sie teilte diese Begeisterung mit ihrem Ehemann, einem Richter am Zivilgericht im nahe gelegenen County Essex.

Susan Althorp war verschwunden, als Krause erst wenige Jahre im Büro des Staatsanwalts arbeitete. Wegen der herausragenden Stellung sowohl der Familie Althorp als auch der Familie Carrington war der Fall aus jedem nur denkbaren Blickwinkel untersucht worden. Dass es nicht gelungen war, ihn aufzuklären oder überhaupt Anklage gegen den

Hauptverdächtigen Peter Carrington zu erheben, hatte Krauses Vorgängern immer schwer zu schaffen gemacht, und ihr ging es jetzt nicht anders.

Im Lauf der Jahre hatte sie die Akte von Susan Althorp immer mal wieder herausgesucht und durchgearbeitet, hatte versucht, mit einem neuen, unvoreingenommenen Blick an die Sache heranzugehen, hatte bestimmte Zeugenaussagen eingekreist und andere Behauptungen mit einem Fragezeichen versehen. Doch leider hatte dies alles zu nichts geführt. Nun saß sie an ihrem Schreibtisch, und wieder einmal gingen ihr einzelne Aussagen, die Peter Carrington damals gemacht hatte, durch den Kopf.

Er hatte behauptet, dass er Susan an jenem Abend vor der Haustür abgesetzt hätte: »Sie hat nicht abgewartet, bis ich ihr die Wagentür öffne. Sie ist die Stufen zum Eingang hinaufgerannt, hat die Haustür geöffnet, mir noch zugewinkt, und dann ist sie hineingegangen.«

»Das war das letzte Mal, dass Sie sie gesehen haben?«

»Ja.«

»Was haben Sie anschließend gemacht?«

»Ich bin nach Hause gefahren. Es gab immer noch ein paar Leute, die auf der Terrasse getanzt haben. Ich hatte den ganzen Nachmittag Tennis gespielt und war müde. Nachdem ich meinen Wagen in der Garage abgestellt habe, bin ich durch die seitliche Tür ins Haus gegangen. Dann bin ich, ohne mich weiter aufzuhalten, die Treppe hinauf in mein Zimmer und zu Bett gegangen. Ich bin sofort eingeschlafen.«

Nichts gesehen, nichts gehört, dachte Barbara. Interessanterweise hat er uns für den Abend, an dem seine Frau im Pool ertrunken ist, genau dieselbe Geschichte aufgetischt.

Sie schaute auf ihre Armbanduhr. Es wurde allmählich Zeit. Sie nahm heute als Beobachterin an einem Mordprozess teil. Die Schlussplädoyers würden demnächst gehalten werden. Bei diesem Fall stand die Identität des Mörders außer Frage, es ging mehr darum, ob die Geschworenen den

Angeklagten des Mordes oder des Totschlags für schuldig befinden würden. Ein Ehekrach war in nackte Gewalt ausgeartet, und jetzt würde der Vater dreier kleiner Kinder vermutlich mindestens die nächsten fünfundzwanzig bis dreißig Jahre im Gefängnis verbringen, weil er ihre Mutter getötet hatte.

Geschieht ihm ganz recht! Seinetwegen haben diese Kinder jetzt gar nichts mehr, dachte Krause und erhob sich, um in den Gerichtssaal zurückzugehen. Es wäre besser für ihn gewesen, wenn er auf den Deal über zwanzig Jahre eingegangen wäre, den wir ihm angeboten haben.

Barbara Krause war etwa ein Meter achtzig groß und kämpfte ständig mit ihrem Gewichtsproblem. Sie wusste auch, dass man ihr in Kreisen des Gerichts den Spitznamen »der Linebacker« angehängt hatte. Sie nahm einen letzten Schluck Kaffee aus der Tasse auf ihrem Schreibtisch. Dabei fiel ihr erneut das Zeitungsfoto von Peter Carrington mit seiner neuen Frau ins Auge. »Seit dem Verschwinden von Susan Althorp konnten Sie zweiundzwanzig Jahre Ihre Freiheit genießen, Mr. Carrington«, sagte sie laut. »Aber wenn ich jemals die Gelegenheit erhalten sollte, Sie vor Gericht zu bringen, dann kann ich Ihnen eines versprechen: Es wird keinen Deal mit einer Verurteilung wegen Totschlags geben. Ich werde Sie wegen Mordes anklagen, und ich werde Sie drankriegen.«

10

UNSERE ZWEIWÖCHIGE Hochzeitsreise war wahrhaft idyllisch. Es war alles so schnell gegangen mit dem Heiraten, dass wir immer noch jeden Tag neue Dinge über den anderen erfuhren, kleine Dinge, wie zum Beispiel, dass ich immer nach dem Frühstück noch Lust auf eine Tasse Kaffee hatte, oder die Tatsache, dass er Trüffel liebte und ich sie nicht ausstehen konnte. Mir war gar nicht bewusst gewesen, wie grundeinsam ich gewesen war bis zu dem Zeitpunkt, da Peter und ich uns gefunden hatten. Manchmal wachte ich nachts auf, lauschte auf sein regelmäßiges Atmen, und es schien mir dann geradezu unglaublich, dass ich jetzt seine Frau war.

Ich hatte mich unwiderstehlich von ihm angezogen gefühlt, und Peter schien ebenso heftig in mich verliebt gewesen zu sein. Am Anfang, als wir begannen, uns täglich zu sehen, hatte er gefragt: »Bist du sicher, dass du dich mit einem Mann einlassen willst, der in zwei ungeklärten Todesfällen als Verdächtiger gilt?«

Ich hatte darauf geantwortet, ich sei schon lange bevor ich ihn kennengelernt hatte, absolut davon überzeugt gewesen, dass er nur ein Opfer der Umstände gewesen sei. Außerdem sei mir klar, wie schrecklich das für ihn gewesen sein muss und wahrscheinlich immer noch ist.

»Das ist wahr«, hatte er geantwortet, »aber lass uns lieber nicht weiter darüber sprechen. Kay, du hast mir so viel

Lebensfreude zurückgegeben. Ich kann jetzt wirklich daran glauben, dass es eine Zukunft geben wird, eine Zeit, in der Susans Verschwinden sich aufklären und der unumstößliche Beweis vorliegen wird, dass ich nichts damit zu tun hatte.« Und so sprachen wir während unserer ersten gemeinsamen Zeit kein weiteres Mal über Susan Althorp oder Peters erste Frau Grace. Aber er sprach in liebevoller Weise von seiner Mutter – es war offensichtlich, dass sie ihm sehr nahegestanden hatte. »Mein Vater war ständig geschäftlich auf Reisen. Am Anfang hat meine Mutter ihn immer begleitet. Doch nachdem ich geboren wurde, blieb sie bei mir zu Hause«, erzählte er.

Ich fragte mich, ob sich damals, nachdem er sie verloren hatte, dieser traurige Ausdruck in seine Augen gelegt hatte.

Auf unserer Hochzeitsreise war ich etwas überrascht gewesen, dass überhaupt keine Anrufe aus seinem Büro gekommen waren. Später erfuhr ich den Grund dafür.

Vor dem Tor zu der Villa, die er gemietet hatte, lagen ständig Paparazzi auf der Lauer, und so blieben wir die meiste Zeit auf dem Grundstück, mit Ausnahme eines kurzen Spaziergangs über den öffentlichen Strand. Ich rief jeden Tag bei Maggie an, und sie gab widerwillig zu, dass Peter inzwischen aus den Klatschspalten der Boulevardblätter wieder verschwunden sei. Allmählich keimte bei mir die Hoffnung auf, dass Nicholas Grecos Ermittlungen über Susan Althorps Verschwinden nichts Neues zutage gefördert hatten, zumindest was Peter anbelangte.

Doch das sollte sich nur allzu bald als trügerische Hoffnung herausstellen.

Zu Hause: Es erschien mir undenkbar, dass ich je das Herrenhaus der Carringtons als mein Zuhause betrachten könnte. Als wir bei der Rückkehr von der Hochzeitsreise durch das Tor gefahren wurden, dachte ich an das Kind, das ich gewesen war, als ich mich nach oben in die Kapelle geschlichen hatte, und an die Beklommenheit, die ich im vergangenen Oktober empfunden hatte, als ich hierher gekommen war, um Peter zu bitten, den Empfang in seinem Haus abhalten zu dürfen.

Auf dem Rückflug hatte mich ein ungutes Gefühl beschlichen, als Peter immer schweigsamer wurde, doch ich glaubte, den Grund dafür zu kennen. Er würde wieder im Rampenlicht der Öffentlichkeit stehen. In der Position, die er bekleidete, gab es keine Möglichkeit, dem zu entgehen. Ich hatte bei der Bücherei gekündigt, was ich bedauerte, denn ich liebte meine Arbeit. Auf der anderen Seite hatte ich viel darüber nachgedacht, wie ich Peter am besten helfen könnte. Ich wollte ihm raten, möglichst viel für die Firma unterwegs zu sein. Die Medien würden weniger Aufmerksamkeit auf den Fortgang von Grecos Ermittlungen verwenden, wenn das zentrale Objekt ihres Interesses nicht greifbar in der Nähe wäre. Natürlich würde ich ihn auf den Reisen begleiten.

»Ist es immer noch üblich, die Braut über die Schwelle zu tragen?«, fragte Peter, als der Wagen vor dem Eingang hielt.

Ich spürte sofort, dass es ihm unangenehm wäre, und fragte mich, ob er Grace über die Schwelle getragen hatte, als sie vor zwölf Jahren geheiratet hatten. »Mir wäre es lieber, wenn wir Hand in Hand hineingingen«, sagte ich und sah, dass er sich über meine Antwort freute.

Nach unseren herrlichen zwei Wochen in der Karibik verlief dieser erste Abend im Herrenhaus in einer merkwürdigen Stimmung. Anlässlich unserer Rückkehr hatte Elaine als missglückte Geste des Willkommens ein Gourmet-Abendessen bestellt, serviert von einer Catering-Firma, sodass die Barrs in die Küche verbannt wurden. Statt in dem kleinen Esszimmer, von dem man auf die Terrasse blickte, hatte sie angeordnet, dass es in dem großen Zimmer für feierliche Anlässe serviert wurde. Immerhin war sie klug genug gewesen, den riesigen Tisch so decken zu lassen, dass wir einander in der Mitte gegenübersaßen, doch mit den beiden Kellnern, die ständig um uns herumscharwenzelten, blieb die Atmosphäre das ganze Abendessen hindurch steif und verkrampft.

Wir waren beide froh, als es vorüber war und wir nach oben gehen konnten. Peters Suite bestand aus zwei großen Schlafzimmern, jedes mit eigenem Bad, getrennt durch ein wunderschönes Wohnzimmer. Die gesamte Einrichtung des rechts vom Salon liegenden Schlafzimmers wies dieses als männliche Domäne aus: zwei massive handgeschnitzte Kommoden, um den offenen Kamin gruppiert eine elegante kastanienbraune Ledercouch mit passenden Sesseln, ein riesiges Bett, darüber ein Bücherbord, sowie ein Fernseher, den man auf Knopfdruck von der Decke herunterlassen konnte. Die Wände waren weiß, der Bettüberwurf hatte ein schwarzweißes Würfelmuster, der Teppich war anthrazitgrau. Gemälde mit verschiedenen Szenen von Fuchsjagden in englischer Landschaft schmückten die Wände.

Das Schlafzimmer auf der anderen Seite des Salons hatte seit jeher der jeweiligen Dame des Hauses gehört. Peters Frau Grace war die Letzte gewesen, die es benutzt hatte. Davor hatte Elaine dort geschlafen, und vor ihr Peters Mutter sowie alle seine mütterlichen Vorfahren bis auf das Jahr 1848. Es war betont weiblich eingerichtet, mit pfirsichfarbenen Wänden, und passend dazu waren Vorhänge, Kopfteil und Tagesdecke in pfirsichfarbenen und grünen Tönen gehalten. Ein kleines Kanapee und schlanke Sessel am offenen Kamin verliehen dem Raum eine einladende und gemütliche Atmosphäre. Ein wirklich schönes Ölbild mit einer Gartenszene hing über dem Kaminsims. Mir war zwar klar, dass ich früher oder später dem Zimmer meinen eigenen Stempel aufdrücken wollte, weil ich einfach lieber vollere Farbtöne um mich habe, doch einstweilen amüsierte mich der Gedanke, dass ich ohne Weiteres meine kleine Studiowohnung darin hätte unterbringen können.

Peter hatte mir bereits anvertraut, dass er öfter unter

Schlaflosigkeit leide und er in diesem Fall in das andere Zimmer wechseln werde, um zu lesen. Nachdem mich im Normalfall so schnell nichts aufwecken kann, wenn ich einmal tief schlafe, sagte ich ihm, das sei nicht unbedingt nötig, doch er möge nur immer tun oder lassen, was ihm zu einem besseren Schlaf verhelfe.

An diesem Abend gingen wir in meinem Zimmer schlafen. Ich schwebte auf der berühmten siebten Wolke bei der Vorstellung, dass nun tatsächlich mein Leben als Peters Ehefrau begann. Ich weiß nicht, was mich in dieser Nacht weckte, aber irgendwann wurde ich wach. Peter war verschwunden. Obwohl ich mir sagte, dass er wahrscheinlich in seinem Zimmer war und las, beschlich mich plötzlich ein beklemmendes Gefühl der Angst. Ich schlüpfte in meine Pantoffel, streifte einen Morgenmantel über und tappte durch das Wohnzimmer. Die Tür zu seinem Zimmer war geschlossen. Ich öffnete sie so leise wie möglich. Es war noch dunkel, doch hinter den Jalousien drang genug frühmorgendliches Licht herein, um zu erkennen, dass niemand im Zimmer war.

Ich weiß nicht, warum, doch ich eilte zum Fenster und blickte hinunter. Von dort oben konnte man das Schwimmbecken deutlich erkennen. Natürlich war es im Februar noch abgedeckt, doch Peter war dort unten. Er kniete am Rand des Beckens, mit der einen Hand stützte er sich am Rand ab, die andere tauchte er unter der schweren Vinylplane ins Wasser. Sein ganzer Arm bewegte sich vor und zurück, als ob er versuchte, entweder etwas in das Becken zu drücken oder etwas daraus herauszuziehen.

Was hatte das zu bedeuten? Was tat er da, fragte ich mich. Nach einer Weile stand er auf, drehte sich um und kam langsam wieder auf das Haus zu. Ein paar Minuten später öffnete er die Tür zum Schlafzimmer, ging ins Badezimmer, schaltete das Licht ein, trocknete seinen Arm und seine Hand mit dem Handtuch ab und streifte den Ärmel seines Schlafanzugs wieder nach unten. Dann schaltete er das Licht wieder aus, kam zurück ins Schlafzimmer und blieb vor mir stehen. Ganz offensichtlich bemerkte er meine Anwesenheit nicht, und jetzt begriff ich auch, was mit ihm los war. Peter schlafwandelte. Auf dem College hatte es in meinem Schlafsaal ein Mädchen gegeben, das ebenfalls Schlafwandlerin gewesen war, und man hatte uns eingeschärft, es auf keinen Fall plötzlich aufzuwecken.

Als Peter sich anschickte, das Wohnzimmer zu durchqueren, folgte ich ihm leise. In meinem Zimmer angekommen, legte er sich wieder in mein Bett. Ich schlüpfte aus meinem Morgenmantel, schüttelte die Pantoffel ab und glitt vorsichtig neben ihn unter die Decke. Ein paar Minuten später legte sich sein Arm auf mich, und er murmelte mit schläfriger Stimme: »Kay.«

»Ich bin bei dir, Liebling«, sagte ich.

Ich spürte, wie sein Körper sich entspannte, und ein paar Augenblicke später verriet sein gleichmäßiges Atmen, dass er eingeschlafen war. Ich dagegen tat die ganze restliche Nacht kein Auge mehr zu. Peter war also ein Schlafwandler, wusste ich jetzt, doch wie oft passierte das? Und, was viel wichtiger war: Warum hatte er in diesem Zustand der Bewusstseinstrübung diese Bewegung gemacht, als ob er etwas ins Becken drücken oder etwas herausziehen wollte?

Etwas – oder jemanden?

11

Nicholas Greco fuhr durch Cresskill, einem Ort in der Nähe von Englewood, hielt nach Straßenschildern Ausschau und nahm sich wieder einmal fest vor, sich demnächst ein Navigationssystem für seinen Wagen anzuschaffen. Frances liegt mir schon ewig damit in den Ohren, ging ihm durch den Kopf, sie meint, ich würde zwar die unmöglichsten Kriminalfälle lösen, aber ich schaffe es nicht einmal zum nächsten Supermarkt, ohne mich zu verfahren. Und recht hat sie.

Nettes Städtchen, dachte er, als er den Hinweisen folgte, die er sich aus dem Internet geholt hatte und rechts in die Clinton Avenue einbog. Er war zu Vincent Slater unterwegs, jenem Mann, der von Peter Carringtons Vater als »unentbehrlich« bezeichnet worden war.

Greco hatte gründlich über Slater recherchiert, bevor er ihn um ein Treffen gebeten hatte, doch allzu viel Interessantes hatte er nicht dabei gefunden. Slater war jetzt vierundfünfzig Jahre alt und Junggeselle. Er wohnte immer noch im Haus seiner Kindheit, das er seinen Eltern abgekauft hatte, als sie nach Florida gezogen waren. Er war auf ein örtliches College gegangen. Der Job im Carrington-Unternehmen war seine erste Arbeitsstelle gewesen, und er hatte danach nie gewechselt. Nach ein paar Jahren bei der Firma war Peters Vater auf ihn aufmerksam geworden, und er wurde für ihn so etwas wie ein persönlicher Assistent. Nach dem Tod von

Peters Mutter füllte Slater zugleich die Funktionen eines getreuen und bewährten Mitarbeiters als auch eines Ersatzvaters für Peter aus. Er war zwölf Jahre älter als Peter, und in den Jahren, in denen der Carrington-Erbe heranwuchs, fuhr ihn Slater nach Choate, seinem Internat in Connecticut, besuchte ihn dort regelmäßig, blieb mit ihm im Herrenhaus während der Ferien und machte mit ihm Ski- und Segelurlaub.

Slaters Hintergrund war nicht uninteressant, doch was Greco eigentlich zu ihm führte, war die Tatsache, dass er in der Nacht, in der Susan Althorp verschwunden war, als Gast bei der Party anwesend gewesen war. Er hatte sich widerwillig zu einem Gespräch bereitgefunden, dabei jedoch darauf bestanden, dass es bei ihm zu Hause geführt werde. Er will unbedingt vermeiden, dass ich im Herrenhaus auftauche, überlegte Greco. Er sollte eigentlich wissen, dass ich schon dort gewesen bin, zumindest im Gästehaus, wo ich mit den Barrs gesprochen habe.

Er verfolgte die Hausnummern und hielt vor Slaters Haus, das sich als typisches »Split-Level« herausstellte, eines jener Einfamilienhäuser mit versetzten Stockwerken, die in den Fünfzigerjahren so beliebt waren. Als er klingelte, dauerte es keine Sekunde, bis Slater die Haustür öffnete. Fast so, als ob er dahinter gewartet hätte, dachte Greco. Und wieso traue ich ihm so etwas zu, obwohl ich ihn noch nie zuvor gesehen habe? »Sehr freundlich von Ihnen, mich zu empfangen, Mr. Slater«, sagte er verbindlich und streckte die Hand aus.

Slater ignorierte sie. »Kommen Sie rein«, sagte er knapp.

Hier könnte ich mich blind zurechtfinden, dachte Greco. Küche geradeaus am Ende des Flurs. Wohnzimmer rechts vom Eingang mit Durchgang zum kleinen Esszimmer. Drei Schlafzimmer im ersten Stock. Das Fernsehzimmer ein halbes Stockwerk unter der Küche. Greco wusste das, weil er in genau so einem Haus aufgewachsen war, in Hempstead, Long Island.

Man konnte auf den ersten Blick erkennen, dass Slater über wenig Geschmack verfügte. Die beigefarbenen Wände und der braune Teppich wirkten stumpf und eintönig. Greco folgte Slater in das sparsam möblierte Wohnzimmer. Ein modernistisch anmutendes Sofa und ebensolche Sessel gruppierten sich um einen großen Couchtisch mit Glasplatte und Chromstahlgestell.

In diesem Haus und an diesem Typen gibt es nichts, was in irgendeiner Form Wärme und Geborgenheit ausstrahlt, dachte Greco, als er sich in den Sessel setzte, den Slater ihm angeboten hatte.

Man saß darin zu tief für sein Empfinden. Eine subtile Art, mir ein Gefühl der Unterlegenheit zu vermitteln, fiel ihm auf.

Bevor er seine üblichen einleitenden Bemerkungen machen konnte, kam ihm Slater zuvor: »Ich weiß, weshalb Sie hier sind, Mr. Greco. Sie untersuchen das Verschwinden von Susan Althorp im Auftrag ihrer Mutter. Das ist zwar ein löbliches Unterfangen, doch die Sache hat einen Haken: Sie haben den Auftrag, auf irgendeine Art zu beweisen, dass Peter Carrington bei Susans Verschwinden die Hand im Spiel hatte.«

»Mein Auftrag lautet, herauszufinden, was mit Susan geschehen ist, und, wenn möglich, ihrer Mutter ihren Seelenfrieden zurückzugeben«, entgegnete Greco. »Es ist mir bewusst, dass Peter Carrington zweiundzwanzig Jahre lang mit diesem schwerwiegenden Verdacht leben musste, weil er der Letzte war, der sie vor ihrem Verschwinden gesehen hat. Als sein Freund und Mitarbeiter haben Sie sicherlich ein großes Interesse daran, dass dieser Verdacht vollständig ausgeräumt wird, falls das überhaupt möglich ist.«

»Natürlich. Das versteht sich von selbst.«

»Dann bitte ich Sie, mir zu helfen. Wie haben Sie die Ereignisse jenes Abends in Erinnerung?«

»Ich bin sicher, dass Sie meine Zeugenaussage von damals, als die Ermittlungen begonnen haben, ganz genau gelesen haben. Ich habe als Gast an diesem Abendessen teilgenommen. Es war eine sehr angenehme Feier. Susan kam zusammen mit ihren Eltern.«

»Sie ist mit ihnen gekommen, aber Peter hat sie dann nach Hause gefahren.«

»Richtig.«

»Um welche Uhrzeit haben Sie die Party verlassen?«

»Wie Sie sicherlich wissen, habe ich dort übernachtet. Seit Jahren habe ich ein eigenes Zimmer im Herrenhaus. In neunundneunzig Prozent der Fälle fahre ich zu mir nach Hause, aber an jenem Abend habe ich dort übernachtet, genau wie eine Reihe von anderen Gästen. Elaine, Peters Stiefmutter, hatte für den nächsten Vormittag zu einem Brunch eingeladen, und es war einfacher, dort zu bleiben, als hin und her zu fahren.«

»Wann haben Sie sich in Ihr Zimmer zurückgezogen?«

»Als Peter Susan nach Hause fuhr.«

»Wie würden Sie Ihre Beziehung zur Carrington-Familie beschreiben?«

»Genauso, wie Sie das sicherlich aus vielen Gesprächen entnommen haben werden. Ich bin mir stets der Tatsache bewusst, dass ich ein Angestellter bin, doch ich darf mich auch, so hoffe ich jedenfalls, als ihr Freund und Vertrauter bezeichnen.«

»So vertraut, dass Sie alles tun würden, um ihnen zu helfen, besonders Peter, der ja für Sie so etwas wie ein Ersatzsohn oder Bruder ist?«

»Bei allem, was ich jemals für Peter getan habe, hat es nie etwas gegeben, was nicht jedermann wissen dürfte, Mr. Greco. Falls Sie keine weiteren Fragen haben, würde ich es gern dabei belassen. Ich muss mich auf den Weg nach Englewood machen.«

»Nur noch eine Frage. Sie waren auch an jenem Abend anwesend, an dem Grace Carrington ums Leben gekommen ist, nicht wahr?«

»Die Nacht, in der Grace durch ein Unglück umgekommen ist, um es genauer zu sagen. Peter war mehrere Wochen in Australien gewesen. Er sollte rechtzeitig zum Abendessen eintreffen, und seine Frau Grace hatte Elaine, deren Sohn Richard, ein paar Freunde aus der Gegend und mich zum Essen eingeladen. Weil Richards Geburtstag bevorstand, erklärte Grace den Abend zu einer Geburtstagsfeier für ihn.«

»Als Peter nach Hause kam, wurde er ziemlich wütend bei dem Anblick, der sich ihm bot, nicht wahr?«

»Mr. Greco, es gibt nichts, was ich dem, was Sie sicherlich schon über diese Situation erfahren haben, hinzufügen könnte. Peter hat sich verständlicherweise sehr aufgeregt, als er gesehen hat, dass Grace stark getrunken hatte.«

»Er war äußerst wütend.«

»Ich würde eher sagen: erregt, nicht wütend.«

»Haben Sie in dieser Nacht auch im Herrenhaus übernachtet?«

»Nein. Es war ungefähr elf Uhr, als Peter kam. Wir wollten sowieso alle demnächst aufbrechen. Peter ist nach oben gegangen. Elaine und Richard sind bei Grace geblieben.«

»Waren noch Dienstboten im Haus?«

»Jane und Gary Barr sind eingestellt worden, nachdem Peters Mutter gestorben war. Elaine hat sie nach ihrer Hochzeit mit Peters Vater entlassen. Nach dem Tode seines Vaters jedoch ist Elaine in das kleinere Haus auf dem Grundstück gezogen, und Peter hat die Barrs wieder zurückgeholt. Seitdem sind sie ununterbrochen im Dienst der Familie gewesen.«

»Aber wenn sie entlassen wurden, wieso waren sie dann an dem Abend, an dem Susan verschwunden ist, im Herrenhaus? Peters Vater hat damals noch gelebt. Es sollte ja eigentlich an diesem Abend sein siebzigster Geburtstag gefeiert werden.«

»Elaine Walker Carrington hat keinerlei Bedenken, die Leute so zu benutzen, wie es ihr gerade passt. Obwohl sie die Barrs entlassen hatte, weil sie sich in den Kopf gesetzt hatte, einen jungen dynamischen Koch, einen Butler und ein paar Dienstmädchen einzustellen, hat sie sie an jenem Abend gebeten, beim Servieren zu helfen und am nächsten Morgen den Brunch zuzubereiten. Sie waren hundert Mal effizienter als die neuen Dienstboten, und außerdem bin ich sicher, dass sie sie gut bezahlt hat.«

»Später wurden sie wieder eingestellt, und ich nehme an, dass sie auch an dem Abend vor Graces Tod das Dinner serviert haben. Waren sie noch anwesend, als Peter nach Hause kam?«

»Peter und Grace waren immer sehr taktvoll. Nachdem sie den Kaffee serviert und die Tassen abgeräumt hatten, haben sich die Barrs in ihre Wohnung zurückgezogen. Sie wohnten, wie früher schon, auf dem Gelände im ehemaligen Pförtnerhaus.«

»Mr. Slater, ich habe letzte Woche mit Gary und Jane Barr gesprochen. Dabei ging es auch um jenes Abendessen und den Brunch am nächsten Vormittag. Ich habe Gary auf etwas angesprochen, was mir in den Akten aufgefallen ist. Vor zweiundzwanzig Jahren hat er gegenüber den Ermittlern ausgesagt, er habe am Morgen nach der Party ein Gespräch zwischen Ihnen und Peter Carrington mitbekommen. Peter habe zu Ihnen gesagt, Susan habe am Abend zuvor ihre Handtasche in seinem Wagen liegen lassen, und er habe Sie gebeten, sie ihr zu bringen, weil sie vielleicht etwas daraus benötige. Barr erinnerte sich, diese Aussage gemacht zu haben und diesen Wortwechsel zwischen Ihnen und Peter gehört zu haben.«

»Mag sein, dass er sich so daran erinnert, aber wenn Sie weiter in den Akten nachgeschaut hätten, müsste Ihnen aufgefallen sein, dass ich damals ausgesagt habe, seine Erinnerung an das Gespräch sei nur zum Teil richtig«, entgegnete Slater gelassen. »Peter hat nicht gesagt, Susan habe ihre Handtasche im Auto vergessen. Er hat gesagt, er *glaube*, sie habe ihre Handtasche dort liegen lassen. Sie lag aber nicht im Auto, er hatte sich also offensichtlich geirrt. Ich wüsste nicht, weshalb dieser Punkt überhaupt von Interesse sein könnte.«

»Es ist nur eine einfache Überlegung. Mrs. Althorp ist sicher, in jener Nacht gehört zu haben, wie Susan die Tür zu ihrem Zimmer geschlossen hat. Doch offenbar hatte sie nicht die Absicht, sich dort länger aufzuhalten. Wenn sie nun bemerkt hat, dass sie ihre Handtasche in Peters Auto liegen gelassen hatte, und sie sich sowieso später mit ihm treffen wollte, wäre das kein Problem für sie gewesen. Wenn sie aber mit jemand anderem verabredet war, dann wäre es doch nur natürlich gewesen, wenn sie eine andere Handtasche ausgesucht hätte, um Puderdose, Taschentuch und die anderen Dinge mitzunehmen, die Frauen normalerweise bei sich haben, nicht wahr?«

»Sie verschwenden Ihre Zeit, Mr. Greco. Sie glauben doch nicht im Ernst, dass Susans Mutter genau darüber Bescheid wusste, wie viele Taschentücher oder, in diesem Fall, wie viele Handtaschen ihre Tochter in ihrem Zimmer aufbewahrte?«

Nicholas Greco erhob sich. »Danke, dass Sie mir Ihre Zeit gewidmet haben, Mr. Slater. Leider hat es inzwischen eine Entwicklung gegeben, von der ich Sie noch in Kenntnis setzen muss. Die Zeitschrift *Celeb* wird morgen ein Interview veröffentlichen, das sie mit Mrs. Althorp geführt hat. Darin erhebt Mrs. Althorp offen die Beschuldigung, Peter Carrington habe ihre Tochter Susan ermordet.«

Er beobachtete, wie Vincent Slater schlagartig kreidebleich wurde.

»Das ist eine glatte Verleumdung«, brach es aus ihm heraus. »Eine glatte und bodenlose Verleumdung.«

»Genau. Und die normale Reaktion eines Unschuldigen wie Peter Carrington wird sein, seine Anwälte zu beauftragen, gerichtlich gegen Gladys Althorp vorzugehen. Darauf folgt dann das übliche Verfahren mit Befragungen und Aussagen, bis es entweder zu einem Widerruf, einer Einigung oder einem öffentlichen Prozess kommt. Glauben Sie, dass Peter Carrington einen sofortigen Widerruf von Gladys Althorp fordern wird und dass er, falls er ihn nicht erhält, eine Verleumdungsklage gegen sie anstrengen wird?«

Slaters Miene war eisig geworden, doch Greco war nicht entgangen, dass zuvor ein ängstlicher Ausdruck über sein Gesicht gehuscht war. »Wollten Sie nicht gerade gehen, Mr. Greco?«, sagte er.

Keiner der beiden Männer verlor noch ein weiteres Wort, bis Greco das Haus verlassen hatte. Greco ging durch den Vorgarten, stieg in seinen Wagen und ließ den Motor an. Wen wird Slater jetzt wohl anrufen?, fragte er sich, als er die Straße entlangfuhr. Carrington? Die Anwälte? Die neue Mrs. Carrington?

Aus dem Gedächtnis tauchte das Bild von Kay auf, wie sie Peter Carrington vehement verteidigt hatte, als er sie im Haus ihrer Großmutter kennengelernt hatte. Kay, Sie hätten auf Ihre Großmutter hören sollen, dachte er.

12

Nichts deutete am nächsten Morgen darauf hin, dass Peter sich seines Schlafwandelns in der Nacht zuvor bewusst war. Ich war mir nicht sicher, ob ich die Sache ansprechen sollte. Was sollte ich sagen? Dass es so ausgesehen hat, als ob er versucht hätte, einen Gegenstand oder eine Person in den Pool zu drücken oder herauszuziehen?

Ich glaubte inzwischen, eine Erklärung dafür zu haben. Er musste einen Albtraum gehabt haben, geträumt haben, dass Grace im Pool ertrank. Er hatte versucht, sie zu retten. Das ergab einen Sinn, aber darüber zu reden, schien mir zwecklos zu sein. Bestimmt konnte er sich an nichts mehr erinnern.

Um sieben Uhr standen wir auf. Die Barrs sollten erst um acht kommen, um das Frühstück zuzubereiten, also presste ich zunächst nur Saft und machte uns einen Kaffee, denn wir hatten beschlossen, eine kleine Runde durch das Anwesen zu joggen. Merkwürdigerweise hatten wir bis jetzt nur wenig über meinen Vater und seine Rolle bei der Gartengestaltung des Grundstücks gesprochen. Ich hatte Peter erzählt, wie schwer der Tod meiner Mutter meinen Vater getroffen und wie sehr ich unter seinem Selbstmord gelitten hatte. Natürlich hatte ich nichts von den entsetzlichen Dingen erwähnt, die Nicholas Greco gesagt hatte. Seine Andeutung darüber, Daddy hätte vielleicht beschlossen unterzutauchen, weil er etwas mit Susan Althorps Verschwinden zu tun hatte, hatte mich in Rage gebracht.

Als wir über das Gelände liefen, begann Peter über meinen Vater zu sprechen. »Nach dem Tod meiner Großmutter hat meine Mutter nie etwas an den Gärten verändern lassen«, sagte er. »Als aber dann Elaine meinen Vater geheiratet hat, kam ein ganz anderer Wind in die Sache, das muss man ihr lassen. Sie meinte, das gesamte Grundstück sähe aus, als ob es als Friedhof angelegt worden sei. Es fehle nur noch ein Schild mit der Aufschrift ›Ruhet in Frieden‹. Dein Vater hat dann großartige Arbeit geleistet und die gesamte Anlage so umgestaltet, wie sie sich heute darstellt.«

»Elaine hat ihn entlassen, weil er getrunken hat«, sagte ich und versuchte, ungerührt zu klingen.

»Das ist ihre Version«, sagte Peter sanft. »Elaine hatte immer Geschichten mit anderen Männern, selbst als mein Vater noch gelebt hat. Sie hat deinem Vater Avancen gemacht, und er hat sie abgewiesen. Das ist der wahre Grund, weshalb sie ihn gefeuert hat.«

Ich blieb so abrupt stehen, dass er bereits sechs Schritte voraus war, bevor er abbremste und zurückkam. »Es tut mir leid, Kay. Du warst damals noch ein Kind. Natürlich hast du das nicht wissen können.«

Es war Maggie gewesen, die mir immer erzählt hatte, dass Daddys Alkoholproblem ihn den Job gekostet hatte. Sie schob alles auf seine Trunksucht, selbst seinen Selbstmord. Plötzlich war ich wütend auf sie. Mein Vater war zu sehr Gentleman gewesen, um ihr den wahren Grund für seine Entlassung zu sagen, und dann hatte sie sich in ihrer besserwisserischen Art ihren eigenen Reim darauf gemacht. Das war nicht fair, Maggie, dachte ich.

»Kay, ich wollte dir nicht wehtun.« Peter ergriff meine Hand, und ich verschränkte meine Finger mit den seinen.

Ich blickte zu ihm auf. Peters aristokratisches Gesicht mit dem kräftigen Kinn wirkte kantig, doch es waren immer seine Augen, die mir an ihm auffielen. Jetzt wirkten sie ernst und besorgt darüber, dass er mich ohne Absicht verletzt haben könnte.

»Nein, du hast mir nicht wehgetan, überhaupt nicht. Im Gegenteil, mir ist jetzt etwas sehr Wichtiges klar geworden. In all diesen Jahren hatte ich immer die Vorstellung mit mir herumgetragen, dass mein Vater hier betrunken durch das Gelände getorkelt sein könnte, und ich habe mich für ihn geschämt. Jetzt kann ich mich von diesem Bild endgültig lösen.«

Peter spürte, dass ich nicht weiter über dieses Thema sprechen wollte.

»Dann ist es gut«, sagte er. »Wollen wir dann mal weiter?«

Indem wir über die gepflasterten Wege, die sich durch das Gelände schlängelten, ein paar Mal hin und her liefen, brachten wir schließlich gut eine Meile zusammen und beschlossen, zum Abschluss noch eine Runde bis zum Ende des westlichen Weges zu laufen, der an der Straße endete. Das Grundstück war dort von hohen Hecken abgeschirmt. Peter erklärte mir, dass der Staat dort vor vielen Jahren neben dem Bürgersteig eine Gasleitung verlegt habe und dass mein Vater, als er die Pläne für die Anlage ausarbeitete, vorgeschlagen hatte, die Umzäunung um fünfzehn Meter zurückzuversetzen. Falls der Boden einmal wegen Reparaturarbeiten aufgegraben werden müsse, würden die Anpflanzungen keinen Schaden nehmen.

Als wir an der Umzäunung ankamen, hörten wir von der anderen Seite her Stimmen und das Geräusch von Maschinen. Wir spähten durch die Hecke und sahen einige Arbeiter, die dabei waren, eine Baustellenabsperrung an der Straße zu errichten und schweres Gerät von einem Laster abzuladen. »Ich schätze, das ist genau das, was mein Vater damals im Sinn hatte«, sagte ich.

Peter sagte: »Stimmt«, dann wandte er sich um und lief los. »Wer als Erster beim Haus ist!«, rief er über die Schulter zurück.

»Das ist unfair«, rief ich, als er lossprintete. Ein paar Minuten später erreichten wir völlig außer Atem, jedoch in bester Stimmung – so glaubte ich zumindest – das Haus.

Die Barrs waren in der Küche zugange, und ich bekam den Duft von frisch gebackenen Muffins in die Nase. Mir wurde klar, dass ich, die ich gewohnt war, zum Frühstück schwarzen Kaffee und einen halben getoasteten Bagel ohne Butter oder Frischkäse zu essen, mir strenge Disziplin würde auferlegen müssen, wenn ich weiterhin Wert auf meine Figur legen wollte. Doch heute, bei unserem ersten Frühstück zu Hause, hatte ich keine Lust, mir darüber Gedanken zu machen.

Einen unbestreitbaren Vorteil hat so ein Herrenhaus: Es gibt eine große Auswahl von Orten, an denen man sich aufhalten kann. Das Frühstückszimmer war wie ein kleiner, gemütlicher Garten innerhalb des Hauses, mit grün und weiß gestrichener Wandvertäfelung, einem runden Tisch mit Glasplatte, gepolsterten Korbsesseln und einer Vitrine mit zierlichem, grün-weiß gemustertem Porzellan. Zum wiederholten Mal fragte ich mich im Stillen, wie viele Schätze es doch in diesem Haus gab, gesammelt seit dem frühen neunzehnten Jahrhundert. Und mich beschlich der Gedanke, ob überhaupt irgendjemand in diesem Haus darüber Bescheid wusste oder gar Buch führte.

Jane Barr war anzusehen, dass sie etwas beunruhigte. Ihre herzliche Begrüßung konnte die sorgenvolle Miene nur für einen kurzen Augenblick überstrahlen. Irgendetwas war vorgefallen, aber ich wollte sie nicht in Peters Anwesenheit danach fragen. Doch ich spürte, dass er es auch bemerkt hatte.

Die *New York Times* lag neben seinem Gedeck auf dem Tisch. Er griff danach, besann sich aber und legte sie wieder weg. »Ach Kay, ich habe mich so daran gewöhnt, beim Frühstück die Zeitung zu lesen, dass ich für einen Augenblick vergessen habe, dass ich jetzt einen sehr guten Grund habe, damit zu warten.«

»Das brauchst du nicht«, sagte ich. »Du kannst den ersten Teil haben. Ich nehme den Lokalteil.«

Erst nachdem sie uns die zweite Tasse Kaffee eingeschenkt hatte, kam Jane Barr noch einmal ins Frühstückszimmer. Diesmal versuchte sie nicht, ihre Beunruhigung zu verbergen. »Mr. Carrington«, wandte sie sich an Peter, »ich weiß nicht recht, wie ich es Ihnen sagen soll, aber als ich heute Morgen im Supermarkt war, wurde gerade die *Celeb* ausgeliefert. Die Titelgeschichte geht über Sie. Sicherlich werden Sie bald Anrufe bekommen, deshalb wollte ich Sie vorwarnen, aber ich wollte Sie auch erst mal in Ruhe frühstücken lassen.«

Ich sah, dass sie ein zusammengefaltetes Exemplar der Zeitschrift unter dem Arm trug. Sie überreichte es Peter.

Er klappte sie auf, starrte auf das Titelblatt und schloss die Augen, als sei ihm der Anblick unerträglich. Ich langte über den Tisch und nahm ihm die Zeitschrift aus der Hand. Die riesengroße Schlagzeile lautete: PETER CARRINGTON HAT MEINE TOCHTER ERMORDET. Darunter waren nebeneinander zwei Fotos abgebildet. Links ein offiziell wirkendes Bild von Peter, die Art von Fotos, die Zeitungen verwenden, wenn sie einen Artikel über einen bekannten Manager veröffentlichen. Er blickte ernst, was mich nicht verwunderte. Peter ist von Natur aus schüchtern und nicht der Typ, der bei jeder auftauchenden Kamera sofort lächelt. Dennoch ging von ihm auf diesem speziellen Bild etwas Kaltes, ja sogar Hochmütiges oder Überhebliches aus.

Daneben hatten sie ein Foto von Susan Althorp platziert, eine lächelnde Susan in ihrem Abendkleid, ihre langen blonden Haare flossen weich über ihre Schultern, ihre Augen funkelten, ihr schönes junges Gesicht strahlte Fröhlichkeit und Unbekümmertheit aus. Ich getraute mich nicht, Peter anzuschauen, und schlug die Zeitschrift auf. Die doppelseitige Überschrift auf den folgenden Seiten war nicht weniger schlimm. STERBENDE MUTTER FORDERT GERECHTIGKEIT. Abgedruckt war ein Foto der abgemagerten, gramzerfurchten Gladys Althorp, umgeben von Bildern ihrer Tochter aus verschiedenen Perioden ihres kurzen Lebens.

Ich war immerhin so weit in juristischen Dingen bewandert, dass ich wusste: Wenn Peter nicht einen Widerruf forderte und erhielt, bliebe ihm nur noch die Möglichkeit, eine Klage gegen Gladys Althorp einzureichen. Ich blickte ihn an, wusste jedoch in diesem Augenblick seinen Gesichtsausdruck nicht zu deuten. Doch ich war mir sicher, dass er jetzt keine überflüssigen Bekundungen der Empörung von meiner Seite gebrauchen konnte. »Was wirst du tun?«, fragte ich.

Jane Barr zog sich in die Küche zurück.

Peter machte einen schmerzgepeinigten Eindruck, als ob er physisch angegriffen worden sei. Seine Augen waren feucht, und seine Stimme war brüchig, als er leise sagte: »Kay, ich habe zweiundzwanzig Jahre lang auf jede Frage geantwortet, die sie mir zu Susans Verschwinden gestellt haben. Nur wenige Stunden, nachdem sie vermisst wurde, waren die Leute von der Staatsanwaltschaft schon bei uns und haben mich verhört. Vierundzwanzig Stunden später, noch bevor sie darum ersucht haben, hat mein Vater ihnen die Erlaubnis erteilt, das Gelände mit Spürhunden abzusuchen. Er gestattete auch eine Hausdurchsuchung. Sie haben meinen Wagen beschlagnahmt. Nicht einmal das klitzekleinste Indiz haben sie finden können, was darauf hindeuten könnte, dass ich weiß, was Susan zugestoßen ist, nachdem ich sie zu Hause abgesetzt habe. Kannst du dir vorstellen, was für ein Albtraum das sein würde, wenn ich einen Widerruf von Susans Mutter fordere, ihn nicht bekomme und eine Verleumdungsklage gegen sie anstrengen muss? Ich werde dir sagen, was passieren wird. Es wird ein Riesenfest für die Medien werden, und diese arme Frau wird lange tot sein, bevor es überhaupt zu einem Prozesstermin kommt.«

Er stand auf. Er zitterte und kämpfte mit den Tränen. Ich lief um den Tisch und schlang meine Arme um ihn. Ich konnte ihm nur helfen, indem ich ihm sagte, wie sehr ich ihn liebte. Ich glaube, meine Worte trösteten ihn etwas, so fühlte er sich wenigstens nicht vollkommen allein. Doch dann sagte er mit trauriger, fast ein bisschen erstickter Stimme: »Ich habe dir keinen Gefallen getan, als ich dich geheiratet habe, Kay. Du hast diese ganze Misere nicht verdient.«

»Und du auch nicht«, sagte ich. »Peter – auch wenn es dir noch so schrecklich vorkommen mag –, ich glaube, du musst einen Widerruf von Mrs. Althorp verlangen und, wenn nötig, sie auch wegen Verleumdung verklagen. Es tut mir leid für sie, aber das hat sie sich schließlich selbst angetan.«

»Ich weiß nicht«, sagte er. »Ich weiß es einfach nicht.«

Vincent Slater traf ein, als Peter unter der Dusche stand. Ich wusste, dass sie an diesem Morgen zusammen in Peters Büro fahren wollten. »Sie müssen Peter überreden, den Widerruf einzufordern«, sagte ich zu ihm.

»Das ist eine Sache, die wir mit unseren Anwälten besprechen werden, Kay«, antwortete er in abweisendem Ton.

Wir blickten uns an. Vom ersten Moment an, als ich hierher kam und um die Einwilligung bat, den Empfang im Herrenhaus abzuhalten, hatte ich bei Slater eine gewisse Feindseligkeit mir gegenüber gespürt. Doch mir war klar, dass ich auf der Hut sein musste. Er spielte eine wichtige Rolle in Peters Leben.

»Peter hat jetzt die Möglichkeit, den Verdächtigungen entgegenzutreten und klarzustellen, dass es nicht den Hauch eines Beweises gegen ihn gibt«, redete ich auf Slater ein. »Wenn er keinen Widerruf verlangt, könnte er sich ebenso gut gleich ein Schild um den Hals hängen mit der Aufschrift: ›Ich bekenne mich schuldig.‹«

Er erwiderte nichts darauf. Peter kam die Treppe herunter, gab mir einen Abschiedskuss, und dann verließen sie gemeinsam das Haus.

Am selben Nachmittag legten die Arbeiter, als sie den Boden aufgruben, um neue Kabel zu verlegen, das Skelett einer Frau frei. Sie war fest in Plastiksäcke eingewickelt und im Bereich außerhalb der Umzäunung des Anwesens vergraben worden. Auf der Vorderseite ihres halb verrotteten weißen Chiffonabendkleids waren noch Flecken sichtbar, die anscheinend von Blut herrührten.

Gary Barr war derjenige, der ins Zimmer stürzte, um mir die Nachricht zu übermitteln. Auf dem Rückweg vom Einkaufen war er in dem Moment an der Baustelle vorbeigefahren, als gerade einer der Arbeiter mit seinem Gerät auf die Leiche gestoßen war. Gary berichtete mir, er habe angehalten und zugesehen, bis die Wagen der Polizei mit heulenden Sirenen eintrafen.

Über die am Zaun installierten Überwachungskameras konnte ich sehen, dass sich eine kleine Menschenmenge angesammelt hatte. Ich glaube, dass ich nicht einmal eine Sekunde lang daran gezweifelt habe, dass die Leiche als diejenige von Susan Althorp identifiziert werden würde.

Das Klingeln an der Haustür ließ mich an das Glockengeläut bei der Trauermesse für meinen Vater denken. Ich erinnere mich genau, wie traurig die Glocken geklungen hatten, als ich Hand in Hand mit Maggie aus der Kirche trat und wir mit den Freunden auf den Stufen von St. Cecilia's standen. Ich erinnere mich, dass Maggie zu mir sagte. »Falls die sterblichen Überreste von Jonathan doch noch entdeckt werden sollten, wird es natürlich ein richtiges Begräbnis geben.« Doch so weit war es nie gekommen.

Als die verstörte Jane Barr auftauchte, um uns mitzuteilen, dass Beamte von der Kriminalpolizei Mr. Carrington sprechen wollten, ging mir durch den Kopf, dass es wohl bald ein richtiges Begräbnis für Susan Althorp geben würde.

13

»Wir wissen, dass er es war, aber haben wir genug in der Hand, um Anklage zu erheben?« Barbara Krause blickte Tom Moran, Assistenzstaatsanwalt und Leiter ihrer Mordkommission, durchdringend an. Sechs Tage waren vergangen, seit die sterblichen Überreste von Susan Althorp auf dem nicht umzäunten Teil des Carrington-Geländes gefunden worden waren. Man hatte eine Autopsie durchgeführt und die Leiche eindeutig identifiziert. Als Todesursache war Erdrosselung festgestellt worden.

Moran, mit Glatze, etwas übergewichtig und seit fünfundzwanzig Jahren im Büro der Staatsanwaltschaft tätig, teilte das frustrierte Gefühl seiner Chefin. Seit die Leiche entdeckt wurde, hatten sich Reichtum und Macht der Carrington-Familie offenbart. Carrington hatte ein Team von landesweit bekannten Anwälten zusammengetrommelt, und dieses hatte seine Arbeit bereits aufgenommen und stellte sich auf die mögliche Anklageerhebung ein. Wenn man die Sache nüchtern betrachtete, sah es so aus, dass die Staatsanwaltschaft von Bergen County genug Indizien besaß, um einen begründeten Verdacht auszusprechen und eine Anklage gegen Carrington einzureichen, und die Geschworenen der Grand Jury würden diese höchstwahrscheinlich auch bestätigen. Andererseits, sollte es zu einem Prozess kommen, bei dem die Staatsanwaltschaft über jeden begründeten Zweifel erhabene Beweise liefern musste, stand zu befürchten, dass die Geschworenen ihn entweder freisprechen oder nicht zu einem einstimmigen Urteil gelangen könnten.

Nicholas Greco wurde jeden Augenblick im Büro der Staatsanwaltschaft erwartet. Er hatte angerufen und um ein Gespräch mit Barbara Krause ersucht, und sie hatte Moran gebeten, dabei anwesend zu sein.

»Er sagt, er hätte vielleicht etwas für uns, was uns weiterhelfen könnte«, klärte Krause Moran auf. »Hoffen wir, dass das stimmt. Normalerweise bin ich nicht sehr begeistert, wenn sich Außenstehende in unsere Angelegenheiten einmischen, doch in diesem Fall würde ich ihm ohne Bedenken jede erdenkliche Unterstützung anbieten, wenn es uns dadurch gelingt, Carrington zu überführen.«

Sie war an diesem Vormittag zusammen mit Moran noch einmal alle Stärken und Schwächen des Falls durchgegangen, und dabei hatte sich nichts Neues ergeben. Die Tatsache, dass Carrington Susan nach Hause gefahren hatte und er derjenige war, der sie zuletzt gesehen hatte, wurde dadurch abgeschwächt, dass sowohl ihr Vater wie auch ihre Mutter gehört hatten, dass sie das Haus betrat und ihnen »Gute Nacht« zurief. Als der Verdacht aufkam, dass sie Opfer eines Gewaltverbrechens geworden sein könnte, hatte der damals zwanzigjährige Carrington sämtliche Fragen beantwortet, mit denen die Kollegen ihn bedrängt hatten. Als Carringtons Vater erfuhr, dass sein Sohn verdächtigt wurde, hatte er nicht nur erlaubt, sondern sogar verlangt, dass das Herrenhaus, das Grundstück und Peters Auto durchsucht werden sollten. Bei der Durchsuchung war nichts herausgekommen.

Am Ende des ersten Tages nach Susans Verschwinden waren Carringtons Smoking und seine Schuhe auf mögliche Spuren untersucht worden, mit negativem Ergebnis. Das weiße Hemd, das er getragen hatte, konnte nicht gefunden werden. Er behauptete, dass er es wie gewohnt in den Wäschekorb geworfen habe, und das neue Dienstmädchen sagte unter Eid aus, dass sie es am nächsten Morgen dem Abholservice der chemischen Reinigung mitgegeben habe. Die Reinigungsfirma bestand darauf, nur ein einziges Smokinghemd erhalten zu haben, nämlich das von Carringtons Vater, doch diese Spur hatte zu nichts geführt. Weitere Ermittlungen hatten ergeben, dass es mit der betreffenden Reinigung schon häufig Ärger und Beschwerden gegeben hatte, weil Kleidungsstücke verschwunden oder Aufträge durcheinandergebracht worden waren.

»Tatsächlich befand sich irrtümlich das Jackett eines Nachbarn in der Lieferung, die sie an demselben Tag zurückgebracht haben, an dem sie das Hemd mitgenommen haben sollen«, sagte Krause, und der Ärger war ihrer Stimme deutlich anzuhören. »Dieses Hemd, das Carrington an dem Abend getragen hat, ist genau das Beweisstück, das uns die ganze Zeit noch gefehlt hat. Jede Wette, dass Blutspuren darauf waren.«

Ein Summton ertönte aus Krauses Sprechanlage. Nicholas Greco war eingetroffen.

Greco hatte Tom Moran bereits kennengelernt, als er sich mit den Akten des Althorp-Falls beschäftigt hatte. Er verschwendete daher keine Zeit und kam sofort auf den Grund seines Besuchs zu sprechen. »Sie können sich wahrscheinlich vorstellen, was Mrs. Althorp jetzt durchmacht«, sagte er. »Sie sagte mir, wenigstens hätte sie jetzt die Gewissheit, dass sie und Susan in absehbarer Zeit nebeneinander auf dem Friedhof liegen würden. Doch die Entdeckung der Leiche auf dem Grundstück der Carringtons hat sie natürlich in ihrem sehnlichen Wunsch nur noch bestärkt, dass Peter Carrington endlich der Prozess gemacht wird.«

»Meine Reaktion war ganz ähnlich«, bemerkte Krause bitter.

»Wie Sie wissen, habe ich mit Leuten gesprochen, die den Carringtons nahestehen, unter anderem auch mit einem Teil des Personals. Manchmal spricht man etwas an, und es werden bei den Leuten neue Erinnerungen wach, selbst wenn die ersten Ermittlungen schon Jahre zurückliegen. Ich habe in Ihren Akten gesehen, dass Sie kurze Zeit nach Susan Althorps Verschwinden Gary und Jane Barr befragt haben, das ehemalige und gegenwärtige Haushälterehepaar der Carringtons.«

»Ja, natürlich.« Barbara Krause beugte sich leicht vor, ein untrügliches Zeichen, dass sie das Gefühl hatte, ihr Gegenüber werde ihr eine interessante Neuigkeit eröffnen.

»In den Akten steht, dass Barr erwähnt hat, er habe am Morgen danach einen Wortwechsel zwischen Carrington und Vincent Slater mit angehört. Carrington habe Slater mitgeteilt, dass Susan ihre Handtasche in seinem Wagen vergessen hätte, und habe ihn gebeten, sie ihr zu bringen, weil sie vielleicht etwas daraus benötige. Mir schien das eine reichlich ungewöhnliche Bitte zu sein, nachdem Susan sowieso zum Brunch erwartet wurde und ihre Mutter sich erinnert, dass sie beim Dinner nur eine sehr kleine Handtasche bei sich hatte. Slater soll dann gesagt haben, er habe im Wagen nachgeschaut und keine Handtasche gefunden. Als ich ein bisschen bei Barr nachhakte, erinnerte er sich, dass Carrington daraufhin erwidert haben soll: ›Das ist nicht möglich. Sie *muss* dort sein.‹«

»Die Handtasche wurde bei Susans Leiche gefunden«, sagte Barbara Krause. »Wollen Sie etwa andeuten, dass Carrington sie ihr zurückgebracht hat, nachdem er angeblich zu Bett gegangen war, und sich später nicht mehr daran erinnern konnte? Das ergibt doch keinen Sinn.«

»Wurde in der Handtasche etwas gefunden, was vielleicht von Bedeutung sein könnte?«

»Der Stoff war schon weitgehend verrottet. Ein Kamm, ein Taschentuch, Lippenstift, Puderdose.« Barbara Krauses Augen verengten sich. »Glauben Sie an dieses plötzliche Wiederkehren der Erinnerung bei Gary Barr?«

Greco zuckte die Achseln. »Ja, weil ich auch mit Slater gesprochen habe. Er hat das Gespräch bestätigt, allerdings mit einem abweichenden Wortlaut. Er besteht darauf, dass Carrington nur gesagt hat, Susan habe *vielleicht* ihre Handtasche vergessen. Zwei Dinge sind mir allerdings aufgefallen. Erstens hat die Frage Slater sichtlich aus der Ruhe gebracht, und zweitens schien mir Barr sehr nervös zu sein. Vergessen Sie nicht, dass ich mit Barr gesprochen habe, *bevor* die Leiche gefunden wurde. Ich weiß, dass er und seine Frau von Zeit zu Zeit bei Partys im Haus der Althorps aushalfen. Daher war er Susan auch dort begegnet und nicht nur im Haus der Carringtons.«

»Jane Barr hat ausgesagt, dass sie und Gary nach der Dinnerparty direkt zu ihrer Wohnung gefahren sind, die nicht auf dem Gelände des Carrington-Anwesens lag«, warf Tom Moran ein.

»Barr verschweigt irgendetwas«, sagte Greco unbeirrt. »Und ich gehe jede Wette mit Ihnen ein, dass die Frage, ob Susan Althorp ihre Handtasche in Peter Carringtons Wagen liegen gelassen hat oder nicht, von großer Bedeutung ist für die Lösung des Falls.«

»Noch mehr bin ich an dem fehlenden Smokinghemd interessiert, das Carrington am Abend der Party getragen hat«, sagte Barbara Krause.

»Das war das andere, worüber ich mit Ihnen reden wollte. Ich habe einen Verbindungsmann auf den Philippinen. Ihm ist es gelungen, Maria Valdez ausfindig zu machen, jenes Dienstmädchen, die damals die Aussage über das Hemd gemacht hat.«

»Sie wissen, wo sie ist!«, rief Krause aus. »Ungefähr einen Monat nach unseren ersten Ermittlungen hat sie gekündigt, ist in die Philippinen zurückgegangen und hat geheiratet. Mehr wissen wir nicht. Sie hat zwar versprochen, uns zu informieren, falls sie die Adresse wechselt, aber dann haben wir doch ihre Spur verloren. Alles, was wir herausfinden konnten, war, dass sie sich hat scheiden lassen und danach verschwunden ist.«

»Maria Valdez hat erneut geheiratet und hat drei Kinder. Sie lebt in Lancaster, Pennsylvania. Ich bin gestern bei ihr gewesen. Ich wollte vorschlagen, dass jemand mich begleitet, der bevollmächtigt ist, mit ihr zu verhandeln, wenn ich morgen wieder nach Lancaster fahre. Damit meine ich eine schriftliche Garantie, dass sie nicht wegen eidlicher Falschaussage belangt wird, weil sie beim Verhör damals nicht die Wahrheit gesagt hat.«

»Was? Sie hat gelogen?«, riefen Krause und Moran wie aus einem Mund.

Greco musste lächeln. »Sagen wir, als eine inzwischen gereifte Frau kann sie nicht länger mit dem Wissen leben, dass ihre Aussage vor zweiundzwanzig Jahren einem Mörder den Hals gerettet hat.«

14

Über das Begräbnis von Susan Althorp wurde im ganzen Land auf der ersten Seite berichtet. Das Foto mit dem blumenbedeckten Sarg und den trauernden Eltern vor dem Eingang von St. Mary's hatte sicherlich die Auflagen der Zeitungen und die Einschaltquoten der Fernsehsender in die Höhe schnellen lassen. Maggie besuchte den Trauergottesdienst zusammen mit einigen ihrer Freunde. Ein aufmerksamer Reporter von Channel 2 entdeckte sie in der Menge und eilte zu ihr, um ihr ein paar Fragen zu stellen.

»Ihre Enkelin hat vor Kurzem Peter Carrington geheiratet. Glauben Sie an seine Unschuld und halten Sie noch zu ihm, nachdem die Leiche auf seinem Grundstück gefunden wurde?«

Maggies aufrichtige Antwort war ein gefundenes Fressen für die Presse. Sie schaute direkt in die Kamera und sagte: »Ich halte zu meiner Enkelin.«

»Es tut mir leid«, sagte ich zu Peter, als ich davon hörte.

»Du brauchst dich nicht zu entschuldigen«, antwortete er. »Aufrichtigkeit habe ich schon immer geschätzt. Außerdem, wenn sie bei dem Empfang nicht gestürzt wäre, würden wir jetzt nicht hier zusammensitzen.« Er lächelte sein typisches Lächeln, das zwar Wärme, aber keine Freude ausstrahlte. »Kay, mach dir bitte keine Gedanken. Deine Großmutter hat von Anfang an kein Geheimnis daraus gemacht, dass sie etwas gegen mich hat. Sie wollte nicht, dass ich in dein Leben trete, und vielleicht hatte sie recht. Aber wie auch immer, jedenfalls tun wir unser Bestes, um zu beweisen, dass sie unrecht hat, findest du nicht?«

Wir waren nach dem Abendessen nach oben gegangen und saßen nun im Salon zwischen den beiden Schlafzimmern. Diese Suite wurde immer mehr zu unserer Zufluchtsstätte. Angesichts der Medienvertreter, die das Eingangstor permanent belagerten, und der grimmig dreinblickenden Anwälte, die ein- und ausgingen, fühlte ich mich fast wie in einem Kriegsgebiet. Das Gelände zu verlassen, ohne von der Presse verfolgt zu werden, war unmöglich geworden.

In der vergangenen Woche hatte es eine Diskussion zwischen Peter, Vincent Slater und den Anwälten gegeben über die Frage, ob Peter in irgendeiner Form eine öffentliche Beileidsbekundung an Susans Familie hätte richten sollen. »Ganz egal, was ich bekannt gebe, es wird in jedem Fall gegen mich ausgelegt werden«, hatte Peter gesagt. Als er am Ende eine kurze und sachliche Beileidserklärung abgab, wurde sie von Gladys Althorp zurückgewiesen und von den Medien verrissen.

Ich hatte zwar mit Maggie gesprochen, doch ich hatte sie seit der Rückkehr von unserer Hochzeitsreise nicht mehr gesehen. Ich war immer noch ziemlich wütend auf sie, doch zugleich machte ich mir auch Sorgen. Als unsere Hochzeit bevorstand, war sie kein Jota von ihrer Meinung abgewichen, dass Peter sowohl Susan als auch seine Frau umgebracht hätte, und jetzt verkündete sie praktisch diese ihre Meinung im Fernsehen.

Doch mich beschäftigte noch etwas anderes. Nicholas Grecos Anspielung, wonach mein Vater möglicherweise etwas mit Susans Tod zu tun gehabt haben könnte, begann allmählich an mir zu nagen. Als mir dann Peter bei unserem gemeinsamen Morgenjogging durch die Gärten die Augen geöffnet hatte, hatte das die Sache nur noch schlimmer gemacht. Mein Vater war nicht entlassen worden, weil er trank, sondern weil er nicht auf die Avancen von Elaine Walker Carrington reagiert hatte. Und das zog die Frage nach sich: Was hatte ihn in den Selbstmord getrieben?

Ich musste unbemerkt aus dem Anwesen gelangen, um Maggie zu besuchen, ohne von der Presse verfolgt zu werden. Ich musste unbedingt mit ihr reden, denn ich war mir aus tiefster Seele sicher, dass Peter nicht fähig war, jemandem etwas anzutun. Genauso sicher war ich mir jedoch, dass mein Vater niemals aus eigenem Willen untergetaucht wäre, und mehr denn je war ich davon überzeugt, dass er sich nicht das Leben genommen hatte.

Unfassbar, dass Peter und ich zwei so idyllische Wochen verbracht hatten und uns jetzt, nach nur drei Wochen Ehe, in einem solchen Albtraum wiederfanden.

Wir hatten bereits die Zehn-Uhr-Nachrichten angeschaut, und ich wollte gerade den Fernseher abschalten, als ich aus irgendeinem Grund beschloss, doch noch zum Beginn der Elf-Uhr-Ausgabe umzuschalten.

Der Moderator sagte gerade: »Aus dem Büro der Staatsanwaltschaft von Bergen County haben wir soeben erfahren, dass Maria Valdez Cruz, eine ehemalige Angestellte im Hause Carrington, zugegeben hat, vor zweiundzwanzig Jahren eine Falschaussage gemacht zu haben. Damals hatte sie bestätigt, dass sie das Smokinghemd, welches Peter Carrington an dem Abend trug, an dem er Susan Althorp nach Hause gefahren hat, in die Reinigung gegeben habe. Dieses Hemd wurde damals von der Staatsanwaltschaft als zentrales Indiz angesehen.«

»Sie lügt«, sagte Peter mit ausdruckloser Stimme, »doch damit hat sie mein Schicksal besiegelt. Kay, du musst dich darauf gefasst machen, dass sie jetzt Mordanklage gegen mich erheben werden.«

15

MIT ACHTUNDDREISSIG JAHREN war Conner Banks der Jüngste in der Traummannschaft von Spitzenanwälten, die Carrington engagiert hatte, doch niemand, nicht einmal seine gefeierten und einer breiteren Öffentlichkeit bekannten Mitstreiter, konnte ihm seine brillanten Fähigkeiten im Gerichtssaal absprechen. Als Sohn, Enkel und Neffe von wohlhabenden Wirtschaftsanwälten hatte er, zum nicht geringen Entsetzen seiner Familie, schon während seiner ersten Studienjahre in Yale angekündigt, dass er Strafverteidiger werden wolle. Nach seinem Abschluss in Harvard arbeitete er zunächst für einen in Strafverfahren tätigen Richter in Manhattan und wurde danach von Walter Markinson engagiert, einem renommierten Strafverteidiger, der alle möglichen Sorten von Angeklagten vertreten hatte und besonders dafür bekannt war, dass er prominente Persönlichkeiten vor dem Gefängnis bewahrt hatte.

Bei einem seiner ersten Prozesse für Markinsons Kanzlei hatte die Aufgabe von Banks darin bestanden, die Geschworenen davon zu überzeugen, dass die Gattin eines Milliardärs psychisch krank gewesen war, als sie die Geliebte ihres Mannes erschoss. Nach weniger als zwei Stunden Beratung hatten die Geschworenen auf nicht schuldig wegen Unzurechnungsfähigkeit entschieden, fast ein Rekord bei einem Mordprozess mit einer solchen Verteidigungsstrategie.

Dieser Fall hatte den Ruf von Conner Banks begründet, und in den folgenden zehn Jahren war dieser beständig angewachsen. Mit seinem liebenswürdigen Auftreten, seiner athletischen Figur und seinem blendenden, typisch »keltischen« Aussehen war er so etwas wie eine Berühmtheit geworden, bekannt für seinen Scharfsinn und für die schönen Frauen, in deren Begleitung er bei hochkarätigen Anlässen erschien.

Als Gladys Althorp Peter Carrington offen beschuldigt hatte, ihre Tochter ermordet zu haben, hatte Vincent Slater Walter Markinson angerufen und ihn gebeten, ein Team von Spitzenanwälten zusammenzustellen, welches zunächst einmal das Für und Wider einer Verleumdungsklage gegen Mrs. Althorp abwägen sollte.

Peter Carrington hatte beschlossen, dass die Besprechungen mit den Anwälten in seinem Haus und nicht in Manhattan stattfinden sollten, damit er daran teilnehmen konnte, ohne den Spießrutenlauf durch die Pressevertreter vor seinem Haus ertragen zu müssen. Nach mittlerweile einer Woche war Conner Banks zu einem regelmäßigen Besucher auf dem Anwesen geworden.

Als sie das erste Mal durch das Tor fuhren und das Herrenhaus in Sicht geriet, hatte einer der älteren Kollegen von Banks etwas verächtlich bemerkt: »Du meine Güte, wer will sich denn freiwillig mit so einem riesigen Haufen von Steinen herumschlagen? So etwas würde ich ja nicht mal geschenkt kriegen wollen!«

Als begeisterter Hobbyhistoriker hatte Banks geantwortet: »Ich schon. Das Haus ist wirklich ein Traum.«

Als die Anwälte das große Esszimmer betraten, in dem die Besprechungen abgehalten wurden, war Slater bereits zur Stelle. Kaffee, Tee, Mineralwasserflaschen und Gebäck standen auf der Anrichte. Notizblöcke und Schreibgeräte lagen auf dem Tisch bereit. Die beiden anderen Strafverteidiger, Saul Abramson aus Chicago und Arthur Robbins aus Boston, beide Anfang sechzig und mit einer traumhaften

Erfolgsquote gesegnet, trafen nur wenige Minuten nach Conner Banks und Markinson ein.

Darauf betrat Peter Carrington das Zimmer. Zu Banks' Überraschung wurde er von seiner Frau begleitet.

Banks vertraute nicht blindlings seinem ersten Eindruck, doch man konnte kaum bestreiten, dass Peter Carrington eine gewisse Aura besaß. Im Gegensatz zur Riege seiner Verteidiger und zu Slater, die sich alle für typisch konservative Anzüge entschieden hatten, trug er ein Hemd mit offenem Kragen und eine Strickjacke. Als ihm die Anwälte vorgestellt wurden, sagte er sofort: »Vergessen Sie das ›Mr. Carrington‹. Nennen Sie mich Peter. Und das ist meine Frau Kay. Ich habe das unbestimmte Gefühl, dass wir uns noch für lange Zeit regelmäßig treffen werden, daher möchte ich vorschlagen, alle Förmlichkeiten wegzulassen.«

Conner Banks war sich nicht sicher gewesen, wie er Carringtons Frau einschätzen sollte. Seine Erwartungen waren nicht ganz frei von Vorurteilen gewesen. Eine Bibliothekarin, die nach einer stürmischen Romanze einen Milliardär heiratet – das konnte nur eine Frau sein, die es auf das große Geld abgesehen und dabei das große Los gezogen hatte.

Doch auf den ersten Blick hatte er gesehen, dass Kay Lansing Carrington überhaupt nicht in dieses Schema passte. Sie trug wie ihr Mann legere Kleidung, einen dunkelroten Rollkragenpullover und Hosen. Doch das Auffälligste an ihr waren die Augen, die von einem so tiefdunklen Blau waren, dass sie fast so schwarz wirkten wie ihre langen Haare, die sie am Hinterkopf mit einer Spange zusammengefasst hatte, von wo sie ihr lose auf den Rücken fielen.

Während dieser ersten Besprechung und aller weiteren nahm sie stets den Platz zur Rechten von Carrington ein, der am Kopfende des Tisches saß. Slaters Platz war der Stuhl zur Linken von Carrington. Da Conner Banks neben Slater saß, konnte er beobachten, wie innig das Verhältnis zwischen Peter Carrington und seiner Frau zu sein schien. Ihre Hände berührten sich oft sanft, und die liebevollen Blicke, die sie austauschten, ließen bei ihm leise Zweifel aufkommen, ob es wirklich etwas so absolut Erstrebenswertes sei, frei und ungebunden zu sein.

Aus reiner Neugier hatte Banks bereits ein wenig über den Fall recherchiert, bevor er überhaupt den Auftrag bekommen hatte, im Team der Anwälte mitzuwirken. Sein Interesse war dadurch geweckt worden, dass er dem ehemaligen Botschafter Charles Althorp bei gesellschaftlichen Anlässen mehrfach begegnet war und dabei bemerkt hatte, dass dieser nie in Begleitung seiner Frau auftrat.

Die ersten beiden Treffen fanden noch statt, bevor die Leiche von Susan Althorp entdeckt wurde. Dabei drehte sich die Diskussion darum, dass es für Carrington unausweichlich werden würde, eine Verleumdungsklage gegen Gladys Althorp einzureichen. »Sie wird diese Beschuldigung niemals zurücknehmen«, hatte Markinson gesagt. »Das Ganze ist ein Versuch, Sie unter Druck zu setzen. Sie werden verhört werden und vor Gericht aussagen müssen. Die Staatsanwaltschaft hofft, Sie in die Enge zu treiben, wenn Sie unter Eid stehen. Zum jetzigen Zeitpunkt haben sie nicht genug Indizien in der Hand, um Anklage zu erheben. Peter, Sie sind von Zeit zu Zeit mit Susan ausgegangen. Sie waren über Ihre Familien langjährige Freunde. Weil Sie unglücklicherweise bei Ihrer Rückkehr das Haus durch den Seiteneingang betreten haben, gibt es niemanden, der Ihre Aussage bestätigen kann, dass Sie nach oben gegangen sind.«

Wirklich niemanden?, dachte Conner Banks. Ein junger Kerl, zwanzig Jahre alt, kurz nach Mitternacht, eine Party, die noch voll im Gang ist, und er geht einfach ins Bett? Unser Mandant ist unschuldig, dachte er sarkastisch. Natürlich ist er das. Es ist mein Beruf, ihn zu verteidigen. Aber das heißt noch lange nicht, dass ich ihm glauben muss.

»Meiner Meinung nach ist die Tatsache, dass Ihr Smokinghemd verschwunden ist, das einzige brauchbare Indiz«, sagte Markinson. »Doch es gibt die glasklare Aussage des Dienstmädchens, dass sie es aus dem Wäschekorb genommen und dem Reinigungsdienst mitgegeben hat. Und das bedeutet: Sollte die Staatsanwaltschaft versuchen, das verschwundene Hemd als Schuldbeweis zu verwenden, wird das nur auf sie zurückfallen. Sie haben also absolut nichts zu befürchten, Peter, wenn Sie die Klage einreichen. Wenn es zu einem Prozess kommt, werden Sie der Öffentlichkeit beweisen können, dass es hier um völlig unbegründete Anschuldigungen geht.«

Die dritte Besprechung fand am Tag nach Susan Althorps Begräbnis statt. Gerade war bekannt geworden, dass Maria Valdez Cruz ihre damalige Aussage widerrufen hatte.

Als die Carringtons diesmal das Esszimmer betraten, war ihnen die Spannung deutlich anzusehen. Ohne sich die Zeit zu nehmen, die Anwälte zu begrüßen, sagte Carrington: »Sie lügt. Ich kann es nicht beweisen, aber ich weiß genau, dass sie lügt. Ich habe das Hemd in den Wäschekorb geworfen. Ich habe keine Ahnung, warum sie mir das antut.«

»Wir werden versuchen zu beweisen, dass sie lügt, Peter«, sagte Markinson. »Wir werden uns genau ansehen, was sie in den letzten zweiundzwanzig Jahren so getrieben hat. Vielleicht wird dabei herauskommen, dass sie irgendetwas angestellt hat, was sie als Zeugin unglaubhaft erscheinen lässt.«

Conner Banks hatte von Anfang an den starken Verdacht gehabt, dass Peter Carrington der mutmaßliche Mörder von Susan Althorp war. Doch wenn er sich jetzt die Summe der Indizien anschaute, gab es für ihn eigentlich keinen Zweifel mehr. Niemand hat Carrington gesehen, als er in der Nacht nach Hause gekommen war, ging es Banks durch den Kopf. Und er will schnurstracks zu Bett gegangen sein, obwohl immer noch Gäste da waren, die draußen auf der Terrasse getanzt haben. Niemand hat gesehen, wie er seinen Wagen abgestellt hat. Niemand hat ihn hereinkommen sehen. Susan ist am nächsten Morgen spurlos verschwunden, genau wie das Hemd, das Carrington am Abend getragen hat. Vor Kurzem wurde ihre Leiche auf seinem Grund und Boden entdeckt. Die Staatsanwältin wird jetzt sicherlich Haft beantragen. Peter, ich werde mein Bestes tun, Sie da herauszuholen, dachte er, während er den Mann betrachtete, der jetzt die Hand seiner Frau hielt, aber gestern Abend habe ich die Bilder von der Beerdigung in den Nachrichten gesehen, und ich muss sagen, mir wäre es fast lieber, ich stünde in diesem Fall aufseiten der Staatsanwaltschaft. Und ich weiß, dass meine Kollegen genauso denken.

Kay standen Tränen in den Augen. Sie wird zu ihrem Mann stehen, überlegte Banks. Das ist gut so. Aber wenn er Susan Althorp getötet hat, berechtigt das dann nicht auch zu dem Verdacht, dass er mit dem Tod seiner ersten Frau etwas zu tun hat? Ist er vielleicht ein Psychopath, und, wenn ja, wäre dann nicht auch seine neue Frau gefährdet?

Warum kam es ihm merkwürdig vor – vielleicht sogar merkwürdig verdächtig –, dass Carrington es so furchtbar eilig gehabt hatte, eine Frau zu heiraten, die er erst seit so kurzer Zeit kannte?

16

Er ist ziemlich nervös, dachte Pat Jennings, die ihren Boss Richard Walker beobachtete. Bestimmt hat er wieder sein Geld bei Pferdewetten verzockt. Andererseits, bei dem Geld, das er mit diesem Laden hier verdient – oder, besser gesagt, *nicht* verdient –, kann er ebenso gut sein Glück bei den Pferden versuchen.

Pat arbeitete seit einem halben Jahr als Empfangsdame und Sekretärin in Walkers Kunstgalerie. Als sie sich um den Job bewarb, schien es ihr die ideale Teilzeitarbeit zu sein für eine Mutter mit zwei Kindern, die noch in die Grundschule gingen. Ihre Arbeitszeit war von neun bis drei, mit der Übereinkunft, dass sie abends zusätzlich bei den Cocktailpartys anlässlich von Ausstellungseröffnungen anwesend sein sollte. Es hatte erst eine Veranstaltung dieser Art gegeben, seit sie dort arbeitete, und diese war nur recht spärlich besucht gewesen.

Das Problem war, dass die Galerie nicht einmal genug abwarf, um die allgemeinen Kosten zu decken. Richard wäre längst pleite ohne seine Mutter, dachte Pat, während sie zusah, wie er ruhelos von einem Gemälde zum nächsten ging und die Rahmen gerade ausrichtete.

Er ist aber wirklich nervös heute, dachte sie. Ich hab mitgekriegt, wie er in den letzten Tagen am Telefon ein paar Wetten abgeschlossen hat. Er muss eine ganze Menge Geld verloren haben. Natürlich, die Geschichte mit der Leiche dieses Mädchens, die auf dem Grundstück seines Stiefbruders entdeckt wurde, ist auch alles andere als beruhigend. Gestern hatte Richard den Fernseher eingeschaltet, um die Liveübertragung von Susan Althorps Begräbnisfeier anzuschauen. Er hat sie auch gekannt, ging Pat durch den Kopf. Auch wenn es lange her ist – zu sehen, wie ihr Sarg in die Kirche getragen wird, muss eine Menge von schmerzvollen Erinnerungen geweckt haben.

Am Morgen hatte sie Walker gefragt, wie sein Stiefbruder auf all diesen Medienrummel reagiert habe.

»Ich habe Peter in letzter Zeit nicht gesehen«, antwortete er. »Ich habe ihn nur einmal angerufen, um ihm zu sagen, dass ich an ihn denke. Gerade ist er erst von seiner Hochzeitsreise zurückgekehrt, und dann bricht all das über ihn herein. Das muss man auch erst mal verkraften.«

Später war es dann so still in der Galerie gewesen, dass Pat aufschrak, als das Telefon klingelte. So langsam zerrt der Job auch an meinen Nerven, dachte sie, als sie den Hörer abnahm.

»Kunstgalerie Walker. Guten Tag.«

Sie sah auf und erblickte Richard Walker, der auf sie zugestürmt kam und mit beiden Armen abwinkte. Stumm formte er mit den Lippen: »Ich bin nicht da. Ich bin nicht da.«

»Geben Sie mir Walker.« Das war ein Befehl, keine Bitte.

»Tut mir leid, er hat einen Termin und ist nicht im Haus. Vermutlich wird er heute Nachmittag auch nicht mehr kommen.«

»Geben Sie mir seine Handynummer.«

Pat wusste, was sie in diesen Fällen zu sagen hatte: »Er schaltet es immer ab, wenn er in einer Besprechung ist. Aber wenn Sie mir Ihren Namen und Ihre Nummer geben, werde ich …«

Die Verbindung wurde unterbrochen. Walker stand neben ihr, die Stirn schweißbedeckt, mit zitternden Händen. Noch bevor er fragen konnte, sagte Pat: »Er hat seinen Namen nicht genannt, aber eines kann ich Ihnen sagen, Richard: Er klang fürchterlich wütend.« Und weil er ihr plötzlich leidtat, bot sie ihm noch ungebeten ihren Rat an. »Richard, Ihre Mutter hat doch viel Geld. Wenn ich Sie wäre, würde ich sie bitten, Ihnen zu geben, was Sie brauchen. Dieser Kerl konnte einem richtig Angst einjagen. Und dann sage ich Ihnen noch etwas: Hören Sie auf mit den Pferdewetten.«

Zwei Stunden später stand Richard Walker seiner Mutter in ihrem Haus auf dem Carrington-Anwesen gegenüber. »Du musst mir helfen«, bettelte er. »Die werden mich umbringen, wenn ich nicht zahle. Die meinen es wirklich ernst. Es wird das letzte Mal sein, das schwöre ich.«

Elaine Carrington blickte ihren Sohn an, ihre Augen funkelten vor Wut. »Richard, du hast mich schon fast ruiniert. Ich bekomme aus dem Nachlass eine Million Dollar im Jahr. Im letzten Jahr hast du mit deinen Spielschulden und der Galerie praktisch die Hälfte davon verbraucht.«

»Bitte, Mutter, ich flehe dich an.«

Sie wandte den Blick ab. Er weiß, dass ich ihm das Geld letztlich doch geben muss, dachte Elaine. Und er weiß auch, wo ich mir, falls es wirklich brenzlig wird, so viel Geld holen kann, wie ich brauche.

17

Botschafter a. D. Charles Althorp klopfte an die Schlafzimmertür seiner Frau. Als sie gestern von der Beerdigung zurückgekehrt waren, war sie sofort zu Bett gegangen. Er wusste nicht, ob sie schon erfahren hatte, dass Maria Valdez Cruz, das frühere Dienstmädchen der Carringtons, ihre Aussage widerrufen hatte.

Er fand sie im Bett sitzend vor, mit ein paar Kissen im Rücken. Obwohl es schon fast Mittag war, hatte Gladys Althorp sichtlich noch keine Anstalten gemacht aufzustehen. Das Frühstückstablett stand vollkommen unberührt auf dem Nachttischchen. Der Fernseher lief, obwohl die Lautstärke so leise eingestellt war, dass man nur Gemurmel hören konnte.

Als Althorp die ausgemergelte Frau ansah, der er sich schon seit Jahren entfremdet hatte, empfand er ein unerwartetes und überwältigendes Gefühl der Zärtlichkeit. In der Aussegnungshalle war der Sarg von Fotos umstellt gewesen, verschiedene Momentaufnahmen aus Susans kurzem achtzehnjährigen Leben. Ich war immer auf Reisen, dachte er. Auf den meisten Bildern, besonders denen aus den letzten Lebensjahren, waren nur Gladys und Susan zu sehen.

Er deutete auf den Fernseher. »Wahrscheinlich hast du das mit Maria Valdez gehört.«

»Nicholas Greco hat mich angerufen, und danach hab ich es mir auf CNN angeschaut. Er meint, ihre Aussage könnte den Ausschlag dafür geben, dass Anklage gegen Peter Carrington erhoben wird. Ich hoffe nur, dass ich im Gerichtssaal dabei sein kann, wenn sie ihn in Handschellen abführen.«

»Das hoffe ich auch, meine Liebe. Und ich versichere dir, dass ich auf jeden Fall da sein werde.«

Gladys Althorp schüttelte den Kopf. »Du weißt ganz genau, dass ich nicht mehr lange zu leben habe, Charles, aber das spielt auch keine Rolle mehr. Nachdem ich jetzt weiß, wo Susan ist und dass ich bald mit ihr vereint sein werde, muss ich dir etwas beichten. Ich habe immer geglaubt, dass Peter Susan umgebracht hat, aber gleichzeitig ist mir immer ein leiser Zweifel geblieben. Hast du gehört, wie sie in jener Nacht das Haus verlassen hat? Bist du ihr gefolgt? Du warst sehr wütend auf sie. Habt ihr beide euch gestritten, weil sie erfahren hat, dass du etwas mit Elaine gehabt hast? Susan war immer so fürsorglich mir gegenüber.«

»Das mit Elaine war ein Fehler, und es war schon vorbei, als sie Peters Vater geheiratet hat«, sagte Charles bitter. »Als wir uns gesehen haben, war sie geschieden und ungebunden, und das ist die Wahrheit.«

»*Sie* mag vielleicht ungebunden gewesen sein, aber du warst es nicht, Charles.«

»Findest du nicht, dass es reichlich spät ist, um noch über solche Dinge zu diskutieren, Gladys?«

»Du hast mir immer noch nicht geantwortet. Worüber hast du dich in jener Nacht mit Susan gestritten?«

»Versuch, dich ein bisschen auszuruhen, Gladys«, war Charles Althorps Antwort. Er drehte sich um und verließ das Schlafzimmer seiner Frau.

18

Zum ersten Mal blieben die Anwälte über Mittag. Mit geübten Händen bereitete Jane Barr ein Tablett Sandwiches zu und setzte frischen Kaffee auf. Voller Bestürzung hatte sie im Fernsehen die Berichte verfolgt, wonach Maria Valdez Cruz nicht mehr an ihrer früheren Aussage festhielt. Daran ist Elaine schuld, dachte sie. Wenn sie uns nicht entlassen hätte, wäre ich an dem Morgen diejenige gewesen, die sich um die Wäsche gekümmert hätte. Und ich hätte *genau* gewusst, was sich im Wäschekorb befand und was in die Reinigung gegeben wurde. Was fällt dieser Valdez eigentlich ein, einfach so kurzerhand ihre Aussage zu widerrufen? Bestimmt hat ihr jemand Geld gegeben. Schade, dass ich nicht dabei war, als dieser Nicholas Greco vorbeikam und mit Gary gesprochen hat. Seitdem ist er irgendwie nervös. Er glaubt, dass er Peter vielleicht mit seiner Bemerkung gegenüber Greco, Peter sei sehr erschrocken gewesen, als er erfuhr, dass Susans Handtasche nicht im Wagen gewesen sei, geschadet haben könnte.

»Warum sollte ihm das schaden?«, hatte sie Gary damals gefragt, doch inzwischen war sie sich auch unsicher. Vielleicht war diese kleine Information doch von Bedeutung. Aber sie kannte Peter Carrington. Er war ein Mensch, der niemals jemand anderem etwas antun könnte.

Mit Gary war sie bei der Trauermesse für Susan Althorp

gewesen. Sie war so ein süßes, hübsches Mädchen, erinnerte sich Jane, während sie Teller und Tassen aus dem Schrank nahm. Damals, als wir bei den festlichen Dinnerpartys bei den Althorps aushalfen, war sie immer wunderbar anzuschauen, wenn sie sich wieder für den Abend festlich gekleidet und herausgeputzt hatte.

Nach dem Gottesdienst, bevor der Leichenwagen und die Limousinen zur Bestattung im engsten Familienkreis abfuhren, hatten sich die Althorps in der Sakristei aufgestellt und die Beileidsbekundungen ihrer Freunde entgegengenommen. Warum hatte sich Gary in der Menge versteckt, statt sie anzusprechen? Susan war immer so nett zu ihm gewesen. In dem letzten Jahr hatte er sie mindestens ein halbes Dutzend Mal zu Partys gebracht und abgeholt, weil der Botschafter dagegen war, dass sie oder ihre Freunde am späten Abend selbst nach Hause fuhren. Doch Gary war nicht der Mensch, der seine Gefühle offen zeigte, und vielleicht hatte er das Gefühl gehabt, es sei fehl am Platz, die Althorps im Kreis all dieser hochstehenden Leute anzusprechen.

Gary hatte in den Gängen im oberen Stockwerk Staub gesaugt, während Jane den Imbiss vorbereitete. Er kam genau zu dem Zeitpunkt in die Küche, als sie ihn rufen wollte. »Gutes Timing«, sagte Jane. »Du kannst jetzt Teller, Tassen und Besteck hineintragen. Aber vergiss nicht anzuklopfen, bevor du die Tür öffnest.«

»Ich glaube, ich bin schon lange genug in dem Job, um das zu wissen«, sagte er ironisch.

»Ach, natürlich, entschuldige«, sagte sie mit einem Seufzer. »Ich bin heute etwas daneben. Ich muss die ganze Zeit an die gestrige Trauerfeier denken. Mein Gott, Susan war so ein wunderbares Mädchen.«

Zu ihrem Erstaunen bemerkte sie, dass ihr Mann tief errötete und sich abwandte. »Ja, das war sie«, murmelte er, dann nahm er das Tablett und verließ die Küche.

19

Die Anwälte verliessen erst gegen drei Uhr das Haus, nach fünf langen Stunden, in denen sie Peter zur Vorbereitung auf das nunmehr wohl Unvermeidliche ausgefragt hatten – die Anklage wegen Mordes an Susan Althorp. Nicht einmal mittags unterbrachen wir die Sitzung, legten nur eine kurze Pause ein, um rasch ein Sandwich zu essen und Kaffee zu trinken. Die ganze Zeit hindurch wurde jedes Detail des damaligen Abendessens und des am Morgen darauffolgenden Brunchs ausgebreitet und von allen Seiten betrachtet.

Gelegentlich widersprach Vincent Slater Peter wegen des einen oder anderen Details. Eines überraschte mich besonders. »Peter, Susan saß beim Abendessen neben dir, und Grace saß an einem anderen Tisch.«

Bis dahin hatte ich nicht gewusst, dass Grace Meredith, die Frau, die Peter geheiratet hatte, als er dreißig Jahre alt war, auf dieser Party gewesen war. Andererseits, warum auch nicht? An die zwanzig von Peters Freunden aus Princeton waren dort gewesen. Peter erklärte, dass sie in Begleitung eines Bekannten gekommen war.

»Wer war dieser Bekannte?«, fragte Conner Banks.

»Gregg Haverly, ich kannte ihn vom Eating Club in Princeton.«

»Sind Sie irgendwann vor diesem Abend schon einmal mit Grace Meredith zusammengetroffen?«, fragte Banks.

Ich beobachtete, dass Peter der ständigen Bombardierung mit Fragen allmählich überdrüssig wurde. »Ich kannte Grace vor diesem Abend nicht«, sagte er in frostigem Ton. »Und danach habe ich sie über neun Jahre nicht mehr gesehen. Wir sind uns zufällig bei einem Spiel Princeton gegen Yale wiederbegegnet. Wir waren beide mit einer Gruppe von Freunden dort und wir waren beide ungebunden, so kamen wir dann zusammen.«

»Gibt es noch andere Personen, die bezeugen könnten, dass Sie sie in diesen Jahren nicht gesehen haben?«, fragte Banks.

Peter verzog nur das Gesicht, sodass Banks hinzufügte: »Peter, ich versuche nur, vorausschauend in die Rolle des Staatsanwalts zu schlüpfen. Sie müssen sich darauf gefasst machen, dass Ihnen diese Art von Fragen gestellt wird. Nachdem Ihre erste Frau auch auf der Party war, könnten manche auf den Gedanken kommen, dass Sie vielleicht ein Auge auf sie geworfen haben und Susan dies bemerkte. Dann kam es vielleicht später zwischen Susan und Ihnen zum Streit darüber, und das Ganze endete in Gewalt.«

Das war der Moment, in dem Peter seinen Stuhl vom Tisch abrückte und sich erhob. »Meine Herren«, sagte er, »ich glaube, wir sollten für heute Schluss machen.« Als sich etwas später alle verabschiedeten, bemerkte ich, dass er sich ausgesprochen abweisend gegenüber Conner Banks verhielt.

Nachdem die Anwälte gegangen waren, sagte Peter: »Vince, ich glaube nicht, dass ich diesen Banks in meinem Verteidigerteam haben will. Sorge dafür, dass wir ihn loswerden.«

Meiner Ansicht nach würde Peter damit einen Fehler machen, und glücklicherweise dachte Vincent ebenso. Er begriff, dass Banks Peter nur auf die Art von bohrenden Fragen vorbereiten wollte, die auf ihn zukommen würden. »Peter, sie werden dich mit Fragen zu buchstäblich allem konfrontieren«, sagte er. »Und sie werden alles Mögliche unterstellen. Daran musst du dich gewöhnen.«

»Willst du mir wirklich einreden, die Tatsache, dass ich Grace an diesem Abend kennengelernt habe, könnte gegen mich verwendet werden? Demnach hätte ich mich Hals über Kopf in sie verliebt und daraufhin beschlossen, Susan umzubringen?« Es war deutlich, dass er keine Antwort erwartete.

Ich hoffte, dass Vincent Slater nach Hause gehen würde. Ich wollte ein bisschen Ruhe haben, allein mit Peter sein. Wir beide brauchten das dringend. Doch Peter kündigte an, dass er ins Büro gehen müsse. »Kay, ich werde als Vorstandsvorsitzender zurücktreten, auch wenn ich weiterhin im Unternehmen mitreden werde. Aber ich werde mich jetzt mit ganzer Aufmerksamkeit um diese Sache kümmern müssen, wenn ich noch verhindern will, dass ich ins Gefängnis wandere.« Dann fügte er fast hilflos hinzu: »Diese Frau lügt. Ich schwöre dir, ich erinnere mich genau, dass ich mein Smokinghemd in den Wäschekorb gelegt habe.«

Er kam auf mich zu, um mich zu küssen. Offensichtlich sah ich ebenfalls reichlich mitgenommen aus, denn er sagte: »Kay, vielleicht solltest du dich ein bisschen hinlegen. Das war wirklich ein höllisch anstrengender Tag.«

Ausruhen war das Letzte, wonach mir der Sinn stand. »Nein«, entgegnete ich. »Ich werde Maggie besuchen.«

Der Tag schien Peter wirklich angegriffen zu haben, denn er antwortete: »Vergiss nicht, ihr meine besten Grüße auszurichten, und frag sie, ob sie eventuell bereit wäre, bei meinem Prozess als Zeugin für mich aufzutreten.«

20

ZUSAMMEN MIT NICHOLAS Greco und Tom Moran flog Barbara Krause nach Lancaster, Pennsylvania, wo sie ein Auto mieteten und zu Maria Valdez Cruz' Adresse fuhren, ein bescheidenes Haus im Ranch-Stil, nicht weit vom Flughafen entfernt. Es hatte hier geschneit, die Straßen waren glatt, doch Greco, der den Weg schon kannte, übernahm das Steuer. Krause war wütend, weil die Information, dass Maria Valdez Cruz ihre frühere Aussage widerrufen hatte, an die Presse durchgesickert war.

»Als ich vor zwei Tagen hier war, habe ich Maria geraten, ihren eigenen Anwalt dabeizuhaben, wenn wir mit ihr sprechen«, sagte Greco zu den anderen, als sie an der Haustür standen und klingelten.

Und es war dieser Anwalt, Duncan Armstrong, ein hochgewachsener, schlanker Mann von Anfang siebzig, der die Tür öffnete. Als die Besucher im Haus waren, stellte er sich schützend neben seine zierliche Klientin und äußerte seine Empörung über die Indiskretion gegenüber der Presse.

Moran war dabei gewesen, als sie Maria Valdez Cruz vor zweiundzwanzig Jahren befragt hatten. Sie war noch ein Kind, erinnerte er sich, so um die achtzehn, genauso alt wie Susan Althorp. Aber sie war hartnäckig bei ihrer Geschichte geblieben, dass sie das Hemd in die Reinigung mitgegeben hätte.

Merkwürdigerweise war nun von ihrer damaligen Entschlossenheit wenig zu spüren. Sie wirkte nervös, als sie die Besucher bat, in dem gemütlichen und blitzsauberen Wohnzimmer Platz zu nehmen. »Mein Mann ist mit unseren Töchtern ins Kino gegangen«, sagte sie. »Sie sind noch Teenager. Ich habe ihnen erzählt, dass Sie kommen werden, und ihnen erklärt, dass ich einen Fehler gemacht habe und nicht die Wahrheit gesagt habe, als ich ein junges Mädchen war, dass es aber andererseits nie zu spät ist, um so etwas wieder geradezurücken.«

»Maria will damit sagen, dass sie sich vielleicht geirrt hat, als sie nach dem Verschwinden von Susan Althorp befragt wurde«, schaltete sich Armstrong ein. »Bevor wir jedoch weiterreden, möchte ich zunächst sehen, was für Papiere Sie mitgebracht haben.«

»Wir bieten Mrs. Cruz einen Verzicht auf jegliche Strafverfolgung an, wenn sie im Gegenzug bei den jetzigen Ermittlungen kooperiert und vollständig und wahrheitsgemäß aussagt«, sagte Barbara Krause mit fester Stimme.

»Vielleicht darf ich mir diese Papiere einmal anschauen«, sagte Armstrong. Er las sie sorgfältig durch. »Gut. Maria, das bedeutet, wie Sie wissen, dass man Sie bei einem Prozess als Zeugin benennen wird und dass die Verteidiger Ihre Glaubwürdigkeit in Zweifel ziehen werden. Aber das Entscheidende ist, dass man Sie nicht wegen Ihrer ersten Falschaussage belangen wird.«

»Ich habe drei Töchter. Ich will mir überhaupt nicht vorstellen, wie es wäre, wenn eine von ihnen spurlos verschwinden und man sie später tot auffinden würde. Als die Leiche des Mädchens entdeckt wurde, quälte mich der Gedanke, dass ihr Mörder wegen meiner Aussage vielleicht ungeschoren davonkommen könnte. Ich muss aber zugeben, dass ich wohl nicht den Mut aufgebracht hätte, darüber zu sprechen, wenn Mr. Greco mich nicht gefunden hätte.«

»Wollen Sie sagen, dass Sie dieses Hemd nicht gesehen

haben und Sie es auch nicht in die Reinigung gegeben haben?«, fragte Moran.

»Das Hemd war nicht dabei. Ich wusste, dass Mr. Carrington ausgesagt hatte, dass er es in den Wäschekorb getan hat, und ich wollte ihm nicht widersprechen. Ich war noch nicht lange im Land und hatte Angst, meinen Job zu verlieren. Ich habe die Hemden aus dem Wäschekorb in die Reinigung gegeben und ich war mir fast sicher, dass sein Smokinghemd nicht dabei war. Damals hat die Polizei mich verhört, und ich dachte, ich könnte mich vielleicht irren, aber im tiefsten Inneren wusste ich, dass dem nicht so war. Sein Smokinghemd war nicht in dem Wäschekorb. Aber ich habe der Polizei gesagt, dass ich es gesehen hätte und es wohl bei der Reinigung verloren gegangen sei.«

»Der Inhaber der Reinigungsfirma hat geschworen, dass sie das Hemd nie erhalten haben«, sagte Barbara Krause. »Hoffen wir, dass es ihn noch gibt.«

»Wenn ich als Zeugin auftrete, wird man dann nicht glauben, dass meine jetzige Aussage eine Lüge ist?«, fragte Maria zaghaft. »Ich kann nämlich beweisen, dass es nicht so ist.«

»Beweisen? Was meinen Sie mit beweisen?«, fragte Moran.

»Ich habe ungefähr einen Monat, nachdem die Polizei mich verhört hat, meinen Job gekündigt. Ich bin zurück nach Manila gegangen, weil meine Mutter sehr krank war. Mr. Carrington wusste das und hat mir fünftausend Dollar gegeben, als ›Bonus‹, wie er das nannte. Er war sehr dankbar, dass ich die Aussage seines Sohnes bestätigt hatte. Fairerweise muss ich sagen, dass er wirklich geglaubt hat, ich würde die Wahrheit sagen.«

»Ich glaube, da waren Sie wohl etwas zu gutgläubig«, sagte Krause. »Das war natürlich als Schweigegeld gedacht.«

»Ich habe den Scheck kassiert, aber ich habe befürchtet, dass die Leute, wenn ich mit so viel Geld nach Hause komme, munkeln würden, ich hätte es gestohlen, deshalb habe ich eine Kopie davon gemacht, Vorder- und Rückseite, bevor ich damit zur Bank gegangen bin.« Maria fasste in die Tasche ihrer Jacke. »Hier ist sie«, sagte sie.

Barbara Krause nahm die Fotokopie des Schecks entgegen, betrachtete sie eingehend und reichte sie an Moran weiter. Greco erkannte an ihrer Mimik, dass sie es beide für ein bombensicheres Beweisstück hielten. »Jetzt wissen wir also mit Sicherheit, dass dieses Hemd nie in dem Wäschekorb gelegen hat«, sagte Krause. »Es ist an der Zeit, ihn zu verhaften und Anklage zu erheben.«

21

Zum ersten Mal seit Tagen waren vor dem Tor weit und breit keine Medienvertreter zu sehen, als ich hinausfuhr. Wenn überhaupt noch Journalisten dort gewartet hatten, dann hatten sie sicherlich Peter und Vincent beim Verlassen des Anwesens gesehen, womöglich waren sie ihnen sogar gefolgt. Ich hatte Maggie angerufen, um ihr zu sagen, dass ich bei ihr vorbeikommen wollte. Sie klang etwas kleinlaut, vielleicht hatte sie eingesehen, dass ihr Kommentar gegenüber dem Reporter ein ziemlicher Tiefschlag gewesen war und ich wütend auf sie sein musste.

Doch ich hatte sie jetzt schon über drei Wochen nicht gesehen, und als ich das Haus betrat, merkte ich plötzlich, wie sehr ich sie vermisst hatte. Im Wohnzimmer herrschte noch mehr Chaos als gewöhnlich, doch Maggie sah prächtig aus. Sie saß in ihrem Lieblingssessel und schaute die Gerichtsshow mit Judge Judy an, nickte zustimmend zu dem gerade ergangenen Urteil, während ein Lächeln auf ihrem Gesicht lag. Sie liebte die temperamentvollen Wutausbrüche der Richterin gegenüber den Angeklagten. Der Fernseher war sehr laut eingestellt, weil Maggie sich standhaft weigert, ihre Hörhilfe zu benutzen, doch sie hörte, wie die Tür hinter mir ins Schloss fiel und sprang auf, um mich zu umarmen.

Natürlich war sie es, die als Erste das Wort ergriff: »Wie geht es ihm?«, fragte sie.

»Ich nehme an, dass du meinen Mann Peter meinst. Er steht unter großem Druck, aber er hält sich sehr tapfer.«

»Kay, ich mache mir Sorgen um dich. Er ist ein ...«

Ich schnitt ihr das Wort ab. »Maggie, wenn du jemals in Bezug auf Peter das Wort in den Mund nimmst, das du vermutlich gerade sagen wolltest, dann gehe ich sofort, und zwar für immer.«

Ihr war klar, dass ich es ernst meinte. »Komm, lass uns Tee trinken«, sagte sie.

Kurz darauf saß ich entspannt auf der Couch, und sie hatte sich wieder in ihren Sessel gesetzt. Wir hielten beide unsere Tassen in der Hand, und alles fühlte sich gemütlich, vertraut und gut an. Ich fragte sie nach ihren Freundinnen und erzählte ihr von Santo Domingo.

Wir sprachen nicht über Gladys Althorps Beschuldigung oder darüber, dass Maria Valdez Cruz ihre Aussage widerrufen hatte. Ich war mir sicher, dass Maggie diesbezüglich auf dem Laufenden war. Es gelang mir aber, das Gespräch in die von mir beabsichtigte Richtung zu lenken. »Maggie, so schrecklich es für die Althorps auch sein mag, ich bin doch froh, dass Susans Leiche gefunden wurde. Wenigstens wird das ihrer Mutter einen gewissen Seelenfrieden zurückgeben.«

»Sie wurde auf dem Grund und Boden der Carringtons gefunden.« Diesen Satz konnte sich Maggie nicht verkneifen.

»Formal gesehen gehört es zu ihrem Besitz, aber sie wurde außerhalb der Umzäunung gefunden. Jeder hätte sie dort vergraben können.« Ich gab Maggie keine Gelegenheit, etwas zu erwidern, und fuhr gleich fort: »Wusstest du, dass es Daddys Idee war, den Zaun zurückzusetzen, damit die Anpflanzungen nicht betroffen sein würden, wenn in diesem Bereich bei öffentlichen Arbeiten der Boden aufgegraben werden müsste?«

»Ja. Ich erinnere mich, dass dein Vater damals davon gesprochen hat. Er hatte noch irgendwas mit diesem vor dem

Zaun liegenden Teil vor, aber dazu ist es dann nicht mehr gekommen.«

»Maggie, in einer Sache hattest du unrecht. Daddy wurde nicht entlassen, weil er getrunken hat. Er wurde entlassen, weil Elaine Carrington angefangen hatte, mit ihm zu flirten, und als er ihr eine Abfuhr erteilt hat, wollte sie ihn loswerden. Peter hat mir das erzählt. Wie bist du eigentlich auf den Gedanken gekommen, dass es wegen seiner Trinkerei war?«

»Es ist mir egal, was dein Mann dir erzählt hat. Dein Vater hatte ein Problem mit dem Trinken, Kay, glaub mir.«

»Nun, jedenfalls hat mir Peter versichert, dass er ganz bestimmt nicht getrunken hat, wenn er bei der Arbeit war.«

»Kay, als dein Vater mir gesagt hat, dass er entlassen worden ist, war er völlig am Boden zerstört. Er war am Ende.«

»Das war nur wenige Wochen, nachdem Susan Althorp verschwunden ist, nicht wahr?«

»Ja, nach meiner Erinnerung war es genau fünfzehn Tage später.«

»Dann muss die Polizei Daddy ebenfalls vernommen haben. Er arbeitete immer noch dort.«

»Sie haben alle verhört, die auf dem Anwesen gearbeitet haben oder auch nur dort zu Besuch waren. In der Nacht, in der Susan verschwunden ist, hast du hier bei mir übernachtet. Dein Vater hatte einige seiner Freunde zu einer Pokerpartie in euer Haus eingeladen. Sie haben bis Mitternacht gespielt, und ich vermute, dass sie alle recht fröhlich waren, als sie die Sitzung beendet haben. Dieser Greco lag vollkommen daneben, als er angedeutet hat, dass der Selbstmord deines Vaters irgendetwas mit Susan Althorp zu tun haben könnte.«

»Der Ansicht bin ich ebenfalls, aber er hat auch etwas Wahres gesagt. Daddys Leiche ist nie gefunden worden. Wieso bist du dir so sicher, dass er Selbstmord begangen hat?«

»Kay, ich war mit ihm auf dem Friedhof am sechsten Todestag deiner Mutter. Das war nur einen Monat vor dem

Selbstmord. Sechs Jahre, und doch ist er immer noch zusammengebrochen und hat geweint wie ein kleines Kind. Er sagte mir, dass er sie jeden Tag vermisse, dass er einfach nicht darüber hinwegkomme. Und noch etwas. Er war sehr froh, für die Carringtons zu arbeiten. Natürlich gab es in der Gegend noch andere Auftraggeber, aber die Carringtons waren die Einzigen, die ihn schalten und walten ließen, wie er wollte. Es war ein furchtbarer Schlag für ihn, diesen Job zu verlieren.«

Maggie erhob sich aus ihrem Sessel, kam zu mir und umarmte mich. »Kay, er hat dich wahnsinnig geliebt, aber er hatte eine schwere Depression, und wenn man trinkt und depressiv ist, dann können furchtbare Dinge geschehen.«

Wir ließen beide unseren Tränen freien Lauf. »Maggie, ich hab solche Angst«, flüsterte ich. »Ich hab Angst davor, was alles mit Peter geschehen könnte.«

Sie gab keine Antwort, aber mir war nur allzu klar, was sie sich dachte: Kay, ich hab Angst, was *dir* zustoßen könnte.

Ich rief Peter auf seinem Handy an. Er war immer noch in der Stadt und würde nicht vor zehn Uhr zu Hause sein. »Geh doch mit Maggie irgendwo etwas essen«, schlug er vor. Dann lachte er sogar und fügte hinzu: »Sag ihr, es geht auf meine Rechnung.«

Also gingen Maggie und ich essen, auf »einen Teller Nudeln«, wie sie es nennt. Im Verlauf unseres Gesprächs wurden bei ihr wieder Erinnerungen an meine Mutter wach, und wieder einmal erzählte sie mir die Geschichte, wie die Vorstellung unterbrochen wurde, als sie dieses Lied sang. »Es war unglaublich ergreifend, als sie die letzte Zeile sang, ›Es ist immer das alte Lied‹«, sagte Maggie, und ihre Augen glitzerten, als sie die Melodie mit etwas schrägen Tönen vor sich hin summte. Es lag mir auf der Zunge, ihr von meinem heimlichen Besuch in der Kapelle zu erzählen, doch dann hielt ich mich zurück. Ich hatte keine Lust, mir eine Belehrung anzuhören, wie töricht das von mir gewesen war.

Nach dem Essen setzte ich sie vor ihrer Haustür ab, wartete, bis sie nach drinnen gegangen war, und fuhr dann nach Hause. Im Pförtnerhaus brannte Licht, daher nahm ich an, dass die Barrs zu Hause waren. Ob Elaine auch anwesend war, konnte man dagegen nicht erkennen. Ihr Haus liegt zu weit entfernt, sowohl vom Eingangstor wie auch vom Herrenhaus, als dass man irgendwelche Lichter sehen könnte.

Es war erst neun Uhr. Es war unheimlich, das verlassene Herrenhaus allein zu betreten. Fast hatte ich das Gefühl, dass jemand in der Ritterrüstung steckte, die in der Eingangshalle stand. Das Licht der Außenbeleuchtung warf einen schwachen Schein durch die Bleiglasfenster. Für einen Moment dachte ich, dass es dieselben Lampen sein könnten, die mein Vater installiert hatte, diejenigen, die er an jenem Nachmittag überprüfen wollte, als er mich mitgenommen hatte.

Ich zog mir bequeme Sachen an, hüllte mich in einen Morgenmantel und wartete auf Peter. Ich scheute mich, den Fernseher einzuschalten, weil ich Angst hatte, nur wieder auf neue Berichte über den Fall Althorp zu stoßen, auf die neueste Entwicklung mit dem Dienstmädchen, das seine Aussage widerrufen hatte. Ich hatte auf dem Rückflug von unserer Reise ein Buch angefangen und nahm es zur Hand, doch es war zwecklos. Die Sätze wollten sich nicht zu einem Sinn zusammenfügen.

Ich musste an meinen Vater denken, an die vielen guten Erinnerungen an ihn. Er fehlte mir immer noch sehr.

Peter kam kurz nach elf nach Hause. Er sah erschöpft aus. »Ich bin mit sofortiger Wirkung zurückgetreten«, berichtete er. »Aber ich werde ein Büro bei der Firma behalten.«

Er sagte, Vincent habe Abendessen ins Büro bestellt, doch habe er nichts davon angerührt. Wir gingen hinunter in die Küche, und ich holte etwas von Jane Barrs hausgemachter Hühnersuppe aus dem Kühlschrank und wärmte sie für ihn auf. Seine Stimmung schien sich etwas zu heben, denn er stand auf und holte eine Flasche Rotwein und zwei Gläser aus der Bar. Er schenkte uns ein und hob sein Glas in die Höhe. »Lass uns jeden Abend auf uns trinken«, schlug er vor. »Wir werden diese Geschichte überstehen. Am Ende wird die Wahrheit herauskommen.«

»Amen«, sagte ich mit Leidenschaft.

Dann blickte mir Peter direkt in die Augen, und seine Miene war nachdenklich und traurig. »Hier sind wir allein, Kay«, sagte er. »Wenn dir heute Nacht etwas zustieße, würde man es garantiert mir in die Schuhe schieben, nicht wahr?«

»Was soll mir denn zustoßen?«, entgegnete ich. »Warum sagst du so etwas?«

»Kay, weißt du, ob ich schlafgewandelt habe, seit wir von der Reise zurückgekehrt sind?«

Seine Frage überraschte mich. »Ja, in der ersten Nacht. Peter, du hast mir nie erzählt, dass du ein Schlafwandler bist.«

»Schon als Kind hab ich das getan. Es fing irgendwann nach dem Tod meiner Mutter an. Unser Arzt hat mir irgendwelche Medikamente verschrieben, und dann hat es für eine Weile aufgehört. Aber ich hatte einen Albtraum, in dem ich mit einem Arm in das Schwimmbecken tauchte und versuchte, irgendetwas zu erreichen, und der geht mir nicht aus dem Kopf. Du weißt nicht etwa zufällig, ob das wirklich passiert ist, oder?«

»Doch, es ist tatsächlich so gewesen, Peter. Ich bin um fünf Uhr aufgewacht, und du warst verschwunden. Ich habe im anderen Schlafzimmer nachgesehen und dabei zufällig aus dem Fenster geschaut. Da habe ich dich am Schwimmbecken gesehen. Du hast am Rand gekniet und deinen Arm ins Wasser getaucht. Danach bist du wieder nach oben gegangen und hast dich ins Bett gelegt. Da ich wusste, was los war, habe ich dich nicht geweckt.«

»Kay«, begann er zögernd. Dann murmelte er etwas, doch ich konnte ihn nicht deutlich verstehen. Er brach ab und biss sich auf die Lippe. Ich sah, dass er den Tränen nahe war.

Ich stand auf, lief um den Tisch und nahm ihn in die Arme.

»Was hast du, Peter? Was willst du mir sagen?«

»Nein ... es ist nichts.«

Doch ich wusste genau, dass es da etwas gab und dass es äußerst wichtig war. Ich hätte schwören können, dass Peter gewispert hatte: »Ich habe noch andere Albträume gehabt, und vielleicht sind die auch wirklich passiert ...«

22

BARBARA KRAUSE, TOM MORAN und Nicholas Greco kamen erst am späten Nachmittag aus Lancaster zurück. Krause und Moran fuhren direkt zu ihrem Büro im Gerichtsgebäude von Bergen County und verbrachten die nächsten Stunden damit, eine Erklärung aufzusetzen, in welcher die bisher bei den Ermittlungen gesammelten Beweise zusammengefasst wurden. Die Erklärung sollte dann ihr Gesuch um Anklageerhebung und den Erlass eines Durchsuchungsbefehls begründen. Die Anklage wegen Mordes an Susan Althorp richtete sich gegen Peter Carrington, und der Durchsuchungsbefehl bezog sich auf Gebäude und Grundstück des Carrington-Anwesens.

»Ich will, dass das gesamte Grundstück mit Leichenhunden abgesucht wird«, sagte Krause zu Moran. »Wie ist es möglich, dass die Tote vor zweiundzwanzig Jahren nicht gefunden wurde, als der Geruch noch wesentlich stärker gewesen sein muss? Könnte es sein, dass er sie zunächst irgendwo anders vergraben und sie erst später auf das Grundstück geschafft hat, als er sich sicher war, dass man dort nicht mehr nach ihr suchen würde?«

»Könnte sein«, sagte Moran. »Ich war damals dabei, als die Hunde über genau diesen Teil des Grundstücks gelaufen sind, wo die Leiche jetzt entdeckt wurde. Kaum vorstellbar, dass sie den Geruch nicht in die Nase bekommen hätten und dass unsere Leute und ich selbst es nicht bemerkt hätten, wenn der Boden dort frisch umgegraben gewesen wäre.«

»Ich werde Richter Smith sofort Bescheid geben«, sagte Krause, »und ihn bitten, dass wir ihn morgen früh um fünf zu Hause aufsuchen dürfen, damit er den Durchsuchungsbefehl unterschreibt.«

»Da wird der Richter bestimmt begeistert sein«, meinte Moran, »doch das würde uns genügend Zeit verschaffen, um noch heute Nacht unser Team zusammenzustellen und morgen früh gegen halb sieben mit dem Durchsuchungsbefehl dort aufzukreuzen, wenn wir einigermaßen sicher sein können, dass Carrington gerade mit seiner neuen Braut gemütlich im Bett liegt. Es wird mir eine Freude sein, das Wecken zu übernehmen.«

Es war nach zwei Uhr morgens, als sie die Papiere fertig hatten. Moran stand auf und streckte sich. »Ich kann mich nicht erinnern, dass heute von einem Abendessen die Rede gewesen wäre«, sagte er.

»Wir haben beide ungefähr acht Tassen Kaffee getrunken«, erwiderte Krause. »Ich lad Sie morgen zum Essen ein, wenn wir diesen Kerl hinter Schloss und Riegel haben.«

23

Ich glaube, ich habe die ganze Nacht kein Auge zugemacht. Peter war so müde, dass er sofort einschlief, doch ich lag neben ihm, einen Arm um ihn geschlungen, und grübelte über den Satz nach, den ich gehört zu haben glaubte. Wollte er damit sagen, dass seine vermeintlichen Albträume in Wirklichkeit Erlebnisse gewesen sein könnten, die sich ereignet hatten, während er schlafwandelte?

Peter wachte um sechs Uhr auf. Ich schlug einen gemeinsamen frühmorgendlichen Lauf vor. Ich habe fast nie Kopfschmerzen, doch jetzt kündigten sich welche an. Er war einverstanden, und wir zogen uns rasch an. Wir gingen in die Küche, wo er frischen Orangensaft presste, während ich Kaffee aufsetzte und eine Scheibe Brot für Peter in den Toaster steckte. Wir ließen uns gar nicht erst am Tisch nieder, sondern tranken Saft und Kaffee im Stehen.

Das waren die letzten halbwegs normalen Minuten, die wir zusammen verbringen durften.

Das anhaltende Schrillen der Klingel riss uns aus unserer Ruhe. Wir blickten einander an. Beide wussten wir, was das bedeutete. Die Polizei war gekommen, um ihn zu verhaften.

Es ist verrückt, was man für Dinge tut, wenn sich etwas Katastrophales ereignet. Ich ging zum Toaster und nahm die

Brotscheibe, die gerade herausgesprungen war. Ich wollte, dass Peter noch etwas aß, bevor sie ihn mitnahmen.

Peter schüttelte den Kopf, als ich sie ihm reichte. »Peter, es kann vielleicht lange dauern, bevor du wieder etwas zu essen bekommst«, sagte ich. »Und gestern hast du fast nichts zu dir genommen.«

Die Klingel schrillte immer wieder durch das Haus, und wir redeten über Essen. Doch er nahm dann doch das Stück Brot und biss davon ab. Mit der anderen Hand schenkte er sich Kaffee nach und schluckte ihn, heiß wie er war, hinunter.

Ich eilte zur Haustür und öffnete. Draußen standen mindestens sechs Männer und eine Frau, aus einem der zahlreichen Wagen, die in der Auffahrt geparkt waren, drang Hundegebell.

»Mrs. Carrington?«

»Ja.«

»Ich bin Assistenzstaatsanwalt Tom Moran. Ist Mr. Carrington zu Hause?«

»Ja«, erklang es hinter mir. Peter war mir in die Eingangshalle gefolgt.

»Mr. Carrington, ich habe hier einen richterlichen Beschluss, der uns die Durchsuchung von Gebäude und Gelände dieses Anwesens gestattet.« Moran überreichte Peter das Dokument und fuhr fort: »Außerdem verhafte ich Sie wegen Mordes an Susan Althorp. Sie haben das Recht, zu schweigen. Alles, was Sie sagen, kann und wird vor Gericht gegen Sie verwendet werden. Sie haben das Recht auf die Anwesenheit eines Anwalts, während Sie verhört werden. Falls Sie sich entscheiden, Fragen zu beantworten, können Sie dennoch das Verhör zu jeder Zeit beenden. Ich weiß, dass Sie sich einen Anwalt leisten können, daher erspare ich Ihnen die Belehrung, dass andernfalls das Gericht Ihnen einen Anwalt zuweisen kann, um Sie zu vertreten.«

In Gedanken war mir seit gestern klar gewesen, dass dies wahrscheinlich eintreffen würde. Doch etwas vorauszusehen und dann zu erleben, dass es tatsächlich stattfindet – das ist genau der Unterschied zwischen Albtraum und Realität. Zwei Beamte gingen an mir vorüber und stellten sich rechts und links von Peter auf. Als er begriff, was sie vorhatten, überreichte mir Peter den Durchsuchungsbefehl und streckte dann seine beiden Hände vor. Ich hörte das Klicken der Handschellen. Peters Gesicht war kreidebleich, doch er blieb gefasst.

Einer der Beamten drückte die Haustür auf. Es war klar, dass sie Peter sofort abführen wollten. »Warten Sie, ich hole seinen Mantel«, sagte ich zu Moran. »Es ist kalt draußen.«

Indessen waren Jane und Gary Barr eingetroffen. »Ich werde ihn holen, Mrs. Carrington«, sagte Jane mit zittriger Stimme.

»Wo bringen Sie meinen Mann hin?«, fragte ich Moran.

»Ins Gefängnis von Bergen County.«

»Ich werde in meinem Auto hinterherfahren«, sagte ich zu Peter.

»Mrs. Carrington, ich möchte Ihnen vorschlagen, damit noch etwas zu warten«, sagte Moran. »Zunächst wird man Mr. Carrington die Fingerabdrücke abnehmen und ihn fotografieren. In dieser Zeit wird man Ihnen nicht gestatten, ihn zu sehen. Die Anklageerhebung mit Richter Harvey Smith ist um drei Uhr nachmittags im Gerichtsgebäude von Bergen County angesetzt. Dabei wird dann die Kaution festgelegt werden.«

»Kay, ruf Vincent an und sag ihm, er soll alles vorbereiten, um die Kaution zu überweisen«, sagte Peter. Als die Beamten ihn zum Aufbruch drängten, kam Gary Barr mit einem Mantel, den er ihm über die Schultern legte. Peter neigte sich zu mir, um mich zu küssen. Seine Lippen fühlten sich kalt auf meiner Wange an, und seine Stimme war rau, als er sagte: »Drei Uhr. Wir sehen uns dort, Kay. Ich liebe dich.«

Moran und einer der Beamten gingen mit ihm hinaus. Als sich die Tür hinter ihnen schloss, blieb ich wie gelähmt stehen, unfähig, mich zu bewegen.

Die Atmosphäre im Haus veränderte sich. Es befanden sich noch mindestens sechs Beamte in der Halle. Ich schaute zu, wie alle bis auf die Beamtin Gummihandschuhe überstreiften – die Durchsuchung des Hauses nahm ihren Anfang. Von draußen drang lauter werdendes Hundegebell herein. Auch die Durchsuchung des Grundstücks hatte begonnen. Jane Barr berührte mich am Arm. »Mrs. Carrington, kommen Sie, wir gehen in die Küche«, sagte sie.

»Ich muss Vincent anrufen. Ich muss die Anwälte anrufen.« Meine Stimme klang merkwürdig in meinen Ohren, leise, aber schrill.

»Ich bin Detective Carla Sepetti«, sagte die Beamtin mit liebenswürdiger Stimme. »Es ist vorgesehen, dass Sie drei zusammenbleiben und ich mich Ihnen anschließe. Wenn Sie wollen, können wir in der Küche warten, bis die Kollegen mit der Durchsuchung des Hauses fertig sind. Dann werden wir in ein anderes Zimmer wechseln müssen, weil sie auch die Küche durchsuchen werden.«

»Jane wird Ihnen etwas zu essen machen, Mrs. Carrington«, sagte Gary Barr und schaute mich mit sorgenvoller Miene an.

Essen wird immer als Trost empfunden, es soll einem in schweren Zeiten Kraft geben, schwirrte es mir durch den Kopf. Sie bemühen sich darum, dass ich etwas esse, aus demselben Grund, aus dem ich Peter eine Scheibe Toast zugesteckt habe. Ich nickte und begab mich mit den Barrs über den langen Flur in die Küche. Detective Sepetti folgte uns dicht auf den Fersen. Wir kamen an Peters Bibliothek vorbei. Zwei Beamte waren darin zugange – der eine räumte Bücher aus den Regalen, der andere machte sich an seinem Schreibtisch zu schaffen. Ich musste daran denken, wie zufrieden Peter an jenem Tag vor weniger als vier Monaten ausgesehen hatte, als ich bei ihm in diesem Zimmer saß und dessen Einrichtung und Stimmung bewunderte.

In der Küche versuchte ich, eine Tasse Kaffee zu trinken,

doch meine Hand zitterte so stark, dass ich die heiße Flüssigkeit in die Untertasse verschüttete. Jane legte mir für eine Sekunde die Hand auf die Schulter, als sie die Untertasse entfernte und durch eine neue ersetzte. Ich wusste, wie sehr sie an Peter hing. Sie kannte ihn schon seit der Zeit, als er noch ein kleiner Junge war, der gerade seine Mutter verloren hatte. Ich konnte mir vorstellen, wie sehr auch sie all das aufwühlen musste.

Ich rief Vincent Slater an. Er nahm die Nachricht gefasst auf. »Es war unvermeidlich«, sagte er. »Aber er wird heute Abend wieder zu Hause sein, das verspreche ich Ihnen. In New Jersey muss ein Richter einen Angeklagten gegen Kaution auf freien Fuß setzen. Es ist klar, dass sie die Summe in Millionenhöhe ansetzen werden, doch wir werden das Geld bereithalten.«

Mit den Anwälten waren wir um neun Uhr verabredet. Ohne einen besonderen Grund zu haben, gerade ihn anzurufen, wählte ich die Nummer von Conner Banks. »Das kommt nicht unerwartet, Kay«, sagte er, »aber mir ist klar, dass es schrecklich für Sie beide sein muss. Wir werden uns eine Kopie des Haftbefehls besorgen, und dann werden Markinson und ich um drei Uhr im Gericht sein. Wir sehen uns dann dort.«

Nachdem ich aufgelegt hatte, lief ich zum Fenster. Regen und Schneeregen waren erst für den Mittag vorausgesagt worden, doch nun fielen schon die ersten Tropfen. Kurz darauf schlugen nasse Flocken gegen die Scheiben. »Ich dachte, ich hätte irgendwo gelesen, dass Polizeihunde bei Regen nicht arbeiten können«, sagte ich zu Detective Sepetti.

»Das hängt davon ab, wonach sie suchen«, antwortete sie. »Aber wenn es so weitergeht, werden sie die Suche wohl einstellen müssen und später zurückkommen.«

»Wonach suchen sie denn?«, fragte ich sie. Ich war mir bewusst, dass Wut in meiner Stimme mitschwang. Eigentlich hatte ich die Frage stellen wollen, ob sie Peter für einen

Serienmörder hielten und erwarteten, dass auf dem Grundstück überall Leichen vergraben seien.

»Ich weiß es nicht, Mrs. Carrington«, antwortete sie ruhig. Ich betrachtete sie. Sie war Ende vierzig, schätzte ich. Ihre kinnlangen braunen Haare waren natürlich gewellt, was das etwas runde Gesicht weicher erscheinen ließ. Sie trug ein dunkelblaues Jackett und schwarze Hosen. Ohrringe in Form eines X waren der einzige Schmuck, den ich an ihr entdecken konnte, obwohl ich vermutete, dass sie eine Armbanduhr trug, die vom Ärmel verdeckt wurde.

Wie verrückt, sich mit solchen Einzelheiten zu befassen, die im Moment absolut unwichtig waren. Ich wandte mich vom Fenster ab. In der Küche stand ein kleiner Fernseher, und ich schaltete ihn ein. Zu sehen war, wie Peter aus dem Polizeiwagen stieg und in das Gefängnis von Bergen County geführt wurde.

»Während Carrington des Mordes angeklagt und verhaftet wurde, sind inzwischen weitere neue Beweise gegen ihn aufgetaucht, wie uns aus sicherer Quelle berichtet wird«, sagte der Reporter. »Das ehemalige Dienstmädchen Maria Valdez Cruz hat nicht nur zugegeben, gelogen zu haben, als sie behauptet hatte, das Smokinghemd von Carrington im Wäschekorb gesehen zu haben, sondern sie kann auch nachweisen, dass sie von Carringtons Vater mit einer Summe von fünftausend Dollar bestochen wurde.«

Ich schaltete den Fernseher aus. »Mein Gott«, sagte Jane Barr. »Das kann ich nicht glauben. Das ist einfach unmöglich. Mr. Carrington senior war ein ehrenhafter Mann. Er würde niemals jemanden bestechen.«

Auch nicht, um seinem Sohn das Leben zu retten?, fragte ich mich. Was hätte ich getan, wenn ich an seiner Stelle gewesen wäre?

Ich war mir über die Antwort unsicher.

24

Elaine Carrington lag noch im Bett, als Beamte vom Büro der Staatsanwaltschaft kurz nach halb sieben an ihrer Haustür klingelten. Erschrocken warf sie sich einen Morgenmantel über und eilte, um zu öffnen. War Richard etwas zugestoßen?, fragte sie sich verzweifelt. Hatte er seine Spielschulden nicht rechtzeitig beglichen? In banger Erwartung riss sie die Tür auf.

Als man ihr den Durchsuchungsbefehl überreichte, war ihre erste Reaktion fast so etwas wie Erleichterung. Dann begab sie sich, begleitet von einem Beamten, dessen Anwesenheit sie ignorierte, in das Fernsehzimmer und schaltete das Gerät ein.

Ein paar Sekunden später zuckte sie zusammen, als die Bilder gezeigt wurden, wie Peter vor dem Gefängnis von Bergen County in Handschellen aus dem Wagen stieg. Er ist immer gut zu mir gewesen, dachte sie und beobachtete, wie er versuchte, das Gesicht von den Fotografen abzuwenden.

»Mit zweiundzwanzig Jahren, nach dem plötzlichen Tod seines Vaters, folgte ihm Peter Carrington an die Spitze des Familienkonzerns«, sagte der Moderator gerade.

Ein Foto von Vater und Sohn, nur kurze Zeit vor dem tödlichen Herzinfarkt aufgenommen, flimmerte über den Bildschirm, und Elaine spürte Zorn in sich aufwallen. Jung, wie Peter war, hat er verstehen können, was es für mich hieß, mit diesem elenden Geizhals zusammenzuleben, dachte sie. Einer der reichsten Männer der Welt, und doch haben wir uns sogar an seinem Geburtstagsfest ums Geld gezankt. Ständig hat er gedroht, irgendwelche Rechnungen nicht zu bezahlen. »Damit habe ich nichts zu tun. Sieh selbst zu, wie du das bezahlst.« Das war sein ständiger Spruch. In den fünf Jahren unserer Ehe hat er sich über jeden Cent beklagt, den ich ausgegeben habe, dachte sie bitter.

Als der Bericht über Peter vorbei war, drückte Elaine auf die rote Taste der Fernbedienung. Als ich ihn geheiratet habe, war an dem ganzen Anwesen hier seit Jahren nichts mehr gemacht worden, erinnerte sie sich. Das Einzige, was er mir gegönnt hat, war die neue Gartengestaltung, weil er selbst so ein Naturnarr war.

Immer wenn sie nervös oder verärgert war, musste sie an die knickerigen Klauseln des Ehevertrags denken, den er ihr abgepresst hatte, und dann überkam sie wieder eine riesige Wut. Ein Geräusch, das von draußen hereindrang, ließ sie zum Fenster eilen. Schneeregen prasselte gegen die Scheiben, doch das war es nicht, was ihre Aufmerksamkeit erregt hatte. »Sind da draußen Hunde?«, wandte sie sich ungläubig an den jungen Polizeibeamten, der auf einem Stuhl in der Nähe der Tür saß.

»Das sind die Hunde, die das Gelände durchsuchen, Mrs. Carrington«, antwortete er in geschäftsmäßigem Ton.

»Sie haben doch die Leiche von Susan Althorp schon gefunden. Wonach suchen Sie denn jetzt? Oder sind Sie der Ansicht, dass das ganze Gelände hier ein Friedhof ist?«, fuhr sie ihn an.

Der Beamte antwortete nicht.

Gegen Mittag war die Durchsuchung des Hauses beendet, und Elaine ging wieder nach oben in ihr Schlafzimmer. Während sie sich duschte und anzog, drehten sich ihre Gedanken pausenlos um die Folgen, die Peters Verhaftung nach sich ziehen konnten. Was wird passieren, wenn Peter für den Rest seines Lebens ins Gefängnis muss?, überlegte sie. Werden er und Kay dann beschließen, das Anwesen zu verkaufen? Könnten sie das überhaupt, solange ich lebe? Damit würde doch wohl mein Ehevertrag verletzt. Wenigstens müssten sie mich auszahlen, das wäre das Mindeste.

Der Ehevertrag, den sie unterschrieben hatte, war damals das Beste, was ihr Anwalt hatte herausschlagen können. Zehn Millionen Dollar nach dem Tod von Carrington senior, lebenslanges Wohnrecht auf dem Anwesen und in der kleineren der beiden Carrington'schen Wohnungen an der Park Avenue. Ein Einkommen von einer Million Dollar pro Jahr für den Rest ihres Lebens. Aber natürlich war ein Haken an der Sache: Das Wohnrecht im Haus und in der Wohnung sowie die jährliche Rente würden verfallen, falls sie wieder heiratete. Die zehn Millionen waren schon seit Jahren aufgebraucht, das meiste davon bei einer einzigen, dummen Investition verloren, dachte Elaine bitter. Ich hätte viel mehr bekommen müssen.

Es war falsch von mir, dass ich versucht habe, Peter die Heirat mit Kay auszureden, dachte sie besorgt, als sie eine Hose und einen Kaschmirpullover aus dem Schrank holte. Das wird sie mir mein Leben lang vorwerfen. Ich hätte sie wohl anrufen sollen, als sie von ihrer Hochzeitsreise zurückgekommen sind, aber ich hatte einfach keine Lust, mir das anzutun und zuzuschauen, wie sie als die neue Hausherrin herumstolziert.

Sie schaltete den Fernseher wieder ein. In den Nachrichten wurde berichtet, dass um drei Uhr im Gerichtsgebäude die öffentliche Anklageerhebung gegen Peter stattfinden würde. Sie nahm das Telefon zur Hand. Als sich Kay meldete, sagte sie: »Kay, Liebling, es tut mir so furchtbar leid für dich und Peter. Ich möchte gern zusammen mit dir zur Verhandlung gehen.«

Kay reagierte sofort auf Elaines Anteilnahme. »Nein, es

ist besser, wenn du nicht mitkommst«, sagte sie. »Aber ich hoffe sehr, dass Peter nach Hause gehen kann, nachdem die Kaution überwiesen wurde. Es wäre schön, wenn du und Richard dann zum Abendessen kommen könntet. Vincent werde ich auch dazubitten. Ich glaube, Peter wird heute Abend ein bisschen Zuspruch von Menschen, die ihn lieben und die zu ihm stehen, gebrauchen können.« Daraufhin brach Kay in Schluchzen aus. »Ich habe Angst um ihn, Elaine. Ich hab so furchtbare Angst.«

»Kay, ich würde alles, wirklich alles tun, um Peter zu helfen. Wir sehen uns heute Abend, Liebes.«

Elaine legte den Hörer auf. Liebe Kay, wenn du wüsstest, was ich alles schon getan habe, um Peter zu helfen, dachte sie.

25

»SIND SIE WIRKLICH SICHER, dass Sie das wollen, Mrs. Althorp?«, fragte Nicholas Greco. »Es ist absolut fürchterliches Wetter da draußen.«

»Das habe ich ihr auch schon gesagt, Mr. Greco.« Brenda, die Haushälterin, hatte tiefe Sorgenfalten auf der Stirn, als sie Gladys Althorp in ihren Mantel half.

»Ich werde zur Anklageerhebung von Susans Mörder gehen, und niemand wird mich davon abbringen. Mr. Greco, wir werden meinen Wagen nehmen. Ich gehe davon aus, dass mein Fahrer in der Lage sein wird, uns direkt vor dem Eingang zum Gerichtsgebäude abzusetzen.«

Wenn sie sagt, dass niemand sie davon abbringen wird, dann meint sie das auch, dachte Greco. Er sah, dass Brenda im Begriff war, erneut Protest einzulegen und schüttelte den Kopf, um sie davon abzuhalten.

Der Fahrer wartete draußen mit einem aufgespannten Regenschirm. Wortlos griffen Greco und der Fahrer je einen Arm der zerbrechlich wirkenden Frau und halfen ihr ins Auto. Als sie unterwegs waren, fragte Gladys Althorp: »Mr. Greco, erklären Sie mir, wie so eine Anklageerhebung vor sich geht. Dauert es sehr lange?«

»Nein. Peter Carrington wird mit seinem Anwalt vor dem Richter erscheinen. Vorher wird er in einer Haftzelle neben dem Gerichtssaal gewartet haben. Daraufhin wird der Staatsanwalt die Anklagepunkte verlesen, die gegen ihn erhoben werden.«

»Wie wird er angezogen sein?«

»Er wird einen Häftlingsoverall tragen.«

»Wird er Handschellen tragen?«

»Ja. Nachdem die Anklage verlesen wurde, wird der Richter ihn fragen, auf was er plädiert. Sein Anwalt wird für ihn antworten. Natürlich wird er sagen: ›nicht schuldig‹.«

»Ja, etwas anderes ist von ihm nicht zu erwarten«, sagte Gladys bitter.

Greco bemerkte, dass sich seine Klientin auf die Unterlippe biss, damit sie nicht zitterte. »Mrs. Althorp«, sagte er, »die Sache wird nicht einfach für Sie werden. Es wäre gut gewesen, wenn jemand aus Ihrer Familie heute hätte dabei sein können.«

»Meine Söhne hätten es nicht rechtzeitig geschafft. Sie leben beide in Kalifornien. Mein Mann war heute Morgen bereits unterwegs nach Chicago, als bekannt wurde, dass Peter Carrington verhaftet worden ist. Aber ich sage Ihnen eines, Mr. Greco, in gewisser Weise bin ich nicht unglücklich darüber, dass ich die Einzige aus unserer Familie bin, die heute anwesend sein wird. Keiner hat in all den Jahren so sehr um Susan getrauert wie ich. Wir standen uns sehr nahe, uns verbanden so viele Gemeinsamkeiten. Schon als Kind hat sie es geliebt, mit mir ins Museum oder in die Oper und zum Ballett zu gehen. Auf dem College hatte sie Kunst als Hauptfach, genau wie ich. Damals hat sie noch gescherzt, dass wir dann noch mehr Dinge gemeinsam hätten, als ob das noch nötig gewesen wäre. Sie war schön und intelligent, sie war herzlich und liebenswert, sie war einfach ein perfekter Mensch. Charles und die Jungs werden bei Peter Carringtons Prozess anwesend sein. Ich werde das nicht mehr erleben. Heute werde ich es sein, die sie bei Gericht vertritt. Ich habe fast das Gefühl, als ob auch Susan im Geist anwesend sein wird. Klingt das in Ihren Ohren verrückt?«

»Nein«, antwortete Greco. »Ich war bei vielen Gerichtsverhandlungen, und man spürt immer die Präsenz des Opfers, wenn seine Verwandten und Freunde aussagen. Und wenn heute die offizielle Mordanklage verlesen wird, wird jeder im Saal die Bilder von Susan, die in den Zeitungen erschienen sind, im Kopf haben. Sie wird in den Gedanken wieder lebendig werden.«

»Ich kann Ihnen gar nicht genug dafür danken, dass Sie Maria Valdez Cruz ausfindig gemacht haben. Ihre Aussage und die Kopie dieses Schecks von Peters Vater werden sicherlich als Beweise ausreichen, um Carrington zu verurteilen.«

»Ich bin überzeugt, dass Carrington am Ende verurteilt wird«, sagte Greco. »Es war mir eine Ehre, Ihnen einen Dienst erwiesen zu haben, Mrs. Althorp, und ich hoffe, dass Sie nach dem heutigen Tag ein gewisses Maß an Seelenfrieden finden werden.«

»Das hoffe ich auch.« Sie lehnte sich zurück und schloss die Augen, sichtlich ermattet. Zwanzig Minuten später hielt der Wagen vor dem Gerichtsgebäude.

26

Obwohl er einen Mantel trug, fror Conner Banks, als er mit großen Schritten vom Parkplatz zum Gerichtsgebäude von Bergen County in Hackensack, New Jersey, eilte. Der Parkplatz war überfüllt, und die Lücke, die er schließlich gefunden hatte, lag ausgerechnet in dem Winkel des Geländes, der vom Gerichtsgebäude am weitesten entfernt war.

Er beschleunigte noch einmal seine Schritte, sodass Walter Markinson, dessen Gesicht bereits nass vom Schneeregen war, ihn zurechtwies. »Langsam, langsam. Schließlich renne ich nicht jeden Morgen zwei Meilen wie Sie.«

»Entschuldigung.«

»Außerdem wäre es nicht verkehrt gewesen, wenn Sie einen Regenschirm mitgenommen hätten.«

»Entschuldigung.«

Auf der Fahrt von Manhattan hatten sie über den genauen Wortlaut der Presseerklärung debattiert, die sie heute abgeben wollten. »Mr. Carrington ist unschuldig, und wir werden seine Unschuld vor Gericht beweisen.« Oder: »Unser Mandant hat immer daran festgehalten, dass er unschuldig ist. Die Anklage gegen ihn ist auf bloße Vermutungen und Unterstellungen gegründet und auf eine Frau, die nach zweiundzwanzig Jahren ihre unter Eid abgegebene Aussage revidiert hat.«

So, wie sich dieser Fall entwickelt, könnten wir genauso gut Jack the Ripper verteidigen, dachte Conner grimmig. Er hatte in seiner bisherigen Karriere noch nie einen solchen Medienrummel erlebt.

Es sind schon einige aufsehenerregende Fälle an diesem Gericht verhandelt worden, ging ihm durch den Kopf, als sie schließlich den Schutz des Gebäudes erreichten. Da war dieser sogenannte »Schuster«, dieser Kerl aus Philadelphia, der durch Bergen County gegeistert ist und Frauen überfallen hat, mit seinem zwölfjährigen Sohn im Schlepp. Sein letztes Opfer – dasjenige, das er auch getötet hat – war eine zwanzig Jahre alte Krankenpflegerin, die eine körperbehinderte Frau besuchen wollte, deren Haus er gerade ausraubte. Dann waren da noch die Morde von Robert Reldon. Dieser Kerl, gut aussehend und aus angesehener Familie, erinnerte ein bisschen an Peter Carrington. Er entführte und tötete zwei junge Frauen. Bei seinem Prozess schlug er einen Wachbeamten nieder, der ihm gerade die Handschellen abgenommen hatte, sprang aus dem Fenster, stahl einen Wagen und genoss etwa eine halbe Stunde Freiheit. Jetzt, zwanzig oder dreißig Jahre später, ist der »Schuster« tot, und Reldon sitzt immer noch.

Und es sieht ganz danach aus, dass Peter Carrington den Rest seines Lebens ebenfalls hinter Gittern verbringen wird, dachte Banks.

Die Anklageerhebung sollte im Gerichtssaal des ehrenwerten Harvey Smith stattfinden, jenes Richters, der den Haftbefehl für Peter Carrington unterzeichnet hatte. Wie Banks erwartet hatte, war der Saal bereits mit Zuschauern und Medienvertretern angefüllt, als Markinson und er eintraten. Die Kameraleute richteten ihre Aufmerksamkeit besonders auf eine Frau, die im mittleren Abschnitt der Zuschauerreihen saß. Zu seiner Bestürzung erkannte er, dass es sich um Gladys Althorp handelte.

Markinson und er drängten sich nach vorn zu ihren Plätzen.

Es war erst zwanzig vor drei, doch Kay Carrington war

bereits da. Sie saß in der ersten Reihe, an ihrer Seite Vincent Slater. Etwas erstaunt bemerkte Banks, dass sie einen Jogginganzug trug. Doch dann fiel ihm der mögliche Grund dafür wieder ein. Slater hatte ihm gegenüber erwähnt, dass Carrington gerade joggen gehen wollte, als er verhaftet wurde. Das heißt, er wird auch so einen Anzug tragen, wenn die Kaution überwiesen ist und er nach Hause gehen darf, dachte Banks. Sie möchte, dass sie auch äußerlich als Einheit wahrgenommen werden.

Markinson hatte seine mürrische Miene durch einen väterlich besorgten Ausdruck ersetzt. Mit gerunzelter Stirn und verständnisvollem Blick tätschelte er Kays Schulter und sagte mit aufmunternder Stimme: »Keine Sorge. Wir werden diese Valdez Cruz schon auseinandernehmen, wenn sie erst mal im Zeugenstand steht.«

Kay weiß, wie schlimm es steht, dachte Banks. Walter sollte sie nicht für dumm verkaufen. Er sah, dass Kays Augen kurz zornig aufblitzten, als sie zu Markinson aufsah.

Mit leiser, angespannter Stimme sagte sie: »Walter, ich brauche Ihre Aufmunterung nicht. Ich weiß, was auf uns zukommt. Und ich weiß auch, dass da draußen jemand herumläuft, der dieses Mädchen umgebracht hat und in diesem Augenblick anstelle meines Mannes in diesem Gerichtssaal stehen müsste. Peter ist unschuldig. Er ist unfähig, jemandem etwas anzutun. Ich würde mir wünschen, dass Sie genau dasselbe glauben.«

Selig sind, die nicht gesehen und doch geglaubt haben. Die Worte aus der Heiligen Schrift kamen Conner Banks in den Sinn, als er seinerseits Kay und Vincent begrüßte. »Er wird heute Abend wieder zu Hause sein, Kay«, sagte Banks. »So viel kann ich Ihnen versprechen.« Er und Markinson nahmen ihre Plätze ein. Banks hörte, wie sich hinter ihnen der Saal füllte. Das war zu erwarten gewesen – dies war die Art von prominent besetztem Fall, den sich selbst einige Angestellte des Gerichtsgebäudes nicht entgehen ließen.

»Bitte erheben Sie sich von Ihren Plätzen«, verkündete der Gerichtsdiener.

Alle standen auf, während der Richter mit raschen Schritten den Saal betrat und auf seinem Stuhl Platz nahm. Banks hatte seine Hausaufgaben gemacht, sobald er erfahren hatte, wer die Anklageerhebung leiten sollte. Man hatte ihm gesagt, Richter Harvey Smith sei als äußerst fair bekannt, aber auch als ziemlich streng, wenn es um das Verhängen von Strafen ging. Das Äußerste, was wir überhaupt für Carrington erreichen können, wird wahrscheinlich sein, den Gang der Ereignisse so weit wie möglich in die Länge zu ziehen, dachte Banks, denn wenn er einmal verurteilt ist, dann wandert er sofort ins Gefängnis. Wenn er auf Kaution freikommt, kann er wenigstens in seinem eigenen Bett schlafen, bis der Prozess vorüber ist.

Peter Carrington war nicht der einzige Fall, über den an diesem Nachmittag entschieden werden sollte. Es gab noch weitere Untersuchungshäftlinge, die auf ihre Anklage warteten. Der Protokollführer verlas die Anklagen, während sie einer nach dem anderen vor die Richterbank traten. Relativ unbedeutende Geschichten, dachte Banks. Der erste wurde des Scheckbetrugs angeklagt. Der zweite wegen Ladendiebstahls.

Peter Carringtons Fall kam als dritter an die Reihe. Als er in den Saal geführt wurde, in einem orangefarbenen Overall und in Handschellen, erhoben sich Banks und Markinson von ihren Plätzen und stellten sich links und rechts von ihm auf.

Staatsanwältin Krause verlas die Anklage gegen ihn. Die Kameras klickten und surrten laut, als Peter mit ernster Miene dem Richter ins Gesicht blickte und mit fester Stimme erklärte: »Nicht schuldig.«

Für Conner Banks war völlig klar, dass Barbara Krause sich förmlich die Finger danach leckte, diesen Fall persönlich zu verhandeln. Als es um die Frage der Kaution ging, wandte sie sich an den Richter: »Euer Ehren, wir haben es mit einem Angeklagten zu tun, dem schier unbegrenzte Mittel zur Verfügung stehen. Es besteht ein besonders hohes Risiko, dass er sich trotz Kaution der weiteren Strafverfolgung durch Flucht ins Ausland entziehen könnte. Daher fordern wir, dass die Höhe der Kaution im angemessenen Verhältnis zu seinem Vermögen festgesetzt wird; dass sein Reisepass eingezogen wird; dass ihm zur Auflage gemacht wird, zu jeder Zeit ein elektronisches Armband zu tragen und sich nur innerhalb seines Hauses und des umzäunten Grundstücks aufzuhalten; außerdem das Grundstück nur zu verlassen, um Gottesdienste zu besuchen, ärztliche Hilfe in Anspruch zu nehmen oder sich mit seinen Anwälten zu besprechen, und dass diese Besuche erst nach Anfrage und Erlaubnis über den Monitor des elektronischen Armbands erfolgen.«

Das wird noch ein zäher Brocken werden, wenn es zum Prozess kommt, dachte Banks, der Krause bei ihren Ausführungen beobachtete.

Der Richter wandte sich an Peter. »Mr. Carrington, ich stelle fest, dass es angesichts Ihrer Vermögensverhältnisse wohl kaum einen Unterschied macht, ob ich Ihnen eine Kaution von einem Dollar oder von fünfundzwanzig Millionen Dollar auferlege. Ich werde daher die Höhe der Kaution auf zehn Millionen Dollar festlegen.« Er ging die Liste der Auflagen durch, welche die Staatsanwaltschaft gefordert hatte, und stimmte sämtlichen Punkten zu.

»Euer Ehren«, sagte Peter mit lauter und klarer Stimme, »ich werde mich strikt an alle geforderten Auflagen halten. Ich sehe voller Erwartung dem Prozess entgegen, damit endlich alle Verdachtsmomente gegen mich ausgeräumt werden können und dieser Albtraum für mich und meine Frau ein Ende findet.«

»Ihre Frau! Und was ist mit der Ehefrau, die Sie ertränkt haben? Was haben Sie dazu zu sagen?«

Wie alle anderen im Saal drehte sich Banks rasch um. Ein gut gekleideter Mann hatte sich in der Mitte der Zuschauerreihen erhoben. Das Gesicht von Wut verzerrt, schlug er mit der Faust auf den vor ihm befindlichen Sitz ein. »Grace war meine Schwester! Sie war im achten Monat schwanger. Sie haben auch ihr ungeborenes Kind umgebracht. Grace hat nicht getrunken, bevor sie mit Ihnen verheiratet war. Sie haben sie in die Depression getrieben. Dann haben Sie Grace umgebracht, weil Sie nicht das Risiko eingehen wollten, dass sie ein geschädigtes Kind zur Welt bringt. Sie Mörder! Mörder! Mörder!«

»Schaffen Sie diesen Mann hinaus!«, befahl Richter Smith. »Schaffen Sie ihn sofort hinaus!« Er schlug heftig mit seinem Hammer auf die Holzunterlage ein. »Ruhe im Saal!«

»Sie haben meine Schwester umgebracht!«, erscholl es ein letztes Mal, bevor Grace Carringtons Bruder eilig aus dem Gerichtssaal gedrängt wurde.

Peinliche Stille folgte auf seinen Abgang, die erst unterbrochen wurde, als das herzzerreißende Schluchzen von Gladys Althorp zu hören war, die vornübergebeugt dasaß, das Gesicht in den Händen verborgen.

27

Es war sechs Uhr und stockfinster, als wir schließlich nach Hause kamen. Draußen regnete es immer noch stark. Ein Polizist stand Wache bei dem mit einem Band abgetrennten Teil des Grundstücks, der noch nicht von den Hunden abgesucht worden war.

Dank Vincents schnellem Handeln musste Peter die Nacht nicht im Gefängnis verbringen. Unmittelbar nachdem ich ihn angerufen hatte, um ihm mitzuteilen, dass Peter verhaftet wurde, hatte er alles in die Wege geleitet, damit die Kautionssumme, ganz gleich, in welcher Höhe sie der Richter festlegen würde, sofort an eine Bank in der Nähe des Gerichtsgebäudes von Hackensack überwiesen werden konnte. Sobald die Anklageerhebung vorüber war, begab er sich zu dieser Bank, erhielt dort einen Scheck über zehn Millionen Dollar und kehrte damit zum Gericht zurück, um ihn bei der Kautionsstelle einzureichen.

Während er unterwegs war und wir auf Peters Freilassung warteten, durften Conner Banks, Walter Markinson und ich uns in das leere Geschworenenzimmer neben dem Sitzungssaal von Richter Smith setzen. Der öffentliche Auftritt und die wüsten Beschuldigungen des Bruders von Grace, Philip Meredith, schienen die beiden fast ebenso überrascht und verwirrt zu haben wie mich. Als dann noch das verzweifelte Schluchzen von Susan Althorps Mutter zu hören gewesen war, hatte das Ganze fast etwas Surreales bekommen. Ich hatte Peter beobachtet, als er Merediths Beschuldigungen und Gladys Althorps Schluchzen vernahm. Sein Gesicht sah so gepeinigt aus, als ob man ihm die Haut bei lebendigem Leibe abgezogen hätte.

Ich teilte das Markinson und Banks mit.

Sie äußerten sich besorgt darüber, dass alles, was im Gerichtssaal vorgefallen war, der Sache Peters abträglich sein könnte und die Berichterstattung in den Medien aller Wahrscheinlichkeit nach katastrophal ausfallen würde. Selbst Markinson blieb ernst und verzichtete auf sein übliches beschwichtigendes Schulterklopfen.

Conner Banks stellte mir dann eine Frage, die mich völlig überraschte: »Hat Ihres Wissens schon früher einmal ein Mitglied der Familie Meredith damit gedroht, eine Klage wegen Mordes gegen Peter einzureichen?«

Ich war schockiert. »Nein«, antwortete ich sofort. Doch dann verbesserte ich mich: »Zumindest hat mir Peter noch nie von so etwas erzählt.«

»Was ich jetzt sage, klingt vielleicht etwas zynisch«, sagte er. »Philip Meredith mag vielleicht ein Bruder sein, der Gerechtigkeit einfordert, vielleicht ist er auch nur darauf aus, durch ein Arrangement mit Peter eine erkleckliche Summe herauszuholen. Wahrscheinlich trifft sogar beides zu. Er weiß natürlich genau, dass sich Peter im Moment absolut kein weiteres juristisches Scharmützel neben seinem Mordprozess leisten kann.«

Als Peter freigelassen wurde, sprachen Markinson und Banks noch kurz mit ihm, bevor sie sich auf den Rückweg nach New York machten. Sie rieten ihm, sich möglichst auszuruhen, und vereinbarten einen Termin am frühen Nachmittag des folgenden Tages im Herrenhaus.

Ich ergriff Peters Hand, und dabei fiel mir zum ersten Mal das elektronische Armband an seinem Handgelenk auf. Wir gingen nebeneinander den langen Flur zum Ausgang hinunter. Ich hatte gehofft, keine Medienvertreter mehr anzutreffen, wenn wir das Gebäude endlich verlassen würden. Natürlich war diese Hoffnung reichlich naiv gewesen. Sie waren noch da, und zwar in voller Stärke. Ich fragte mich, ob das immer noch dieselben Leute waren, die Peter heute Morgen auf dem Weg ins Gefängnis gefilmt hatten, oder ob diese mittlerweile von einem neuen Trupp von Reportern und Fotografen abgelöst worden waren.

Ein Durcheinander an Fragen prasselte über uns herein: »Mr. Carrington, können Sie uns etwas sagen über ...?« »Kay, haben Sie gewusst, dass ...?«

Vince stand mit dem Wagen bereit und hielt die Tür auf. Wir ignorierten die Fragen, hasteten zu ihm und kletterten auf den Rücksitz. Als wir schließlich außer Sichtweite der Reporter waren, umarmten wir uns schweigend. Auf der ganzen Rückfahrt sprachen wir kaum ein Wort.

Peter ging sofort nach oben. Er brauchte mir nicht erst zu sagen, dass er sich duschen und umziehen wollte. Nach dem Aufenthalt in der Haftzelle hatte er sicherlich das Bedürfnis, sich minutenlang unter einen heißen Wasserstrahl zu stellen.

Vincent blieb zum Abendessen. Er sagte, er müsse noch ein paar geschäftliche Anrufe erledigen, und verschwand in sein Arbeitszimmer im hinteren Teil des Hauses.

Ich begab mich in die Küche. Eigentlich hatte ich geglaubt, dass nichts meine Stimmung mehr heben könnte, doch der verführerische Duft von Schmorbraten, der auf dem Herd köchelte, war dann eine echte Aufmunterung, und sei es auch nur, weil Peter mir erzählt hatte, dass das sein Lieblingsgericht sei. Ich war Jane Barr dankbar, dass sie so aufmerksam gewesen war und es für heute Abend zubereitet hatte.

Gary Barr saß in der Küche und schaute fern. Er schaltete ab, sobald er mein Kommen bemerkte, doch nicht schnell genug. Auf dem Bildschirm konnte ich Philip Meredith erkennen, der gerade interviewt wurde. Nur einen Moment lang verspürte ich den Wunsch, zu erfahren, was er gesagt hatte, dann besann ich mich eines Besseren. Was es auch gewesen sein mochte, ich hatte für heute genug von ihm gehört.

»Wo soll ich heute die Cocktails servieren, Mrs. Carrington?«, fragte Gary.

Ich hatte beinahe vergessen, dass ich Elaine und Richard zum Abendessen eingeladen hatte. »Ich denke, im vorderen Salon.«

Elaine und ich hatten nicht über die Uhrzeit gesprochen aus dem einfachen Grund, weil wir nicht gewusst hatten, wann Peter zu Hause sein würde, doch als ich in der Zeit vor unserer Heirat zum Abendessen im Haus war, wurden die Cocktails immer gegen sieben Uhr serviert.

Ich ging eilig nach oben, um zu duschen und mich umzuziehen. Ich wunderte mich kurz darüber, weshalb Peter die Tür von unserem Wohnzimmer zu seinem Schlafzimmer geschlossen hatte, dann überlegte ich, dass er sich vielleicht für ein paar Minuten hingelegt hatte. Es war schon spät, doch ich nahm mir die Zeit, mir die Haare zu waschen. Im Spiegel sah ich blass und abgespannt aus, daher verwendete ich besondere Sorgfalt auf mein Make-up, trug Lidschatten, Wimperntusche, einen Hauch Rouge und Lippenstift auf. Ich wusste, dass Peter es mochte, wenn meine Haare offen auf die Schultern fielen, daher beschloss ich, sie an diesem Abend so zu tragen. Vielleicht würden die schwarzen Samthosen zusammen mit der bedruckten Seidenbluse etwas fröhlicher wirken, dachte ich kurz, obwohl es in Wirklichkeit nichts gab, worüber man besonders fröhlich sein konnte.

Als ich fertig war, hatte ich immer noch nichts aus Peters Zimmer gehört. Ich fragte mich, ob er vielleicht eingeschlafen war, durchquerte den Salon und öffnete leise die Tür zu seinem Schlafzimmer. Ich schrak zusammen. Peter stand neben dem Bett und blickte mit aufgerissenen Augen in einen offen stehenden Koffer.

»Peter, was ist los?« Ich rannte zu ihm.

Er schloss mich in seine Arme. »Kay, ich bin hinaufgegangen und habe mich hingelegt. Ich wollte mich nur ein paar Minuten ausruhen. Dann bin ich wohl eingeschlafen. Ich weiß noch, dass ich geträumt habe, ich müsste irgendwohin verreisen, und dann bin ich aufgewacht. Und sieh nur.«

Er deutete auf den Inhalt des Koffers. Unterwäsche und Socken lagen ordentlich gestapelt darin.

In den vierzig Minuten, die wir zu Hause waren, hatte er wieder geschlafwandelt.

28

UM SIEBEN UHR SASS Nicholas Greco zufrieden mit seiner Frau Frances beim Abendessen in ihrem Haus in Syosset, Long Island. Normalerweise hätte sie ihn nicht nach dem Fall gefragt, an dem er gerade arbeitete, aber sie hatte die Sechs-Uhr-Nachrichten mit dem Bericht über die Anklageerhebung gegen Peter Carrington gesehen, und nun war sie begierig darauf, bis in alle Einzelheiten zu erfahren, was vor Gericht vorgefallen war.

Sie hatte sein Lieblingsgericht gekocht, einen grünen Salat, mit Käse überbackene Makkaroni und gebackenen Schinken. Obwohl Greco am liebsten etwas Abstand von dem anstrengenden Tag gewonnen hätte, sah er ein, dass er seiner Frau seine Eindrücke des heutigen Tages nicht vorenthalten konnte.

»Wenn ich an Stelle von Carringtons Anwälten wäre, würde ich allmählich über einen Deal mit der Staatsanwaltschaft nachdenken«, sagte er. »Dieser Auftritt im Gerichtssaal hat einen gewaltigen Eindruck auf die Anwesenden gemacht. Soweit ich erfahren habe, ist Philip Meredith keiner, der zu solchen starken Gefühlsausbrüchen neigt. Ich habe im Büro angerufen und Beth gebeten, ein paar Nachforschungen über ihn anzustellen, während ich nach Hause fuhr. Er wohnt in Philadelphia, wo die Merediths schon seit Generationen leben. Angesehene Familie, aber nicht wirklich vermögend. Er und seine Schwester Grace waren auf Stipendien angewiesen, als sie aufs College gingen. Philip arbeitet im mittleren Management bei einer Marketingfirma. Er hat seine Jugendliebe geheiratet, drei Kinder, zwei davon auf dem College. Er ist achtundvierzig Jahre alt, seine Schwester war sechs Jahre jünger.«

Frances schob ihm den Topf mit den Makkaroni zu. »Nimm dir noch etwas. Du hast bestimmt den ganzen Tag nichts Anständiges gegessen.«

Das entsprach zwar nicht ganz der Wahrheit, doch Greco lächelte ihr zu und griff zum Löffel. Mit ihren fünfundfünfzig Jahren hatte Frances immer noch exakt dasselbe Gewicht wie mit fünfundzwanzig. Auch ihre Haare besaßen noch denselben aschblonden Ton, auch wenn natürlich bei regelmäßigen Besuchen in einem Schönheitssalon ein wenig nachgeholfen wurde. Dennoch hatte sie sich in seinen allzu nachsichtigen Augen in den letzten dreißig Jahren kaum verändert.

»Ich habe damals einiges gelesen, als Grace Carrington tot im Pool gefunden wurde«, sagte Frances und biss in eine Brotstange. »Als das vor vier Jahren passierte, sind eine Menge Artikel darüber erschienen. *People* hat das damals auf einer Doppelseite gebracht. Wenn ich mich recht erinnere, haben sie darauf hingewiesen, dass Peter Carrington im Fall Susan Althorp als Hauptverdächtiger gehandelt wurde. Aber soviel ich weiß, hat damals die Meredith-Familie dem Sinn nach eine Erklärung abgegeben, wonach der Tod von Grace keine Rätsel aufwerfe, sondern eine reine Tragödie sei. Was meinst du, warum kommt dieser Bruder erst jetzt mit seinen Anschuldigungen?«

Nicholas Greco hätte das Gespräch gern in eine andere Richtung gelenkt, doch er wusste auch, dass Frances sich über all die Jahre nicht nur ihre Figur und ihre Haarfarbe, sondern auch ihre unstillbare Neugier bewahrt hatte.

»Man hat mir gesagt, dass Grace Carringtons Eltern sich selbst über ihr übermäßiges Trinken aufgeregt haben und dass sie sehr große Stücke auf Peter hielten. Sie haben damals wohl keinerlei Verdacht gehabt, dass ein Verbrechen im Spiel gewesen sein könnte. Nachdem der Vater jedoch inzwischen gestorben ist und die Mutter an Alzheimer leidet und in einem Pflegeheim untergebracht ist, hat Philip Meredith vielleicht geglaubt, es sei jetzt an der Zeit, seine eigene Meinung über die Sache zu äußern.«

»Immerhin, wenn du nicht diese Maria Valdez Cruz ausfindig gemacht hättest, hätte es heute wohl keine Anklageerhebung gegeben«, meinte Frances. »Ich hoffe, Mrs. Althorp weiß es zu schätzen, dass du geschafft hast, was keinem anderen gelungen ist.«

»Die Staatsanwaltschaft wollte ebenfalls mit Maria Kontakt aufnehmen, aber sie hatten sie völlig aus den Augen verloren. Unser Mann auf den Philippinen hat ihre sämtlichen alten Bekannten abgeklappert, und dann hat sich zufällig ergeben, dass sie mit einem entfernten Cousin Verbindung aufgenommen hatte. Es war auch einfach eine gehörige Portion Glück dabei.«

»Selbst wenn, es war auch deine Idee, dass Mrs. Althorp dieses Interview mit *Celeb* machen sollte, in dem sie Peter Carrington beschuldigt hat. Alle meine Bekannten waren sich einig, dass er danach gezwungen sein würde, gegen sie vorzugehen. Auch wenn du Maria Valdez Cruz nicht gefunden hättest, wäre Peter Carrington dennoch dazu gebracht worden, vor Gericht und unter Eid Rede und Antwort zu stehen. Und ich bin sicher, dass er sich dabei irgendwie verraten hätte.«

Hätte er sich wirklich verraten?, fragte sich Greco. Immer noch war da dieses Puzzleteil, das ihm keine Ruhe ließ: die fehlende Handtasche. Hatte Susan sie mitgenommen, als sie aus Carringtons Wagen gestiegen war? Aus irgendeinem Grund ging ihm diese Frage nicht aus dem Kopf.

»Danke. Du bist wirklich mein treuester Fan, meine Liebe«, sagte er. »Aber wenn du nichts dagegen hast, würde ich jetzt lieber über etwas anderes reden.«

Das Telefon klingelte. Frances beeilte sich, es zu holen, und war beim dritten Klingeln zurück. »Diese Nummer kenn ich nicht«, meinte sie.

»Dann lass den Anrufbeantworter laufen«, sagte Greco.

Eine Stimme meldete sich: »Mr. Greco, hier ist Philip Meredith. Ich weiß, dass Sie heute mit Mrs. Althorp im Gericht waren. Ich habe mit ihr gesprochen. Ich würde sehr gern Ihre Hilfe in Anspruch nehmen, um den Tod meiner Schwester, Grace Meredith Carrington, zu untersuchen. Ich war immer davon überzeugt, dass sie von ihrem Mann Peter Carrington umgebracht wurde, und ich würde Sie gern beauftragen, Beweise dafür zu finden, falls das überhaupt noch möglich ist. Ich hoffe, dass Sie mich zurückrufen werden. Die Nummer ist …«

Greco nahm seiner Frau das Telefon aus der Hand und drückte die grüne Taste. »Nicholas Greco am Apparat, Mr. Meredith«, sagte er.

29

Wenn uns jemand an diesem Abend durch das Fenster beobachtet hätte, wie wir im großen Salon des Herrenhauses beisammensaßen und unsere Cocktails tranken, er hätte sich bestimmt gedacht, wie gut es uns wohl gehen musste. Natürlich erwähnten Peter und ich mit keiner Silbe die kurze Schlafwandelepisode, sondern saßen nebeneinander auf der Couch, die dem offenen Kamin gegenüberstand. Elaine und ihr Sohn Richard Walker saßen auf den Sesseln zu beiden Seiten der Feuerstelle, und Vincent Slater, der stets lieber auf einem Stuhl saß, hatte sich einen dazugestellt.

Gary Barr servierte die Drinks. Peter und ich tranken ein Glas Wein, die anderen Cocktails. Gary hatte von sich aus die Schiebetüren zugezogen, mit denen man den Salon in zwei Hälften teilen konnte, und hatte so einen etwas intimeren Raum geschaffen, falls man einen achteinhalb Meter langen Raum als intim bezeichnen kann.

Auf unserer Hochzeitsreise hatte Peter mir gesagt, er würde sich wünschen, dass ich einen Raumausstatter in Dienst nähme, um alle Verschönerungen im Haus auszuführen, die mir in den Sinn kämen. Er sprach selten von Grace, doch ich erinnere mich an eine Bemerkung über sie, als es um Raumdekoration ging: »Nachdem mein Vater und Elaine geheiratet haben, hat sie sehr viel an der Einrichtung verändern lassen, und ich muss sagen, dass sie das mit viel Geschmack gemacht hat. Sie hatte einen großartigen Innenarchitekten, und natürlich hat sie dabei Unmengen von Geld verpulvert. Du hättest mal hören müssen, wie mein Vater sich darüber beschwert hat. Grace dagegen hat eigentlich nichts verändert. Sie war lieber in der New Yorker Wohnung. Während der acht Jahre, die wir verheiratet waren, hat sie die meiste Zeit dort gewohnt.«

All das ging mir durch den Kopf, als wir in diesem herrlichen Raum saßen und ins Feuer starrten. Elaine war wie immer wunderschön anzuschauen, sorgfältig geschminkt, ihre saphirblauen Augen liebevoll und mitfühlend, wenn sie Peter anblickte.

Ich mochte Richard Walker. Er war nicht gut aussehend im herkömmlichen Sinne, doch er besaß eine gewisse Aura, die sicherlich auf manche Frauen anziehend wirkte. Abgesehen von seinen Augen würde man bei seinem markanten Gesicht und dem stämmigen Körper nie auf den Gedanken kommen, dass er der Sohn von Elaine Walker Carrington war. Peter hatte mir erzählt, dass Richards Vater, Elaines erster Ehemann, in Rumänien geboren wurde und mit fünf oder sechs Jahren mit seinen Eltern in die Vereinigten Staaten gekommen war. Als er aufs College ging, anglisierte er seinen Namen. Er war ein erfolgreicher Unternehmer, als sie ihn heiratete.

»Elaine hätte niemals einen Kerl geheiratet, der nicht ein paar Millionen auf dem Konto gehabt hätte«, hatte mir Peter erzählt, »aber in gewisser Weise hat sie beide Male Pech gehabt. Soweit ich weiß, war Richards Vater klug und ziemlich charmant, aber er hat sein ganzes Vermögen verspielt. Die Ehe hat nicht lange gehalten, und er starb, als Richard noch ein Teenager war. Dann hat Elaine meinen Vater geheiratet, und der war so zugeknöpft, wenn es um Geld ging, dass seine Freunde öfter im Scherz gesagt haben, er bewahre immer noch irgendwo das Geld auf, das er zur Erstkommunion bekommen hatte.«

Anscheinend muss Richard die meisten äußerlichen Züge von seinem Vater geerbt haben, dachte ich mir, vielleicht auch ein bisschen von seinem Charme. Als er jetzt das Wort ergriff, erzählte er davon, wie er zum ersten Mal zum Abendessen im Herrenhaus eingeladen gewesen war und dass Peters Vater ihm damals einen Heidenrespekt eingeflößt hatte. »Peter war damals das erste Jahr in Princeton, Kay«, sagte er, »er war also nicht zu Hause. Ich hatte gerade meinen Abschluss an der Columbia University gemacht und arbeitete als Praktikant bei Sotheby's. Peters Vater hat das nicht sonderlich beeindruckt. Er hat mir einen Job als Trainee in einer der Abteilungen der Carrington-Firma angeboten. Ich hab vergessen, welche es war.«

Vincent Slater, der wahrlich kein Mensch war, der sich in der Kunst der Konversation besonders hervortat, lachte auf. »Es war bestimmt die Maklerabteilung. Dort habe ich auch angefangen.«

»Jedenfalls habe ich sein Angebot ausgeschlagen«, sagte Richard, »und das war der Anfang vom Ende einer wunderbaren Freundschaft. Dein Vater hat immer geglaubt, ich würde nur meine Zeit sinnlos vertun, Peter.«

»Ich weiß.« Peter musste lächeln. Richards Versuch, ihn von der harten Realität des Tages abzulenken, schien wenigstens nicht ganz erfolglos zu sein.

Wir begaben uns zu Tisch, und ich war froh, dass Peter angesichts von Jane Barrs Schmorbraten sagte: »Ich hatte gedacht, ich sei nicht hungrig, aber das sieht verteufelt gut aus.«

Während des Essens erzählte Richard, wie er zum ersten Mal das Herrenhaus besichtigt hatte. »Dein Vater sagte mir, ich solle mich mal ein bisschen umsehen. Er erzählte mir von der Kapelle, und ich ging nach oben, um sie mir anzuschauen. Man kann sich wirklich nur schwer vorstellen, dass noch im siebzehnten Jahrhundert in diesem Raum ein Priester lebte. Ich weiß noch, dass ich mich damals gefragt habe, ob es vielleicht darin spuke. Was meinst du, Kay?«

»Als ich sie zum ersten Mal gesehen habe, war ich sechs Jahre alt«, sagte ich. Auf seine erstaunte Reaktion hin fuhr ich fort: »Ich habe es Peter an dem Abend erzählt, als meine Großmutter nach dem Empfang gestürzt war und wir zusammen im Krankenhaus waren und er mich danach nach Hause gebracht hat.«

»Kay muss ein abenteuerlustiges Kind gewesen sein«, bemerkte Peter.

Er zögerte, und ich spürte, dass er nicht wusste, ob er über meinen Vater sprechen sollte. Ich machte es ihm leicht. »Mein Vater war an einem Samstag noch einmal hierher gefahren, um die Außenbeleuchtung zu überprüfen. An diesem Abend wurden viele Gäste zu einer feierlichen Dinnerparty erwartet. Er hat mich für eine Weile allein gelassen, da bin ich auf Erkundungstour gegangen.«

Die Atmosphäre bei Tisch hatte sich verwandelt. Ich hatte, ohne es zu wollen, den Abend erwähnt, an dem Susan Althorp verschwunden war. Um wieder von dem Thema wegzukommen, fuhr ich schnell fort: »Es war kalt und feucht in der Kapelle, und dann hörte ich plötzlich Leute kommen und hab mich schnell zwischen den Sitzbänken versteckt.«

»Ach, wirklich?«, rief Vincent Slater aus. »Und wurden Sie erwischt?«

»Nein. Ich kauerte auf den Knien und hab mir die Hände vor das Gesicht gehalten. Sie wissen ja, wie Kinder denken: ›Wenn ich dich nicht sehen kann, kannst du mich auch nicht sehen.‹«

»War es ein Liebespärchen?«, fragte Vincent.

»Nein, die beiden haben über Geld gestritten.«

Elaine lachte laut auf, ein raues, sarkastisches Lachen. »Peter, bestimmt habe ich an diesem Tag einmal mehr lautstark mit deinem Vater übers Geld gestritten«, sagte sie. »Ich kann mich allerdings nicht erinnern, dass wir in der Kapelle waren.«

»Die Frau hat ihm versprochen, dass es das letzte Mal sein

sollte.« Ich überlegte fieberhaft, wie ich das Thema wechseln könnte.

»Das klingt auch nach mir«, sagte Elaine.

»Nun, es ist sicherlich nicht so wichtig. Ich wäre auch gar nicht darauf gekommen, wenn Sie nicht von der Kapelle angefangen hätten, Richard«, sagte ich.

Gary Barr stand hinter mir und wollte mir gerade Wein einschenken. Einen Augenblick später spürte ich zu unserer gegenseitigen Bestürzung, wie mir Wein den Nacken hinunterlief.

30

Barbara Krause hielt ihr Versprechen und ging am Abend der Anklageerhebung zur Feier des Tages mit Tom Moran im Stony Hill Inn essen, eines ihrer Lieblingsrestaurants in Hackensack. Bei Lammrücken sprachen sie über das unvermutete Auftauchen und den emotionalen Auftritt von Philip Meredith.

»Wissen Sie, wenn wir Carrington dazu bringen könnten, zusätzlich zum Mord an Susan Althorp auch den Mord an seiner Frau zuzugeben, dann wäre ich geneigt, ihm einen Deal anzubieten«, sagte Krause unvermittelt.

»Ich dachte, das sei das Letzte, was Sie tun würden, Boss«, protestierte Moran.

»Ich weiß. Doch auch wenn ich überzeugt bin, dass wir im Fall Althorp eine Verurteilung hinbekommen – es wird auf jeden Fall eine ganz knappe Geschichte werden. Es bleibt die Tatsache, dass Maria Valdez früher etwas völlig anderes behauptet hat als jetzt. Und Carrington steht die landesweit beste und teuerste Phalanx von Anwälten zur Verfügung. Das wird kein Honigschlecken.«

Moran nickte. »Ich weiß. Ich hab die beiden heute mit Carrington gesehen. Mit dem, was die für einen Arbeitstag kriegen, könnte ich locker die Zahnspangen meiner Kinder bezahlen.«

»Fassen wir die Sache doch einmal ins Auge«, sagte Krause. »Wenn er sich in beiden Fällen, Susans Tod und dem seiner Frau, schuldig bekennt, könnten wir ihm dreißig Jahre anbieten, ohne Bewährung, bei gleichzeitigem Vollzug der Strafen. Im Moment müssen wir eingestehen, dass wir einfach nicht genug in der Hand haben, um ihn wegen Mordes an seiner Frau anzuklagen, aber er weiß auch, dass irgendwann neue Indizien und Beweise auftauchen könnten. Er wäre Anfang siebzig, wenn er wieder freikäme, und hätte immer noch eine Menge Geld. Wenn er auf dieses Angebot einginge, bekämen wir unsere Verurteilung, und er hätte die Aussicht, vorausgesetzt, er lebt lange genug, irgendwann wieder rauszukommen.«

»Wie Sie mich kennen, ist Ihnen ja klar, dass ich diesen Fall für mein Leben gern vor Gericht ausfechten würde«, fuhr Krause fort. »Es gibt aber noch einen anderen Grund. Ich denke da an die Familien der Opfer. Von beiden Seiten haben Sie ja heute einiges gesehen und gehört. Es kann sich noch sehr lange hinziehen, bis es zu einem Prozess kommt, und dann wäre Mrs. Althorp sehr wahrscheinlich nicht mehr am Leben. Wenn aber Carrington die Morde zugibt, könnte sie vielleicht noch seine Verurteilung erleben. Und es gibt noch einen anderen Aspekt an der Sache: Wenn er ein Geständnis ablegt, würde das die Möglichkeit von Schmerzensgeldklagen eröffnen.«

»Ich glaube nicht, dass die Althorps Geld brauchen«, bemerkte Moran lapidar.

»Es sind sogenannte arme Millionäre«, entgegnete Barbara Krause. »Finden Sie diesen Ausdruck nicht auch köstlich? So nennt man diejenigen, die weniger als fünf Millionen besitzen. Hab ich mal in irgendeiner Zeitschrift gelesen. Eine Schmerzensgeldregelung würde bedeuten, dass sie eine nennenswerte Summe in Susans Namen an ein Krankenhaus oder an ihr College spenden könnten. Und was Philip Meredith betrifft, so kann er sich unseres Wissens keine großen Sprünge leisten, außerdem muss er drei Kinder durchfüttern.«

»Dann ist es Ihnen also ernst damit, Sie wollen den Anwälten von Carrington ein Angebot unterbreiten?«, fragte Moran.

»Sagen wir so: Ich denke ernsthaft darüber nach. Ich könnte mir vorstellen, dass es darauf hinausläuft. Jedenfalls war das Lamm köstlich. Und ich pfeif auf die Kalorien. Jetzt ist es sowieso schon egal. Kommen Sie, lassen Sie uns noch einen Nachtisch bestellen.«

31

Es war nicht zu übersehen, dass sich Peter beim Abendessen ein bisschen entspannt hatte. Nachdem wir im Anschluss daran noch Kaffee in seiner Bibliothek getrunken hatten, erhoben sich die anderen zum Gehen. Manchmal übernachtete Richard im Haus seiner Mutter, doch diesmal sagte er, dass er nach Manhattan müsse, um sich noch auf einen Drink im Carlyle mit einer jungen Künstlerin zu treffen. »Sie ist sehr begabt, glaube ich«, meinte Richard, »und außerdem sehr hübsch. Beides zusammen ist sehr selten.«

»Tu mir einen Gefallen und verlieb dich nicht wieder, Richard«, sagte Elaine scharf. »Und wenn du unbedingt eine Party für sie in der Galerie schmeißen musst, dann lass wenigstens *sie* den Champagner bezahlen.«

Vincent sah zu Peter und hob eine Augenbraue, und dieser antwortete mit einem Anflug von einem Lächeln. Peter und ich begleiteten die drei zur Haustür. Richards und Vincents Wagen standen direkt vor dem Haus geparkt. Die Männer öffneten Regenschirme, und Elaine hielt sich am Arm ihres Sohnes fest, als sie schnell die Stufen hinunter zu den Autos liefen.

Peter schloss die Tür hinter ihnen, und als wir uns gerade zur Treppe wenden wollten, tauchte Gary Barr auf. »Mrs. Carrington, wir werden jetzt gehen. Ich möchte Ihnen noch einmal sagen, wie sehr es mir leidtut wegen Ihrer Bluse. Es ist mir unbegreiflich, wie das passieren konnte. Ich glaube, mir ist in all den Jahren, die ich in Dienst bin, noch nie eine solche Ungeschicklichkeit unterlaufen.«

Natürlich hatte ich seine Entschuldigungen akzeptiert, als er mir den Wein auf die Bluse geschüttet hatte, war nach oben gegangen und hatte mir rasch etwas anderes angezogen. Ich glaube, dass Peter die endlosen Entschuldigungen leid war, denn bevor ich etwas sagen konnte, erwiderte er schroff: »Ich glaube, Mrs. Carrington hat deutlich zum Ausdruck gebracht, dass es nur ein unglückliches Missgeschick war und sie dafür Verständnis hat. Ich halte es für unnötig, die Sache noch einmal anzusprechen. Gute Nacht, Gary.«

Ich hatte bisher nur selten die kühl abweisende, vielleicht sogar Furcht einflößende Seite von Peter miterlebt, und in gewisser Weise war ich erleichtert, dass er sie zeigen konnte. Die nächsten Monate bis zum Prozess würden sicherlich noch genügend demütigend und beängstigend für ihn werden. Mir gegenüber hatte er offen seine Verletzlichkeit gezeigt, weil er mir vertraute. Doch mit der Rolle, die ich ihm gegenüber eingenommen hatte – nämlich mehr Beschützerin als Ehefrau zu sein –, wurde ich seiner Persönlichkeit nicht gerecht, das begriff ich in diesem Augenblick.

Während wir die Treppe hinaufgingen, musste ich aus einem unerfindlichen Grund an einen Abend denken, vielleicht vor zehn Jahren, als ich noch auf dem College war. Ich war übers Wochenende zu Hause bei Maggie, und wir hatten gerade den alten Film *Über den Dächern von Nizza* mit Cary Grant und Grace Kelly im Fernsehen angeschaut. Während einer Werbeunterbrechung erzählte sie mir, dass Grace Kelly bei den Dreharbeiten zu diesem Film Fürst Rainier in Monaco kennengelernt hatte.

»Kay, ich hab mal darüber gelesen, wie der Fürst sie zum ersten Mal im Haus ihrer Eltern in Philadelphia besucht hat. Damals hat er bei ihrem Vater um ihre Hand angehalten. Am nächsten Tag hat ihre Mutter einem Reporter gegenüber geschwärmt, was für ein netter Mensch Rainier sei, und wie leicht es einem falle, darüber hinwegzusehen, dass er ein Prinz sei. Ein Gesellschaftsreporter rümpfte daraufhin die Nase: ›Mrs. Kelly scheint nicht zu begreifen, dass ein regierender Monarch etwas anderes ist als irgendein dahergelaufener Prinz.‹«

Heute hatte ich vor Gericht einen gehetzt wirkenden Peter erlebt, danach einen tief erschrockenen Peter, der vor einem Koffer stand und sich nicht erinnern konnte, ihn gepackt zu haben. Gerade eben hatte ich einen herrischen Peter erlebt, der keine Lust hatte, sich die langen Erklärungen eines Angestellten anhören zu müssen. Wer ist Peter wirklich?, fragte ich mich, als ich mich ins Bad begab.

Ich musste mir eingestehen, dass ich keine rechte Antwort darauf wusste.

32

Das schlechte Wetter hatte sich am folgenden Morgen nur wenig verändert. Es war etwas wärmer geworden, sodass kein Schneeregen mehr fiel, doch es goss immer noch in Strömen.

»Sieht so aus, als ob unsere Hunde heute noch mal einen freien Tag bekommen«, bemerkte Moran, als er kurz nach neun Uhr Krauses Zimmer betrat. »Es hat wohl keinen Sinn, sie heute auf dem Carrington-Gelände herumschnüffeln zu lassen.«

»Ich weiß. Das wäre reine Verschwendung von Steuergeldern«, stimmte Krause zu. »Außerdem werden wir dort nichts finden. Ich hab mir nochmals die Sachen durchgesehen, die sie aus dem Herrenhaus und dem Haus der Stiefmutter mitgenommen haben. Die gesamte Durchsuchung hat praktisch nichts gebracht. Andererseits, was hätte man nach zweiundzwanzig Jahren auch groß erwarten sollen? Wenn Peter Carrington schon so schlau war, sein Smokinghemd gleich nach der Tat verschwinden zu lassen, dann konnte man eigentlich davon ausgehen, dass dort nichts weiter zu finden sein würde, was ihn in Verlegenheit gebracht hätte.«

»Ich bin der Meinung, wenn es etwas gegeben hätte, dann hätten wir es wohl beim ersten Mal gefunden«, sagte Moran achselzuckend.

»Es gibt nur eine einzige Sache, die mich irgendwie stutzig gemacht hat. Schauen Sie sich das hier mal an.« Krause überreichte Moran ein Blatt Papier. Es war eine Skizze einer Gartenanlage.

Moran betrachtete sie eingehend. »Was ist damit?«

»Es befand sich in einer Aktenschublade in einem Zimmer im oberen Stockwerk des Herrenhauses. Anscheinend hat die Familie eine Reihe von Zimmern dort als Abstellräume benutzt, sozusagen als Dachboden, in den man all die Sachen abstellt, die einem nur noch im Weg sind. Die Jungs haben mir erzählt, man könnte ein ganzes Haus mit dem Zeug ausstatten, das dort oben gestapelt ist, angefangen von Sofas, Sesseln, Teppichen, Geschirr, Bestecken, Ölschinken und Nippes bis zu Familienpapieren und Korrespondenzen, die bis ins neunzehnte Jahrhundert zurückgehen.«

»Wahrscheinlich haben die noch nie etwas von Garagenverkäufen und eBay gehört«, kommentierte Moran. »Moment mal, jetzt sehe ich, was das ist. Das ist eine Zeichnung vom hinteren Teil des Carrington-Geländes, der Ort, an dem die Leiche des Mädchens gefunden wurde, nur dass da überall Büsche eingezeichnet sind.«

»Richtig. Genau genommen ist es eine Kopie einer Originalskizze.«

»Was ist damit?«

»Schauen Sie mal auf den Namen in der Ecke.«

Moran hielt das Blatt näher an die Lampe auf Barbara Krauses Schreibtisch. »Jonathan Lansing! Das ist doch dieser Landschaftsgärtner, der Typ, der sich nicht lange, nachdem Susan Althorp verschwunden ist, im Hudson versenkt hat. Das ist der Vater der jetzigen Mrs. Carrington.«

»Ganz genau. Er wurde wenige Wochen nach Susan Althorps Verschwinden von den Carringtons entlassen und hat anscheinend Selbstmord begangen. Ich sage ausdrücklich anscheinend, seine Leiche ist nämlich nie aufgetaucht.«

Moran starrte seine Vorgesetzte an. »Sie wollen doch nicht

andeuten, dass es einen Zusammenhang zwischen ihm und Susan Althorp gibt?«

»Nein, will ich nicht. Wir haben den Kerl, der sie umgebracht hat. Aber dieser Lansing war derjenige, der vorgeschlagen hat, den Zaun diese fünfzehn Meter vom Bürgersteig abzurücken. Wenn ich mir jedoch das hier anschaue, dann scheint er nicht die Absicht gehabt zu haben, den Streifen zwischen Zaun und Bürgersteig einfach ungestaltet zu lassen. Auf dieser Skizze sieht man deutlich, dass er auf der Außenseite des Zauns Stauden und Büsche vorgesehen hatte.«

»Dann wurde er gefeuert, und die Familie hat stattdessen nur ein paar Grassamen daraufwerfen lassen«, schlussfolgerte Moran.

»So sieht es aus«, stimmte Krause zu. Sie legte die Skizze zurück in die Aktenmappe. »Ich weiß auch nicht …«, sagte sie, mehr zu sich selbst als zu Moran. »Ich weiß es einfach nicht …«

33

Am Dienstag, dem Tag nach der Anklageerhebung, nahm Philip Meredith morgens den Zug von Philadelphia nach New York. Er war sich der Tatsache bewusst, dass Fotos von ihm auf den Titelseiten der Sensationspresse prangen könnten, und trug vorsichtshalber eine dunkle Sonnenbrille. Er hatte keinerlei Bedürfnis, von Fremden erkannt und vielleicht sogar angesprochen zu werden. Er wollte keine Anteilnahme oder Mitleid von anderen. Er hatte Peter Carrington seit der Beerdigung seiner Schwester nicht gesehen. Zur Gerichtsverhandlung war er nur gegangen, weil er erleben wollte, wie dieser in Handschellen vorgeführt und des Mordes angeklagt werden würde. Sein Ausbruch hatte ihn selbst ebenso erstaunt wie alle anderen im Saal.

Nachdem es aber einmal geschehen war, hatte er nun den Entschluss gefasst, seine Anschuldigung weiterzuverfolgen und konkrete Schritte zu unternehmen. Wenn Nicholas Greco es zuwege gebracht hatte, im Fall Althorp einen entscheidenden Zeugen gegen Peter Carrington ausfindig zu machen, würde er es vielleicht auch schaffen, klare Beweise für die Annahme zu finden, dass Grace ebenfalls ermordet worden war.

Er stieg in der Penn Station aus, Ecke Thirty-third Street und Seventh Avenue, und wäre lieber zu Fuß bis zu Grecos Büro an der Madison Avenue zwischen Forty-eighth und

Forty-ninth Street gelaufen. Doch da es in Strömen regnete, sah er davon ab und stellte sich in die Warteschlange vor dem Taxistand. Wenn es so regnete wie heute, musste er häufig an den Tag denken, an dem Grace beerdigt wurde. Natürlich war es nicht so kalt gewesen, denn es war damals früher September, doch hatte es auch den ganzen Tag geregnet. Man hatte sie im Familiengrab der Carringtons im Gate of Heaven Cemetery in Westchester County bestattet. Das war die zweite Entscheidung, die er für sich getroffen hatte: Er wollte ihre sterblichen Überreste nach Philadelphia überführen lassen. Sie soll bei den Menschen liegen, die sie liebten, dachte er, bei unseren Eltern und Großeltern.

Endlich war er der Erste in der Schlange. Er stieg in das nächste Taxi und nannte die Adresse. Er war lange nicht mehr in Manhattan gewesen und war überrascht über den stockenden Verkehr. Die Fahrt kostete fast neun Dollar, und der Fahrer schien nicht besonders begeistert zu sein, als er ihm einen Zehn-Dollar-Schein reichte und nicht noch ein bisschen Geld drauflegte.

Rechnet man die Zugfahrt und die Strecke hin und zurück mit dem Taxi zusammen, dann ist der heutige Tag schon ganz schön teuer geworden, ohne dass ich überhaupt ein Wort mit Greco gesprochen habe, überlegte Philip. Es hatte darüber mit seiner Frau Lisa schon eine kleine Auseinandersetzung gegeben. »Ich bin fast gestorben, als ich gehört habe, wie du dich im Gerichtssaal aufgeführt hast«, hatte sie ihn zurechtgewiesen. »Du weißt, dass ich Grace sehr gern hatte, aber diese Geschichte mit dem Mordverdacht spukt jetzt schon seit vier Jahren in deinem Kopf herum. Einen Privatdetektiv anzuheuern kostet eine Menge Geld, und das haben wir nicht. Aber wenn es unbedingt sein muss, dann tu, was du nicht lassen kannst. Meinetwegen kannst du einen Kredit aufnehmen, wenn nur damit die Sache ein für alle Mal aus der Welt geschafft ist.«

Die Nummer 342 an der Madison Avenue war ein schmales Gebäude mit nur sieben Stockwerken. Grecos Büro befand sich im dritten Stock, eine Suite mit einem kleinen Empfangsbereich. Die Dame am Empfang teilte Meredith mit, dass er erwartet werde, und geleitete ihn sofort zu Grecos Arbeitszimmer.

Nach einer freundlichen Begrüßung und einer kurzen Bemerkung über das Wetter kam Greco gleich zur Sache. »Gestern Abend am Telefon sagten Sie, Sie hätten vielleicht einen Beweis dafür, dass der Tod Ihrer Schwester kein Unfall war. Erzählen Sie mir mehr davon.«

»Nun, Beweis ist wohl ein zu starkes Wort«, räumte Meredith ein. »Ich hätte vielleicht lieber ›Motiv‹ sagen sollen. Es geht in eine ganz andere Richtung als das Motiv, das man bisher genannt hat. Bislang hieß es, er wollte womöglich verhindern, dass Grace ein geschädigtes Kind zur Welt bringt. Meiner Meinung nach könnte als Motiv auch eine Menge Geld im Spiel gewesen sein.«

»Ich bin ganz Ohr«, sagte Greco.

»Die Ehe zwischen den beiden war von Anfang an keine Liebesheirat wie aus dem Bilderbuch. Peter und Grace waren als Menschen sehr verschieden. Sie liebte das gesellschaftliche Leben in New York, er nicht. Nach den Bestimmungen ihres Ehevertrags hätte Grace im Fall einer Scheidung eine einmalige Abfindung von zwanzig Millionen Dollar erhalten, es sei denn – und dieses ›Es sei denn‹ ist ziemlich entscheidend –, sie würde ihm ein Kind gebären. In diesem Fall hätten ihr bei einer Scheidung zwanzig Millionen Dollar im Jahr zugestanden, damit das Kind in einem Rahmen aufwachsen könnte, der eines Carringtons würdig ist.«

»Nach dem Tod Ihrer Schwester hat Peter Carrington angeboten, sich einem Test mit dem Lügendetektor zu unterziehen, und er hat ihn bestanden«, sagte Greco. »Sein Einkommen wird auf acht Millionen Dollar pro Woche geschätzt. Für Leute wie Sie und ich sind solche exorbitanten Zahlen natürlich nur schwer vorstellbar. Dennoch ist eine sehr große, jährlich zu zahlende Summe, die er nach den Bestimmungen des Ehevertrags seiner Frau hätte zahlen müssen, kein zwingendes Motiv, sein ungeborenes Kind zu töten. Selbst wenn es durch übermäßigen Alkoholgenuss während der Schwangerschaft geschädigt worden wäre, dann hätte es immer noch die Möglichkeit gegeben, dem Kind die beste medizinische Behandlung angedeihen zu lassen.«

»Meine Schwester wurde ermordet«, beharrte Philip Meredith. »In den acht Jahren, die sie mit Peter verheiratet war, hatte sie drei Fehlgeburten. Sie wünschte sich sehnlichst ein Kind. Sie hätte niemals Selbstmord begangen, nachdem sie schwanger war. Sie wusste, dass sie alkoholabhängig war und hatte sich bei den Anonymen Alkoholikern angemeldet. Sie war fest entschlossen, mit dem Trinken aufzuhören.«

»Die Tests haben ergeben, dass der Alkoholpegel in ihrem Blut das Dreifache des gesetzlichen Grenzwerts betrug, als sie gefunden wurde. Viele Menschen werden rückfällig, Mr. Meredith. Das wissen Sie sicherlich auch.«

Philip Meredith zögerte, dann zuckte er die Achseln. »Ich werde Ihnen noch etwas sagen, obwohl ich meinen Eltern geschworen habe, es niemandem zu verraten. Sie glaubten, es würde das Andenken an Grace unwiderruflich beschädigen. Doch mein Vater ist tot, und meine Mutter ist in einem Pflegeheim. Wie ich Ihnen schon gesagt habe, leidet sie an Alzheimer und hat absolut nichts von den letzten Ereignissen mitbekommen.«

Meredith senkte die Stimme, als befürchte er, dass noch jemand zuhören könnte. »Zum Zeitpunkt ihres Todes hatte Grace eine Affäre. Sie war sehr vorsichtig, und zwar in dem Sinne, dass Peter hundertprozentig der Vater des Kindes war. Grace wollte sich nach der Geburt von Peter scheiden lassen. Der Mann, mit dem sie ein Verhältnis hatte, besaß nicht viel Geld, und Grace hing an dem Lebensstil, den sie, mit dem Carrington-Geld im Rücken, gewohnt war. Ich glaube, dass jemand am Abend jener Party etwas in ihren ersten

Drink gekippt hat, mit dem Ziel, sie betrunken zu machen, denn wenn sie einmal Alkohol getrunken hatte, war es vorbei. Sie konnte dann nicht mehr aufhören.«

»Grace war betrunken, als Carrington nach Hause kam. Wer sollte ihr etwas ins Glas gekippt haben?«

Philip Meredith blickte Greco direkt in die Augen. »Vincent Slater natürlich. Der würde alles für die Carringtons tun, und damit meine ich *wirklich alles*. Das ist einer von diesen Kriechern, die sich dem großen Geld andienen und alles tun, was man ihnen befiehlt.«

»Er soll heimlich Alkohol in den Drink Ihrer Schwester gekippt haben, mit dem Ziel, sie betrunken zu machen, um sie anschließend zu ertränken? Das ist aber ziemlich weit hergeholt, Mr. Meredith.«

»Grace war im achten Monat schwanger. Hätte sie plötzlich ihre Wehen bekommen, hätte das Kind eine sehr gute Chance gehabt zu überleben. Sie hatte schon einmal Scheinwehen gehabt. Es gab also keine Zeit zu verlieren. Peter wurde nicht vor dem folgenden Abend zurückerwartet. Ich glaube, dass Grace nur Sprudel trinken wollte und Slater ihr Wodka ins Glas gekippt hat. Sie sollte sich betrinken, und wenn sie bewusstlos sein würde, sollte sie in den Pool geworfen werden. Als Peter nach Hause kam, hat er meiner Schwester das Glas aus der Hand gerissen und auf den Teppich geworfen. Das war eine ähnlich spontane Reaktion, wie ich sie gestern im Gerichtssaal gehabt habe. Wenn er Zeit zum Nachdenken gehabt hätte, hätte er den wohlmeinenden, verstandnisvollen Ehemann gespielt, denn das war normalerweise die Haltung, die er Grace gegenüber einnahm, wenn sie trank.«

»Wenn ich Sie richtig verstehe, glauben Sie also, dass Slater den Drink Ihrer Schwester manipuliert hat und dass Peter sie im Pool ertränkt hat, als sie bewusstlos war?«

»Entweder Peter oder Slater, einer von beiden hat sie in den Pool geworfen, davon bin ich überzeugt. Slater behauptet, dass er nach Hause gefahren ist, aber niemand kann das bestätigen. Und es würde mich auch nicht wundern, wenn Slater Peter dabei geholfen hätte, die Leiche von Susan Althorp beiseitezuschaffen. Es würde mich nicht wundern, wenn er auch Peters Hemd nach dem Mord entsorgt hätte. Er ist ihm absolut treu ergeben. Und er ist völlig skrupellos.«

»Warum gehen Sie nicht zur Staatsanwaltschaft mit Ihrer Theorie, nachdem Ihre Mutter nun nicht mehr bewusst erleben kann, dass Sie Ihr Versprechen ihr gegenüber gebrochen haben?«

»Weil ich nicht will, dass der Name meiner Schwester in den Dreck gezogen wird, und das vielleicht auch noch ohne Ergebnis. Ich kann der Staatsanwaltschaft ein Motiv und eine Theorie liefern, aber es würde unweigerlich etwas davon durchsickern, und der erstbeste Journalist würde sich auf die Story stürzen.«

Nicholas Greco dachte an sein erstes Gespräch mit Slater in dessen Haus. Slater war damals nervös, erinnerte er sich. Es gibt da irgendetwas, was er verbirgt, etwas, wovon er fürchtet, dass es herauskommen könnte. Wäre es möglich, dass er eine Rolle beim Tod von Susan Althorp oder Grace Carrington gespielt hat oder sogar bei beiden?

»Ich bin bereit, Ihren Fall anzunehmen, Mr. Meredith«, hörte Greco sich selbst sagen. »Ich bin in etwa im Bilde über ihre gegenwärtigen finanziellen Verhältnisse und gern bereit, mein Honorar entsprechend anzupassen. Wir können eine Klausel vereinbaren, wonach ich, falls Ihnen ein beträchtliches Schmerzensgeld zugesprochen werden sollte, eine zusätzliche Summe erhalten würde.«

34

Ich merkte, dass sich etwas bei Peter verändert hatte. Er wirkte, als ob er in eine Ecke getrieben worden sei, aus der es kein Entrinnen mehr gab. Wir schliefen beide tief, aus Erschöpfung, aber wohl auch, weil wir das Gefühl hatten, uns im Krieg zu befinden. Die erste Schlacht hatte der Feind gewonnen, und jetzt mussten wir unsere Kräfte sammeln für das, was noch bevorstand.

Als wir gegen halb neun die Treppe herunterkamen, hatte Jane Barr im kleineren Esszimmer den Tisch für das Frühstück gedeckt. Frisch gepresster Saft und Kaffee standen auf der Anrichte.

»Warum nicht?«, antworteten wir auf ihre Frage, ob wir Rührei mit Speck wünschten, obwohl ich gleichzeitig den festen Vorsatz fasste, das nicht zur Gewohnheit werden zu lassen.

Die üblichen Morgenzeitungen lagen nicht auf dem Tisch. »Wir können auch später einen Blick hineinwerfen«, meinte Peter. »Wir wissen sowieso schon, was drinstehen wird.«

Jane schenkte uns Kaffee ein und ging dann in die Küche, um unser Frühstück zuzubereiten. Peter wartete, bis sie das Zimmer verlassen hatte, bevor er sich wieder an mich wandte. »Kay«, begann er, »du weißt ja selbst, dass uns jetzt eine lange Zeit der Belagerung erwartet. Die Geschworenen der Grand Jury werden die Anklage bestätigen, das ist so gut wie sicher. Dann wird ein Datum für den Prozess festgesetzt werden, und das könnte erst in einem Jahr oder noch später sein. Unter diesen Umständen das Wort ›normal‹ zu benutzen, ist eigentlich lächerlich, aber ich werde es trotzdem tun. Bis der Prozess beginnt und die Geschworenen ihr Urteil abgeben, möchte ich, dass unser Leben so normal wie nur irgend möglich verläuft.«

Er ließ mir keine Zeit für eine Erwiderung, sondern fuhr gleich fort: »Ich darf das Anwesen verlassen, um mich mit meinen Anwälten zu beraten. Ich werde mich oft mit ihnen beraten, und zwar in der Park Avenue. Vince muss für mich in der Firma die Stellung halten. Er wird also ebenfalls viel Zeit dort verbringen.«

Peter nahm einen Schluck aus seiner Tasse. In der kurzen Pause, die dadurch entstand, wurde mir bewusst, wie sehr ich mich an die ständige Anwesenheit von Vincent Slater gewöhnt hatte. Es würde komisch sein, wenn er plötzlich nicht mehr da sein würde.

»Gary kann uns nach Manhattan hin- und zurückfahren«, fuhr Peter fort. »Ich werde versuchen, die Erlaubnis zu bekommen, mindestens dreimal pro Woche nach New York zu fahren.«

Es lag eine große Entschlossenheit und Zielstrebigkeit in der Art, wie Peter sprach, die sich auch in seiner Miene widerspiegelte. Und dann fügte er hinzu: »Kay, ich weiß, dass ich niemals einem anderen Menschen etwas antun könnte. Glaubst du das auch?«

»Ich glaube es und ich weiß es«, versicherte ich ihm.

Wir streckten beide einen Arm über den Tisch und griffen uns an den Händen. »Ich glaube, ich habe mich vom ersten Augenblick an in dich verliebt«, sagte ich. »Du warst so in dein Buch vertieft, und es wirkte so gemütlich und vertraut, wie du in deinem Sessel saßt. Und als du aufgestanden bist, ist dir die Brille von der Nase gerutscht.«

»Und ich habe mich in das hübsche Mädchen verliebt, dessen Haare bei jeder Bewegung so anmutig um die Schultern schwangen. Dabei ist mir eine Zeile aus *The Highwayman* eingefallen: ›Und Bess, des Gastwirts Tochter, des Gastwirts schwarzäugige Tochter, flocht einen hellen, roten Liebesknoten in ihre langen, dunklen Haare.‹ Habt ihr das auch in der Schule lernen müssen?«

»Natürlich. Der Rhythmus des Gedichts erinnert an das Getrappel von Pferdehufen. Ich war aber die Tochter des Landschaftsgärtners, nicht des Gastwirts«, wandte ich ein. »Und außerdem habe ich keine schwarzen Augen.«

»Fehlt aber nicht viel.«

Es war seltsam, aber an diesem Morgen kam mir immer wieder mein Vater in den Sinn. Ich musste daran denken, wie Maggie mir vor wenigen Tagen erzählt hatte, dass ihm die Arbeit auf dem Anwesen der Carringtons so wichtig war und er die Möglichkeit genoss, die herrlichen Gärten zu entwerfen, ohne auf die Kosten achten zu müssen.

Während ich mir das Rührei mit cholesterinreichen Speck schmecken ließ, fragte ich Peter, ob das tatsächlich so gewesen sei.

»Mein Vater war beides, extrem geizig und äußerst großzügig zugleich«, sagte er. »Das ist, was ich unseren hochkarätigen Anwälten erst noch begreiflich machen muss. Wenn Maria Valdez Cruz in die Philippinen zurückgegangen ist, weil ihre Mutter schwer krank war, dann war das typisch für ihn, dass er ihr einen Scheck ausgestellt hat, um für die Arztkosten aufzukommen. Und trotzdem konnte er sich am gleichen Tag maßlos über ein Porzellanservice aufregen, das Elaine bestellt hatte.«

Ich musste an Peters Vorschlag denken, einen Innenarchitekten zu engagieren. »Das klingt, als ob du nicht viel mit ihm gemein hast«, sagte ich. »Jedenfalls nicht in dieser Hinsicht, wenn ich daran denke, dass du mir bei der Gestaltung des Hauses völlig freie Hand lassen willst.«

»Ich glaube, in mancher Hinsicht bin ich wie er«, sagte

Peter. »Er fand es zum Beispiel ganz entsetzlich, dass Elaine einen Koch, einen Butler, eine Haushälterin und Dienstmädchen engagiert hat. Wie mein Vater habe ich auch lieber ein Ehepaar wie die Barrs, die nur tagsüber da sind und am Abend in ihr eigenes Haus zurückkehren. Auf der anderen Seite konnte ich nie ganz verstehen, warum mein Vater sich so sehr über das Geld aufregte, das für das tägliche Leben hier im Haushalt ausgegeben wurde. Wahrscheinlich schlug bei ihm jener Carrington durch, der mit nichts als seinem Hemd auf dem Leib angefangen hat und am Ende ein Vermögen mit Ölquellen gemacht hat – es heißt, man habe sich keinen größeren Geizkragen als ihn vorstellen können. Ich bezweifle, dass er Geld für Grassamen übrig gehabt hätte, geschweige denn für mehrere Hektar umfassende Gartenflächen mit teuren Anpflanzungen.«

Wir frühstückten zu Ende, und dann fing Peter an, den Tag so zu organisieren, wie er es sich vorher zurechtgelegt hatte. Er rief Conner Banks auf seinem Handy an, damit dieser ihm die Erlaubnis verschaffte, am Nachmittag für eine Besprechung in der Kanzlei nach New York zu fahren. Dann verbrachte er mehrere Stunden am Telefon mit Vincent Slater und Managern seines Unternehmens.

In der Zwischenzeit hatte ich beschlossen, gemeinsam mit Peter in die Stadt zu fahren. Im Augenblick hatte es nicht viel Sinn, bei den Besprechungen zwischen Peter und seinen Anwälten dabei zu sein. Aber ich wollte die Zeit nutzen, um meiner kleinen Wohnung einen Besuch abzustatten. Ein Teil meiner Lieblingskleider für den Winter war noch dort, und ich wollte einige gerahmte Fotos meiner Eltern mitnehmen, die ich gerne in meiner Nähe haben wollte.

Peter erhielt die Erlaubnis, das Anwesen zu verlassen, und wir machten uns am frühen Nachmittag auf den Weg nach New York. »Kay, obwohl deine Wohnung fast auf dem Weg liegt, wäre es mir lieber, wenn Gary direkt zur Park Avenue fährt«, sagte er. »Falls uns irgendjemand von der Polizei oder den Medien verfolgt und den Wagen vor deinem Haus fotografiert, könnte das die Frage aufwerfen, ob ich die Kautionsauflagen verletzt hätte. Vielleicht leide ich unter Verfolgungswahn, aber ich möchte nicht riskieren, wieder ins Gefängnis gehen zu müssen.«

Natürlich war ich damit einverstanden. Als wir vor der Kanzlei hielten, hatte es wenigstens aufgehört zu regnen. Der Wetterbericht hatte Aufklarung vorausgesagt, und es sah so aus, als ob er tatsächlich recht behalten sollte.

Peter trug einen dunklen Anzug, Hemd und Krawatte, darüber einen perfekt geschnittenen nachtblauen Kaschmirmantel. Bis in jedes Detail sah er aus wie der leitende Manager, der er war. Als Gary ihm die Tür öffnete, gab mir Peter einen Abschiedskuss und sagte: »Hol mich bitte um halb fünf ab, Kay. Auf diese Weise können wir vielleicht wenigstens den schlimmsten Stoßverkehr vermeiden.« Als ich ihm hinterherblickte, wie er mit raschen Schritten über den Bürgersteig ging, konnte ich mir fast nicht mehr vorstellen, dass er noch vor weniger als vierundzwanzig Stunden in einem orangefarbenen Overall im Gerichtssaal gestanden hatte, mit aneinandergeketteten Händen, und sich anhören musste, wie man ihn des Mordes anklagte.

Ich war seit dem Tag, an dem Peter und ich geheiratet hatten, nicht mehr in meiner Wohnung gewesen. Einerseits wirkte sie gemütlich und vertraut auf mich, andererseits sah ich sie jetzt mit neuen Augen, und mir fiel auf, wie klein sie war. Peter war ein paarmal hier gewesen in der Zeit unserer ersten wilden Romanze. Auf unserer Hochzeitsreise hatte er einmal beiläufig vorgeschlagen, ich solle einfach die restliche Miete zahlen und bis auf die persönlichen Sachen alles auflösen, was sich darin befand.

Mir war klar, dass ich dazu noch nicht bereit war. Ja, ich hatte ein neues Leben begonnen, aber etwas in mir stellte sich dem Entschluss entgegen, sich so radikal von meinem alten Leben zu trennen. Ich hörte die Nachrichten auf dem

Anrufbeantworter ab. Keine davon war wichtig, bis auf eine Nachricht, die Glenn Taylor am selben Morgen aufgesprochen hatte. Natürlich hatte ich ihm von Peter erzählt, sobald wir uns regelmäßig trafen. »Und ich war kurz davor, mit dir in die Stadt zu gehen, um einen Ring zu kaufen«, hatte er lachend dazu gesagt, doch ich wusste, dass es nur halb im Scherz gemeint war. Dann hatte er noch hinzugefügt: »Kay, ich hoffe, du hast dir das gut überlegt. Carrington schleppt ganz schön viel Ballast mit sich herum.«

Glenns Nachricht auf dem Band klang genau so, wie ich es von ihm erwartet hätte – besorgt und Unterstützung anbietend: »Kay, es tut mir furchtbar leid, das mit Peter zu hören. Nicht unbedingt das, was man sich zu Beginn einer Ehe wünscht. Ich weiß, dass du schon allein zurechtkommst, aber trotzdem, wenn ich dir irgendwie helfen kann, dann lass es mich wissen.«

Es tat gut, Glenns Stimme zu hören, und ich dachte daran, wie gern wir zusammen ins Theater gegangen waren und dass wir – er, Peter und ich – vielleicht eines Tages zusammen essen gehen und anschließend eine Vorstellung besuchen könnten. Doch dann fiel mir ein, dass es gar keine Abende mehr geben würde, an denen Peter abends ausgehen könnte, es sei denn, er würde freigesprochen werden. Und das gilt dann ebenso für mich, wurde mir plötzlich klar, denn ich war mir in diesem Augenblick gewiss, dass ich Peter niemals an den Abenden allein lassen würde.

Ich suchte ein paar Kleider aus dem Schrank zusammen und legte sie auf das Bett. Fast alle stammten von billigen Einkaufsketten. Undenkbar, dass man Elaine jemals in so etwas ertappen würde, kam mir in den Sinn. Auf unserer Hochzeitsreise hatte Peter mir eine Platinum Card von American Express geschenkt. »Jetzt kannst du einkaufen bis zum Umfallen«, hatte er lächelnd dazu gesagt.

Zu meiner eigenen Überraschung brach ich in Tränen aus. Ich wollte keine Schränke voller Kleider. Hätte es in meiner

Macht gestanden, ich hätte das gesamte Geld der Carringtons hergegeben, wenn Peter im Gegenzug von jeder Schuld am Tod von Susan und Grace freigesprochen worden wäre. Ich hätte mir sogar gewünscht, dass er mit mir in diese Wohnung ziehen könnte und sich einschränken müsste, um sein Studiendarlehen abzubezahlen, so wie Glenn das tun musste. Alles hätte ich in Kauf genommen, wenn unser Leben dadurch einfacher geworden wäre.

Ich wischte mir die Tränen fort und ging zur Kommode, um die Fotos einzupacken. Auf dem einen waren meine Eltern mit mir im Krankenhaus nach meiner Geburt zu sehen. Glücklich strahlten sie in die Kamera. Ich war in eine Decke gewickelt, ein Neugeborenes mit zerknautschtem Gesicht, das zu ihnen aufschaute. Meine Mutter sah sehr jung und sehr hübsch aus, ihre offenen Haare waren über das Kissen ausgebreitet. Mein Vater war damals zweiunddreißig, immer noch jungenhaft gut aussehend, und aus den Augen blitzte ein wenig der Schalk. Sie schienen noch ein ganzes Leben vor sich zu haben, und in Wirklichkeit hatte sie nur noch zwei Wochen zu leben, bevor die Embolie sie uns für immer nahm.

Als ich von den Umständen ihres Todes erfuhr und dass ich noch an ihrer Brust lag, als mein Vater sie gefunden hatte, war ich ungefähr zwölf Jahre alt. Ich erinnere mich, dass ich meine Lippen schürzte und mir versuchte vorzustellen, wie es gewesen sein musste, von ihr gestillt zu werden.

Ich hatte Peter das Bild aus dem Krankenhaus gezeigt, als er das erste Mal hier war, und er hatte dazu gesagt: »Ich hoffe, dass wir eines Tages auch solche Fotos von uns machen können, Kay.«

Darauf hatte er das Bild meines Vaters in die Hand genommen, das kurze Zeit, bevor er mit dem Auto an diesen entlegenen Winkel fuhr und im Hudson verschwand, aufgenommen worden war. »Ich erinnere mich sehr gut an deinen Vater, Kay«, hatte Peter gesagt. »Ich habe mich sehr dafür interessiert, warum und wie er die Pflanzen aussuchte. Wir hatten einige interessante Gespräche darüber.«

Immer noch mit feuchten Augen ging ich zum Kaminsims, um auch dieses Foto mitzunehmen.

Am Abend stellte ich mit Peters Einwilligung das Lieblingsfoto seiner Mutter und eines, auf dem er als Kind zusammen mit seinen Eltern abgebildet war, auf den Kaminsims im Salon unserer Schlafzimmersuite. Danach stellte ich die Fotos meiner Eltern dazu, die ich aus der Wohnung mitgebracht hatte. »Die Großeltern«, sagte Peter. »Eines Tages werden wir unseren Kindern von ihnen erzählen.«

»Was soll ich ihnen über ihn erzählen?«, fragte ich und zeigte auf das Bild meines Vaters. »Soll ich sagen, das ist der Großvater, der sich davongemacht und sein Kind im Stich gelassen hat?«

»Du musst versuchen, ihm zu vergeben«, sagte Peter leise.

»Ich hab es versucht«, flüsterte ich, »aber ich kann es nicht. Ich kann es einfach nicht.«

Ich starrte auf das Bild meines Vaters und, auch wenn es merkwürdig klingt, ich hatte in diesem Augenblick das Gefühl, er habe meine Worte gehört und mache mir deswegen Vorwürfe.

Am nächsten Morgen schien die Sonne, genau wie der Wetterbericht versprochen hatte, und die Temperatur war nahe an zehn Grad. Um neun Uhr hörte ich draußen Hundegebell und wusste, dass die Leichenhunde zurückgekehrt waren.

35

Nicholas Greco hatte mit Barbara Krause einen Termin in ihrem Büro für den Mittwochnachmittag um halb vier vereinbart. »Ich hätte nicht gedacht, dass ich Sie schon so bald wieder belästigen muss«, sagte er, als er ihr Zimmer betrat.

»Und ich habe, um ehrlich zu sein, auch nicht erwartet, Sie so bald wiederzusehen«, antwortete sie, »aber Sie sind mir natürlich immer willkommen.«

»Ich wollte Sie sprechen, weil Philip Meredith mir den Auftrag erteilt hat, den Tod seiner Schwester, Grace Meredith Carrington, zu untersuchen.«

Krause hatte sich vor langer Zeit angewöhnt, im Gerichtssaal immer eine Pokermiene aufzusetzen, doch angesichts dieser Neuigkeit konnte sie ihre Überraschung nicht verbergen. »Mr. Greco, wenn es Ihnen gelingt, etwas herauszufinden, was uns helfen könnte, diesen Tod mit Peter Carrington in Verbindung zu bringen, wäre ich Ihnen unendlich dankbar«, sagte sie.

»Ich kann nicht zaubern, Mrs. Krause. Philip Meredith hat mir eine interessante Information anvertraut, aber ich bin zurzeit noch nicht befugt, sie Ihnen weiterzugeben. Ich kann nur so viel sagen, dass sich daraus ein zwingendes Motiv für Carrington ergibt, sich seiner Frau entledigen zu wollen. Dessen ungeachtet, bin ich jedoch ziemlich sicher, dass ihn bei einem Prozess die Geschworenen normalerweise allein aufgrund dieser Information niemals für schuldig befinden würden. Deshalb würde ich gern, wenn Sie es gestatten, die Akte über diesen Fall einsehen und mit den Ermittlern sprechen, die damals den Tatort untersucht haben.«

»Das dürfte kein Problem sein. Tom Moran hat damals die Ermittlungen geleitet. Er sitzt im Moment in einer Gerichtsverhandlung, sollte aber in ungefähr einer Stunde frei sein. Wenn Sie möchten, können Sie in seinem Zimmer warten und dort die Akte lesen.«

»Das wäre schön.«

Nachdem sie über das Haustelefon einen Mitarbeiter angefordert hatte, um die Unterlagen zu holen, sagte Barbara Krause: »Mr. Greco, wir sind diese Akte genauestens durchgegangen. Wir haben nichts darin finden können, was als Beweismittel vor Gericht Bestand hätte. Ihren Worten entnehme ich, dass Philip Meredith Informationen zurückgehalten hat, die uns weiterhelfen würden. Ob Sie nun etwas in unseren Akten finden, was Ihnen wichtig erscheint, oder nicht, in jedem Fall möchte ich Sie bitten, auf ihn einzuwirken, damit er sich mit uns in Verbindung setzt. Sie könnten ihn darauf hinweisen, dass ein Schuldeingeständnis vonseiten Carringtons die Möglichkeit für eine üppige Schmerzensgeldklage eröffnen würde.«

»Philip Meredith ist sich dessen sicherlich sehr bewusst. Ich bin zuversichtlich, dass ich ihn, selbst wenn ich nichts weiter in den Akten finden sollte, überzeugen kann, Ihnen gegenüber seine Aussage zu wiederholen.«

»Mr. Greco, Sie haben meinen Tag gerettet.«

In den folgenden eineinhalb Stunden saß Nicholas Greco auf dem Besucherstuhl in Tom Morans kleinem Zimmer und trug ordentlich einige Angaben in sein Notizbuch ein, das er stets in seiner Aktentasche mit sich führte. In Morans Aufzeichnungen fiel ihm besonders eine Notiz ins Auge, die besagte, dass man ein zusammengefaltetes Blatt Papier in der Tasche von Grace Carringtons Abendkostüm gefunden hatte, eine Seite aus der *People*-Ausgabe vom 25. August 2002, auf der ein Interview mit dem legendären Broadway-Star Marian Howley abgedruckt war. »Howley war gerade mit einem neuen Ein-Personen-Stück herausgekommen«, stand in der Notiz. »Obwohl die Seite durchweicht war, konnte sie identifiziert werden. Es waren außerdem zwei Wörter in Grace Carringtons Handschrift darauf geschrieben: ›Karten bestellen‹. Seite befindet sich jetzt bei den Tatortfundstücken.«

Grace Carrington hatte die Absicht, eine Theateraufführung am Broadway zu besuchen, überlegte Greco, während er das Datum der Zeitschriftenausgabe notierte. So etwas nimmt man sich nicht vor, wenn man mit dem Gedanken spielt, Selbstmord zu begehen.

Noch ein anderes Ehepaar war an dem Abend, an dem Grace Carrington ertrank, bei der Party eingeladen gewesen, Jeffrey und Nancy Hammond. Vor vier Jahren hatten sie in Englewood gelebt. Greco hoffte, dass sie immer noch an derselben Adresse wohnten. Falls ja, wollte er versuchen, in den nächsten Tagen mit ihnen zu reden.

Er notierte, dass Gary Barr an diesem Abend die Cocktails und das Essen serviert hatte.

Interessant, dieser Mr. Barr, dachte Greco. Er hatte immer mal wieder für die Althorps gearbeitet, sogar gelegentlich als Fahrer für Susan Althorp und ihre Freunde. Er hatte an dem Abend, an dem Susan verschwunden war, bei dem festlichen Abendessen im Herrenhaus der Carringtons serviert, ebenso beim Brunch am folgenden Tag. In der Nacht, in der Grace ertrunken war, war er ebenfalls dort und anschließend im Pförtnerhaus auf dem Gelände gewesen.

Der allgegenwärtige Mr. Barr. Es könnte nicht schaden, ihm noch einen weiteren Besuch abzustatten, beschloss Greco.

Es war fünf Uhr, und Moran war immer noch nicht zurückgekehrt. Er war die ganze Zeit im Gerichtssaal, überlegte Greco. Sicherlich wird er nach Hause wollen. Ich werde ihn morgen anrufen und einen Termin zu einer angemesseneren Zeit vereinbaren.

Er ging den Flur zu Barbara Krauses Zimmer hinunter, um die Fallakte von Grace Carrington zurückzubringen. Moran saß bei ihr. Krause sah Greco geistesabwesend an, als ob sie ihn völlig vergessen hätte. Dann sagte sie: »Mr. Greco, tut mir leid, aber wir können jetzt nicht mit Ihnen reden. Tom und ich wollten gerade zum Anwesen der Carringtons aufbrechen. Es scheint, dass unsere Hunde noch weitere menschliche Knochen aufgespürt haben.«

36

Früher habe ich in der Bücherei Vorlesestunden für Kinder abgehalten, und dabei habe ich ihnen manchmal eines meiner Lieblingsgedichte, *Die Stunde der Kinder* von Henry Wadsworth Longfellow, vorgetragen. Es beginnt folgendermaßen: »Zwischen Dunkelheit und Taglicht, wenn die Nacht allmählich sinkt hernieder ...«

Das Tageslicht war im Schwinden begriffen, als ich draußen die Leichenhunde hörte. Das Geräusch kam vom westlichen Teil des Anwesens. Peter war wieder zu den Anwälten nach Manhattan gefahren, doch ich hatte beschlossen, lieber zu Hause zu bleiben. Ich fühlte mich unbeschreiblich müde und tatsächlich hatte ich einen guten Teil des Tages dösend im Bett verbracht.

Es war vier Uhr nachmittags, als ich schließlich aufgestanden war. Ich hatte mich geduscht, angezogen, und war hinunter in Peters Bibliothek gegangen. Dort hatte ich mich mit einem Buch in seinen bequemen Sessel gesetzt und auf seine Rückkehr gewartet.

Als ich das Hundegebell vernahm, hastete ich in die Küche. Jane Barr war gerade hereingekommen, um das Abendessen zuzubereiten. »Es sind noch mehr Polizeiwagen an der Toreinfahrt, Mrs. Carrington«, berichtete sie nervös. »Gary ist hinübergegangen, um zu sehen, was los ist.«

Die Hunde müssen etwas gefunden haben, schoss mir

durch den Kopf. Ohne mir erst einen Mantel überzuziehen, eilte ich hinaus in die kalte Dämmerung und folgte dem Fußweg, der in die Richtung führte, aus der das Gebell kam. Beamte waren bereits dabei, ein Gebiet in der Nähe des Teiches, der im Sommer mit Fischen besetzt war, mit Bändern abzusperren. Streifenwagen rasten mit blitzenden Lichtern über den gefrorenen Rasen.

»Einer der Hunde hat einen Beinknochen ausgegraben«, raunte mir Gary Barr zu.

»Ein Beinknochen! Ist es denn ein menschlicher Knochen?«, fragte ich. Ich stand vor ihm in meinem dünnen Pullover und klapperte vor Kälte mit den Zähnen.

»Das scheint wohl sicher zu sein.«

Ich hörte das Geheul sich nähernder Sirenen. Noch mehr Polizei, dachte ich. Danach werden die Medien folgen. Wer könnte dort begraben sein? Dieses ganze Gebiet war früher einmal von Indianern besiedelt. Immer wieder mal ist man auf Gräber gestoßen, die von ihnen stammen. Vielleicht war es ein Knochen von einem dieser Ureinwohner, den sie gefunden hatten.

Doch dann hörte ich, wie einer der Hundeführer sagte: »... und sie war in dieselbe Art von Plastiksack gewickelt wie das Mädchen.«

Ich spürte, wie meine Knie weich wurden, und hörte jemanden rufen: »Halten Sie sie fest!«

Ich bin nicht ohnmächtig geworden, doch ein Beamter stützte mich an einem Arm und Gary Barr am anderen, als sie mich zum Haus zurückführten. Ich bat sie, mich in Peters Bibliothek zu bringen. Ich bibberte, als ich in seinen Sessel sank, daher holte Jane eine Decke und wickelte mich darin ein. Ich bat Gary, wieder nach draußen zu gehen und zu berichten, was dort vor sich ging. Schließlich kam er zurück und meldete, man habe ihm gesagt, sie hätten ein vollständiges menschliches Skelett gefunden und ein Kettchen mit einem Medaillon, das die Leiche um den Hals getragen habe.

Ein Medaillon! Mir war bereits der Gedanke gekommen, dass es die Leiche meines Vaters sein könnte. Als ich von dem Medaillon erfuhr, wusste ich, dass es nur dasjenige sein konnte, das mein Vater immer getragen hatte und in dessen Inneren sich ein Bild meiner Mutter befand. In diesem Moment hatte ich die Gewissheit, dass die sterblichen Überreste, die die Hunde aufgespürt hatten, Bein von meinem Bein und Fleisch von meinem Fleisch waren.

37

»Ich brauche nicht noch mehr Beweise, dass Carrington meine Schwester ermordet hat«, sagte Philip Meredith zu Nicholas Greco am Morgen, nachdem die Gebeine Jonathan Lansings auf dem Grundstück der Carringtons gefunden worden waren. »Ich habe mit meiner Frau darüber gesprochen. Ich werde zur Staatsanwaltschaft gehen und ihnen alles erzählen. Der Kerl ist ein Serienmörder.«

Greco war nicht überrascht, dass Meredith ihn angerufen hatte. »Ich glaube, das ist eine sehr vernünftige Idee«, sagte er. »Und möglicherweise besteht keine Notwendigkeit, die Informationen über die Beziehung Ihrer Schwester zu einem anderen Mann an die Öffentlichkeit weiterzugeben. Unter Umständen kann man Carrington davon überzeugen, den Mord an ihr zuzugeben. In diesem Fall würde die öffentliche Meinung als Motiv annehmen, dass er versuchen wollte, die Geburt eines geschädigten Kindes zu verhindern.«

»Aber seine Anwälte würden davon erfahren, oder?«

»Selbstverständlich. Sie werden sich darum bemühen, den bestmöglichen Deal für ihren Mandanten auszuhandeln, und verständlicherweise ist es nicht in ihrem Interesse, wenn die Öffentlichkeit erfährt, dass ein so vermögender Mann wie Carrington einen Mord begeht, um Geld zu sparen.«

»Und wenn er zugibt, Grace ermordet zu haben, werde ich auf Schmerzensgeld klagen können?«

»Ja.«

»Ich weiß, das hört sich so an, als ob ich vorrangig am Geld interessiert sei, aber das Pflegeheim meiner Mutter kostet mich zehntausend Dollar im Monat, und dafür brauche ich dieses Geld. Ich möchte nicht gezwungen sein, sie woandershin zu schicken.«

»Ich verstehe.«

»Ich danke Ihnen für Ihre Bereitschaft, mir zu helfen, Mr. Greco. Ich vermute, die Staatsanwaltschaft wird jetzt die Sache übernehmen.«

Das könnte der kürzeste Job gewesen sein, den ich je hatte, dachte Nicholas Greco, während er sich von Philip Meredith verabschiedete. Doch nachdem er den Hörer aufgelegt hatte, lehnte er sich nachdenklich zurück. Aus dem Internet hatte er sich die Seite aus der *People* ausdrucken lassen, die bei der Leiche von Grace Carrington gefunden worden war.

Grace hatte ein Umstandskostüm aus Satin getragen, als sie im Schwimmbecken gefunden wurde. Warum hatte sie diese Seite in ihre Jackentasche gesteckt, statt die Zeitschrift offen auf dem Tisch liegen zu lassen?

Wenn Greco versuchte, sich eine Situation bildlich vorzustellen, fragte er sich manchmal: Was hätte Frances getan? In diesem Fall wusste er die Antwort. Eine modebewusste Frau hätte niemals in Kauf genommen, dass womöglich eine sichtbare Beule an der Tasche ihres Abendkostüms aus Satin entstanden wäre. Wenn Frances zu Hause auf einen Artikel in einer Zeitschrift stößt, den sie vielleicht später noch einmal braucht, legt sie irgendetwas als Lesezeichen hinein oder lässt die aufgeschlagene Zeitschrift umgekehrt auf dem Tisch liegen.

In der Akte der Staatsanwaltschaft wurde keine Zeitschrift unter den Gegenständen erwähnt, die die Ermittler am Tatort eingesammelt hatten. Ich muss herausfinden, an welchem Tag diese Ausgabe ausgeliefert wurde, nahm sich Greco vor. Und ich muss unbedingt mit den Gästen sprechen, die ebenfalls bei diesem Abendessen zugegen waren, dieses Ehepaar aus Englewood, Nancy und Jeffrey Hammond.

Ich bleibe an diesem Fall dran, auch wenn ich damit gegen meine Kardinalregel verstoße, die da lautet, niemals nur für die Ehre zu arbeiten. Nicholas Greco musste über sich selbst lächeln. Wie hat Mutter doch immer gesagt? Wer arbeitet, ist seines Lohnes wert.

38

Fünf Tage, nachdem sie die sterblichen Überreste meines Vaters entdeckt hatten, erhielt ich das Medaillon, das sich um seinen Hals befunden hatte. Sie hatten es fotografiert und auf mögliche Spuren untersucht, doch dann hatten sie eingewilligt, es mir zu überlassen. Im Labor hatten sie den Schmutz von zweiundzwanzig Jahren entfernt, bis das darunterliegende Silber zum Vorschein gekommen war. Die Kapsel des Medaillons war geschlossen gewesen, doch die Feuchtigkeit hatte sich nach innen durchgefressen. Das Bild meiner Mutter war stark gedunkelt, obwohl ihre Züge immer noch erkennbar waren. Ich trug später das Medaillon und das Kettchen beim Begräbnis meines Vaters.

Natürlich wurde Daddys Tod Peter angelastet. Vincent Slater hatte ihn am Nachmittag, als die Knochen gefunden wurden, nach Manhattan und wieder zurückgefahren, und sie trafen weniger als eine halbe Stunde nach der Entdeckung der Leiche ein. Slater rief sofort Conner Banks an, der seinerseits Kontakt zu Staatsanwältin Krause aufnahm. Sie sagte ihm, sie habe Richter Smith erreicht, und dieser habe eine Eilanhörung für acht Uhr am selben Abend anberaumt. Sie sagte auch, sie werde zwar vorerst noch keinen Haftbefehl für diesen neu entdeckten Mordfall beantragen, dieser könne jedoch noch folgen. Heute Abend wolle sie beantragen, die Kautionssumme zu erhöhen und die Auflagen für den

Ausgang zu verschärfen. Peter würde also nicht mehr gestattet werden, das Grundstück zu verlassen, ausgenommen es liege eine dringende medizinische Notwendigkeit vor.

Banks teilte Vincent mit, dass er ihn und Peter im Gerichtsgebäude treffen würde. Ich wollte mit ihnen fahren, doch Peter sprach sich kategorisch dagegen aus.

Wir saßen in der Bibliothek und hatten die Tür hinter uns geschlossen. Ich erklärte ihm, dass ich jetzt, nachdem der erste furchtbare Schock vorüber war, eine unermessliche Reue darüber empfinden würde, so viele Jahre Wut auf meinen Vater empfunden zu haben. Ich sagte ihm, dass mein Groll auf ihn, weil ich mich von ihm verlassen fühlte, nunmehr in Mitleid für ihn umgeschlagen sei, begleitet von dem heftigen Wunsch, denjenigen zu finden, der ihn umgebracht hat. Auf Peters Schoß sitzend, die Decke immer noch um mich gewickelt, versicherte ich ihm, ich wisse um seine Unschuld – mit jeder Faser meines Körpers.

Maggie rief an, sobald sie die Neuigkeit in den Lokalnachrichten erfahren hatte. Peter gab mir zu verstehen, ich solle sie zu uns einladen. Glücklicherweise kam sie erst, nachdem er und Vincent bereits zum Gericht gefahren waren. Ich schickte Jane Barr nach Hause. Sie schien ziemlich erschüttert über die Entdeckung von Daddys Leiche zu sein.

»Ihr Vater war ein liebenswürdiger Mann, Mrs. Carrington«, sagte sie mit Tränen in den Augen. »Das ist doch unfassbar, dass er all die Jahre dort unten gelegen hat.«

Ich war ihr für ihre aufrichtige Anteilnahme dankbar, doch konnte ich im Augenblick nicht viel damit anfangen. Ich bat Gary, zusammen mit ihr nach Hause zu gehen.

Maggie und ich saßen in der Küche. Sie setzte Tee auf und röstete ein paar Scheiben Toast. Keine von uns hatte Lust auf etwas anderes. Während wir Tee tranken und an den Toastscheiben knabberten, war uns beiden bewusst, dass im Garten weiterhin gegraben wurde. Immer noch konnten wir die

Hunde bellen hören, die weiter über das ausgedehnte Gelände geführt wurden.

An diesem Abend sah man Maggie ihre dreiundachtzig Jahre an. Ich wusste, dass sie um mich besorgt war, und ich konnte sie vollkommen verstehen. Sie hielt es für verrückt, weiter an Peters Unschuld zu glauben, und sie wollte nicht, dass ich weiter allein mit ihm im Haus bliebe. Und natürlich würde nichts, was ich vorbrächte, sie beruhigen können.

Vincent rief mich um neun Uhr an, um mir mitzuteilen, dass Peters Kaution um zehn Millionen Dollar erhöht worden und ein Bote mit einem Scheck über diesen Betrag von Manhattan unterwegs sei.

»Es wird besser sein, wenn du langsam aufbrichst, Maggie«, sagte ich. »Ich möchte nicht, dass du nachts allein fährst, und ich weiß, dass du Peter lieber nicht begegnen willst.«

»Kay, ich möchte dich nicht mit ihm allein lassen. Mein Gott, warum bist du nur so blind und leichtsinnig?«

»Weil es eine andere Erklärung gibt für alles, was passiert ist, und die werde ich herausfinden. Maggie, sobald wir wissen, wann Daddys Leichnam freigegeben wird, werden wir ein Begräbnis in aller Stille organisieren. Du müsstest die Urkunde für das Grab haben.«

»Ja, die ist auf der Bank im Schließfach. Ich werde sie holen. Aber ich möchte nicht, dass dein Mann zur Beerdigung kommt, Kay. Es wäre geradezu ein Hohn für deinen Vater, wenn Peter Carrington dort aufkreuzte und so tun würde, als ob er um ihn trauere.«

Es verlangte einigen Mut von Maggie, mir das zu sagen, denn sie musste befürchten, dass ich danach vielleicht nie mehr mit ihr reden würde. »Peter wird keine Erlaubnis bekommen, um auf Daddys Beerdigung zu gehen«, sagte ich, »doch wenn er sie bekäme, würde er mich ganz sicher dorthin begleiten.« Als wir zur Haustür gingen, sagte ich: »Maggie, hör mir zu. Du hast geglaubt, Daddy sei entlassen worden, weil er trank. Das hat nicht gestimmt. Du hast geglaubt, er habe Selbstmord begangen, weil er verzweifelt war. Das hat auch nicht gestimmt. Nachdem Daddy verschwunden war, hast du dich, soweit ich weiß, darum gekümmert, das Haus zu verkaufen und das meiste Zeug loszuwerden, das darin war.«

»Ich hab die Möbel aus dem Wohnzimmer, dem Schlafzimmer und dem Esszimmer in mein Haus bringen lassen«, sagte Maggie. »Das weißt du doch, Kay.«

»Ja, und die meisten von deinen eigenen Sachen hast du auf den Dachboden geräumt. Aber was hast du sonst noch aus dem Haus mitgenommen? Was ist mit Daddys geschäftlichen Unterlagen passiert?«

»Da gab es nur einen Aktenschrank. Dein Vater hat nie viel aufgehoben. Ich habe dem Möbelpacker gesagt, er soll den Schrank auch auf den Dachboden schaffen. Aber er war zu hoch, deshalb hat er ihn flach auf den Boden gelegt. Und darauf haben sie dann meine alte Couch gestellt, mit den Füßen nach oben.«

Kein Wunder, dass er mir nie aufgefallen ist, dachte ich. »Ich möchte mir gern in nächster Zeit seine Akten ansehen«, sagte ich. Wir blieben an der Gästegarderobe stehen, und ich holte ihren Mantel. Ich half ihr hinein, knöpfte ihn für sie zu und küsste sie. »Und jetzt komm gut nach Hause und fahr vorsichtig«, mahnte ich. »Es könnte noch ein bisschen glatt auf den Straßen sein. Vergiss nicht, den Wagen abzuschließen. Und denk an meine Worte, eines Tages werden du und Peter die besten Freunde sein.«

»Ach Kay«, sagte sie mit einem tiefen Seufzer, während sie die Tür öffnete und sich anschickte zu gehen. »Niemand ist blinder als diejenigen, die nicht sehen wollen.«

39

SEIT DEN LETZTEN TAGEN wusste Pat Jennings nicht mehr, was sie von ihrem Arbeitgeber Richard Walker halten sollte. Am Montag war er mit der gewohnten erleichterten Miene aufgetaucht, die er immer dann zur Schau trug, wenn seine Mutter wieder einmal seine Spielschulden beglichen hatte. Am selben Tag war gegen seinen Stiefbruder Peter Carrington Anklage wegen Mordes erhoben worden. Am folgenden Tag, dem Dienstag, hatte Walker von sich aus über ihn gesprochen: »Wir waren zum Abendessen bei Peter, nachdem er wieder nach Hause durfte«, hatte er Pat berichtet.

Pat hatte ihn gefragt, was es mit diesem ehemaligen Dienstmädchen Maria Valdez Cruz auf sich habe.

»Natürlich ist Peter nach all dem niedergeschlagen«, hatte Walker erzählt. »Es ist eine Schande, dass diese Frau einfach von ihrer Aussage abgerückt ist und jetzt auch noch das Andenken meines Stiefvaters in den Schmutz zerrt. Ich hoffe, dass sie mich als Zeugen aufrufen werden. Ich könnte ihnen aus erster Hand erzählen, dass der Alte gelegentlich spontane Anwandlungen von Großzügigkeit hatte. Ich erinnere mich, dass ich einmal zum Abendessen mit ihm und meiner Mutter in einem Lokal saß. Jemand kam an unseren Tisch und warb für diesen oder jenen guten Zweck, worauf Carrington senior sein Scheckheft zückte und ihm einen Scheck über zehntausend Dollar ausstellte. Danach hat er dem Kellner wiederum nur ein äußerst knauseriges Trinkgeld gegeben.«

Walker hatte auch über Peter Carringtons Frau Kay gesprochen. »Ein absolut wundervolles Mädchen«, hatte er geschwärmt. »Genau das, wonach Peter sich all die Jahre über gesehnt hat. Nach allem, was ich mitbekommen habe, war er bisher trotz des vielen Geldes nie besonders glücklich.«

Am Mittwochmorgen war Walker mit einer hübschen jungen Künstlerin, Gina Black, in der Galerie aufgetaucht. Wie ihre Vorgängerinnen hatte er Gina als großartiges Talent vorgestellt, als jemanden, dem unter seiner Obhut eine glänzende Karriere bevorstand.

Aha, hatte sich Pat insgeheim gedacht.

Von der Entdeckung menschlicher Knochen auf dem Grundstück der Carringtons hatte sie am Mittwochabend erfahren, als sie und ihr Ehemann die Abendnachrichten angeschaut hatten. Und am darauffolgenden Morgen hatte ihr Walker mitgeteilt, dass es sich um die Leiche von Kay Carringtons Vater handelte.

»Sie haben noch keine Einzelheiten bekannt gegeben«, sagte er, »aber er hatte ein Medaillon mit dem Foto von Kays Mutter um den Hals. Meine Mutter ist vollkommen außer sich. Sie war in ihrer New Yorker Wohnung und hat es durch die Fernsehnachrichten erfahren. Sie erzählte mir, dass sie, als die Polizei neulich das Gelände mit Hunden abgesucht hätte, einen der Beamten gefragt habe, ob sie den Garten für einen Friedhof halten würden.«

»Jetzt wurden schon zwei Leichen auf dem Anwesen entdeckt«, sagte Pat. »Nicht mal für umsonst würde ich dort wohnen wollen.«

»Ich auch nicht«, stimmte Walker zu und ging an ihrem Schreibtisch vorbei in sein Büro. »Ich werde eine Weile am Telefon sein. Bitte keine Anrufe durchstellen in dieser Zeit.«

Jennings sah zu, wie Walker die Tür fest hinter sich zuzog, sodass das Schloss hörbar einrastete. Er wird wieder mit seinem Buchmacher telefonieren, dachte sie. Und das heißt, dass er wieder in null Komma nichts bis über beide Ohren verschuldet sein wird. Ich frage mich, wann seine Mutter endgültig die Nase voll hat und ihm sagt, er möge selbst zusehen, wie er den Hals wieder aus der Schlinge zieht.

Sie holte ihr Exemplar der *New York Post* hervor, das sie in die unterste Schublade ihres Schreibtisches gestopft hatte. Auf der Fahrt mit dem Bus in die Fifty-seventh Street hatte sie die Seite sechs nur überfliegen können, doch jetzt las sie sie Zeile für Zeile durch. Die arme Kay Carrington, dachte sie. Wie muss sich das wohl anfühlen, wenn man mit einem Mann verheiratet ist, der offensichtlich ein Serienmörder ist? Sie muss eine Heidenangst davor haben, dass sie selbst eines Tages tot aufwachen könnte.

Es gab nur einen Anruf in der nächsten Stunde, von einer Frau, einer gewissen Alexandra Lloyd. Sie habe schon letzte Woche angerufen, und Walker habe sie nicht zurückgerufen. Ob er ihre Nachricht erhalten habe?, fragte sie.

»Er hat Ihre Nachricht erhalten, das weiß ich sicher«, antwortete Jennings. »Aber ich werde ihn trotzdem daran erinnern.«

»Bitte notieren Sie noch einmal meine Nummer und sagen Sie ihm, dass es sehr wichtig ist.«

»Selbstverständlich.« Eine halbe Stunde später, als Walker die Tür zu seinem Büro öffnete, bemerkte Pat den Anflug von Röte in seinem Gesicht. Irgendwo gibt es heute ein Pferderennen, bei dem er eine dicke Wette laufen hat, dachte sie. »Richard«, sagte sie, »ich habe Ihnen letzte Woche einen Zettel auf den Schreibtisch gelegt, dass eine gewisse Alexandra Lloyd angerufen hat. Sie hat gerade eben wieder angerufen und darum gebeten, Sie mögen sie zurückrufen, es sei sehr wichtig.«

Sie hielt ihm den Zettel mit der Nummer hin. Walker nahm ihn ihr aus der Hand, zerriss ihn und verschwand wortlos wieder in seinem Büro. Diesmal knallte er die Tür hinter sich zu.

40

»Der Schlag auf den Hinterkopf, mit dem Jonathan Lansing getötet wurde, war so heftig, dass er dabei einen Schädelbruch erlitt«, sagte Barbara Krause, die den Autopsiebericht vor sich liegen hatte. »Ich frage mich, was Kay Carrington wohl jetzt denken mag, wenn sie ihrem Mann in die Augen sieht.«

Tom Moran zuckte die Achseln. »Wenn sie immer noch mit dem Kerl unter einem Dach schlafen kann, ohne nervös zu werden, dann muss man sich langsam fragen, ob sie eigentlich noch geistig gesund ist.«

»Diesmal wissen wir sicher, dass jemand Carrington geholfen hat«, sagte Krause. »Er kann ja schlecht Lansings Wagen in dieser gottverlassenen Gegend abgestellt haben und dann nach Hause gelaufen sein. Es muss jemand dabei gewesen sein, der ihn zurückgefahren hat.«

»Ich habe unsere Akte über Lansings Verschwinden und seinen mutmaßlichen Selbstmord durchgesehen. Die Versicherung hatte den Verdacht, dass Betrug dahinterstecken könnte. Ihre Ermittler sind über die ganze Gegend ausgeschwärmt, wo der Wagen gefunden wurde. Ein Typ wie Peter Carrington fällt auf. Er hat so eine gewisse Ausstrahlung. Ich glaube, selbst in Klamotten von der Heilsarmee wäre er aufgefallen. Niemand, auf den Carringtons Beschreibung passen würde, ist dort in einen Bus gestiegen oder hat ein Auto gemietet. Falls er selbst Lansings Wagen dorthin gefahren hat, müssen wir annehmen, dass jemand auf ihn gewartet hat, um ihn danach zurückzufahren.«

»Lansing soll angeblich wegen seines Alkoholproblems entlassen worden sein«, sagte Krause, »aber angenommen, es gibt noch einen anderen Grund. Angenommen, jemand hätte gefürchtet, dass er zu einer Bedrohung werden könnte. Er wurde zwei Wochen nach Susan Althorps Verschwinden entlassen. Wieder zwei Wochen später soll er mutmaßlich Selbstmord begangen haben. Zu diesem Zeitpunkt hatte die Polizei das Gelände gründlich mit Leichenhunden abgesucht, und zwar einschließlich des Teils, der außerhalb der Umzäunung liegt.«

Krause hielt jetzt die Kopie von Lansings Skizze in den Händen. »Die große Frage lautet: Hat er diese Zeichnung abgeliefert, nachdem Susans Leiche auf diesem Teil des Grundstücks vergraben worden war? Wenn ja, dann hat er damit wohl sein eigenes Todesurteil unterschrieben.«

Sie sah auf ihre Armbanduhr. »Besser, wenn Sie langsam aufbrechen. Lansings Beerdigung ist um elf. Achten Sie darauf, wer alles anwesend ist.«

41

Ich richtete es so ein, dass die Trauermesse für meinen Vater in der Kirche gehalten wurde, die dem MaryRest Cemetery, dem Friedhof, auf dem meine Mutter begraben ist, am nächsten liegt. Er befindet sich in Mahwah, einer Ortschaft, die in ungefähr zwanzig Minuten Entfernung nordwestlich von Englewood liegt. Ich hatte gehofft, Zeit und Ort von Messe und Beerdigung geheim halten zu können, doch als wir zur Kirche gelangten, warteten die Fotografen bereits in Scharen.

Maggie und ich waren von einem Fahrer des Beerdigungsinstituts abgeholt worden. Als wir zwischen den Kirchenbänken hindurchgingen, sah ich bekannte Gesichter: Vincent Slater, Elaine, Richard Walker, die Barrs. Ich wusste, dass sie vorhatten zu kommen, doch ich wollte nicht gemeinsam mit ihnen dort erscheinen. Ich gehörte nicht zu ihrer Welt, als mein Vater starb. Für diese letzte Stunde wollte ich mich noch einmal von ihnen getrennt halten. Ich wollte meinen Vater für mich allein.

In meiner Trauer verspürte ich sogar eine Kluft zwischen mir und Maggie. Ich wusste, dass sie meinen Vater sehr gemocht hatte und sehr glücklich gewesen war, als er und meine Mutter geheiratet hatten. Ich glaube auch, dass Maggie nach dem Tod meiner Mutter meinem Vater zugeredet hat, er möge andere Frauen kennenlernen, doch so wie ich sie einschätze, hat es sie insgeheim auch gefreut, dass er es nicht konnte oder nicht wollte.

Auf der anderen Seite hatte sich Maggie mir gegenüber immer über Daddys Trinkerei ereifert, obwohl ich glaube, dass sie diese Geschichten übertrieben dargestellt hat, um einen Grund für seinen angeblichen Selbstmord zu finden.

Die Kirchenbänke waren spärlich besetzt, hauptsächlich mit Maggies Freunden und Bekannten. Ganz offensichtlich hatte sie ihr Versprechen nicht halten können, keinem zu erzählen, wo die Beerdigung stattfinden würde. Doch dann sah ich die Tränen in ihren Augen, und mein Mitgefühl für sie erwachte. Sie hatte mir einmal erzählt, dass sie nie auf eine Beerdigung gehen könne, ohne die Trauer, die sie beim Tod meiner Mutter empfunden hatte, neu zu durchleben.

Ich saß in der ersten Reihe der Bänke, nur einen Schritt vom Sarg entfernt. Meine Finger berührten das Medaillon, das all die Jahre zusammen mit Daddys Leichnam in der Erde gelegen hatte. Immer wieder ging mir der eine Gedanke durch den Kopf: Ich hätte es *wissen* müssen, dass er sich nicht das Leben genommen hat. *Niemals* hätte er mich allein gelassen.

Maggie begann zu weinen, als der Solist das Ave Maria sang, genau wie es bei der Messe für meine Mutter gesungen worden war.

»Ave, Ave, Ave Maria.« Wie oft hatte ich dieses Lied im Lauf der Jahre gehört? Als die letzten schönen Töne verklangen, musste ich aus irgendeinem Grund an die Szene in der Kapelle des Herrenhauses vor vielen Jahren denken. Könnte es sein, dass der Auseinandersetzung zwischen dem Mann und der Frau eine größere Bedeutung zukam, als ich bisher angenommen hatte?

Der Gedanke ging mir kurz durch den Kopf, dann verschwand er wieder. Die Messe ging zu Ende. Ich folgte Daddys Sarg zum Ausgang.

Draußen vor der Kirche wurde ich von den Medienvertretern eingekesselt. Einer der Reporter fragte: »Mrs. Carrington, stört es Sie, dass Ihr Mann an diesem für Sie so schweren Tag nicht bei Ihnen sein kann?«

Ich blickte direkt in die Kamera. Ich wusste, Peter würde den Fernseher eingeschaltet haben, für den Fall, dass die Medien von dem Begräbnis berichteten. »Wie Ihnen sicherlich bekannt ist, ist es meinem Mann nicht gestattet, unser Grundstück zu verlassen. Er ist unschuldig am Tod von Susan Althorp, unschuldig am Tod seiner ersten Frau, unschuldig am Tod meines Vaters. Ich möchte Barbara Krause, die oberste Staatsanwältin von Bergen County, auffordern, sich an das gesetzliche und moralische Prinzip zu halten, wonach in diesem Land eine Person so lange als unschuldig zu gelten hat, bis sie für schuldig erklärt wird. Mrs. Krause, gehen Sie zunächst von der Annahme aus, dass mein Mann unschuldig ist, und schauen Sie sich dann von Neuem die Fakten zu diesen drei Todesfällen an. Ich versichere Ihnen, dass ich meinerseits dasselbe tun werde.«

Als wir an diesem Abend im Bett lagen, weinte Peter in meinen Armen. »Ich habe dich nicht verdient, Kay«, flüsterte er. »Ich habe dich nicht verdient.«

Drei Stunden später wurde ich wach. Peter war nicht im Bett. Mit einer bösen Vorahnung hastete ich quer durch den Salon in das andere Schlafzimmer. Dort war er auch nicht. In diesem Moment hörte ich von draußen auf der Auffahrt das Geräusch quietschender Reifen. Ich rannte zum Fenster und sah gerade noch, wie Peters Ferrari in Richtung des Eingangstors verschwand.

Eine Viertelstunde später rasten Streifenwagen, die von seinem elektronischen Armband automatisch alarmiert worden waren und ihn über GPS orten konnten, zum Anwesen der Althorps und stoppten auf dem gefrorenen Rasen vor der Villa, auf dem Peter kniete. Als ein Polizeibeamter versuchte, ihn zu verhaften, sprang Peter auf und schlug ihm mit der Faust ins Gesicht.

»Er war am Schlafwandeln«, erklärte ich Conner Banks am nächsten Morgen, als Peter erneut zur Anklageerhebung vor dem Richter erscheinen musste. »Sonst hätte er nie das Grundstück verlassen.«

Wieder wurde Peter in einem orangefarbenen Häftlingsoverall in den Saal geführt. Diesmal hatte man ihm zusätzlich zu den Handschellen auch noch Fußfesseln angelegt. Benommen hörte ich zu, als die neuen Anklagen vorgelesen wurden: »Fluchtversuch und Verletzung der Kautionsauflagen … Angriff mit Körperverletzung auf einen Polizeibeamten … erhöhte Fluchtgefahr.«

Der Richter brauchte nicht sehr lange, um zu einer Entscheidung zu gelangen. Die Kaution von zwanzig Millionen Dollar wurde eingezogen. Ab sofort musste Peter in Haft bleiben.

»Er ist ein Schlafwandler«, drang ich auf Banks und Markinson ein. »Verstehen Sie denn nicht, ein Schlafwandler!«

»Nicht so laut, Kay«, warnte Banks. »Auf Schlafwandeln kann man in diesem Land keine Verteidigung gründen, glauben Sie mir. Tatsächlich ist es so, dass in diesem Land zurzeit zwei Männer eine lebenslange Strafe absitzen, weil sie jemanden im Zustand des Schlafwandelns getötet haben.«

42

Nicholas Greco hatte sich die schockierende Videoaufzeichnung angeschaut, die die Polizei von der Szene gemacht hatte, in der Peter Carrington auf dem Rasen vor dem Haus der Althorps kniete und dann den Polizeibeamten angriff, der als Erster bei ihm war. Er begann sich zu fragen, ob es überhaupt noch einen Sinn habe, seine Verabredung mit Nancy und Jeffrey Hammond aufrechtzuerhalten, dem Ehepaar, das an dem Abend, an dem Grace Carrington ertrank, bei der Dinnerparty zu Gast gewesen war.

Nancy Hammond hatte sich bei ihm gemeldet, nachdem sie Grecos Nachricht auf dem Anrufbeantworter abgehört hatte. Sie sagte ihm, sie seien verreist gewesen, auf Verwandtenbesuch in Kalifornien, und lud ihn ein, bei ihnen vorbeizukommen.

Das Ehepaar wohnte in einer freundlichen Straße in Englewood, in der die meisten Häuser älter waren, mit breiteren Vordächern über dem Eingang und Fensterläden; die Art von Häusern, wie sie im späten neunzehnten Jahrhundert gebaut wurden. Greco stieg die fünf Stufen vom Bürgersteig hinauf und klingelte.

Nancy Hammond öffnete, stellte sich vor und bat ihn einzutreten. Sie war eine kleine Frau, die Greco auf Anfang vierzig schätzte, mit ersten grauen Strähnen im Haar, das vorteilhaft das etwas kantige Gesicht rahmte und abmilderte.

»Jeff ist gerade erst nach Hause gekommen«, sagte sie. »Er wird gleich da sein. Oh, da ist er ja.«

Jeffrey Hammond kam die Treppe hinunter. »Ist das die Art, wie meine Frau mich ankündigt?«, sagte er mit hochgezogenen Augenbrauen. »Da ist er ja?«

Grecos erster Eindruck war der eines groß gewachsenen Mannes von Ende vierzig, der ihn an den Astronaut John Glenn erinnerte. Wie Glenn besaß er Lachfältchen in den Augenwinkeln. Sein Schädel war ziemlich kahl, und er unternahm keinerlei Versuch, dies zu verbergen. Greco hatte es schon immer besonders lächerlich gefunden, dass viele Männer sich mit der Unausweichlichkeit ihrer genetischen Veranlagung nicht abfinden konnten. Er konnte ein Toupet auf eine Meile Entfernung erkennen, und noch schlimmer war in seinen Augen, wenn ein Mann den Scheitel knapp über dem Ohr ansetzte und das Haar in langen Strähnen über die Glatze kämmte.

Greco hatte im Voraus Erkundigungen über das Ehepaar eingezogen und herausgefunden, dass ihr Hintergrund in etwa dem entsprach, was er von Freunden von Grace Carrington erwarten würde. Gute, solide Familie auf beiden Seiten: Ihr Vater war Senator in New Jersey gewesen; sein Urgroßvater Mitglied im Kabinett des Präsidenten. Beide hatten eine gute Bildung genossen und sie hatten einen sechzehnjährigen Sohn, der zurzeit auf ein Internat ging. Jeffrey Hammond war als Angestellter bei einer Stiftung tätig und für die Finanzbeschaffung zuständig. Nancy Hammond arbeitete halbtags im Büro eines örtlichen Kongressmitglieds.

Greco hatte sowohl in seiner Nachricht auf dem Anrufbeantworter als auch bei seinem Telefongespräch erläutert, warum er mit ihnen sprechen wollte. Während er ihnen ins Wohnzimmer folgte, nahm er Einzelheiten ihrer Einrichtung wahr. Einer von beiden machte offenbar in der Freizeit Musik. Ein Flügel mit Stapeln von Noten dominierte das

Zimmer. Auf dem Deckel des Instruments standen gerahmte Familienfotos. Auf dem Couchtisch lagen sauber gestapelte Zeitschriften: *National Geographic, Time, Newsweek.* Greco registrierte, dass die Zeitschriften so aussahen, als ob sie auch gelesen wurden. Die Couch und die Sessel waren von guter Qualität, hätten aber bei Gelegenheit einen neuen Bezug vertragen können.

Sein allgemeiner Eindruck war der eines freundlichen Heims mit intelligenten Menschen. Sobald sie Platz genommen hatten, kam er auf den Grund seines Besuchs zu sprechen: »Sie waren vor vier Jahren an dem Abend, bevor Grace Carrington ertrunken ist, zu Gast auf der Dinnerparty, und Sie haben damals der Polizei gegenüber zum Verhalten von Grace Carrington bei diesem Abendessen ausgesagt.«

Jeffrey Hammond sah seine Frau an. »Nancy, meiner Meinung nach war Grace vollkommen nüchtern, als wir ankamen. Aber du warst da anderer Ansicht.«

»Sie war unruhig, irgendwie aufgeregt«, sagte Nancy Hammond. »Grace war im achten Monat schwanger und hatte schon einige Scheinwehen gehabt. Sie wollte ernsthaft versuchen, keinen Alkohol mehr anzurühren. Sie war hin und her gerissen. Die meisten ihrer Freunde wohnten in der Stadt und gingen ständig in ihrer Wohnung ein und aus. Und Grace liebte es, Partys zu feiern. Doch der Arzt hatte ihr geraten, sich so viel wie möglich auszuruhen, und ich glaube, dass sie sich im Herrenhaus sicherer fühlte als in New York. Natürlich hat sie sich dann hier draußen wieder gelangweilt.«

»Sie scheinen sie sehr gut gekannt zu haben«, kommentierte Greco.

»Sie war acht Jahre mit Peter verheiratet. In dieser ganzen Zeit waren wir Mitglieder in demselben Fitnessstudio in Englewood. Und wenn sie sich im Herrenhaus aufhielt, ging sie regelmäßig ins Studio. Dort haben wir uns dann angefreundet.«

»Hat sie sich Ihnen anvertraut?«

»Anvertrauen ist zu viel gesagt. Nur einmal hat sie sich etwas gehen lassen und gesagt, Peter sei ein reiches Finanzgenie, aber auch ein totaler Hausmuffel.«

»Dann glauben Sie, dass sie unglücklich war?«

»Grace machte sich Sorgen, weil sie zu viel trank. Sie wusste, dass sie ein Alkoholproblem hatte. Sie wünschte sich nichts sehnlicher als dieses Kind und sie war sich immer bewusst, dass sie zuvor drei Fehlgeburten gehabt hatte. Meine Vermutung ist, dass sie schon einen Drink gehabt hatte, bevor wir kamen, und dass sie dann auf die eine oder andere Art heimlich weitergetrunken hat.«

Aus einer Reihe von Gründen wollte sie, dass ihr Baby lebend zur Welt kommt, dachte Greco. Und nicht der geringste davon war vielleicht, dass dieses Baby ihr ein lebenslanges Einkommen von zwanzig Millionen Dollar pro Jahr einbringen würde. Er wandte sich an Jeffrey Hammond. »Und was meinen Sie, Mr. Hammond?«

Jeffrey Hammond sah nachdenklich auf die Tischplatte. »Ich muss immer wieder an diesen Abend denken«, sagte er. »Ich stimme zu, dass Grace unruhig wirkte, als wir ankamen. Im Lauf des Abends, es war traurig mit anzusehen, begann sie dann immer stärker zu lallen und zu schwanken.«

»Hat jemand versucht, sie vom Trinken abzuhalten?«

»Bis ich es gemerkt habe, war es schon zu spät. Da ist sie einfach zur Bar gegangen und hat sich reinen Wodka in ihr Glas geschüttet. Vor dem Essen hat sie behauptet, sie würde nur Mineralwasser mit einem Schuss Limone trinken.«

»Das hat sie nur unseretwegen gesagt«, meinte Nancy Hammond. »Wie die meisten Problemtrinker muss sie irgendwo eine Flasche versteckt gehabt haben. Vielleicht auf der Toilette.«

»Hatte sie erwartet, dass ihr Mann rechtzeitig zum Abendessen da sein würde?«, fragte Greco.

»Wissen Sie, dieses Abendessen war nicht lange im Voraus

geplant«, sagte Jeffrey Hammond. »Grace rief Nancy erst einen Tag vorher an, um zu fragen, ob wir kommen könnten. Früh am Abend sagte sie uns, dass Richard Walkers Geburtstag bevorstehe und es daher eine Geburtstagsfeier für ihn sein solle. Auf dem Tisch war auch nicht für Peter gedeckt.«

»Hat Grace von einem Artikel in der *People* gesprochen, über die Schauspielerin Marian Howley?«, fragte Greco.

»Ja«, antwortete Nancy Hammond prompt. »Sie hatte die Zeitschrift auf der Seite des Artikels aufgeschlagen, als wir kamen, und sie ließ sie auch so liegen. Sie sagte, was für eine wundervolle Schauspielerin Marian Howley sei und dass sie Karten für ihr neues Stück besorgen wolle. Sie habe Howley bei ein oder zwei Benefizveranstaltungen kennengelernt, und sie hätte einen überaus guten Geschmack. Nach dem Essen, als wir beim Kaffee saßen, fing sie wieder über Howley an und wiederholte sich, wie Betrunkene es tun, schwärmte immer wieder, was für einen guten Geschmack die Schauspielerin hätte. Dann riss Grace die Seite aus der Zeitschrift, steckte sie in ihre Jackentasche und ließ die Zeitschrift zu Boden fallen.«

»Das hab ich nicht mitbekommen«, sagte Jeffrey Hammond.

»Zu diesem Zeitpunkt habt ihr sie alle schon ignoriert. Das war kurz bevor Peter hereinkam und die Hölle losbrach. Ein paar Minuten später sind wir gegangen.«

Greco war enttäuscht. Er war in der Hoffnung gekommen, etwas Neues zu erfahren und herauszufinden, was es mit dieser zusammengefalteten Seite in Grace Carringtons Jackentasche auf sich hatte. Er erhob sich, um sich zu verabschieden. »Ich werde Sie nicht länger belästigen«, sagte er. »Es war sehr freundlich von Ihnen, mich zu empfangen.«

»Mr. Greco«, sagte Nancy Hammond, »in den vergangenen vier Jahren habe ich nicht einen Augenblick daran gezweifelt, dass Grace durch einen Unfall ums Leben gekommen ist. Doch nachdem ich die Bilder von Peter Carrington gesehen habe, wie er dem Polizisten vor dem Haus der Althorps ins Gesicht schlägt, habe ich meine Meinung geändert. Der Mann ist gestört, und ich könnte mir vorstellen, dass er Grace, nachdem sie vielleicht auf dem Sofa eingeschlafen war, einfach zum Pool getragen und hineingeworfen hat. Ich wünschte, ich könnte Ihnen etwas sagen, womit man ihm den Mord an Grace anhängen könnte.«

»Mir geht es genauso«, pflichtete ihr Jeffrey Hammond bei. »Es ist jammerschade, dass New Jersey mit ziemlicher Sicherheit die Todesstrafe abschaffen wird.«

Greco wollte ihm gerade zustimmen, als ihn etwas stutzig machte. Er bemerkte einen ängstlichen Ausdruck in Hammonds Blick. Mit seinem Instinkt, der ihn selten im Stich ließ, folgerte Greco, dass er auf den Mann gestoßen sein könnte, der Grace Carringtons Liebhaber gewesen war.

43

Nach der Anklageerhebung erlaubte mir die Staatsanwältin, zu der Haftzelle zu gehen, in die sie Peter zurückgebracht hatten, bevor er wieder ins Gefängnis überführt werden sollte.

Er trug immer noch Handschellen und Fußfesseln und stand in der Mitte der Zelle. Er hielt den Kopf gesenkt, die Augen geschlossen, und in mir krampfte sich alles zusammen, als ich ihn so sah. Er schien mir so schmal geworden zu sein, als ob er über Nacht zwanzig Pfund verloren hätte. Seine Haare waren ungekämmt, und auf seinen erschreckend fahlen Wangen zeichneten sich dunkle Bartstoppeln ab.

In einer Ecke der Zelle befand sich eine schmutzige Toilette, und in dem gesamten gesicherten Teil des Gebäudes, in dem die Zelle lag, herrschte ein unangenehmer Geruch.

Peter musste meine Anwesenheit gespürt haben, denn er hob den Kopf und öffnete die Augen. Mit ruhiger Stimme und einem Blick, der um Verständnis heischte, sagte er: »Kay, ich habe letzte Nacht nicht versucht zu fliehen. Ich habe geträumt, dass ich unbedingt etwas finden müsste, und dann dachte ich, dass mich jemand angreift. Kay, ich habe diesem Polizisten mit der Faust ins Gesicht geschlagen. Ich habe ihn verletzt. Vielleicht bin ich …«

Ich unterbrach ihn. »Ich weiß, dass du nicht fliehen wolltest, Peter. Wir werden versuchen, es ihnen zu erklären.«

Peter war einen Schritt zurückgewichen, als ob er Angst gehabt hätte, dass ich nicht mehr zu ihm stünde. Doch jetzt kam er auf das Gitter zu und hob die Hände, um sie mit den meinen zu verschränken.

Ich bemerkte, dass sie ihm das elektronische Armband abgenommen hatten. Es hatte seinen Zweck erfüllt, dachte ich bitter, indem es die Polizei alarmierte, als Peter das Grundstück verließ. Geld, das der Staat New Jersey gut angelegt hatte.

»Kay, ich möchte, dass du dich scheiden lässt und dein eigenes Leben weiterlebst.«

Mehr bedurfte es nicht, um mich vollends zusammenbrechen zu lassen. Ich fing hemmungslos zu schluchzen an und war gleichzeitig wütend auf mich selbst, weil ich es nur noch schlimmer für ihn machte. »Oh, Peter, Peter, sag so etwas nicht. So etwas darfst du nicht einmal *denken.*«

Er versuchte, mich zu beruhigen. »Kay, sie werden gleich hier sein, um mich zu holen. Hör mir zu. Ich möchte nicht, dass du allein im Haus bist. Sag deiner Großmutter, sie soll kommen und bei dir bleiben.«

Ich schüttelte den Kopf. »Nein!«

In diesem Moment kam der Vollzugsbeamte herein. »Es tut mir leid, Mrs. Carrington, aber Sie müssen jetzt gehen«, sagte er zu mir.

Unter erstickten Schluchzern sagte ich zu Peter: »Ich werde herausfinden, wann ich dich besuchen kann. Ich …«

»Kay, du musst dich sofort darum kümmern«, sagte Peter. »Ich möchte, dass du Vince sagst, er soll noch heute eine Sicherheitsfirma beauftragen. Ich möchte, dass das Haus rund um die Uhr bewacht wird. *Ohne diesen Schutz darfst du dort nicht allein sein.«*

Das waren die Worte eines beschützenden Ehemanns. Peter war in Sorge um mich.

Ich sah ihm in die Augen. Der Beamte legte die Hand an meinen Ellbogen, um mich sanft zum Ausgang zu führen.

Ich rührte mich nicht von der Stelle. Es gab noch etwas, was ich loswerden wollte, und es machte mir nicht das Geringste aus, dass der Wärter zuhörte. »Peter, ich werde eine Riesenparty für dich veranstalten, wenn dieser Albtraum vorüber ist.«

Ein trauriges Lächeln war die Antwort. Dann sagte Peter: »Ach Kay, ich wünschte, ich könnte glauben, dass es dazu kommen wird.«

Am nächsten Morgen versammelte sich die gesamte Mannschaft von Peters Verteidigern im Herrenhaus. Natürlich waren Walter Markinson und Conner Banks da. Und die beiden anderen wichtigsten Rechtsanwälte waren ebenfalls eingeflogen, Saul Abramson aus Chicago und Arthur Robbins aus Boston.

Vincent Slater nahm seinen gewohnten Platz am großen Esstisch ein. Die Barrs hatten die üblichen Tabletts mit Kaffee, Gebäck und Mineralwasser auf die Anrichte gestellt. Alles war wie immer, nur dass Peter nicht am Kopfende des Tisches saß. Stattdessen nahm ich dort Platz.

Hatte schon in der Woche zuvor keine besonders zuversichtliche Stimmung geherrscht, so war sie jetzt geradezu bedrückt. Conner Banks eröffnete das Gespräch: »Kay, es ist vielleicht kein großer Trost für Sie, aber im Polizeibericht von letzter Nacht steht, dass Peter desorientiert und benommen wirkte, dass sein Blick starr und ausdruckslos war und er nicht auf den Befehl reagierte, zum Wagen zu gehen, nachdem sie ihm Handschellen angelegt hatten. Als sie im Streifenwagen saßen, habe er angefangen zu fragen, was passiert und warum er dort sei. Er habe sogar gesagt: ›Ich darf das Grundstück nicht verlassen, ich möchte keine Schwierigkeiten bekommen.‹ Sie haben ihn auf Drogen getestet und nichts gefunden, daher glaube ich nicht, dass sie der Meinung sind, er habe das alles nur gespielt.«

»Er hat nicht gespielt.«

»Wir müssen den gesamten medizinischen Hintergrund durchleuchten«, sagte Markinson. »Gab es schon früher Anzeichen, dass Peter ein Schlafwandler ist?«

Bevor ich antworten konnte, sagte Vincent Slater: »Ja, die gab es.«

Ich entdeckte Schweißperlen auf Slaters Stirn und Oberlippe. »Pferde schwitzen, Männer transpirieren, Damen glühen« – Maggie war es, die mir dieses alte Bonmot entgegenhielt, wenn ich mal wieder vom Tennisspielen zurückkam und etwas von Schwitzen sagte. Dass mir so etwas ausgerechnet in diesem Augenblick einfiel, brachte mich auf den Gedanken, dass ich mich im Moment vielleicht auch in einer Art Trancezustand befand.

»Was wissen Sie über Peters Schlafwandeln?« Markinson hatte die Frage an Slater gerichtet.

»Wie Sie wissen, arbeite ich seit dem Abschluss meines Studiums für die Carrington-Familie. Peters Mutter starb, als er zwölf war. Ich war damals vierundzwanzig, und Mr. Carrington senior übertrug mir eine besondere Aufgabe: Ich sollte die Rolle als eine Art großer Bruder für Peter übernehmen. Statt ihn vom Fahrer hin und zurück zur Schule chauffieren zu lassen, sollte ich ihn fahren und ihm helfen, sich dort einzugewöhnen. Dinge dieser Art. Während der Schulferien war sein Vater oft nicht da, und wenn Peter nicht bei einem Freund eingeladen war, fuhr ich mit ihm zum Skifahren oder zum Segeln.«

Ich hörte voller Mitleid zu, wie die Geschichte eines Jungen ausgebreitet wurde, für den extra jemand angestellt wurde, der sich in den Zeiten, in denen andere Kinder zu Hause bei ihren Familien sind, um ihn kümmern sollte. Ich fragte mich, ob Slater diesen Job gern gemacht oder ob er ihn nur benutzt hatte, um sich bei Peters Vater und letztlich auch bei Peter selbst einzuschmeicheln.

»Ich würde nicht darüber sprechen, wenn ich nicht die Hoffnung hätte, ihm damit helfen zu können«, sagte Vincent. »Ich habe mindestens zweimal miterlebt, dass Peter geschlafwandelt hat.«

»Wie alt war Peter damals?«, fragte Banks scharf.

»Beim ersten Mal war er dreizehn. Es ist hier passiert, im Haus. Er war zu Bett gegangen, und ich saß vor dem Fernseher in dem Zimmer, das ich jetzt als Büro benutze. Ich hörte ein Geräusch und ging hinaus, um nachzuschauen. Peter war in der Küche. Er saß am Tisch, vor sich ein Glas Milch und ein paar Kekse. Sein Vater hatte mich vorgewarnt, dass er schon einige Male geschlafwandelt hatte, und ich habe sofort angenommen, dass Peter gerade eine solche Episode durchlebte. Peter trank die Milch aus, aß die Kekse, stellte dann den Teller und das Glas ins Spülbecken und verließ die Küche. Er ging nur Zentimeter an mir vorüber, ohne mich wahrzunehmen. Ich folgte ihm nach oben und sah, wie er sich wieder ins Bett legte.«

»Gab es eine Episode, bei der er gewalttätig wurde?«, hakte Conner Banks nach.

»Als Peter sechzehn war, waren wir in den Schulferien zusammen in Snowbird auf Skiurlaub. Wir hatten eine Suite mit zwei Schlafzimmern in der Hütte gemietet. Wir waren den ganzen Tag Ski gefahren und gingen gegen zehn Uhr schlafen. Ungefähr eine Stunde später hörte ich, dass er hin und her lief, und schaute in seinem Zimmer nach. Er hatte sich seine gesamten Skisachen angezogen. Ich wusste, dass ich ihn nicht wecken durfte, daher folgte ich ihm, um sicherzustellen, dass ihm nichts geschah. Er ging die Treppe hinunter. Es hockten immer noch einige Leute in der Bar, doch er ignorierte sie und ging hinaus. Ich hatte mir eine dicke Jacke über meinen Schlafanzug geworfen, daher folgte ich ihm nach draußen – barfuß. Seine Ski standen abgeschlossen vor der Hütte, doch er hatte den Schlüssel bei sich und sperrte sie auf.«

»Er hat seine Ski aufgesperrt, während er schlief?«, fragte Markinson ungläubig.

»Ja. Dann ging er los, auf den Lift zu. Ich konnte ihn nicht gehen lassen. Ich nahm zwar an, dass der Lift gesichert war, doch auf der anderen Seite wusste ich nicht, was er vielleicht tun würde. Außerdem war ich ja barfuß. Also rannte ich ihm hinterher und rief ihn beim Namen.«

Ich fürchtete mich vor dem, was Vincent jetzt erzählen würde.

»Peter wirbelte herum und griff mich an, ähnlich wie er es gestern Nacht bei dem Polizisten getan hat. Ich konnte gerade noch zur Seite springen, doch die Spitze seines Skis traf mich an der Stirn über dem Auge.« Slater deutete auf seine linke Augenbraue. »Diese Narbe ist der Beweis für das, was damals passiert ist.«

»Gab es danach noch weitere Schlafwandelepisoden bei Peter?« Diesmal kam die Frage von Arthur Robbins, dem Anwalt aus Boston.

»Keine nennenswerten, soweit ich weiß. Ich habe das alles nur erzählt, weil es vielleicht ein Muster zeigt, das hilfreich für Peters Verteidigung sein könnte.«

»War er bei einem Arzt in Behandlung nach diesem alarmierenden Vorfall im Skiurlaub?«, fragte Conner Banks.

»Ja, bei einem älteren Arzt im Krankenhaus von Englewood. Das war vor fünf- oder sechsundzwanzig Jahren, daher wird er vermutlich nicht mehr am Leben sein, aber vielleicht lagern seine medizinischen Aufzeichnungen noch irgendwo.«

»Soviel ich weiß, kommt Schlafwandeln bei Jungen häufiger vor als bei Mädchen, und es fängt meistens in der Zeit nach der Pubertät an«, sagte Markinson. »Dennoch bin ich mir ganz und gar nicht sicher, dass es Peter in irgendeiner Weise weiterhelfen würde, wenn wir die Staatsanwältin darauf aufmerksam machen, dass er vor sechsundzwanzig Jahren beim Schlafwandeln gewalttätig geworden ist.«

»Es hat einen weiteren Fall in der letzten Woche gegeben«, sagte ich. »Es ist nach der ersten Anklageerhebung passiert, gleich nachdem Peter nach Hause gehen durfte.« Ich erzählte, dass er sich kurz schlafen gelegt hatte und dass ich ihn, als ich in seinem Zimmer nachsah, vor dem Bett stehend angetroffen hatte, einen zum Teil gepackten Koffer vor sich.

Peters Schlafwandelepisode in der Nacht nach der Rückkehr von unserer Hochzeitsreise erwähnte ich nicht. Ich brachte es nicht über mich, ihnen zu sagen, dass er seinen Arm in den Pool getaucht hatte, als ob er etwas herausziehen oder hineindrücken wollte. Diese Anwälte werden fürstlich dafür bezahlt, meinen Mann zu verteidigen, überlegte ich, und wenn ich ihnen von diesem Vorfall berichte, könnten sie tatsächlich glauben, dass Peter für Graces Tod verantwortlich sei.

Ich befürchtete, dass sie, auch wenn sie sich für einen Freispruch einsetzten, insgeheim denken könnten: schuldig im Sinne der Anklage.

44

»Die Anwälte bleiben zum Mittagessen«, sagte Jane Barr zu ihrem Mann, als er von den Besorgungen zurückkehrte, die sie ihm aufgetragen hatte. »Dabei könnten sie es doch nach drei vollen Stunden genug sein lassen. Mrs. Carrington sieht ganz furchtbar aus. Ich fürchte, das arme Mädchen wird noch krank.«

»Ja, sie muss wirklich einiges durchmachen«, stimmte Gary Barr zu, während er seinen Mantel in den Schrank neben der Küchentür hängte.

»Ich hab Hühnersuppe gemacht«, sagte Jane unnötigerweise. Der Duft von köchelndem Hühnerfleisch mit Zwiebeln und Sellerie hing in der Küche. »Ich werde noch ein paar Brötchen backen und dazu Salat und Käse servieren. Keiner von denen ist Vegetarier.«

Gary Barr kannte seine Frau. In den letzten zwei Wochen, seit sie Susan Althorps Leiche entdeckt hatten, geriet Jane immer stärker innerlich in Aufruhr. Er beobachtete sie, wie sie zum Spülbecken ging und anfing, Kopfsalat zu waschen. Er trat hinter sie. »Geht es dir gut?«, fragte er vorsichtig.

Jane wirbelte herum, das Gesicht verzerrt von Schuldgefühl und Zorn. »Es gibt keinen besseren Menschen auf der Welt als Peter Carrington, und jetzt sitzt er im Gefängnis, weil …«

»Hör auf, Jane«, befahl Gary Barr, der sie jetzt ebenso

wütend anstarrte. »Ich verbiete dir, so etwas zu sagen. Du darfst es nicht einmal denken. Weil es nicht wahr ist. Ich schwöre bei meiner unsterblichen Seele, dass es nicht wahr ist. Du hast mir vor zweiundzwanzig Jahren geglaubt. Es wäre besser, wenn du mir auch jetzt glaubst. Sonst könnte es sein, dass wir beide bald wieder unter demselben Dach wie Peter Carrington wohnen werden, und damit meine ich nicht dieses Haus hier.«

45

»Ich habe in den Akten keinerlei Hinweis auf die Zeitschrift gefunden, die Grace Carrington vor ihrem Tod gelesen hat«, sagte Nicholas Greco zu Barbara Krause, nachdem er sich auf den Besucherstuhl vor ihrem Schreibtisch gesetzt hatte.

»Ich nehme an, dass sie weggeworfen wurde«, sagte Krause. »Grace hatte eine Seite herausgerissen, weil sic Karten für ein Theaterstück bestellen wollte, das gerade Premiere am Broadway gehabt hatte.«

»Ja, das scheint der Grund gewesen zu sein. Ich war bei den Hammonds, dem Ehepaar, das damals auch zum Dinner eingeladen war, und wir haben darüber gesprochen.«

»Wir haben sie damals befragt«, sagte Krause. »Sie haben beide bestätigt, dass Grace getrunken hatte und Peter nach Hause gekommen ist und ihr eine Szene gemacht hat. Die Hammonds sind bald darauf gegangen. Es ist nur schade, dass Philip Meredith uns nicht schon vor vier Jahren gesagt hat, dass Grace eine Beziehung zu einem anderen Mann hatte, obwohl sie ihm nie verraten hat, wer es war.«

Für Greco war es offensichtlich, dass Barbara Krause nicht auf den Gedanken gekommen war, dass Jeffrey Hammond der »andere Mann« sein könnte, den Grace heiraten wollte, und er hatte nicht die Absicht, ihr seinen Verdacht mitzuteilen. Es bestand keine Notwendigkeit, Hammond in die

Sache hineinzuziehen. Zumindest nicht zum jetzigen Zeitpunkt. Der Mann hatte sicherlich genug mit seinem schlechten Gewissen zu kämpfen, denn wahrscheinlich glaubte er, Peter Carrington habe von ihrer Affäre erfahren, und dieses Wissen habe mit dazu geführt, dass er seine Frau umbrachte.

»Mrs. Hammond ist sich absolut sicher, dass die Zeitschrift noch auf dem Couchtisch lag, als sie gegangen sind«, berichtete Greco. »Ich habe mir erlaubt, die Haushälterin Mrs. Barr heute Morgen anzurufen. Sie erinnert sich genau, dass sie die Zeitschrift nicht entfernt hat. Außerdem sagt sie, dass sie und ihr Mann nach Hause in ihre Wohnung im Pförtnerhaus gegangen sind, bevor die Hammonds aufgebrochen sind. Sie war diejenige, die am nächsten Morgen die Tote im Pool entdeckt hat. Sie hat den Notruf verständigt, noch bevor sie Peter Carrington geweckt hat.«

»Er hätte immer noch Zeit gehabt, die Zeitschrift verschwinden zu lassen, bevor die Polizei kam, aber aus welchem Grund hätte er das tun sollen?«, fragte Krause. »Es wäre doch kein Problem gewesen, sich ein anderes Exemplar dieser Ausgabe zu besorgen. Ich verstehe nicht, wieso das von Bedeutung sein soll.«

Greco sah, dass die Staatsanwältin allmählich etwas ungeduldig wurde. Sofort erhob er sich und sagte: »Ich werde Sie nicht weiter aufhalten. Ich wollte nur sicher sein, dass ich die Fakten richtig gespeichert habe.«

»Natürlich.« Krause stand auf und reichte ihm die Hand. »Mr. Greco, Sie haben da wirklich einen dicken Fisch an Land gezogen. Ich kann Ihnen sagen, dass wir jede Spur verfolgen, um herauszufinden, wer dieser Liebhaber von Grace Carrington war. Selbst wenn wir ihn finden, wird seine Aussage nicht für eine Verurteilung wegen Mordes ausreichen, aber ganz bestimmt beweist sie, dass er ein starkes Motiv hatte. Je mehr wir darüber in Erfahrung bringen können, desto eher können wir ihn dazu bewegen, ein Geständnis abzulegen und über einen Deal mit uns zu verhandeln.«

Es geht nicht darum, wer der Liebhaber war, dachte Greco. Es geht um die Zeitschrift. Er war heute nur aus einem einzigen Grund in dieses Büro gekommen – um die Bestätigung zu erhalten, dass jemand die Zeitschrift kurz bevor oder kurz nachdem Grace Carrington ertrank, hatte verschwinden lassen.

46

KAY MACHT EINE ZEIT DURCH, in der ich ihr wirklich eine Stütze sein könnte, und gerade jetzt geht sie auf Abstand zu mir, dachte Maggie, während sie ziellos im Haus herumwerkelte. Wenn sie nur auf mich gehört und nicht diesen Peter Carrington geheiratet hätte. Gott sei Dank sitzt er jetzt im Gefängnis und kann ihr nichts tun. Sie waren wirklich entsetzlich, diese Filmaufnahmen der Polizei, wie er vor dem Haus der Althorps auf dem Rasen kniete und dann aufgesprungen ist und den Polizeibeamten angefallen hat. Ich hoffe, dass sie ihn für den Rest seines Lebens wegsperren werden.

Es ist jetzt neun, dachte Maggie. Kay ist eine Frühaufsteherin. Ich werde sie anrufen. Als ich sie gestern zu erreichen versucht habe, waren die Anwälte da, und sie hat mich danach nicht zurückgerufen.

Betrübt über die wachsende Distanz zwischen ihr und ihrer Enkelin, gab Maggie die Nummer von Kays Handy ein. Sie meldete sich nicht. Vielleicht hockt sie wieder mit den Anwälten zusammen, überlegte sie. Dann probiere ich es eben mit dem Festanschluss. Diesmal war Jane Barr am anderen Ende. »Mrs. Carrington ist heute Morgen im Bett geblieben«, teilte sie Maggie mit. »Als ich nach oben gegangen bin, um nach ihr zu sehen, hat sie gesagt, sie hätte sich in der Nacht nicht besonders wohlgefühlt. Die Anwälte werden heute nicht erwartet.«

»Richten Sie ihr aus, dass ich heute zum Abendessen komme, ob es ihr gefällt oder nicht«, sagte Maggie mit Nachdruck.

Die Türklingel ertönte, als sie den Hörer auflegte. Durch die Glasscheibe der Tür sah sie, dass zwei Männer davorstanden. Sie hielten ihre Dienstmarken hoch, die sie als Ermittlungsbeamte der Staatsanwaltschaft auswiesen.

Widerwillig öffnete Maggie die Tür und bat sie herein. »Mrs. O'Neil«, begann der Ältere von beiden höflich, »soweit wir wissen, wurden die Habseligkeiten von Jonathan Lansing zu Ihnen gebracht, nachdem er für tot erklärt wurde. Wir würden gern wissen, ob sich darunter auch Akten und Papiere aus seinem Büro befanden, und wenn ja, ob Sie diese aufbewahrt haben?«

Maggie dachte an ihren mit Gerümpel voll gestellten Dachboden. »Die Kleider habe ich weggegeben«, sagte sie ausweichend. »Die Möbel habe ich übernommen. Sie waren besser als meine, und schließlich lebte ja seine Tochter Kay bei mir. Es war dadurch auch für sie schöner in diesem Haus.« Vielleicht glauben sie, ich hätte die Möbel gestohlen, dachte sie ängstlich. Vielleicht hätte ich Steuern darauf zahlen müssen.

»Natürlich, das verstehen wir sehr gut«, versicherte der Jüngere beflissen. »Gibt es irgendwelche Geschäftsunterlagen oder persönliche Papiere von Jonathan Lansing, die Sie aufbewahrt haben?«

»Dasselbe hat mich Kay auch schon gefragt. Es gibt da so einen alten Stahlschrank mit drei Schubladen, der in dem Zimmer stand, das Jonathan als Büro benutzt hat. Der liegt jetzt auf dem Dachboden, mit meiner alten Couch obendrauf. Kay meinte, sie wollte kommen und sich die Unterlagen anschauen, aber ich bräuchte jemanden, der stark genug ist, um ein paar Sachen aus dem Weg zu räumen, sodass man die Couch woanders abstellen kann, und dann müsste man den Schrank auch wieder gerade aufstellen.«

»Wenn Sie uns Ihr Einverständnis geben, den Inhalt dieses Schranks zu untersuchen, sind wir gern bereit, ihn irgendwo aufzustellen, damit Mrs. Carrington sich die Sachen in Ruhe ansehen kann. Sie sind nicht gezwungen, Ihr Einverständnis zu geben, aber wir würden doch sehr gern einen Blick hineinwerfen.«

»Ich wüsste nicht, was ich dagegen einzuwenden hätte«, sagte Maggie.

Sie führte die Beamten nach oben und entschuldigte sich wegen der Unordnung und des Staubes. »Ich nehme mir immer wieder vor, mich von den Sachen zu trennen«, erklärte sie, während die Männer, mit minimalem Aufwand, den Platz um den Schrank herum freiräumten und ihn aufrichteten. »Aber Sie wissen ja, wie das ist. Manche Dinge, die kriegt man einfach nicht gebacken. Kay sagt immer, ich könnte einen Trödelladen aufmachen, und ich fürchte, sie hat recht.«

Die beiden Ermittler sagten nichts dazu. Sie hatten sich jeweils einen Aktendeckel aus der obersten Schublade genommen und blätterten durch den Inhalt.

Maggie sah ihnen mit einem unguten Gefühl zu. Sie fragte sich, ob es richtig gewesen war, die Männer auf den Dachboden zu lassen. Vielleicht hätte ich zuerst Kay fragen sollen, überlegte sie. Ich möchte nicht, dass sie noch einen Grund hat, sauer auf mich zu sein. Andererseits, wenn Peter Carrington derjenige war, der ihren Vater umgebracht hat, und sie fänden hier irgendeinen Beweis dafür, dann würde sie sich wohl nicht mehr weiter darauf versteifen, zu ihm zu halten.

»Guck dir das hier mal an«, sagte der ältere Beamte zu seinem Kollegen und reichte ihm zwei Blätter. Es war die Kopie eines Briefes und einer Gartenskizze, die Jonathan Lansing an Peter Carrington geschickt hatte. Der Wortlaut des Briefes war:

Lieber Peter,
es wäre doch sehr schade, wenn das ganze Projekt unvollendet bliebe. Wie Sie vermutlich wissen, haben Ihr Vater und ich über einen einfachen Plan für das Gelände außerhalb der Umzäunung gesprochen. Nachdem ich nun nicht mehr für ihn arbeite und ich Grund zu der Annahme habe, dass Mrs. Elaine Carrington nicht wünscht, dass ich noch weiter an Ihren Vater herantrete, wäre ich Ihnen sehr verbunden, wenn Sie diese Skizze an ihn weitergeben könnten. Ich lege die Karte eines Landschaftsgärtners bei, von dem ich weiß, dass er diesen Plan nach den Anweisungen Ihres Vaters ausführen könnte.
Ich habe die Gespräche mit Ihnen immer sehr genossen, und ich wünsche Ihnen alles Gute.

Jonathan Lansing

Während der jüngere Beamte den Brief las, blickte der ältere zu Maggie. »Man sollte Ihnen einen Orden verleihen dafür, dass Sie den ganzen Trödel aufgehoben haben, Mrs. O'Neil«, sagte er.

47

Conner Banks sass seinem Mandanten an dem Tisch gegenüber, der in dem kleinen Raum im Gefängnis von Bergen County für Gespräche zwischen Anwälten und Insassen vorgesehen war. Unter den Mitgliedern der Verteidigerriege war er ausgewählt worden, um das weitere Vorgehen mit Peter Carrington zu besprechen.

»Peter, ich werde Ihnen zunächst sagen, wie die Lage im Moment für uns aussieht«, sagte er. »Die gute Nachricht ist, dass Sie im Fall des Todes Ihrer Frau Grace zwar weiterhin als verdächtig gelten, der Fall aber gesondert behandelt wird. Er darf während des Prozesses nicht zur Sprache kommen, nachdem die Staatsanwaltschaft ihn nicht mit den früheren Todesfällen in Verbindung bringen kann. Weil jedoch sowohl die Leiche von Susan Althorp als auch die von Jonathan Lansing auf Ihrem Anwesen gefunden wurden, wird die Staatsanwaltschaft versuchen, diese beiden Fälle zusammenzuziehen. Aber selbst wenn dies geschieht – das Entscheidende ist, dass es ihnen nicht gelingen wird, über jeden begründeten Zweifel erhabene Beweise für eine Schuld zu liefern.«

»Was bedeutet ›begründeter Zweifel‹ angesichts der vielen Indizien, die gegen mich sprechen?«, fragte Peter ruhig. »Ich war die letzte Person, die Susan lebend gesehen hat. Maria Valdez wird bezeugen, dass das Hemd, das ich in den Wäschekorb gelegt habe, nicht in der Wäsche war, und dass mein Vater sie bezahlt hat, damit sie den Mund hält. Und gerade haben Sie mir erzählt, dass Kays Vater mir einen Brief mit einer Gartenskizze für das Gebiet jenseits des Zauns geschickt hat, in dem Susans Leiche entdeckt wurde. Wäre ich Susans Mörder, hätte ich demnach in Panik geraten müssen, denn wären diese Gartenarbeiten ausgeführt worden, wäre ihre Leiche zum Vorschein gekommen. So hatte ich also einen Grund, Jonathan Lansing aus dem Weg zu schaffen. Es gibt kein Entrinnen mehr für mich.«

»Peter, ich gebe Ihnen ja recht, dass es nicht gut aussieht, aber hören Sie mir zu. Irgendjemand könnte diesen Brief abgefangen haben. Es gibt keinen Beweis, dass Sie ihn erhalten haben.«

»Sie haben den Beweis, dass mein Vater Maria Valdez Cruz fünftausend Dollar gegeben hat.«

»Peter, Ihre Aussage steht gegen die ihrige, und vergessen Sie nicht, dass Valdez Cruz ihre frühere, unter Eid gemachte Aussage widerruft. Geschworene sind im Allgemeinen skeptisch gegenüber Leuten, die ihre Aussagen ändern. Ja, Ihr Vater hat ihr einen Scheck gegeben, aber wir werden weitere Beispiele für seine spontane Großzügigkeit aufzeigen und damit beweisen, dass er aus Mitgefühl gehandelt hat, weil Maria ihm von ihrer todkranken Mutter erzählt hatte.«

»Das werden die Geschworenen nicht glauben«, entgegnete Peter.

»Peter, bedenken Sie, wir müssen nur einen Geschworenen überzeugen, dass Ihre Schuld nicht über jeden begründeten Zweifel hinaus erwiesen ist, und schon wird kein einstimmiger Schuldspruch zustande kommen. Selbst wenn wir keinen Freispruch erreichen sollten, bin ich doch absolut davon überzeugt, dass wir mindestens das für Sie erreichen werden.«

»Keine Einstimmigkeit bei den Geschworenen – das ist alles, worauf ich hoffen darf.« Peter Carrington sah seinem Anwalt in die Augen, blickte zur Seite und dann, mit sichtbarer Willensanstrengung, wieder zu ihm. »Ich habe nicht geglaubt, dass ich fähig bin, Gewalt gegen einen anderen Menschen auszuüben«, sagte er, jedes Wort sorgfältig wählend. »Was ich diesem Polizeibeamten angetan habe, hat mir gezeigt, dass das nicht der Wahrheit entspricht. Hat Vincent Slater Ihnen erzählt, dass ich ihn angegriffen habe, als ich ungefähr sechzehn war?«

»Ja.«

»Was würde geschehen, wenn wir trotz all Ihrer Bemühungen weder einen Freispruch erreichen noch eine Uneinigkeit unter den Geschworenen?«

»Peter, die Staatsanwaltschaft würde zwei aufeinanderfolgende lebenslängliche Freiheitsstrafen fordern und wahrscheinlich erreichen. Sie würden nie mehr rauskommen.«

»Angenommen, sie wären in der Lage, mir auch den Tod von Grace anzuhängen. Was würde ich in diesem Fall bekommen?«

»Das würde ohne Zweifel ein weiteres Lebenslänglich bedeuten. Aber, Peter, ich halte es für ausgeschlossen, dass die Staatsanwaltschaft jemals einen Beweis erbringen wird, dass Sie sie umgebracht haben.«

»Conner, glauben Sie mir, gar nichts ist ausgeschlossen. Bis heute habe ich absolut an meine Unschuld geglaubt. Aber inzwischen bin ich mir nicht mehr so sicher. Ich weiß zwar, dass ich nie einem anderen Menschen willentlich etwas antun würde, doch andererseits habe ich diesen Polizeibeamten angegriffen und geschlagen. Und dasselbe ist mir vor Jahren schon einmal mit Vince passiert. Vielleicht war ich noch bei anderen Gelegenheiten gewalttätig.«

Conner Banks spürte, dass sein Puls schneller ging. »Peter, Sie müssen meine Frage nicht beantworten, und denken Sie sorgfältig nach, bevor Sie es tun. Halten Sie es für möglich, dass Sie in einem getrübten Bewusstseinszustand Susan Althorp und Jonathan Lansing umgebracht haben?«

»Ich weiß es nicht. Neulich Nacht habe ich geglaubt, ich

würde nach Susans Leiche vor dem Haus ihrer Eltern suchen. Ich musste mich vergewissern, dass sie wirklich tot war. War das ein Traum, oder habe ich das, was damals passiert ist, noch einmal durchlebt? Ich bin mir nicht sicher.«

Banks kannte diesen Gesichtsausdruck, mit dem ihn Peter anstarrte. Er hatte ihn bei anderen Mandanten gesehen, Leuten, die wussten, dass ihnen mit ziemlicher Sicherheit eine lebenslängliche Haft bevorstand.

»Da ist noch etwas anderes.« Peters Stimme wurde leiser und geriet ins Stocken. »Hat Ihnen Kay erzählt, dass sie mich beim Schlafwandeln gesehen hat, als wir gerade von unserer Hochzeitsreise zurückgekehrt waren? Ich kniete am Pool und hatte meinen Arm unter die Plane ins Wasser getaucht.«

»Nein, das hat sie nicht erzählt.«

»Es ist wieder das Gleiche. Entweder war es nur ein Albtraum, oder aber ich habe noch einmal durchlebt, was schon einmal in der Wirklichkeit stattgefunden hat. Ich weiß es nicht.«

»Peter, nichts von alldem wird vor Gericht zur Sprache kommen. Wir werden alles daransetzen, dass die begründeten Zweifel an Ihrer Schuld am Ende bestehen bleiben.«

»Sie können sich Ihre begründeten Zweifel an den Hut stecken. Ich möchte, dass meine Verteidigung darauf aufbaut, dass ich mich, sollte ich diese Verbrechen begangen haben, im Zustand des Schlafwandelns befand und mir nicht bewusst war, was ich tat.«

Banks starrte ihn an. »Nein! Auf keinen Fall! Es gibt nicht den Hauch einer Chance, dass Sie mit einer solchen Verteidigung durchkommen. Sie würden damit der Staatsanwältin nur Ihren Kopf auf dem Tablett servieren.«

»Und ich behaupte dagegen, dass es mit Ihrer Verteidigung nicht den geringsten Hauch einer Chance gibt. Und selbst wenn es eine gäbe, sehen Sie es doch einmal von meiner Seite. Mein Prozess wird große Aufmerksamkeit auf sich ziehen. Dies ist eine Gelegenheit, einer größeren Öffentlichkeit die Möglichkeit nahezubringen, dass jemand im Zustand des Schlafwandelns ein Verbrechen begeht, ohne sich dessen bewusst zu sein, und dass man ihn daher nicht strafrechtlich verantwortlich machen kann.«

»Das kann nicht Ihr Ernst sein!«

»Es ist mein voller Ernst. Ich habe Vince gebeten, in den Statistiken nachzusehen. Nach britischem und kanadischem Recht wird ein Verbrechen, das im Zustand des Schlafwandelns verübt wurde, ein ›nicht durch psychische Krankheit bedingter Automatismus‹ genannt. In diesen Ländern gilt der juristische Grundsatz, dass die Tat allein noch keine Schuld begründet, es muss ein schuldhaftes Bewusstsein hinzukommen. Wenn zum Zeitpunkt der Straftat ein durch das Bewusstsein gesteuertes Verhalten fehlt, sodass die begangenen Handlungen als nicht beherrschbare Automatismen angesehen werden können, dann ist eine Verteidigung in diesem Sinne möglich.«

»Peter, jetzt hören Sie mir zu. Mag sein, dass das für das britische und kanadische Recht gilt, aber bei uns gibt es so etwas nicht. Wir würden uns komplett auf den Holzweg begeben, wenn wir mit dieser Verteidigungsstrategie vor Gericht ziehen würden. Es hat zwei Fälle in diesem Land gegeben, bei denen Männer schuldig gesprochen wurden, weil sie im Zustand des Schlafwandelns Menschen, die sie eigentlich liebten, getötet haben. Der eine Mann hat seine Frau erschlagen und die Leiche anschließend in den Pool geworfen. Der andere ist als Schlafwandler meilenweit zu seinen Schwiegereltern gefahren. Er war ihnen eigentlich wohlgesonnen, aber anscheinend stand er unter großem Stress. Er schlug seinen Schwiegervater brutal zusammen und erstach seine Schwiegermutter. Auf dem Rückweg nach Hause wachte er auf und fuhr zur nächsten Polizeistation. Dort sagte er, es müsse etwas Schreckliches passiert sein, weil seine Kleider mit Blut bespritzt seien und er sich nur vage erinnern könne, das Gesicht einer Frau vor sich gesehen zu haben.«

»Vince hat mir von diesen Fällen erzählt, Conner. Sie wissen auch, dass ich mich seit meinem zwanzigsten Lebensjahr als ›Hauptverdächtiger‹ durchs Leben schlagen muss. Selbst wenn ich freigesprochen würde, würde ich weiterhin wie ein Ausgestoßener behandelt werden, als jemand, der sämtliche juristischen Hebel zu seinen Gunsten angewendet hat und deswegen ungeschoren davongekommen ist. Ich bin nicht mehr bereit, ein Leben unter diesen Umständen zu führen. Wenn Sie mich nicht mit dieser Begründung verteidigen wollen, dann werde ich mir jemand anderen dafür suchen.«

Es folgte ein langes Schweigen, bis Banks schließlich fragte: »Haben Sie mit Kay darüber gesprochen?«

»Ja.«

»Dann nehme ich an, dass Sie damit einverstanden ist?«

»Ja. Widerstrebend zwar, aber doch einverstanden. Und auch einer anderen Bedingung hat sie zugestimmt.«

»Was für eine Bedingung?«

»Während des Prozesses werde ich ihr noch erlauben, zu mir zu stehen. Doch für den Fall, dass ich schuldig gesprochen werde – und ich gehe davon aus, dass es dazu kommen wird –, hat sie sich bereit erklärt, sich von mir scheiden zu lassen und ein neues Leben zu beginnen. Hätte sie das nicht getan, hätte ich ihr weitere Besuche bei mir untersagt.«

48

Es klingt vielleicht verrückt, aber nach den ersten zwei oder drei Tagen empfand ich die Einsamkeit in der Nacht als wohltuend. Wenn Peter schon nicht bei mir sein konnte, wollte ich allein sein. Mit Jane und Gary Barr stimmte etwas nicht, ich hatte manchmal ein unbehagliches Gefühl in ihrer Gegenwart. Jane war ständig um mich herum und bemutterte mich. Mir war klar, dass sie sich Sorgen machte, weil es mir so elend ging, aber ich wollte auch nicht das Gefühl haben, wie ein Insekt unter dem Mikroskop beobachtet zu werden.

Nach dem Besuch der beiden Ermittlungsbeamten war Maggie sofort zu mir gefahren und hatte unter Tränen versichert, sie hätte die Beamten nie auf den Dachboden gelassen, wenn sie geahnt hätte, dass ich etwas dagegen haben könnte.

Ich liebe sie viel zu sehr, als dass ich sie irgendeinen Groll hätte spüren lassen. Die Anwälte hatten mir erklärt, der Brief meines Vaters sei zwar an Peter gerichtet, es gäbe jedoch keinen Beweis, dass er nicht von jemand anderem geöffnet worden sein könnte. Bei der Hausdurchsuchung sei eine Kopie der Gartenskizze unter den Papieren seines Vaters gefunden worden.

Es gelang mir, Maggie zu überzeugen, dass ich ihr deswegen nicht böse sei, und ihr zu erklären, warum ich sie unmöglich bei mir wohnen lassen könne. Schließlich sah sie ein, dass sie am besten in ihrem eigenen Haus aufgehoben sei, in ihrem eigenen Ruhesessel, in ihrem eigenen Bett. Ich wies sie darauf hin, dass ich hier sicher sei – Sicherheitsleute waren ständig an der Toreinfahrt präsent und patrouillierten zu Fuß auf dem Gelände. Unausgesprochen blieb, dass sie nun auch keine Angst mehr um mich haben musste, weil Peter ja im Gefängnis saß.

Meine Besuche bei Peter waren jedes Mal herzzerreißend. Er war mittlerweile selbst überzeugt davon, dass er den Tod Susans und meines Vaters verschuldet hatte, weshalb sein Interesse an seiner Verteidigung merkwürdig distanziert wirkte. Die Geschworenen der Grand Jury hatten beide Mordanklagen bestätigt, und der Prozesstermin war auf Oktober festgelegt worden.

Die Anwälte, in erster Linie Conner Banks, besprachen sich jetzt im Gefängnis mit ihm, daher bekam ich sie kaum noch zu sehen. Allerdings meldeten sich jetzt Leute, mit denen ich in der Bücherei gearbeitet hatte, und andere Freunde, sowohl aus der hiesigen Gegend als auch aus Manhattan. Alle waren sie äußerst vorsichtig und behutsam in ihrer Wortwahl, mitfühlend, aber befangen, und wussten nicht recht, was sie sagen sollten.

»Es tut mir schrecklich leid wegen deines Vaters. Ich wäre zur Trauerfeier gekommen, wenn ich gewusst hätte, wo sie stattfindet …«

»Kay, wenn ich irgendetwas für dich tun kann, ich meine, vielleicht möchtest du mit mir essen gehen, oder wir gehen ins Kino …«

Ich konnte mir denken, was diesen wohlmeinenden Menschen durch den Kopf ging: Es ist schwierig, mit so einer Sache rational umzugehen. Ich war Mrs. Peter Carrington, die Frau eines der reichsten Männer des Landes, und gleichzeitig war ich Mrs. Peter Carrington, die Frau eines zweifachen, vielleicht sogar dreifachen Mörders.

Ich lehnte alle Angebote, sich zu treffen, ab. Ich hatte das Gefühl, dass selbst ein gemeinsames Mittagessen nur in gezwungener Atmosphäre verlaufen würde. Der einzige Mensch, den ich gerne gesehen hätte und bei dem mir die Absage leidtat, war Glenn. Er klang so normal, als er mich anrief: »Kay, das muss ja die Hölle sein, was du im Augenblick durchmachst«, sagte er.

Es tat auch jetzt wieder gut, seine Stimme zu hören. Ich versuchte gar nicht erst abzuwiegeln. »Ja, so kann man es wohl nennen.«

»Kay, es klingt vielleicht blöd, aber ich habe mir versucht vorzustellen, was ich mir wünschen würde, wenn ich in deiner Haut steckte. Und mir ist etwas eingefallen.«

»Und das wäre?«

»Essen gehen mit einem alten Kumpel wie mir. Hör mal, ich weiß, dass ich dir nie sehr viel mehr bedeutet habe, und das ist auch in Ordnung. Du darfst die Gesprächsthemen aussuchen.«

Es war ihm ernst damit. Glenn wusste, dass ich mir in Bezug auf uns nie sicher gewesen war. Und eigentlich hatte ich immer gedacht, dass es ihm genauso erging. Das dachte ich immer noch. Ich hätte sein Angebot wahnsinnig gern angenommen, doch ich wollte mir auf der anderen Seite nicht einmal vorstellen, wie ich mich an Peters Stelle fühlen würde, wenn ich in der Zeitung lesen müsste, dass meine Ehefrau mit ihrem früheren Freund beim gemeinsamen Abendessen gesehen wurde. »Glenn, es klingt sehr verlockend, aber ich glaube, das ist keine so gute Idee«, antwortete ich und fügte zu meiner eigenen Überraschung hinzu: »Zumindest momentan nicht.«

An welchem Punkt fing ich an zu glauben, dass Peter recht hatte; dass er tatsächlich, in einem Zustand verminderten Bewusstseins, diese Verbrechen verübt hatte, derer man ihn beschuldigte? Schließlich, wenn er es selbst glaubte, wie konnte ich mich dann immer noch gegen die Wahrheit stemmen? Natürlich stürzten mich diese Gedanken in ein furchtbares Dilemma.

Ich malte mir aus, wie es meinem Vater in den letzten Wochen seines Lebens ergangen war. Als ewiger Perfektionist wollte er unbedingt, dass der letzte Teil seines Gesamtentwurfs für das Anwesen vollendet würde, auch wenn er die Arbeit nicht mehr selbst ausführen durfte.

Laut Polizeibericht war der Hieb auf seinen Kopf so heftig gewesen, dass ihm der Schädel eingeschlagen wurde. War Peter derjenige gewesen, der einen schweren Gegenstand gehoben und ihm diesen Schlag versetzt hatte?

Dann tauchten wieder gute Erinnerungen an meinen Vater auf, Erinnerungen, die ich lange Zeit unterdrückt hatte, weil ich mich von ihm verlassen gefühlt hatte.

Erinnerungen wie: sonntagmorgens, wenn er nach der Kirche mit mir zum Ponyreiten in den Van Saun Park ging.

... Wie wir in unserer Küche gemeinsam kochten und er mir erzählte, dass Maggie absolut nichts vom Kochen verstand und meine Mutter erst lernen musste, wie man nach Rezept kocht, damit wir nicht verhungern mussten. Lieber Dad, Maggie steht immer noch mit dem Kochen auf Kriegsfuß, dachte ich.

... Der Brief, den er an Peter geschrieben hatte: »Ich habe die Gespräche mit Ihnen immer sehr genossen und ich wünsche Ihnen alles Gute.«

... Der Tag, an dem ich mich in dieses Haus geschlichen hatte und zur Kapelle hinaufgegangen war.

Gerade in dieser Zeit wurde es für mich fast zu einer täglichen Gewohnheit, die Kapelle aufzusuchen. Sie hat sich in all den Jahren nicht verändert. Die Figur der heiligen Jungfrau Maria, von der die Farbe abblättert, steht noch dort, ebenso der Tisch, der als Altar gedient haben musste, und die beiden Reihen von Sitzbänken. Ich hatte nur die elektrische Votivkerze vor der Marienfigur erneuert. Ich setzte mich zehn oder fünfzehn Minuten in eine Bank, halb betete ich, halb dachte ich an den kurzen Streit, den ich damals, vor zweiundzwanzig Jahren, mitgehört hatte.

Und es war dort, dass sich allmählich ein Gedanke in meinem Kopf festsetzte. Bislang war mir nie in den Sinn gekommen, dass es sich bei der Frau, die um Geld gebettelt hatte, um Susan Althorp gehandelt haben könnte. Ihre Familie war wohlhabend. Ich hatte gelesen, dass ein großes Treuhandvermögen auf ihren Namen eingetragen war.

Aber angenommen, es ist doch Susan gewesen? Wer war dann der Mann, der ihr höhnisch ins Gesicht gesagt hatte: »Es ist immer das alte Lied»? Als sie die Kapelle verlassen hatte, hatte der Mann den Refrain dieses Liedes vor sich hin gepfiffen. Selbst als Kind hatte ich die außerordentliche Wut des Mannes gespürt.

Es war in der Kapelle, dass ich eine verzweifelte Hoffnung fasste: dass es doch noch eine andere Erklärung gab, dass ich eine andere Lösung finden würde für die Verbrechen, die man Peter zur Last legte.

Ich scheute davor zurück, Peter von diesen Gedanken zu erzählen. Wenn er mir folgte und wieder an seine vollkommene Unschuld glaubte, dann lag der Gedanke nahe, dass der wahre Täter vielleicht noch in meiner Nähe war. Und dann würde er sich wieder Sorgen um mich machen.

Obwohl Peter an der Vorbereitung seiner Verteidigung mitwirkte, hatte ich beim aktuellen Stand der Dinge das Gefühl, die Anwälte hatten ihn letztlich zu der Überzeugung gebracht, dass er sich keinerlei Hoffnung mehr machen konnte und nichts anderes als ein Schuldspruch zu erwarten war. Bei meinen Besuchen drängte er mich, in eine andere Stadt zu ziehen und mich heimlich scheiden zu lassen. »Kay, in gewisser Weise sitzt du genauso in einem Gefängnis wie ich«, sagte er. »Mir ist völlig klar, dass du nirgendwohin gehen kannst, ohne dass die Leute dich anstarren und über dich reden.«

Ich liebte ihn für seine Fürsorglichkeit. Er saß in einer

engen Zelle und sorgte sich darum, dass ich mich im Herrenhaus eingesperrt fühlen könnte. Ich erinnerte ihn daran, dass wir eine Abmachung getroffen hatten. Ich durfte ihn im Gefängnis besuchen und bei seinem Prozess anwesend sein. »Also lass uns nicht die wenige Zeit verderben, die wir zusammen verbringen dürfen, und hör auf davon zu reden, dass ich dich verlassen soll«, sagte ich zu ihm. Natürlich hatte ich nicht die Absicht, mich an meinen Teil unserer sogenannten Abmachung zu halten. Ich wusste, dass ich mich, auch wenn Peter schuldig gesprochen werden sollte, niemals von ihm scheiden lassen oder aufhören würde, an seine Unschuld zu glauben.

Doch er kam immer wieder auf dieses Thema zu sprechen. »Bitte, Kay, ich flehe dich an, lebe dein eigenes Leben«, sagte er bei einem Besuch Ende Februar.

Ich hatte eine Neuigkeit für ihn, etwas, worüber ich seit wenigen Tagen Gewissheit hatte. Bisher hatte ich mich nicht entscheiden können, wann dic Gelegenheit günstig war, es ihm mitzuteilen. Doch nun erkannte ich, dass ich nicht länger warten konnte, sondern es ihm sofort sagen musste. »Peter, ich bekomme ein Kind.«

49

Pat Jennings' Teilzeitjob in der Kunstgalerie von Richard Walker hatte sie mittlerweile zu einer Art Berühmtheit gemacht. Seitdem nun offiziell Mordanklage gegen Peter Carrington erhoben worden war und er auch noch dabei gefilmt wurde, wie er einen Polizeibeamten ins Gesicht schlug, waren ihre sämtlichen Freundinnen äußerst begierig darauf, jeden Klatsch, und sei er noch so unbedeutend, über eines der Mitglieder der Carrington-Familie zu erfahren.

Pat gab sich im Allgemeinen sehr zugeknöpft, ausgenommen Trish gegenüber, die seit zwanzig Jahren ihre beste Freundin war. Als frischgebackene Studentinnen am College hatte man ihnen ein Zimmer im selben Wohnheim zugewiesen, und sie hatten es unglaublich komisch gefunden, als sich herausstellte, dass sie sich unterschiedliche Rufnamen zugelegt hatten, obwohl sie beide mit vollständigem Namen Patricia hießen.

Trish arbeitete inzwischen in der Verwaltung des angesehenen Kaufhauses Bergdorf Goodman, Ecke Fifth Avenue und Fifty-seventh Street, nur einen Häuserblock von der Galerie entfernt. Regelmäßig einmal in der Woche trafen sich die Freundinnen zu einem schnellen Mittagessen, und dabei klärte Pat sie in aller Vertraulichkeit über die neuesten Entwicklungen auf.

Sie erzählte ihr, dass Richard Walker ihrer Meinung nach

eine Affäre mit einer jungen neuen Künstlerin namens Gina Black angefangen hätte. »Er hat eine Cocktailparty für sie gegeben, die nicht gerade der Renner war. Jedes Mal, wenn sie in die Galerie kommt, sieht man ihr an, dass sie völlig hin und weg von ihm ist. Ein bisschen tut sie mir leid, weil er ihr ja doch irgendwann den Laufpass geben wird. Wenn man ihn so reden hört, scheint er im Lauf der Jahre jede Menge Freundinnen verschlissen zu haben. Außerdem hat er ja auch schon zwei Exfrauen zu Buche stehen, und beide Ehen sind bereits nach kürzester Zeit in die Brüche gegangen. Bestimmt hatten seine beiden Ehefrauen schnell die Schnauze voll von seinen ewigen Seitensprüngen und seinen Pferdewetten.«

In der darauffolgenden Woche berichtete Pat über Elaine Carrington: »Richard hat mir erzählt, dass seine Mutter neuerdings die meiste Zeit in ihrer New Yorker Wohnung verbringt. Sie ist gekränkt, weil sie das Gefühl hat, dass Peter Carringtons neue Frau Kay keinen großen Wert darauf legt, sie im Herrenhaus zu sehen, es sei denn, sie wird ausdrücklich eingeladen.«

»Ich glaube auch nicht, dass Richard in letzter Zeit häufiger in New Jersey war«, fuhr sie fort. »Er meinte, er könne sich vorstellen, wie schwierig es für Kay sein müsse, mit dem Wissen zu leben, dass ihr Mann aller Wahrscheinlichkeit nach ihren Vater getötet hat, selbst wenn er sich nicht daran erinnern kann. Richard meinte, es müsse so abgelaufen sein wie bei dem Zwischenfall mit dem Polizisten, den Peter angegriffen hat. Ich meine, wir haben ja beide die Bilder im Fernsehen gesehen. Man konnte sehen, dass Peter Carrington völlig neben der Kappe war. Er sah wirklich beängstigend aus.«

»Kann man wohl sagen«, pflichtete Trish bei. »Ist das nicht schrecklich – erst einen Typen mit so viel Geld heiraten, um dann hinterher festzustellen, dass er psychisch krank ist. Gibt es außer dieser jungen Künstlerin noch irgendwelche Hinweise auf etwas Neues in Richards Liebesleben?«

»Na ja, Hinweise schon, aber ich bin mir nicht sicher, dass

es was Neues ist. Da hat eine Frau angerufen, wahrscheinlich eine alte Flamme von ihm. Ihr Name ist Alexandra Lloyd.«

»Alexandra Lloyd. Das klingt ja vielleicht affig«, kommentierte Trish. »Könnte gut sein, dass sie sich den Namen selbst ausgedacht hat. Vielleicht ist sie im Showbusiness. Hast du sie mal gesehen?«

»Nein. Ich glaube eher, dass sie eine Künstlerin ist. Jedenfalls hat er ihre Anrufe ignoriert.«

Drei Tage später konnte Pat Jennings unmöglich bis zum nächsten gemeinsamen Essen warten, um Trish das Neueste zu erzählen, deshalb griff sie zum Telefon. »Richard ist völlig am Boden zerstört«, flüsterte sie in den Hörer. »Ich weiß, dass er mal wieder eine Menge Geld mit den Pferden verloren hat. Heute Morgen war seine Mutter hier. Als ich in die Galerie kam, waren sie beide in seinem Büro, und die Tür war geschlossen. Ich kann dir sagen, da war ganz schön was los! Er beschwor sie, dass er ganz dringend Geld bräuchte, und sie hat geschrien, dass sie keins mehr hätte. Dann hat er irgendwas gebrüllt, dass sie doch ganz genau wüsste, wie sie an Geld kommen könnte, und sie hat als Antwort darauf geschrien: ›*Richard, zwing mich nicht, das zu tun.*‹«

»Was hat sie wohl damit gemeint?«, fragte Trish atemlos.

»Ich hab nicht die geringste Ahnung«, gab Pat zu, »aber ich würde was drum geben, es zu wissen. Wenn ich es rauskriege, ruf ich dich sofort an.«

50

Die Krankenschwester empfing Nicholas Greco an der Tür zu Gladys Althorps Schlafzimmer und ermahnte ihn, nicht zu lange zu bleiben. »Sie ist sehr schwach«, erklärte sie ihm. »Das Sprechen strengt sie sehr an.«

Seine ehemalige Klientin lag in einem Krankenhausbett, das neben ihrem gewöhnlichen breiten Bett aufgestellt worden war. Ihre Hände ruhten auf der Decke, und Greco fiel auf, dass der Ehering fehlte, den sie immer getragen hatte.

Ist ihr Finger so dünn geworden, dass der Ring ständig herunterrutscht, oder ist es als letzte symbolische Distanzierung von ihrem Ehemann zu verstehen?, fragte er sich.

Gladys Althorp hatte die Augen geschlossen, doch sie öffnete sie für einen Moment, als Greco an der Seite ihres Bettes erschien. Ihre Stimme war sehr schwach, als sie ihn begrüßte.

Greco kam sofort zur Sache. »Mrs. Althorp, ich wollte Sie nicht belästigen, aber da gibt es etwas, dem ich noch nachgehen wollte. Es könnte sogar etwas zu tun haben mit einer Person, die vielleicht Peter Carrington dabei geholfen hat, Susans Leiche zu verstecken.«

»Ich hab die Polizeisirenen gehört in der Nacht, als er hier auftauchte. Ich habe der Schwester gesagt, sie soll mich zum Fenster bringen. Ich hab gesehen, wie sie ihn zum Wagen abgeführt haben ... und ...« Gladys Althorp rang nach Atem, ihr Brustkorb hob und senkte sich schneller.

Die Schwester trat rasch hinzu. »Mrs. Althorp, sprechen Sie nicht weiter. Versuchen Sie, ruhig zu atmen.«

Ich hätte nicht herkommen sollen, dachte Greco. Er legte seine Hand auf die knochige Hand der Frau. »Es tut mir leid. Ich wollte Sie nicht beunruhigen, Mrs. Althorp.«

»Gehen Sie nicht. Sie wollten doch etwas. Sagen Sie es mir.«

Greco begriff, dass er jetzt am besten ohne Umschweife fragen sollte. »Ich wüsste gern die Namen der besten Freundinnen Ihrer Tochter, diejenigen, mit denen sie auf die Partys ging, wenn Ihr Mann sie von einem Fahrer hinbringen und abholen ließ.«

Gladys Althorp schien die Frage nicht zu überraschen, jedenfalls zeigte sie keine entsprechende Reaktion. »Es gab drei andere Mädchen. Sie sind zusammen mit Susan auf die Elisabeth Morrow School gegangen.«

Mrs. Althorp sprach jetzt langsamer, nahm sich die Zeit, zwischen den Wörtern tief zu atmen. »Susans beste Freundin war Sarah Kennedy. Sie hat Stuart North geheiratet. Die anderen hießen Vernie Bauer und Lenore Salem. Aber leider kann ich Ihnen nicht …« Sie seufzte und schloss die Augen.

»Mr. Greco, ich glaube, Sie sollten jetzt keine weiteren Fragen mehr stellen«, sagte die Schwester bestimmt.

Susan wäre jetzt vierzig Jahre alt, überlegte Greco. Die anderen müssten auch in diesem Alter sein, vielleicht ein oder zwei Jahre mehr oder weniger. Das bedeutet, dass deren Eltern Mitte sechzig bis Mitte siebzig sein müssten. Er hatte Susans Mutter noch fragen wollen, ob die Familien dieser Freundinnen immer noch in der näheren Umgebung lebten, doch stattdessen nickte er der Schwester zu und schickte sich an zu gehen. In diesem Augenblick öffnete Gladys Althorp wieder die Augen.

»Die Mädchen waren alle auf Susans Beerdigung«, sagte sie. Ein schwaches Lächeln spielte um ihre Mundwinkel. »Sie nannten sich immer die vier Musketiere …«

»Dann wohnen sie also immer noch hier?«, fragte Greco rasch.

»Sarah, ja. Nachdem sie Stuart geheiratet hat, haben sie das Haus nebenan gekauft. Sie wohnen immer noch da.«

Als Greco das Haus der Althorps verließ, bezweifelte er, dass er Gladys Althorp noch einmal wiedersehen würde. Auf der einen Seite schalt er sich, dass er sie gestört hatte, und sei es auch nur für ein paar Minuten. Auf der anderen Seite quälte ihn der Gedanke, dass alles zu sauber zusammenpasste, und er wurde das Gefühl nicht los, dass immer noch wichtige Teile des Puzzles fehlten.

Seine Aufmerksamkeit richtete sich zunehmend auf ein paar Fakten, die noch ungeklärt waren. Er war zu der Ansicht gelangt, dass es jemanden gegeben haben musste, der Peter Carrington geholfen hatte, Susan Althorps Leiche so lange zu verstecken, bis die Spürhunde das Grundstück abgesucht hatten.

Und wenn Peter Jonathan Lansing umgebracht haben sollte, dann muss ihm jemand bis zu der abgelegenen Stelle am Hudsonufer, wo er Lansings Wagen abgestellt hat, mit einem anderen Wagen gefolgt sein, überlegte Greco.

Und es hatte irgendeine Bewandtnis mit dem fehlenden Exemplar von *People*, das am Abend vor Grace Carringtons Tod auf dem Tisch gelegen hatte. Er hatte eine Vermutung, wie das zusammenhängen könnte. Nancy Hammond hatte gesehen, dass Grace die Seite aus der Zeitschrift herausgerissen hatte. Ihr Mann Jeffrey hatte nach eigenem Bekunden nichts davon bemerkt. Nancy Hammond hatte gesagt, die übrigen Gäste seien durch Peters plötzliches Auftauchen abgelenkt gewesen. Ihrer Ansicht nach hat sie als Einzige mitbekommen, dass Grace die Seite herausgerissen und in ihre Jackentasche gesteckt hat.

Hat derjenige, der diese Zeitschrift später verschwinden ließ, geglaubt, dass sich die Seite immer noch darin befand?

Das würde eine Menge Fragen beantworten.

Allerdings würde das auch wieder andere Fragen aufwerfen. Peter Carrington wusste nichts von dieser Zeitschrift. Laut Aussage aller Anwesenden – Elaine, ihr Sohn Richard, Vincent Slater und die Hammonds – war Peter sofort nach oben gegangen, nachdem er Grace das Glas aus der Hand genommen und sie zur Rede gestellt hatte.

Greco sah auf seine Armbanduhr. Es war fünf Uhr. Er nahm sein Handy und wählte die Auskunft. Er befürchtete, dass die Nummer von Stuart und Sarah North nicht verzeichnet war, doch die Sorge war unbegründet. Er hörte eine Computerstimme sagen: »Wir wählen die 201-555-1570 für Sie. Wenn Sie eine Textnachricht senden wollen …«

Nach dem zweiten Klingeln wurde abgenommen. Die weibliche Stimme am anderen Ende klang freundlich. Greco stellte sich hastig vor und erklärte, dass er gerade von Gladys Althorp komme. »Man hat mich beauftragt, den Tod von Susan neu zu untersuchen. Sind Sie Sarah Kennedy North?«, fragte er.

»Ja. Ach, dann sind Sie sicher der Detektiv, der das Dienstmädchen aufgespürt hat. Mr. Althorp hat uns von Ihnen erzählt.«

»Tut mir leid, dass ich Sie so überfalle, aber ich sitze gerade in meinem Wagen vor dem Haus der Althorps. Ich weiß, dass Sie nebenan wohnen. Wäre es möglich, dass ich Sie jetzt gleich spreche, nur für ein paar Minuten? Mrs. Althorp hat mir gesagt, Sie seien Susans beste Freundin gewesen. Ich würde Ihnen gern ein paar Fragen über sie stellen.«

»Ich war tatsächlich Susans beste Freundin. Natürlich können Sie sofort zu uns kommen. Wir wohnen im ersten Haus rechts von den Althorps.«

Ein paar Minuten später schritt Nicholas Greco durch den Vorgarten auf den Eingang des Hauses zu. Sarah North erwartete ihn bereits an der halb geöffneten Haustür.

Sie war eine groß gewachsene Frau mit weit auseinanderstehenden Augen und dunkelroten Haaren und wirkte in ihrer gesamten Erscheinung wie eine Athletin. Sie war betont lässig gekleidet in Pullover und Jeans. Ihr freundliches Lächeln wirkte nicht aufgesetzt, als sie ihn in das Arbeitszimmer neben dem Eingangsflur bat. Grecos erster Eindruck war der eines mit Geschmack und Geld eingerichteten Hauses.

»Mein Mann kommt nicht vor halb sieben nach Hause«, sagte North, als sie sich auf die Couch setzte und Greco den daneben stehenden Sessel anbot. »Sein Büro ist mitten in Manhattan, und er besteht darauf, mit dem Auto zu fahren. Wie Sie sicher wissen, kann das während der Stoßzeit eine halbe Ewigkeit dauern.«

»Ich habe gehört, dass Englewood zu Anfang des zwanzigsten Jahrhunderts ›das Schlafzimmer der Wall Street‹ genannt wurde.«

»Das war es auch, und zum Teil stimmt das heute noch. Wie geht es denn Mrs. Althorp?«

»Nicht gut, fürchte ich. Mrs. North, ich habe zwar das Dienstmädchen ausfindig gemacht, dessen Aussage zur Verurteilung von Peter Carrington beitragen könnte, aber ich bin mit meinen Ergebnissen noch nicht zufrieden. Es gibt da Dinge, die nicht recht zusammenpassen, und ich bin mittlerweile überzeugt, dass er einen Komplizen gehabt haben muss. Ich würde gern etwas über die Zeit vor Susans Ermordung erfahren. Nach meinen Informationen hat ihr Vater damals einen Fahrer bestellt, um sie und ihre Freundinnen herumzufahren. Waren Sie nicht alt genug, um selbst zu fahren?«

»Natürlich waren wir das, aber wenn wir auf eine Party an einem entfernteren Ort eingeladen waren, bestand der Botschafter darauf, dass Susan gefahren wurde. Meine Eltern hatten natürlich überhaupt nichts dagegen einzuwenden. Sie hatten immer große Angst, dass uns irgendwelche jungen Kerle nach Hause fahren könnten, die dann vielleicht ein paar Gläser getrunken hatten und zu sehr aufs Gaspedal drückten. Natürlich waren wir die meiste Zeit auf dem College, und der Botschafter konnte nicht kontrollieren, was wir dort so getrieben haben. Aber wenn wir zu Hause waren, dann wurde es strikt so gehandhabt.«

»Aber damals, als Sie auf der Party bei den Carringtons waren, hat er doch Peter Carrington erlaubt, Susan nach Hause zu fahren.«

»Er mochte Peter. Er vertraute ihm. Er hatte das Gefühl, Peter sei anders. Im Sommer, wenn wir alle im Club zusammenkamen, um Tennis oder Golf zu spielen, dann trug Peter Hemd und Krawatte und saß mit seinem Vater im Büro.«

»Wenn Sie hin- und zurückgefahren wurden, dann saßen also Susan und Sie und noch zwei weitere Mädchen im Auto?«

»Ja. Susan saß vorn neben Gary, und Vernie, Lenore und ich saßen hinten.«

»Gary?« Greco wollte sich nicht sofort anmerken lassen, dass er eigentlich nur gekommen war, um genau über diese Person mehr zu erfahren.

»Gary Barr. Er und seine Frau halfen immer aus, wenn die Althorps größere Einladungen hatten. Er war auch immer der Chauffeur, wenn wir irgendwohin gefahren wurden.«

»Wie war Ihr Umgang mit ihm? War er eher wie ein Freund?«

»Oh ja. Susan hat ihn immer ihren Kumpel genannt.«

»Wäre es denn möglich, dass es da ein …«, Greco zögerte, »ein *romantisches* Interesse gegeben hat? War Susan vielleicht – wie man zu meiner Zeit gesagt hätte – verknallt in ihn?«

»In *Gary*! Oh nein, nichts dergleichen. Sie sagte, dass sie sich wohlfühle mit ihm, aber damit meinte sie, dass sie sich sicher, gut aufgehoben fühlte.«

»Mrs. North, ich hoffe, Sie halten mich nicht für indiskret, wenn ich Ihnen Fragen stelle, die Sie vielleicht, als

Susans Freundin, nicht beantworten wollen. Aber ich kann mich einfach nicht zufriedengeben mit dem, was ich bislang herausgefunden habe. Ich bin überzeugt, dass Peter Carrington jemanden gehabt haben muss, der ihm beim Beseitigen von Susans Leiche geholfen hat. Gibt es nach Ihrer Meinung irgendwelche Gründe, weshalb Susan in jener Nacht das Haus noch einmal verließ, nachdem sie ihren Eltern Bescheid gegeben hatte, dass sie zu Hause ist?«

»Ich zermartere mir seit zweiundzwanzig Jahren den Kopf darüber, was das gewesen sein könnte«, antwortete Sarah North. »Für mich klang es alles andere als glaubhaft, dass Peter mit ihr gemeinsame Sache gemacht haben sollte, um ihre Eltern zu täuschen. Ehrlich gesagt habe ich bis zu dem Zeitpunkt, als er plötzlich vor dem Haus der Althorps auftauchte, immer bezweifelt, dass er der Täter sein könnte. Aber als mein Mann und ich die Polizeisirenen in dieser Nacht gehört haben, sind wir beide im Morgenmantel nach draußen gerannt, um nachzuschauen, was los war. Ich habe den Polizisten gesehen, den er niedergeschlagen hat. Er war übel zugerichtet. Da kann man sich schon vorstellen, dass damals etwas Ähnliches passiert ist und er Susan in einer Phase des Schlafwandelns getötet hat.«

»Waren Sie damals auf der Party bei den Carringtons?«

»Wir waren alle dort.«

»Wie lange sind Sie geblieben?«

»Bis halb eins oder Viertel vor eins. Ich sollte um eins wieder zu Hause sein.«

»Demnach wurde es bei Susan an diesem Abend strenger gehandhabt. Sie sollte schon um zwölf Uhr zu Hause sein.«

»Beim Abendessen habe ich bemerkt, dass ihr Vater sauer auf sie war. Ich denke, er wollte ihr einfach einen Denkzettel verpassen.«

»Warum wollte er ihr einen Denkzettel verpassen?«

»Ich weiß es nicht.«

»Hat sich Susan über die Haltung ihres Vaters aufgeregt?«

»Ja. Eigentlich war Susan den ganzen Abend nicht wie sonst. Sie war in einer merkwürdigen Laune, obwohl man sie gut kennen musste, um das zu merken.«

»Botschafter Althorp steht im Ruf, ein aufbrausender Mensch zu sein, nicht wahr?«

»Als Kinder nannten wir ihn immer den ›Undiplomaten‹. Ständig bekamen wir mit, dass er Susan oder ihre Brüder anbrüllte. Er ist ein richtiges Ekel.«

»Haben Sie sich schon mal gefragt, wie er reagiert hätte, wenn er mitbekommen hätte, wie Susan heimlich aus dem Haus schlich?«

»Ich glaube, er hätte sie umgebracht.« Sarah North erschrak über ihre eigenen Worte. »Das meine ich natürlich nicht wörtlich.«

»Natürlich nicht«, beruhigte sie Greco. Er erhob sich zum Gehen. »Sie waren sehr liebenswürdig. Darf ich Sie anrufen, wenn mir noch etwas einfällt?«

»Selbstverständlich. Ich glaube, keiner von uns wird seinen Frieden finden, bis nicht die ganze Wahrheit über die Morde an Susan und an ihrem Vater herauskommen wird.«

»An ihrem Vater? Sie meinen Mrs. Carringtons Vater?«

»Ja.« Sara North setzte eine betretene Miene auf. »Ach, Mr. Greco, Kay Carrington war hier, um mich zu sprechen. Sie hat mir ähnliche Fragen gestellt wie Sie. Ich musste ihr versprechen, dass ich niemandem von ihrem Besuch erzähle.«

»Ich gebe Ihnen mein Wort, dass ich es niemandem weitererzähle, Mrs. North.«

Während Nicholas Greco zu seinem Wagen zurückging, wurde ihm bewusst, dass ihn das alles äußerst verwirrte. Und er stellte sich die beiden Fragen, die er sich immer stellte, wenn er an der Lösung eines Falles arbeitete: »Angenommen?« und »Was wäre, wenn?«

Angenommen, Peter Carrington ist völlig unschuldig und in keinen der drei Todesfälle verwickelt?

Was wäre, wenn irgendwo da draußen jemand herumläuft, jemand, der mit den Carringtons eng zu tun hat und der wahre Mörder ist? Was würde dieser Jemand tun, wenn er herausfände, dass Peter Carringtons junge Ehefrau herumläuft und Fragen stellt, die zur Aufdeckung der Wahrheit führen könnten?

Möglich, dass Kay Carrington nicht mit mir sprechen will, aber ich werde trotzdem Kontakt mit ihr aufnehmen, beschloss Greco, als er in seinen Wagen stieg. Ich muss sie unbedingt warnen.

51

Meine Schwangerschaft begeisterte Peter und machte ihn traurig zugleich. »Das ist wunderbar, Kay, aber du brauchst jetzt sehr viel Ruhe. Dieser furchtbare Stress, unter dem du stehst, könnten dir und dem Kind schaden. Oh Gott, warum musste das alles passieren? Warum kann ich nicht zu Hause bei dir sein und mich um dich kümmern?«

Er klammerte sich an den Gedanken, dass die von ihm beschlossene Art der Verteidigung es ihm später leichter machen würde, unserem Kind sein Verhalten zu erklären. »Kay, wenn unser Kind einmal etwas älter ist, dann soll es begreifen, dass ich diese Taten in einem Zustand begangen habe, in dem ich keine Kontrolle über mein Verhalten hatte.«

Er drängte die Anwälte, bei Gericht zu beantragen, dass er in einer schlafmedizinischen Klinik einem Test unterzogen werde. Damit sollte der Nachweis erbracht werden, dass er tatsächlich eine Neigung zum Schlafwandeln hatte und sich in diesem Zustand seiner Handlungen nicht bewusst war.

Wegen dieses Vorschlags kam es zu einer heftigen Debatte zwischen ihm und seinen Anwälten. »Dem Gericht von vornherein klarzumachen, dass man die Absicht hat, die Verteidigung auf Schlafwandeln zu stützen, ist das Gleiche, als wenn Sie sagen würden: ›Nicht schuldig wegen Geistesgestörtheit‹«, sagte Conner Banks zu Peter. »Es ist, als ob Sie groß an die Tafel schreiben würden, damit jeder es lesen kann: ›Schuldig. Ich hab es getan, aber ich kann nicht sagen, warum.‹«

»Stellen Sie den Antrag trotzdem«, entgegnete Peter.

Es bedeutete, dass eine weitere Verhandlung vor Richter Smith anberaumt werden musste. Ich legte die Hand auf meinen Bauch und suchte Trost bei diesem kleinen Menschenwesen, das in mir wuchs, als man zum wiederholten Mal den Vater meines Kindes in den Saal führte, an Händen und Füßen gefesselt und in diesem orangefarbenen Overall.

Conner Banks war derjenige, der das Wort führte. »Euer Ehren«, begann er, »ich weiß, dies sind außerordentliche Umstände, und ich möchte gar nicht abstreiten, dass Mr. Carrington sein Anwesen verlassen hat, womit er, oberflächlich betrachtet, gegen die Kautionsauflagen verstoßen hat.«

Vincent Slater saß neben mir. Ich wusste, dass er gegen diesen Antrag war.

»Auf der anderen Seite, Euer Ehren«, fuhr Banks fort, »wird selbst im Bericht der Polizei ausdrücklich erwähnt, dass Peter Carrington zum Zeitpunkt seiner Verhaftung offensichtlich in einem geistesabwesenden Zustand war. Die anschließenden Tests haben ergeben, dass er weder unter Alkohol- noch unter Drogeneinfluss stand. Für die Verteidigung ist es von entscheidender Bedeutung, dass Mr. Carrington im schlafmedizinischen Zentrum im Pascack Valley Hospital untersucht wird. Dies würde einen Aufenthalt über eine Nacht erfordern, in welcher sein Schlafverhalten beobachtet und aufgezeichnet werden könnte.«

»Von entscheidender Bedeutung für die Verteidigung«, flüsterte mir Vincent zu. »Das sind genau die Worte, auf die sich die Medien stürzen werden.«

»Wir bitten Euer Ehren, diesen Test zuzulassen. Wir wären bereit, eine Kaution von fünfundzwanzig Millionen Dollar zu stellen, wenn dieser Test zugelassen wird. Wir erkennen an, dass es nicht zu den Aufgaben des Haftpersonals gehört, den Angeklagten zu bewachen, während dieser versucht, mögliche Fakten für seine Verteidigung feststellen zu lassen. Wir würden daher für die Entlohnung des Personals aufkommen, das zu seiner Bewachung bestimmt wird. Wir sind außerdem bereit, eine private Sicherheitsfirma einzuschalten, welche mehrere ehemalige Polizeibeamte mit der zusätzlichen Bewachung von Mr. Carrington beauftragen wird, sodass jeder Fluchtversuch – und einen solchen wird es nicht geben, das versichere ich Ihnen – von vornherein zum Scheitern verurteilt wäre.

Euer Ehren, einer von zweihundert Menschen ist Schlafwandler. Die potenzielle Gefahr, die ein Schlafwandler für sich selbst und für andere bedeuten kann, ist bis heute in der allgemeinen Bevölkerung weder erkannt noch verstanden worden. Ich bezweifle, dass viele von den hier Anwesenden wissen, dass Schlafwandler nicht in den Streitkräften der Vereinigten Staaten dienen dürfen. Die Befürchtung geht dahin, dass sie ein Risiko sowohl für sich selbst als auch für andere darstellen könnten, weil sie möglicherweise Zugang zu Waffen und Fahrzeugen haben und ihnen nicht bewusst ist, was sie tun, wenn sie sich im Zustand des Schlafwandelns befinden.«

Conner Banks' Stimme war lauter und fester geworden, als er sich mit diesen letzten Worten an die Versammelten im Saal wandte. Als er nach einer kurzen Pause weitersprach, war seine Stimme ruhiger. »Gestatten Sie Peter Carrington, wissenschaftlich ein für alle Mal feststellen zu lassen, dass er zum Personenkreis gehört, der unter der allgemein als ›Schlafwandeln‹ bezeichneten Schlafstörung leidet. Geben Sie ihm diese Chance.«

Richter Smith behielt seine gelassene Miene. Ich wusste nicht, was zu erwarten war. Doch ich wusste, wie es Peter in diesem Augenblick erging. Er musste ein großes Gefühl der Befriedigung verspüren. Es war seine Botschaft, die hier verkündet wurde. Jetzt hatte er begonnen, seine eigene Sicht auf seinen Fall vor der Öffentlichkeit darzustellen.

Banks und Markinson waren unruhig, das sah ich. Während der Verhandlungspause, die dem Antrag folgte, kamen sie zu mir. »Der Richter wird dem Antrag nicht stattgeben, und außerdem haben wir uns in die Karten sehen lassen. Es gibt niemanden hier im Saal, der nicht der Meinung ist, dass das Ganze nur ein Trick ist, mit dem wir am Ende auf Schuldunfähigkeit wegen Geistesgestörtheit plädieren wollen.«

Der Richter kehrte zurück. Er begann mit der Feststellung, dass es in seinen beinahe zwanzig Jahren als Strafrichter noch nie einen Antrag gegeben habe, bei dem es um vergleichbare Begleitumstände gegangen sei. Er sagte, die Staatsanwältin habe sich zwar besorgt über die andauernde Fluchtgefahr geäußert, jedoch den Bericht der Polizei nicht angezweifelt, wonach Mr. Carrington bei seiner Verhaftung in einem geistesabwesenden Zustand gewesen sei. Er sagte, unter der Bedingung, dass ein Mitglied der Verteidigung ständig anwesend und außerdem durch private Sicherheitskräfte sichergestellt sei, dass jeder Fluchtversuch sofort unterbunden werde, befürworte das Gericht einen vierundzwanzigstündigen Aufenthalt in einem schlafmedizinischen Zentrum.

Peter sah die Entscheidung des Richters als Sieg an. Die Anwälte waren anderer Meinung. Selbst wenn die medizinischen Experten seine Veranlagung zum Schlafwandeln feststellen sollten, würde das im Prozess nichts am Urteil ändern. In diesem Sinne hatte er also nichts gewonnen.

Nachdem das Gericht auseinandergegangen war, bat ich Banks und Markinson um ein späteres Zusammentreffen im Herrenhaus. Wie beim letzten Mal erhielt ich auch jetzt wieder die Erlaubnis, Peter in seiner Haftzelle zu besuchen, bevor er ins Gefängnis zurückgebracht wurde.

»Ich weiß, du hältst das für einen Pyrrhussieg, Kay«, sagte er.

»Es gibt nur einen Sieg, Peter«, sagte ich wild entschlossen. »Wir wollen, dass du zu uns nach Hause kommst. Und ich weiß, dass es irgendwann so sein wird.«

»Oh, Liebling, du siehst gerade aus wie Jeanne d'Arc. Fehlt nur das Schwert.« Für einen Augenblick huschte ein befreites Lächeln über Peters Gesicht und erinnerte mich an die entspannte Miene, die ich auf unserer Hochzeitsreise täglich an ihm erlebt hatte.

Ich wollte ihm erzählen, dass ich mich mittlerweile mit allen Tatsachen und Indizien beschäftigte, die die Todesfälle von Susan und meinem Vater betrafen, und dass ich von der Annahme ausging, es könnte Susan gewesen sein, die ich damals in der Kapelle hatte reden hören. Doch ich wusste, dass dies nur einen negativen Effekt auf ihn haben würde – er würde sich noch mehr Sorgen um mich machen.

Stattdessen erzählte ich ihm, dass ich angefangen hätte, den zweiten Stock des Hauses zu erkunden. »Diese Zimmer sind eine Art edlere Version von Maggies Dachboden«, sagte ich. »Wer war denn der Kunstsammler in der Familie?«

»Meine Großmutter, glaube ich, obwohl meine Urgroßmutter auch schon damit angefangen hat. Alles, was irgendwie von Wert ist, befindet sich an den Wänden im Erdgeschoss. Mein Vater hat vor langer Zeit alles schätzen lassen.«

»Wer hat das viele Porzellan gesammelt? Es gibt da oben Unmengen davon.«

»Das meiste hat meine Urgroßmutter gesammelt.«

»Es gibt da ein Limoges-Service, das wirklich wunderschön ist. Die Teile sind alle noch in Kisten verpackt, aber ich habe ein paar herausgenommen. Ich bin absolut vernarrt in dieses Dekor. Ich möchte, dass dieses Service auf den Tisch kommt, wenn wir unsere Dinnerpartys geben.«

Der Wärter stand in der Tür. »Mrs. Carrington.«

»Ich weiß.« Ich sah Peter an. »Aber natürlich, wenn dir das Dekor nicht gefällt, können wir auch ein anderes Service aussuchen. Es gibt genügend Auswahl da oben.«

Es schien mir, als ob der Wärter mich etwas mitleidig betrachtete, als ich an ihm vorbeiging. Es war nicht weiter schwierig zu erraten, was ihm durch den Kopf ging: »Gute Frau, dein Mann wird wohl für den Rest seines Lebens nicht mehr von teurem Porzellan essen, genauso wenig wie ich.« Ich wünschte mir, er hätte den Satz laut gesagt. Ich hätte ihm geantwortet, dass ich ihn, wenn Peter wieder zu Hause sei, zum Abendessen einladen würde.

Conner Banks und Walter Markinson waren schon da, als Vincent mich am Herrenhaus absetzte. Später am Tag war eine Sitzung des Vorstands von Carrington Enterprises anberaumt, an der er als Peters Vertreter teilnehmen sollte. Peter nannte Vincent Slater jetzt »meine Augen und Ohren«. Natürlich besaß er kein Stimmrecht, aber er hielt Peter auf dem Laufenden über alles, was in dem vielseitig strukturierten Unternehmen vor sich ging.

Wie üblich hatte Jane Barr die Anwälte ins Esszimmer geführt, wo ich mich zu ihnen gesellte. Nach reiflicher Überlegung wollte ich ihnen mitteilen, dass ich immer stärker an die Möglichkeit glaubte, Susan Althorp könnte die Frau vor zweiundzwanzig Jahren in der Kapelle gewesen sein.

Sie hatten nichts von meinem Abenteuer als Sechsjährige gewusst, doch als sie die Geschichte gehört hatten, war ich von ihrer Reaktion überrascht. Sie blickten mich entsetzt an. »Kay, wissen Sie, was Sie da sagen?«, fragte Banks.

»Ich sage, dass es Susan gewesen sein könnte und dass sie vielleicht jemanden erpresst hat.«

»Vielleicht hat sie Ihren Mann erpresst«, sagte Markinson scharf. »Haben Sie überhaupt eine Vorstellung davon, was die Staatsanwältin mit dieser Information machen würde?«

»Was meinen Sie damit?«, fragte ich verwirrt.

»Was wir damit meinen?«, antwortete Conner Banks mit todernster Miene. »Anscheinend ist Ihnen nicht klar, dass Sie, wenn Ihre Annahme richtig ist, soeben ein Mordmotiv für Peter geliefert haben.«

»Haben Sie Peter davon erzählt, dass Sie in der Kapelle waren und dieses Gespräch mit angehört haben?«, fragte Markinson.

»Ja. Warum?«

»Wann haben Sie ihm das erzählt, Kay?«, fragte Banks.

Ich kam mir vor, als ob ich von zwei feindlichen Staatsanwälten in die Zange genommen würde. »Das war an dem Abend, als die Benefizveranstaltung in diesem Haus stattfand. Meine Großmutter ist damals gestürzt. Daraufhin fuhr Peter mit mir ins Krankenhaus und brachte mich anschließend nach Hause. Dort haben wir uns dann noch eine Weile unterhalten.«

»Diese Veranstaltung war am sechsten Dezember, wenn ich mich richtig erinnere«, sagte Markinson, der in seinen Notizen blätterte.

»Das ist richtig.« Ich fühlte mich von ihnen in die Defensive gedrängt.

»Und Sie und Peter Carrington haben am achten Januar geheiratet, weniger als fünf Wochen später?«

»Ja.« Ich merkte, wie der Ärger langsam in mir hochkroch. »Würden Sie mir bitte erklären, worauf Sie eigentlich hinauswollen?«, fragte ich scharf.

»Worauf wir hinauswollen, Kay«, antwortete Banks, dessen Stimme jetzt zugleich ernst und bedauernd klang, »ist, dass wir uns alle ein bisschen gefragt haben, wie es zu dieser so schnellen Heirat kommen konnte. Jetzt haben Sie uns gerade einen Grund dafür genannt. Wenn Susan Althorp die Frau in der Kapelle war und Peter von ihr erpresst wurde, dann sind Sie in dem Augenblick, als Sie ihm erzählt haben, dass Sie den Streit mitbekommen haben, zu einer Bedrohung für ihn geworden.

Er konnte nicht das Risiko eingehen, dass Sie auch mit anderen darüber sprechen und sich irgendjemand irgendwann die Geschichte zusammenreimt. Bedenken Sie, diese Veranstaltung fand statt, kurz nachdem die *Celeb* den großen

Artikel über ihn gebracht hat. Mit dieser raschen Heirat konnte er ausschließen, dass Sie in den Zeugenstand gerufen würden, falls es zum Prozess käme. Vor Gericht konnte er sich auf das Zeugnisverweigerungsrecht für Ehegatten berufen, und außerdem hat er wahrscheinlich dafür gesorgt, dass Sie sich in ihn verliebt haben und ihn deshalb auch von sich aus nicht im Stich lassen würden.«

Während ich sprachlos zuhörte, bekam ich eine ungeheure Wut auf die beiden Anwälte. Hätte ich etwas in den Händen gehabt, ich hätte es auf sie geschleudert. So schrie ich sie an: »Raus! Machen Sie, dass Sie verschwinden! Lieber würde ich meinen Mann von der Staatsanwältin verteidigen lassen als von einem von Ihnen. Sie glauben also gar nicht daran, dass er Susan und meinen Vater getötet hat, ohne sich dessen bewusst zu sein, falls er es *überhaupt* getan hat. Und jetzt wollen Sie mir einreden, dass er mich aus purem Kalkül geheiratet hat, sozusagen um mich zum Schweigen zu bringen. Scheren Sie sich zum Teufel!«

Beide erhoben sich zum Gehen. »Kay«, sagte Banks ruhig, »wenn Sie zu einem Arzt gehen, und der stellt Krebs bei Ihnen fest, sagt Ihnen aber, Sie seien kerngesund, dann würden Sie ihn als Lügner bezeichnen. Die einzige Möglichkeit für uns, Peter zu verteidigen, besteht darin, dass wir wirklich jeden Faktor kennen, der die Geschworenen beeinflussen könnte. Sie haben gerade ein sagenhaftes Motiv geliefert, und Gott sei Dank sind wir nicht gezwungen, es der Staatsanwaltschaft mitzuteilen, weil es sich um etwas handelt, was *wir* entdeckt haben. Wir müssten es ihnen nur mitteilen, wenn wir die Absicht hätten, es als Beweismittel für die Verteidigung zu benutzen. Nun, selbstredend werden wir das nicht tun. Aber ich flehe Sie an, vertrauen Sie um Himmels willen keinem weiteren Menschen an, was Sie uns gerade erzählt haben.«

Mein Groll war gewichen. »Das habe ich schon«, sagte ich. »An dem Abend, als Peter nach der Anklageerhebung nach Hause kam.«

»Sie haben jemandem erzählt, Sie hielten es für möglich, dass Susan in der Kapelle war? Wer hat davon erfahren?«

»Elaine, Richard und Vincent Slater waren dabei. Ich habe Susans Namen allerdings nicht erwähnt. Ich habe lediglich gesagt, ich wüsste nicht, wer die Leute gewesen sind. Elaine hat sogar einen Scherz gemacht und gesagt, es könnten sie und Peters Vater gewesen sein, weil sie sich den ganzen Tag über das viele Geld für die Party gestritten hätten.«

»Immerhin, das ist eine Erleichterung. Aber erwähnen Sie in Zukunft auf keinen Fall mehr Ihren Besuch in der Kapelle, niemandem gegenüber. Falls einer von denen sie noch einmal darauf anspricht, dann betonen Sie, dass Sie keine Ahnung haben, wer das Paar gewesen sein könnte, und Sie wissen es ja auch *tatsächlich* nicht.«

Ich sah, wie die Anwälte Blicke tauschten. »Wir werden hierüber mit Peter reden müssen«, sagte Banks. »Ich würde ihn gern überzeugen, diese Geschichte mit dem Schlafzentrum abzublasen. Seine einzige Chance, jemals rauszukommen, ist ›begründeter Zweifel‹.«

Ich hatte den Anwälten anvertraut, dass ich ein Kind erwartete. Als sie gingen, bemerkte Markinson noch: »Nachdem er jetzt Vater wird, wird er es vielleicht doch wieder uns überlassen, wie wir seine Verteidigung anpacken sollen, um einen Freispruch zu erwirken.«

52

NICHOLAS GRECO SASS im Empfangsraum des Joined-Hands Fund, einer wohltätigen Organisation, die sich um Katastrophenopfer kümmerte. Jeffrey Hammond war stellvertretender Vorsitzender des Vereins, und nach Grecos Recherchen bestand seine Hauptaufgabe nicht darin, Geld zu verteilen, sondern Geld zu beschaffen.

Das Büro befand sich im neuen Time Warner Center am Columbus Circle in Manhattan, eine teure Adresse, die sicher einiges zu den Betriebskosten beitrug, wie Greco vermutete. Hammond verdiente hundertfünfzigtausend Dollar im Jahr, was für einen durchschnittlichen Amerikaner ein fürstliches Gehalt sein mochte, nicht jedoch für jemanden, dessen Kind eine aufs College vorbereitende Privatschule besuchte, die vierzigtausend Dollar im Jahr verschlang.

Jeffreys Gattin Nancy arbeitete halbtags im Büro des örtlichen Kongressabgeordneten in New Jersey. Ohne die genaue Höhe ihres Gehaltes zu kennen, wusste Greco, dass es äußerst niedrig sein musste. Er wusste auch, dass das Gehalt des Kongressabgeordneten viel zu niedrig war, um ihm zu erlauben, seine Mitarbeiter großzügig zu entlohnen. Unter diesen Umständen war es kein Wunder, dass sich viele Mitglieder des Kongresses, die sich keines persönlichen Wohlstands erfreuen durften, mit anderen eine Wohnung in Washington teilten.

Solche Gedanken gingen Greco durch den Kopf, während er saß und wartete, bis ihn die kesse junge Empfangsdame abholte und zu Hammonds Büro führte. Neunundneunzig Prozent aller Empfangsdamen besitzen eine Art angeborene Fröhlichkeit, dachte er, während er den Flur entlangging. Die Lachfältchen in Jeffrey Hammonds Augenwinkeln waren heute kaum zu sehen. Seine Begrüßung hatte eine gezwungene Herzlichkeit, und seine Finger waren leicht klamm, als er Greco die Hand schüttelte und ihm einen Sessel anwies. Dann vergewisserte er sich, dass die Tür auch richtig geschlossen war, bevor er hinter seinen Schreibtisch zurückkehrte und auf seinem Drehstuhl Platz nahm.

»Mr. Hammond, ich habe um einen Termin in Ihrem Büro gebeten, weil ich es für besser hielt, die Sache, um die es hier geht, nicht in Anwesenheit Ihrer Frau zu erörtern«, sagte Greco.

Hammond nickte kurz, ohne etwas zu entgegnen.

»Ich habe ein paar Hausaufgaben gemacht, wenn ich so sagen darf, und herausgefunden, dass Grace Carrington eine große Unterstützerin Ihrer wohltätigen Organisation war.«

»Mrs. Carrington hat viele verschiedene wohltätige Vereine mit großzügigen Spenden bedacht.« Er bemühte sich, seine Stimme absolut neutral zu halten.

»Natürlich. Dennoch, sie war zwei Jahre lang Vorsitzende der Organisation und hat dazu beigetragen, eine bedeutende Summe an Geldern zu sammeln, was beides sicherlich einen positiven Einfluss auf Ihre Stellung hier gehabt hat. Ganz offen gesagt – Ihr Job hängt doch von Ihrem Erfolg beim Einbringen von Spenden ab, nicht wahr?«

»Ich würde es lieber so beschreiben: Meine Aufgabe ist es, Geld zu sammeln, damit es den vielen bedürftigen Menschen zugute kommt, Mr. Greco.«

Mag sein, dachte Greco. »Peter Carrington ist nicht zu den vielen gesellschaftlichen Anlässen gegangen, auf denen sich seine Frau so gern zeigte, nicht wahr?«

»Peter hat sie gehasst. Es war ihm egal, wie viel Grace bei solchen Events spendete, solange er nicht selbst dort erscheinen musste.«

»Demnach haben Sie über einige Jahre Mrs. Carrington bei solchen Anlässen begleitet?«

»Ja.«

»Und wie hat Mrs. Hammond über diese Sache gedacht?«

»Sie war der Ansicht, dass das zu meinem Job gehört. Sie hatte dafür Verständnis.«

Greco seufzte. »Lassen Sie uns nicht länger um den heißen Brei reden, Mr. Hammond. Ich fürchte, Sie würden keinen guten Spion abgeben. Die undurchdringliche Miene gehört nicht zu Ihrem Repertoire. Als wir in Ihrem Haus über Grace Carringtons Tod gesprochen haben, habe ich Ihnen in die Augen gesehen – Sie wirkten äußerst gequält.«

Hammond sah an ihm vorbei. Mit monotoner Stimme sagte er: »Ja, es stimmt. Grace und ich haben uns geliebt. Wir waren uns in so vielen Dingen ähnlich – gute Familie, gute Ausbildung, aber kein Geld. Sie hat Peter nie geliebt. Aber sie hat sich gut genug mit ihm verstanden und vor allem seinen Reichtum genossen. Sie hatte sich mit ihrem Alkoholproblem auseinandergesetzt und war entschlossen, es zu überwinden. Sie hatte sich sogar den Anonymen Alkoholikern angeschlossen. Wenn sie sich von Peter hätte scheiden lassen, hätte sie eine Abfindung von zwanzig Millionen Dollar erhalten. Sicher eine hübsche Summe für Leute wie Sie und mich, doch genauso sicher hätte ihr Einkommen aus dieser Summe nicht ausgereicht, um den Lebensstil beizubehalten, an dem sie mittlerweile hing: der Privatjet, der Palazzo in der Toskana, die Wohnung in Paris, das ganze Brimborium, das Peter Carrington nicht die Bohne interessiert, bis auf den Jet, den er für seine Dienstreisen benutzt.«

»Sie hatten also die Absicht, eine Langzeitaffäre daraus zu machen?«

»Nein. Ich hatte die Absicht, die Affäre zu beenden. Mir

ist klar, wie mein Verhalten auf Sie wirken muss, aber Sie mögen mir glauben oder nicht, ein Gigolo wollte ich auf keinen Fall sein. Ich habe Grace aufrichtig geliebt, doch ich gestand mir auch ein, wie unfair wir uns gegenüber Peter und Nancy verhielten.«

Jeffrey Hammond biss sich auf die Lippe, erhob sich und ging zum Fenster. Dort blieb er stehen, Greco den Rücken zugewandt. Nach einer Weile fuhr er fort: »Ich habe Grace angerufen und ihr gesagt, dass wir Schluss machen müssten. Sie legte kommentarlos den Hörer auf, doch am nächsten Morgen rief sie mich an. Sie sagte, dass sie mit Peter über eine Scheidung sprechen wolle und dass sie letzten Endes für den Rest ihres Lebens auch ohne das viele Geld auskommen könne. Sie scherzte darüber, dass sie einen Mann, der Geld habe, gegen einen Mann, der Geld beschaffe, eintausche. Peter war damals gerade auf einer seiner vielen langen Geschäftsreisen. Mein Sohn machte gerade seinen Abschluss an der Grundschule. Wir kamen überein, einen Monat zu warten, bevor wir Peter und Nancy von unserem Entschluss erzählten. Bevor es so weit kommen konnte, stellte Grace fest, dass sie schwanger war.«

»Sie hatte die Absicht, sich von Peter scheiden zu lassen, bevor sie wusste, dass sie schwanger war?«, fragte Greco nach. »Das war dann aber ein gewaltiger Sinneswandel.«

»Dennoch hatte Grace sich so entschieden. Sie war unglücklich, und ich denke, dass ihr klar geworden ist, dass fantastischer Luxus keine wirkliche Entschädigung für ein einsames und unausgefülltes Leben bietet. Doch natürlich hat die Tatsache, dass sie schwanger war, alles noch einmal verändert. Sie hatte bereits drei Fehlgeburten gehabt und die Hoffnung auf ein Kind schon aufgegeben. Nachdem sie jetzt aber ein Kind von Peter Carrington erwartete, eröffnete sich ihr die Aussicht, nicht nur das Kind zu haben, das sie sich immer gewünscht hatte, sondern auch, sich von Peter scheiden zu lassen und trotzdem den gewohnten Lebensstil beizubehalten. Bis zu diesem Zeitpunkt schien die Situation klar: Ich stand kurz davor, Nancy zu eröffnen, dass ich mich scheiden lassen wollte, und Grace war drauf und dran, Peter dasselbe zu sagen. Doch dann beschlossen wir, damit zu warten.«

»Hätte das Kind denn nicht auch von Ihnen sein können?«

»Absolut unmöglich. Wir haben jede nur denkbare Vorsichtsmaßnahme ergriffen, damit das nicht passieren konnte.«

»Glauben Sie, dass Ihre Frau etwas von Ihrer Beziehung zu Grace geahnt hat?«

»Gegen Ende schon, ja«, räumte Hammond ein.

»Ich könnte mir das auch vorstellen. Ihre Frau hat einen sehr scharfsinnigen Eindruck auf mich gemacht. Dennoch hat sie Sie nie zur Rede gestellt, weder vor noch nach Grace Carringtons Tod?«

»Nein, nie. Am Anfang unserer Ehe hat Nancy mir erzählt, dass ihr Vater eine Reihe von Affären gehabt hat. Ihrer Meinung nach hatte ihre Mutter richtig gehandelt, indem sie einfach so tat, als ob sie nichts bemerken würde. Als er die Fünfzig überschritten hatte, hat er die Seitensprünge sein lassen, und danach lebten er und seine Frau in guter Ehe zusammen. Ich glaube, Nancy hat nach dem Tod von Grace gehofft, dass wir uns wieder näherkommen würden.«

»Hat Grace während ihrer Schwangerschaft viel getrunken?«

»Am Anfang, ja, doch dann hat sie versucht, ganz damit aufzuhören. Sie hat in dem Monat vor ihrem Tod keinen einzigen Tropfen Alkohol angerührt.«

»Und dann hatte sie diesen Rückfall am Abend der Dinnerparty, in Anwesenheit von Gästen. Mr. Hammond, wenn Ihre Frau, wie Sie selbst vermuten, über Ihre Affäre Bescheid wusste, wäre es dann nicht möglich, dass sie an diesem Abend heimlich Alkohol in Graces Mineralwasser gekippt hat?«

»Unwahrscheinlich, aber möglich. Irgendwer muss es getan haben, da bin ich mir sicher. Grace hätte es niemals riskiert, vor Elaine und Vincent Slater zu trinken. Einer von beiden hätte es Peter erzählt, das wusste sie.«

»Sie sagten, dass Sie kurze Zeit, nachdem Peter nach oben ins Bett gegangen ist, nach Hause gefahren sind. War das Eingangstor zum Anwesen offen?«

»Ja. Natürlich kann man es schließen, aber das war selten der Fall, selbst in der Nacht. Ich bezweifle, dass Peter und Grace auch nur in der Hälfte der Zeit daran gedacht haben, die Alarmanlage einzuschalten.«

Stimmte das wirklich, oder wollte Hammond aus irgendeinem Grund andeuten, dass es leicht war, sowohl das Grundstück wie auch das Haus zu betreten?, fragte sich Greco. »Wie spät war es ungefähr, als Sie aufgebrochen sind?«, wollte er von Hammond wissen.

»Es war kurz nach elf. Wie Sie gesehen haben, wohnen wir nicht allzu weit von den Carringtons entfernt, auch wenn unser Haus nicht mehr zu dem Teil von Englewood mit den großen Anwesen gehört.«

»Was haben Sie getan, als Sie zu Hause waren?«

»Ich bin ins Bett gegangen. Nancy war nicht müde und ist unten geblieben, um zu lesen.«

»Können Sie sich erinnern, wann sie zu Bett gegangen ist?«

Jeffrey Hammond errötete. »Das weiß ich nicht«, sagte er. »Wir hatten einen ziemlich heftigen Streit, und ich hab im Zimmer meines Sohnes geschlafen. Er war nicht da, weil er bei einem Freund übernachtet hat.«

»Sie waren äußerst offen zu mir, Mr. Hammond«, sagte Greco. »Ehrlich gesagt, frage ich mich, warum.«

»Das werde ich Ihnen sagen.« Plötzlich war aus Jeffrey Hammonds Stimme die kontrollierte Wut herauszuhören, die Greco schon einmal wahrgenommen hatte; im Haus der Hammonds, als er den Wunsch geäußert hatte, dass die Todesstrafe in New Jersey beibehalten würde. »Ich habe

Grace *geliebt*. Wir hätten noch ein Leben lang zusammen glücklich sein können. Ich möchte, dass man ihren Mörder findet. Wenn es jemanden gibt, der nicht das geringste Motiv hatte, sie umzubringen, dann ich. Da ich annehme, dass Sie das auch so sehen, brauche ich mir keine Gedanken darüber zu machen, als Verdächtiger zu gelten. Vielleicht ist sie aufgewacht, nach draußen gegangen und hat am Rand des Beckens das Gleichgewicht verloren. Möglich wäre es, das weiß ich. Aber sollte sie jemand umgebracht haben, dann möchte ich, dass der Täter gefunden und verurteilt wird, selbst wenn es bedeutet, dass ich vor der Öffentlichkeit unsere Beziehung offenlegen muss, mit allen Folgen. Ich liebe meinen Sohn, aber der Gedanke, dass derjenige, der mir diese wunderbare Frau geraubt hat, davonkommen könnte, ist mir unerträglich.«

»Glauben Sie denn, dass Peter Carrington Grace umgebracht hat?«

»Ja und nein. Nicht wegen des Geldes – das wäre ihm gleichgültig gewesen. In dieser Hinsicht ist Peter ganz anders als sein Vater. Ich glaube auch nicht, dass er sie aus verletztem Stolz umgebracht haben könnte oder weil er sich als Ehemann betrogen fühlte. Das kann ich mir bei Peter nicht vorstellen. Er war eher frustriert als wütend, als er ihr das Glas aus der Hand genommen hat. Doch nach allem, was wir jetzt erfahren haben, halte ich es für möglich, dass er sie im Zustand des Schlafwandelns getötet hat. Nachdem ich die Bilder von diesem Angriff auf den Polizisten gesehen habe, halte ich das durchaus für denkbar.«

»Halten Sie es auch für möglich, dass Ihre Frau zum Herrenhaus zurückgekehrt ist, vielleicht Grace geweckt und ihr vorgeschlagen hat, ein bisschen frische Luft zu schnappen, um sie dann in den Pool zu stoßen?«

»Nancy hätte so etwas nie getan«, sagte Hammond mit Nachdruck. »Sie hat einen viel zu klaren Kopf und würde nie derart die Beherrschung verlieren. Sie würde nie riskieren, ins Gefängnis zu gehen und damit für immer von mir und unserem Sohn getrennt zu sein. Die Ironie an der Sache ist, dass sie immer noch das für mich empfindet, was ich für Grace empfunden habe. Sie hofft immer noch, dass ich sie irgendwann wieder lieben werde.«

»Und werden Sie das, Mr. Hammond?«

»Ich wünschte, ich könnte es.«

53

Nachdem Banks und Markinson gegangen waren, begab ich mich nach oben, um mich etwas auszuruhen. Es war fast fünf Uhr. Ich wusste, dass ein Sicherheitsmann am Tor stand und ein weiterer auf dem Gelände patrouillierte. Ich hatte Jane nach Hause geschickt und ihr gesagt, ich fühlte mich nicht wohl und würde mir später etwas von ihrer hausgemachten Hühnersuppe heiß machen. Gott sei Dank versuchte sie nicht zu widersprechen. Wahrscheinlich brachte meine gesamte Körpersprache zum Ausdruck, dass ich unbedingt allein sein wollte.

Allein in diesem großen, weitläufigen Haus. Vor Hunderten von Jahren, in einem anderen Land, hatte man einen Priester aus diesem Haus geschleppt und auf dem Rasen zu Tode geprügelt. Als ich mich in unserer Suite auf das Bett legte, fühlte auch ich mich, als wäre ich in Stücke geschlagen worden.

Hatte mein Mann, Peter Carrington, mich tatsächlich nur so schnell geheiratet, weil er damit sicherstellen wollte, dass ich nicht gegen ihn aussagen könnte?

Wäre es möglich, dass all seine Liebeserklärungen nur dem Kalkül eines kaltblütigen Mörders entsprangen, der mich lieber geheiratet hatte, statt mich ebenfalls zu ermorden?

Ich sah Peter vor mir, wie er in seiner Haftzelle stand und mich mit leuchtenden Augen anblickte, die von seiner Liebe zeugten. War das nur eine Maske, hinter der er sich über mich lustig machte, über mich, Kay Lansing, Tochter des Landschaftsgärtners, die so unsäglich dumm gewesen war zu glauben, dass er sich auf den ersten Blick in sie verliebt hatte?

Niemand ist blinder als diejenigen, die nicht sehen wollen, ging mir durch den Kopf.

Ich legte die Hand auf meinen Bauch, eine Geste, die fast schon zum Reflex geworden war gegen Gedanken oder Situationen, mit denen ich mich nicht auseinandersetzen wollte. Ich war mir sicher, dass das Kind ein Junge sein musste, nicht weil ich lieber einen Jungen als ein Mädchen gehabt hätte, sondern weil ich einfach wusste, dass es ein Junge war. Ich wusste, dass ich Peters Sohn in mir trug.

Peter liebt mich, sagte ich mir. Es gibt keine andere Antwort.

Mache ich mir etwas vor? Nein. Nein. Nein.

Halte fest an dem, was du hast, denn das ist das Glück. Wer hat das gesagt? Ich habe es vergessen. Aber ich werde an meiner Liebe zu Peter festhalten und an meinem Glauben an seine Gefühle. Ich muss es tun, denn in meinem tiefsten Inneren weiß ich, dass dies die Wahrheit ist.

Schließlich hatte ich mich doch etwas beruhigt. Ich glaube sogar, dass ich kurz eingenickt bin, denn das Klingeln des Telefons auf dem Nachttischchen schreckte mich auf. Es war Elaine.

»Kay«, sagte sie. Ihre Stimme bebte ein wenig.

»Ja, Elaine.« Ich hoffte, dass sie nicht in ihrem Haus war und mich gerade jetzt besuchen wollte.

»Kay, ich muss mit dir reden. Es ist wahnsinnig wichtig. Darf ich in fünf Minuten bei dir vorbeikommen?«

Mir blieb keine andere Wahl, als mit Ja zu antworten. Ich stand auf, klatschte mir kaltes Wasser ins Gesicht, legte Wimperntusche auf, zog meine Lippen mit einem dezenten Stift nach und ging nach unten. Es mag vielleicht verrückt wirken, dass ich mir diese Mühe für Peters Stiefmutter machte, aber ich hatte zunehmend das Gefühl, dass zwischen mir und

Elaine ein unterschwelliger Revierkampf tobte. Peter saß im Gefängnis, und ich selbst hatte erst vor Kurzem die Szene betreten, und so hatte sie sich angewöhnt, im Haus ein- und auszugehen, als ob es wieder ihr eigenes wäre.

Als sie jedoch an diesem Abend das Haus betrat, hatte ihr Gebaren gar nichts von einer Schlossherrin, die ihre alte Stellung wiederzugewinnen sucht. Elaine war leichenblass, ihre Hände zitterten. Es war deutlich, dass sie nervös und in größter Aufregung war. Ich sah, dass sie eine Plastiktüte unter dem Arm trug.

Sie hielt sich nicht lange mit einer Begrüßung auf. »Kay, Richard steckt in schrecklichen Schwierigkeiten. Er hat wieder gespielt. Ich brauche eine Million Dollar, und zwar sofort.«

Eine Million Dollar! Das war mehr Geld, als ich je in meinem ganzen Leben verdient hätte, wenn ich weiter in der Bücherei gearbeitet hätte. »Elaine«, protestierte ich, »erstens besitze ich auch nicht annähernd so viel Geld, und dann ist es auch zwecklos, Peter darum zu bitten. Er hat mir gesagt, dass er es sehr töricht von dir findet, Richard immer wieder aus der Klemme zu helfen. Er meint, erst wenn du dich endlich einmal weigerst, Richards Schulden zu bezahlen, wird er etwas gegen seine Spielsucht unternehmen.«

»Wenn Richard seine Schulden nicht begleicht, wird er nicht lange genug leben, um etwas gegen seine Sucht zu tun«, sagte Elaine. Sie schien am Rand eines hysterischen Anfalls zu sein. »Hör zu, Kay. Ich habe Peter jetzt fast dreiundzwanzig Jahre lang geschützt. Ich habe gesehen, wie er nach Hause kam, in der Nacht, in der er Susan umgebracht hat. Er war am Schlafwandeln, und es war Blut an seinem Hemd. Ich wusste nicht, in welcher Art von Schwierigkeiten er steckte, aber ich wusste, dass ich ihn schützen musste. Ich habe das Hemd aus dem Wäschekorb genommen, damit das Mädchen es nicht sehen würde. Wenn du mir nicht glaubst, dann sieh dir das hier mal an.«

Sie legte die Plastiktüte auf den Couchtisch und holte etwas daraus hervor. Es war ein weißes Smokinghemd. Sie faltete es auseinander und hielt es hoch. Am Kragen und um die obersten drei Knöpfe herum waren dunkle Flecken zu sehen. »Verstehst du, was das hier ist?«, fragte sie.

Ein leichter Schwindel erfasste mich, und ich sank auf die Couch. Ja, ich verstand, was sie dort in Händen hielt. Ich zweifelte nicht einen Augenblick daran, dass es sich um Peters Hemd handelte und dass die braunen Flecken von Susan Althorps Blut herrührten.

»Besorg mir das Geld bis morgen früh, Kay«, sagte Elaine.

Plötzlich sah ich das Bild vor mir, wie Peter auf Susan losging. Im Autopsiebericht hatte es geheißen, dass sie einen harten Schlag gegen den Mund erlitten hatte. Genau so hatte er auch bei dem Polizisten zugeschlagen. Mein Gott, dachte ich, mein Gott. Es gibt keine Hoffnung für ihn.

»Hast du Peter nach Hause kommen sehen, damals?«, fragte ich.

»Ja.«

»Bist du sicher, dass er geschlafwandelt hat?«

»Ganz sicher. Er ist im Flur an mir vorbeigelaufen und hat mich nicht bemerkt.«

»Wie spät war es, als er kam?«

»Zwei Uhr.«

»Weshalb warst du um diese Uhrzeit auf dem Flur?«

»Peters Vater schimpfte immer noch über das viele Geld, das die Party verschlungen hätte. Ich hatte irgendwann genug und wollte in eines der anderen Schlafzimmer umziehen. In diesem Moment sah ich, wie Peter die Treppe heraufkam.«

»Und dann bist du in sein Bad gegangen, um das Hemd zu holen. Was hättest du gemacht, wenn er dich dabei gesehen hätte, Elaine?«

»Ich hätte ihm gesagt, dass ich ihn beim Schlafwandeln beobachtet hätte und mich nur vergewissern wollte, ob er wieder heil im Bett angekommen sei. Aber er ist nicht aufgewacht. Gott sei Dank hab ich das Hemd an mich genommen. Wenn man es am nächsten Morgen im Wäschekorb gefunden hätte, wäre er verhaftet und verurteilt worden. Dann säße er wahrscheinlich heute noch im Gefängnis.«

Elaine wirkte erleichtert. Vermutlich hatte sie jetzt die Gewissheit gewonnen, dass ich das Geld beschaffen würde. Sie faltete das Hemd ordentlich zusammen und steckte es wieder in die Plastiktüte, als wäre sie eine Angestellte in einem Kaufhaus, die gerade eine Ware erfolgreich verkauft hatte.

»Wenn du Peter wirklich helfen wolltest, wäre es da nicht sinnvoller gewesen, das Hemd ganz verschwinden zu lassen?«, bohrte ich nach.

»Nein, das war ja der Beweis, dass ich Peter damals gesehen hatte.«

Eine Art Faustpfand, dachte ich. Etwas, womit man sich gegen schlechte Zeiten versichert. »Ich werde das Geld für dich besorgen, Elaine«, versprach ich, »aber nur, wenn du mir dieses Hemd dafür gibst.«

»Das werde ich. Kay, es tut mir leid, dass ich so handeln musste. Ich habe Peter geschützt, weil ich ihn liebe. Jetzt muss ich meinen Sohn schützen. Deshalb musste ich herkommen und mit dir verhandeln. Wenn du einmal selbst ein Kind hast, wirst du das verstehen.«

Vielleicht verstehe ich es bereits jetzt, dachte ich. Bis auf die Anwälte hatte ich noch niemandem erzählt, dass ich schwanger war. Es war zu früh, und außerdem wollte ich verhindern, dass es an die Presse durchsickerte. Ganz bestimmt war dies nicht der geeignete Augenblick, Elaine etwas von dem Kind zu verraten, dachte ich bitter; in dem Augenblick, da ich gerade mit ihr um ein blutiges Hemd feilschen muss, das den Beweis dafür liefert, dass sein Vater ein Mörder ist.

54

VINCENT SLATER WAR bei einem geschäftlichen Abendessen in Manhattan gewesen und nicht zeitig genug wieder zu Hause, um Kays dringender Bitte, ihn zurückzurufen, noch entsprechen zu können. »Falls es heute Abend nicht mehr geht, dann rufen Sie mich bitte gleich morgen früh an«, hatte sie auf das Band gesprochen.

Es war halb zwölf, als er die Nachricht abhörte. Er wusste, dass Kay relativ früh zu Bett ging, und beschloss, sie nicht mehr anzurufen. Was mochte es wohl sein, was so dringend war?, fragte er sich. In dieser Nacht wachte er, der ansonsten einen gesunden Schlaf hatte, gleich mehrmals auf.

Um sieben Uhr in der Früh klingelte sein Telefon. Es war Kay. »Ich möchte nicht am Telefon darüber reden«, sagte sie. »Bitte kommen Sie doch bei mir vorbei, bevor Sie in die Stadt fahren.«

»Ich bin schon angezogen und fertig«, sagte er. »Ich bin gleich bei Ihnen.«

Als er kurze Zeit später eintraf, führte ihn Kay in die Küche, wo sie gerade eine Tasse Kaffee trank. »Ich wollte Sie sprechen, bevor Jane um acht Uhr kommt«, sagte sie. »Vor einem Monat, am ersten Morgen nach unserer Rückkehr von der Hochzeitsreise, sind Peter und ich frühmorgens joggen gegangen. Ich habe uns Kaffee gemacht, bevor wir los sind. Es war ein schönes Gefühl, nur zu zweit zu sein, das frischvermählte Traumpaar in seinem paradiesischen Heim. Es kommt mir wie aus einem anderen Leben vor.«

Im grellen Morgenlicht schien es Slater, als ob Kay dünner geworden war. Die Wangenknochen schienen stärker hervorzutreten, und ihre Augen wirkten riesengroß. Er befürchtete Schlimmes und fragte, was denn passiert sei, was sie so beunruhige.

»Was passiert ist? Nicht viel eigentlich. Es ist nur so, dass Peters fürsorgliche Stiefmutter sagt, sie habe ihn jahrelang geschützt, und jetzt brauche sie als Gegenleistung ein wenig Unterstützung.«

»Was meinen Sie damit, Kay?«

»Sie ist bereit, mir einen Gegenstand zu verkaufen, der Peter einen großen Schaden zufügen könnte, wenn er in die Hände der falschen Person geriete – und damit meine ich die Staatsanwältin. Der Preis beträgt eine Million Dollar, und sie möchte das Geld noch heute.«

»Was denn für ein Gegenstand?«, fragte Slater. »Kay, wovon reden Sie überhaupt?«

Kay biss sich auf die Unterlippe. »Ich kann es Ihnen nicht sagen, also fragen Sie mich nicht danach. Sie braucht das Geld noch heute, weil ihr wunderbarer Sohn Richard tief in Schulden steckt, nachdem er mal wieder beim Wetten verloren hat. Ich weiß, dass Peter ein gemeinsames Konto für uns eingerichtet hat. Wie viel Geld ist da drauf? Reicht es dafür, dass ich ihr einen Scheck ausstellen kann?«

»Kay, das würde überhaupt nichts bringen. Einen Scheck einzulösen, braucht Zeit. Die einzige Möglichkeit ist, es ihr direkt auf ihr Konto zu überweisen. Aber sind Sie ganz sicher, dass Sie das wollen? Sie wissen, wie Peter über Richards Spielsucht denkt. Er möchte diese Sache in keiner Weise unterstützen. Vielleicht ist alles nur ein Bluff.«

»Es … ist … kein … Bluff!«, schrie Kay, dann schlug sie sich die Hände vors Gesicht, während ihr eine Flut von Tränen über beide Wangen lief.

Slater starrte sie verblüfft an, während sie ungeduldig die Tränen wegwischte und mit aller Kraft versuchte, sich zu beherrschen. »Es tut mir leid. Es ist nur …«

»Schon gut, Kay«, sagte er beschwichtigend. »Schon gut. Lassen Sie nur. Ich werde ihr das Geld überweisen.«

»Ich möchte nicht, dass Peter davon erfährt«, sagte Kay mit leiser, aber kontrollierter Stimme. »Wenigstens nicht sofort. Er wird heute Abend in dieses schlafmedizinische Zentrum gebracht. Er hat im Moment schon so viel zu ertragen, dass man ihm jede zusätzliche Belastung ersparen sollte.«

»Er braucht nicht sofort davon zu erfahren. Ich besitze die treuhänderische Befugnis, um solche Summen zu überweisen. Aber bedenken Sie eines: Wenn dieses Geld einmal überwiesen ist, gibt es keine Möglichkeit, es zurückzubekommen. Wird Ihnen Elaine diesen Gegenstand noch vor der Überweisung übergeben?«

»Das bezweifle ich. Lassen Sie mich noch diese Tasse Kaffee austrinken, dann werde ich sie anrufen. Ich möchte nicht so aufgelöst klingen, wenn ich mit ihr spreche.«

Slater beobachtete, wie Kay die Tasse mit ihren Händen umschloss, als wolle sie sich die Finger daran wärmen. Sie saßen ein paar Minuten da und schwiegen, nippten hin und wieder an ihrem Kaffee. Dann richtete sich Kay auf. »Jetzt geht es wieder einigermaßen.« Sie wählte Elaines Nummer und wartete, während es am anderen Ende immer wieder klingelte. »Sie scheint noch im Bett zu liegen, das verschafft mir wenigstens ein bisschen Genugtuung«, sagte sie mit bitterer Ironie. »Sie schien völlig fertig zu sein, als sie gestern Abend hier ankam, aber als ich ihr versprochen habe, das Geld bis heute zu beschaffen, war sie erstaunlich schnell wieder bei Laune. Oh, da ist sie.«

Slater sah, wie sich Kays Gesichtsausdruck verhärtete, während sie mit Elaine sprach. Aus dem Teil des Gesprächs, den er mithören konnte, wurde ihm schnell klar, dass Elaine sich nicht dazu bewegen ließ, den Gegenstand herauszurücken, bevor die Geldüberweisung stattgefunden hatte.

Was konnte das für ein Gegenstand sein?, fragte er sich.

Elaine wohnte immer noch im Herrenhaus, als Susan umgebracht wurde, überlegte Slater. Peters altes Zimmer ist nur durch einen Flur von der Schlafzimmersuite getrennt.

Könnte es sein, dass sie Peter in dieser Nacht gesehen hat, als er mit blutbeflecktem Hemd nach Hause kam?

Das könnte sein, schloss er und nickte langsam.

Slater entsann sich der Schlafwandelepisoden, deren Zeuge er vor vielen Jahren gewesen war. Es hatte diesen einen Unfall vor der Skihütte gegeben, als er Peter zu schnell geweckt hatte und dieser auf ihn losgegangen war. Bei den paar Gelegenheiten, bei denen er ihn hatte schlafwandeln sehen, war Peter jedes Mal, wenn er sich wieder ins Bett gelegt hatte, sofort in einen tiefen Schlaf gefallen. Elaine hätte in sein Zimmer gehen und das Hemd aus dem Wäschekorb nehmen können, ohne dass er es bemerkt hätte, dachte er.

Kay legte den Hörer auf. »Sie traut mir nicht. Sie sagt, ihre Bank würde sie sofort verständigen, wenn das Geld auf dem Konto eingetroffen ist, und erst dann will sie herkommen und mir den besagten Gegenstand übergeben.«

»Geht es um das Smokinghemd, das er an jenem Abend anhatte, Kay?«, fragte Slater.

»Darauf gebe ich Ihnen keine Antwort. Das darf ich nicht.«

»Ich verstehe. Na gut. Ich fahre jetzt nach New York. Ich muss ein paar Papiere unterschreiben, damit das Geld überwiesen werden kann.«

»Geld! Das steckt doch hinter den meisten Verbrechen, nicht wahr? Liebe oder Geld. Susan brauchte auch Geld, nicht wahr?«

Slater starrte sie an. »Woher wollen Sie das denn wissen?«

»Ach, vergessen Sie's, ich weiß es gar nicht.« Sie wich seinem Blick aus und wandte den Kopf ab. Darauf sagte sie überrascht: »Oh, Gary, ich habe Sie gar nicht hereinkommen hören!«

»Ich habe im Vorbeigehen mit dem Wachbeamten an der Haustür gesprochen, Mrs. Carrington. Ich habe ihm eine Tasse Kaffee angeboten, und danach bin ich hereingekommen.«

Soll wohl heißen, dass er durch den Haupteingang gekommen ist, dachte Slater. Das sollte er eigentlich nicht tun. Hatte er im Flur gelauscht, und wenn ja, was hatte er wohl mitbekommen? Er wusste, dass Kay derselbe Gedanke durch den Kopf ging.

Kay stand auf. »Ich bringe Sie zur Tür, Vince.«

Sie schwieg, bis sie in der Eingangshalle waren, und fragte dann im Flüsterton: »Glauben Sie, dass er unser Gespräch belauscht hat?«

»Ich weiß es nicht, aber es gehörte sich schon mal nicht, dass er durch den vorderen Eingang gekommen ist. Ich glaube, er hat zuerst meinen Wagen gesehen, dann hat er uns durch das Küchenfenster entdeckt und ist zum Eingang zurückgelaufen, und dann hat er sich diese Ausrede ausgedacht und versucht, uns zu belauschen.«

»Das glaube ich auch. Rufen Sie mich an, wenn die Überweisung getätigt wurde, und dann werde ich ...«, Kay zögerte, »dann werde ich die Übergabe erledigen.«

Gegen Mittag rief Slater an, um Kay mitzuteilen, dass sich die eine Million Dollar auf Elaines Bankkonto befänden.

Um halb eins rief Kay ihn aufgebracht zurück. »Sie hat es nicht herausgerückt. Sie sagte, sie hätte es zu billig verkauft. Sie sagte, ihre jährliche Rente aus dem Ehevertrag sei viel zu niedrig. Und jetzt möchte sie über einen Betrag verhandeln, der ihren Bedürfnissen angemessener ist.«

55

»DAS IST IMMERHIN AUCH eine Möglichkeit, das Gefängnis von Bergen County zu verlassen«, bemerkte Peter Carrington zu Conner Banks, als er, an Händen und Füßen gefesselt und bewacht von zwei Haftbeamten und vier privaten Wachleuten, durch den Eingangsbereich des Pascack Valley Hospital geführt wurde, hinauf zum schlafmedizinischen Zentrum im ersten Stock.

»Nicht unbedingt die Möglichkeit, die ich mir an Ihrer Stelle ausgesucht hätte«, entgegnete Conner.

»Ich seh schon, Sie halten das Ganze für einen Unfug«, sagte Peter.

»Das wollte ich damit nicht sagen. Was ich meinte, war: Ich hätte es lieber gesehen, wenn Sie nach Hause gehen könnten statt hierher.«

»Nun, es scheint, dass wir hier die Nacht verbringen werden. Tut mir leid, dass ich Ihnen diese Unannehmlichkeiten bereite.«

Es war acht Uhr abends. Banks hatte sich darüber informiert, was von diesem Experiment erwartet werden konnte. Zunächst war ein Gespräch mit einem Schlafspezialisten vorgesehen, bei dem Peter eine Reihe von Fragen beantworten sollte, danach sollte er in ein Zimmer im Schlaflabor gebracht werden. Dort sollte ein sogenanntes Polysomnogramm gemacht werden, bei dem Herzfrequenz, Gehirnströme,

Atmung, Augenmuskel- und Beinbewegung in allen fünf Phasen des Schlafes aufgezeichnet werden. Außerdem sollte er über eine Videokamera die ganze Nacht beobachtet werden. Am folgenden Morgen sollte er dann wieder in das Gefängnis zurückgebracht werden.

An der Tür zu Peters Zimmer war außen noch eine Sicherheitskette angebracht worden. Banks und drei Wachleute saßen auf Stühlen im Gang, während der vierte zusammen mit einem Krankenhausassistenten den Monitor überwachte, auf dem das Zimmer und der im Bett liegende Peter zu sehen waren. Die beiden Wärter aus dem Gefängnis hielten direkt vor der Zimmertür Wache.

Um ein Uhr nachts bewegte sich die Klinke an der Zimmertür. Die Wärter sprangen auf, doch die Sicherheitskette verhinderte, dass sich die Tür um mehr als ein, zwei Zentimeter öffnete. Mehr als eine Minute lang wurde an der Tür gerüttelt, dann wurde sie wieder geschlossen.

Banks eilte zum Monitor. Er sah Peter auf dem Bett sitzen. Er blickte direkt in die Kamera, das Gesicht ausdruckslos, die Augen weit geöffnet. Banks beobachtete, wie Peter sich die Atemmaske wieder aufsetzte, unter die Decke schlüpfte und die Augen schloss.

»Er war am Schlafwandeln, oder?«, fragte Banks den Assistenten.

»Sie haben gerade ein klassisches Beispiel erleben dürfen«, antwortete der Assistent.

56

Zum zweiten Mal in Folge erhielt Vincent Slater einen Anruf um sieben Uhr in der Früh; diesmal von Conner Banks. »Wir haben ein Problem«, sagte Banks ohne Einleitung. »Peter hat gestern Nacht in der Klinik geschlafwandelt. Dabei hat er versucht, die Tür zu seinem Zimmer zu öffnen. Das könnte als Verstoß gegen die Auflagen der Haftunterbrechung gewertet werden. Sobald die Staatsanwältin davon erfährt, wird sie eine weitere Anhörung beantragen. Krause wird sicherlich fordern, die Kaution einzuziehen.«

Slater schwang die Beine aus dem Bett und setzte sich auf. »Was soll ich tun?«

»Sie sollen gar nichts tun außer beten, dass der Richter die Sache so betrachtet wie wir – dass Peter sich nicht bewusst war, was er tat. Ansonsten können Sie sich von weiteren fünfundzwanzig Millionen Dollar verabschieden.«

»Das müssen Sie unbedingt verhindern!«

»Ich werde natürlich mein Bestes geben, was glauben Sie denn? Vince, ich habe Ihnen von Anfang an gesagt, dass die Strategie mit dem Schlafwandeln Wahnsinn ist. Es ist ausgeschlossen, dass der Richter uns das abkauft. Schon dem Antrag, Peter in das Schlaflabor zu schicken, hat er nur widerwillig zugestimmt, trotz der Sicherheitsauflagen. Meine große Sorge ist, dass der Vorfall von gestern Nacht als reine Inszenierung aufgefasst werden könnte, mit der Absicht,

Peters Strategie im Prozess zu stützen. Wenn das der Richter so sieht, dann wird der Staat New Jersey mithilfe ihres Geldes sein Haushaltsdefizit verringern können.«

»Haben Sie Kay schon davon erzählt?«, fragte Slater.

»Ich wollte sie nicht damit aus dem Schlaf schrecken. Ich habe sie zuletzt am Montag gesehen, und da war sie ziemlich fertig.«

»Ich habe sie gestern gesehen, und da war sie immer noch fertig. Überlassen Sie das mir. Ich werde mit ihr sprechen.«

»Ich bin sicher, dass die Staatsanwältin eine Eilsitzung wegen Peters Kaution beantragen wird«, sagte Banks. »Verständigen Sie Kay also rechtzeitig. Sie wird sicher dabei sein wollen. Ich werde Ihnen Bescheid geben, auf welche Uhrzeit sie angesetzt wird.«

Ich muss Kay verständigen, dachte Slater, während er sich duschte und anzog. Gestern hat sie mich eine Million Dollar auf Elaines Konto überweisen lassen, weil sie glaubt, dass sie etwas in der Hand hat, was Peter schaden kann. Und später hat Elaine den Einsatz noch erhöht. Fortgesetzte Erpressung.

Es muss das Hemd sein, dachte er.

Oder ist es doch etwas anderes?

Es hatte keinen Zweck, heute nach Manhattan ins Büro zu fahren. Wenn es eine Anhörung wegen der Kaution geben sollte, wollte er dabei sein. Statt in die Stadt zu fahren, würde er in seinem Zimmer im Herrenhaus arbeiten und dann mit Kay zur Verhandlung fahren.

Es war nicht leicht, Kay anzurufen und ihr zu berichten, was sich gestern im schlafmedizinischen Zentrum ereignet hatte, doch auch diese Pflicht brachte er hinter sich. Eine Stunde später fuhr er durch das Einfahrtstor des Carrington-Anwesens. Der Wachmann winkte ihn freundlich durch. Der nächste Wachmann am Haus nickte ihm zu, als er um das Herrenhaus fuhr und seinen Wagen an der Rückseite parkte. Er benutzte den Schlüssel zu seinem privaten Arbeitszimmer, um ins Haus zu gelangen. Er hatte das Zimmer kaum betreten, als sein Handy klingelte.

Es war Nicholas Greco, der um ein kurzes Treffen nachsuchte, wann und wo es Slater beliebte.

»Mr. Greco«, sagte Vincent, »ich sehe keinen Grund für ein Treffen, weder heute noch zu irgendeinem anderen Termin. Peter Carrington wurde wegen Mordes angeklagt, weil Sie dieses Dienstmädchen aufgespürt haben, das jetzt plötzlich behauptet, dass seine unter Eid gemachte Aussage vor zweiundzwanzig Jahren falsch gewesen ist. Warum sollte ich daran interessiert sein, auch nur ein einziges Wort mit Ihnen zu reden?«

»Mr. Slater, zurzeit arbeite ich für niemanden. Aber ich kann es nicht leiden, wenn ein Auftrag zu Ende geht und zu viele Dinge noch offen sind. Soviel ich weiß, wird Peter Carrington vor Gericht einräumen, dass er diese Verbrechen möglicherweise in einem Zustand begangen hat, in dem er sein Verhalten nicht kontrollieren konnte. Aber wäre es denn nicht auch möglich, dass es noch eine andere Lösung gibt? Als sein enger Freund und Assistent bitte ich Sie, geben Sie mir eine halbe Stunde und hören Sie sich an, was ich zu sagen habe.«

Ohne zu antworten klappte Vincent Slater sein Handy zu.

»Wer war das, Vince?«

Er wirbelte herum. Kay stand in der Tür.

»Ach, nichts Wichtiges, Kay«, sagte er. »Irgend so ein Spinner, der es geschafft hat, an meine Nummer zu kommen.«

57

ALS MAN STAATSANWÄLTIN Barbara Krause berichtete, Peter habe sein Krankenhauszimmer zu verlassen versucht, indem er an der versperrten Tür gerüttelt und gezogen habe, beantragte sie sofort eine weitere Eilanhörung, genau wie Conner Banks vorausgesehen hatte.

Um halb drei Uhr standen sie, die Verteidiger und Peter Carrington erneut vor Richter Smith. Und genau wie bei den bisherigen Verhandlungen drängten sich auch dieses Mal die Medienvertreter und Dutzende von Zuschauern im Saal.

Ich saß mit Vincent Slater in der Reihe hinter Markinson und Banks. Es ist schwierig zu beschreiben, wie ich mich fühlte. Am ehesten könnte ich es so ausdrücken, dass ich mich wie betäubt fühlte. Innerhalb von wenigen Tagen hatte ich – indem ich die Möglichkeit in Betracht zog, dass die Frau in der Kapelle Susan Althorp gewesen sein könnte – in den Augen der Anwälte ein Motiv für Peter geliefert, Susan umzubringen. Außerdem hatte ich das blutbefleckte Hemd gesehen, das er in jener Nacht getragen hatte, und ich hatte eine Million Dollar an seine Stiefmutter gezahlt, damit sie es mir überließ. Es war reine Erpressung, aber ich glaubte, keine andere Wahl zu haben. Und nachdem ich das Geld gezahlt hatte, sollte ich nun weiter erpresst werden. Ich hatte außerdem noch Susans beste Freundin besucht und von ihr erfahren, dass Susan Gary Barr als »ihren Kumpel«

bezeichnet hatte. So vieles war in so kurzer Zeit geschehen, und ich versuchte immer noch, mir einen Reim darauf zu machen.

Ich sah zu, wie Peter, mein Mann, meine Liebe, in den Saal geführt wurde, seelisch verletzt und erniedrigt, an Händen und Füßen gefesselt, öffentlich zur Schau gestellt, damit ihn alle Welt in den Abendnachrichten sehen konnte.

Die Staatsanwältin setzte eine triumphierende und zugleich äußerst entrüstete Miene auf, als sie sich erhob und zu sprechen begann. Mit jedem Wort, das sie hervorbrachte, wurde mein Hass auf sie größer.

»Euer Ehren, dies ist bereits das zweite Mal, dass dieser Mann, der zweier Morde angeklagt ist und bei einem weiteren Todesfall als verdächtig gilt, die Kautionsbedingungen missachtet hat. Beim ersten Mal hat er sein Haus verlassen und ist auf das Grundstück der Eltern von Susan Althorp eingedrungen, womit er ihnen erhebliche seelische Qualen bereitet hat. Einer der Polizeibeamten, die ihn festnehmen wollten, wurde angegriffen und ernsthaft verletzt. In der vergangenen Nacht wollte Peter Carrington erneut fliehen und hat versucht, die Tür seines Zimmers in der Klinik gewaltsam aufzubrechen. Die diensthabenden Haftbeamten haben mir berichtet, das er mindestens eine Minute lang verzweifelt an der Tür gerüttelt hat, glücklicherweise ohne Erfolg.«

Peter, dachte ich, Peter. Was geht in deinem Kopf vor? Warum müssen wir diesen Albtraum durchmachen?

»Euer Ehren«, sagte die Staatsanwältin jetzt, »im Namen des Staates beantrage ich, dass die Kaution von fünfundzwanzig Millionen Dollar, die von Peter Carrington für den Aufenthalt in der schlafmedizinischen Klinik hinterlegt wurde, eingezogen wird. Des Weiteren fordern wir, dass er ab sofort und bis zum Prozess im Gefängnis von Bergen County verbleibt. Man kann sich nur schwer jemanden vorstellen, bei dem eine größere Fluchtgefahr bestünde als bei ihm.«

Conner Banks hatte ungeduldig darauf gewartet, dass die

Staatsanwältin ihre Ausführungen beendete. Nun war er an der Reihe. Ich sah zu, wie er sich von seinem Stuhl am Tisch der Verteidigung erhob und sich anschickte, das Wort zu ergreifen. Sein Gesicht strahlte Zuversicht aus, was mir ein wenig Hoffnung machte. Er warf einen Blick auf die Staatsanwältin, als ob er fassungslos über das sei, was er gerade von ihr gehört hatte, dann begann er seine Gegenrede.

»Euer Ehren, reden wir doch ruhig einmal über die Fluchtgefahr. Wenn Peter Carrington das Land hätte verlassen wollen, dann hätte er es vor über zwanzig Jahren tun können. Stattdessen hat er die ganze Zeit in seinem eigenen Haus gelebt, hat versucht, die verleumderischen Gerüchte zu ignorieren, hat bei allen Ermittlungen bereitwillig kooperiert, und jetzt, wissend, dass er niemals einem anderen Menschen bewusst etwas antun könnte, hat er versucht, eine Erklärung zu finden für die Verbrechen, die er vielleicht begangen hat. Oder die er vielleicht *nicht* begangen hat.«

Es war viel zu früh, als dass ich schon etwas von dem Kind, das ich in mir trug, hätte wahrnehmen können. Dennoch war ich sicher, in diesem Moment einen Tritt der Zustimmung in meinem Bauch zu spüren.

Conner fuhr in seiner Rede fort: »Der einzige Zweck der neurologischen Tests in der schlafmedizinischen Klinik bestand darin, festzustellen, ob Peter Carrington ein Schlafwandler ist, und, falls dies zutrifft, die Schwere und Häufigkeit des Auftretens dieser Störung zu ermitteln. Die Ärzte meines Mandanten haben mir erklärt, dass die neurologischen Aufzeichnungen während seines Schlafes große Unregelmäßigkeiten aufweisen und deutlich auf einen Menschen mit einer schweren Schlafwandelstörung, auch Parasomnie genannt, verweisen. Nachdem die Ärzte sich die Videoaufzeichnung des Zwischenfalls angesehen haben, haben sie mir zu verstehen gegeben, dass es sich in ihren Augen offensichtlich um eine Episode des Schlafwandelns gehandelt hat und er sich seiner Handlungen absolut nicht bewusst gewesen ist.«

Er macht das gut, dachte ich. Bitte, lieber Gott, mach, dass der Richter ihm glaubt.

»Euer Ehren«, sagte Banks, und seine Stimme wurde jetzt lauter, »wir bestreiten nicht, dass Peter Carrington aufgestanden ist und versucht hat, das Zimmer zu verlassen. Allerdings war er sich über die umfangreichen Sicherheitsmaßnahmen nicht nur völlig im Klaren, sondern ist für sie auch selbst aufgekommen. Daher kann dieser Zwischenfall ganz offensichtlich nur sinnvoll interpretiert werden, wenn man von der Voraussetzung ausgeht, dass mein Mandant unter dieser schweren Schlafstörung leidet. Euer Ehren, gemäß Ihrem Beschluss hat er die Nacht im Schlaflabor verbracht und wurde heute wieder ins Gefängnis überführt. Es wäre eine große Ungerechtigkeit, die Kaution von fünfundzwanzig Millionen Dollar einzuziehen wegen eines Verhaltens, das mein Mandant nicht bewusst steuern konnte.«

Richter Smith hatte beiden Parteien aufmerksam zugehört. Er sah auf, und unsere Blicke trafen sich für eine Sekunde, bevor er sich an den Saal wandte. Was hatte er gesehen, als er mich angeschaut hatte? Hatte er bemerkt, wie sehr ich um Verständnis flehte? Ich spürte, wie mein Herz pochte, als er zu reden anfing.

»Ich kann mit voller Überzeugung behaupten, dass dies wohl die ungewöhnlichsten Umstände sind, die mir je in Zusammenhang mit einer Kautionsanhörung begegnet sind«, sagte er. »Ich bin mir der Tatsache voll bewusst, dass Schlafwandeln eine wichtige Rolle im anstehenden Prozess Mr. Carringtons spielen wird. Natürlich werde ich zum jetzigen Zeitpunkt weder zur Stichhaltigkeit der Anklage noch zur Zulässigkeit einer auf Schlafwandeln gestützten Verteidigung Stellung nehmen. Die einzige Frage, um die es heute geht, ist, ob Mr. Carrington willentlich versucht hat, die mit seiner Kaution verbundenen Auflagen zu verletzen, und ob er die hinterlegten fünfundzwanzig Millionen Dollar abtreten muss. Der Vertreter der Verteidigung stellt nicht in Abrede, dass Mr. Carrington versucht hat, das Zimmer zu verlassen, auf das sein Aufenthalt beschränkt war.«

Ich sah hinüber zur Staatsanwältin, und ich meinte, eine leichte Verärgerung in ihrer Miene zu entdecken. Oh Gott, hoffentlich bedeutet das, dass der Richter die Kaution nicht einziehen wird. Denn würde er sich doch dafür entscheiden, heißt das, er glaubt, Peter habe das Ganze nur gespielt.

Der Richter fuhr fort: »Wie der Vertreter der Verteidigung dargelegt hat, haben die klinischen Tests ergeben, dass eine schwere Schlafstörung im Sinne von Schlafwandeln vorliegt. Daneben ist auch zutreffend, dass Peter Carrington sich der umfangreichen Sicherheitsvorkehrungen voll bewusst war, die jeden Fluchtversuch von vornherein aussichtslos erscheinen ließen. Es trifft auch zu, wie der Verteidiger hervorgehoben hat, dass Mr. Carrington diesen Sicherheitsvorkehrungen zugestimmt hat und für sie aufgekommen ist. Unter Abwägung all dieser Umstände und in Anerkennung der Tatsache, dass die Untersuchung in der Klinik einzig dem Zweck dienen sollte, das Vorliegen oder Nichtvorliegen einer Schlafwandelstörung nachzuweisen, ist dieses Gericht nicht überzeugt, dass Mr. Carrington willentlich versucht hat zu fliehen oder dass er auf andere Weise bewusst die Kautionsauflagen verletzt hat. Die Sorge der Staatsanwaltschaft über eine weiterhin bestehende Fluchtgefahr ist berechtigt, und so wird der Angeklagte weiterhin bis zu seinem Prozess in Untersuchungshaft gehalten werden. Angesichts der mir vorliegenden Informationen werde ich jedoch nicht anordnen, dass die Kaution von fünfundzwanzig Millionen Dollar eingezogen wird.«

Zu guter Letzt hatten wir also doch so etwas wie einen Sieg errungen. Ich sackte erleichtert auf meinem Stuhl zusammen. Vincent Slater klopfte mir auf die Schulter, eine ungewöhnliche Geste für ihn. »Kay, das ist ein sehr wichtiges Ergebnis für uns«, sagte er mit einer Stimme, aus der Erleichterung und Mitgefühl klang.

Slater zeigte so selten seine Gefühle, dass ich zugleich überrascht und berührt war. Ich hatte ihn bisher als jemanden kennengelernt, der effizient arbeitete und Peter loyal ergeben war, sich ansonsten aber eher kühl und abweisend verhielt. Seine Reaktion bot einen unerwarteten Einblick in sein Gefühlsleben. Zweifellos, räumte ich in Gedanken ein, rührte sein Überschwang auch daher, dass der Verlust von fünfundzwanzig Millionen Dollar Kaution verhindert worden war.

Mir wurden wieder ein paar Minuten Zusammensein mit Peter zugestanden, während er in der Haftzelle saß. »Kay«, berichtete er, »letzte Nacht habe ich geträumt, dass ich auf dem Rasen vor dem Haus der Althorps kniete, genau wie neulich, als die Polizisten mich verhaftet haben. Ich habe versucht, die Tür zu öffnen, weil ich im Traum den Zwang verspürte, noch einmal dorthin zu gehen.« Er senkte die Stimme zu einem Flüstern, damit der Wärter, der in der Nähe stand, ihn nicht verstehen konnte. »Aber etwas war anders letzte Nacht.« Er machte eine Pause. »Ich hatte das Gefühl, dass Gary Barr im Zimmer sitzt und mich beobachtet.«

58

Nicholas Greco erfuhr aus dem Autoradio, dass Peter Carrington versucht haben sollte, aus dem Schlaflabor auszubrechen. Da er wusste, dass es eine Anhörung über die Kaution geben würde, rief er das Büro von Barbara Krause an und erfuhr, um wie viel Uhr sie angesetzt war.

Während der Verhandlung saß er im Gerichtssaal, danach wartete er draußen im Gang in der Hoffnung, mit Carringtons Frau Kay sprechen zu können.

Sie trat in Begleitung von Vincent Slater aus dem Saal. Als Slater Greco gewahrte, versuchte er, Kay Carrington rasch an ihm vorbeizuschleusen, doch Greco stellte sich ihm in den Weg. »Mrs. Carrington«, sagte er, »ich würde sehr gern mit Ihnen sprechen. Möglicherweise könnte ich Ihnen helfen.«

»Helfen!«, ereiferte sich Slater. »Kay, das ist dieser Detektiv, der das Dienstmädchen ausfindig gemacht und es dazu gebracht hat, seine Aussage zu widerrufen.«

»Mrs. Carrington, ich bin auf der Suche nach der Wahrheit.« Greco überreichte ihr seine Karte. »Bitte nehmen Sie. Bitte rufen Sie mich an.« Nachdem er befriedigt gesehen hatte, wie sie die Karte in ihre Tasche steckte, wandte er sich um und entfernte sich in der entgegengesetzten Richtung.

Er war inzwischen fast so etwas wie eine bekannte Figur in den Büros der Staatsanwaltschaft geworden. Barbara Krauses Tür war geschlossen, aber Tom Moran stand draußen im Flur und unterhielt sich mit einem Polizeibeamten. Greco gab ihm ein kleines Zeichen, als sich ihre Blicke trafen, dann wartete er, bis Moran sein Gespräch beendet hatte und auf ihn zutrat.

Moran winkte ab, als Greco sich dafür entschuldigte, dass er ohne Termin hereingeschneit kam. »Gehen wir in mein Büro«, schlug er vor. »Der Boss ist im Moment nicht besonders gut drauf, nachdem sie mit ihrem Antrag auf Einzug der Kaution gescheitert ist.«

»Ich verstehe«, sagte Greco und dankte dem Himmel, dass er nicht an Barbara Krauses Tür geklopft hatte. Bisher war ihr seine Hilfe willkommen gewesen, doch er wusste, dass dies sehr schnell ins Gegenteil umschlagen konnte. Er wusste auch, dass er Moran nicht allzu lange aufhalten durfte.

Einmal in Morans Zimmer angelangt, kam Greco gleich zur Sache. »Ich habe mit Susan Althorps bester Freundin gesprochen, Sarah Kennedy North. Wie Sie wissen, hat Gary Barr früher Susan und ihre Freundinnen immer zu den Partys gefahren. Nun habe ich von Sarah North erfahren, dass er offenbar eine ungewöhnlich enge Beziehung zu Susan hatte.«

Moran hob eine Augenbraue. »Ich bin ganz Ohr.«

»Es scheint, dass Susan von Barr immer als ›ihrem Kumpel‹ gesprochen hat. Eher ungewöhnlich, finden Sie nicht, für eine Achtzehnjährige und einen Dienstboten, der damals Anfang vierzig war? Die Atmosphäre im Hause Althorp spricht auch nicht gerade dafür, dass das Verhältnis zwischen der Familie und den Angestellten besonders locker war. Eher würde ich das Gegenteil annehmen.«

»Mr. Greco, wir haben immer vermutet, dass jemand Peter Carrington geholfen hat, sowohl beim Verstecken als auch später beim Vergraben von Susan Althorps Leiche. Uns ist natürlich bekannt, dass Gary Barr die Mädchen gefahren hat. Die Polizei hat damals, nach Susans Verschwinden, auch mit ihren Freundinnen gesprochen. Keine von ihnen hat erwähnt, dass Barr eine ungewöhnliche Beziehung zu Susan gehabt hätte. Vielleicht sollten wir uns noch einmal mit ihm unterhalten. Wäre ja möglich, dass sich *sein* Gedächtnis über die Jahre ebenfalls verbessert hat.«

Greco erhob sich. »Ich werde Sie nicht länger aufhalten. Dürfte ich Ihnen vielleicht noch vorschlagen, Gary Barrs Hintergrund einmal gründlich zu durchleuchten und nachzuprüfen, ob er je mit dem Gesetz in Konflikt geraten ist. Mir geht da eine Möglichkeit durch den Kopf, die ich aber jetzt noch nicht verraten will. Einen schönen Tag noch, Mr. Moran. Es ist immer angenehm, mit Ihnen zu plaudern.«

59

Ich verachtete Elaine wegen ihrer Hinterhältigkeit, aber auf eine verquere Art war ich auch erleichtert, nicht in den Besitz des unseligen Hemds geraten zu sein. Obwohl es glatte Erpressung war, hatte sie damit verhindert, dass ich in ein moralisches Dilemma geriet. Als Peters Ehefrau musste ich nicht gegen ihn aussagen. Aktiv ein Beweismittel zurückzuhalten oder zu vernichten, war jedoch eine andere Sache. So aber, sagte ich mir, hielt ich kein Beweismittel zurück, weil ich es nicht besaß.

Für die Medien war die Anhörung wieder einmal ein gefundenes Fressen. Auf der Titelseite eines der Sensationsblätter prangte ein Foto von Peter, wie er vor dem Richter stand, mit dem Rücken zur Kamera. Der Richter blickte nach unten.

Die Schlagzeile lautete: SCHLÄFT DER RICHTER ETWA AUCH? Eine Karikatur in einer anderen Zeitung zeigte Peter mit Elektroden an der Stirn und einem Atemschlauch über der Schulter. In der erhobenen Hand hielt er ein Beil, das er gegen eine Tür richtete.

Ich wusste nicht, inwieweit Peter Zugang zu Zeitungen hatte, und sprach ihn auch nicht darauf an. Bei meinem nächsten Besuch fragte ich ihn jedoch nach seinem Traum im Schlaflabor, als er versucht hatte, die Tür zu öffnen, weil er wieder zum Haus der Althorps wollte. »Könnte es vielleicht sein, dass du damals, in der Nacht, als Susan ermordet wurde, Gary tatsächlich gesehen hast, weil er sich irgendwo in der Nähe des Hauses herumtrieb?«, fragte ich ihn.

»Ausgeschlossen, Kay! Wenn das so wäre, dann hätte ich niemals zugelassen, dass er auch nur halbwegs in deine Nähe kommt!«

Natürlich hätte er das nicht zugelassen. Er war überzeugt, dass das Ganze nur eine verwirrende Wendung in seinem Traum war – ich dagegen zweifelte daran.

Meine Besuche waren mit Qualen verbunden: Wir konnten uns nur durch eine Plexiglasscheibe sehen und nur über ein Telefon miteinander reden. Mit den Anwälten durfte er zusammen an einem Tisch sitzen, aber mich durfte er nicht einmal berühren. Ich sehnte mich danach, ihn zu umarmen und seine starken Arme um mich zu spüren. Doch das lag nicht im Bereich des Möglichen.

Conner Banks' Mutmaßung, dass Peter mich nur geheiratet hätte, weil ich das Gespräch in der Kapelle belauscht hatte, geisterte immer wieder durch meine Gedanken. Doch bei meinen Besuchen – wenn ich erlebte, wie Peter mich ansah, wie sich sein Gesicht aufhellte, sobald er mich erblickte – war ich wieder sicher, dass er mich liebte und von Anfang an geliebt hatte.

Nur wenige Stunden später jedoch, wenn ich wieder allein zu Hause war, erschien es mir nicht mehr ausgeschlossen, dass er und Susan diejenigen gewesen waren, die sich an jenem Tag in der Kapelle über Geld gestritten hatten. Peter studierte damals auf dem College. Wie viel mochte ihm sein Vater, der so ein furchterlicher Geizkragen war, an finanzieller Unterstützung gewährt haben? Wäre es denkbar, dass Susan etwas gegen ihn in der Hand hatte und er zum Äußersten getrieben wurde – vielleicht aus Angst vor seinem Vater –, um sie zum Schweigen zu bringen?

Diese Fragen verfolgten mich, doch wenn der Besuchstag nahte, fühlte ich mich elend und machte mir die bittersten Vorwürfe, dass ich je an ihm gezweifelt hatte.

In den Wochen nach der Anhörung nahm ich sicherlich ein Dutzend Mal die Visitenkarte von Nicholas Greco aus meinem Schreibtisch und überlegte, ob ich ihn anrufen sollte. Ich hatte so ein unbestimmtes Gefühl, dass er Peter auf irgendeine Weise helfen könnte. Doch jedes Mal erinnerte ich mich wieder daran, dass Peter vielleicht nicht angeklagt worden wäre, hätte Greco nicht Maria Valdez aufgespürt, und so legte ich die Karte jedes Mal wieder zurück in die Schublade und schob diese entschlossen zu.

Der Februar erwies sich als erstaunlich mild, und ich hatte wieder mit Jogging begonnen, lief jeden Morgen meine Runden durch das Anwesen. Ich hielt oft an der Stelle an, wo sie die sterblichen Überreste meines Vaters gefunden hatten. Dieses Grab schien mir wirklicher zu sein als das, welches er nunmehr mit meiner Mutter im MaryRest Cemetery teilte. Die Polizei hatte im Umkreis von mindestens drei Metern um die Stelle, an dem die Hunde ihr lautstarkes Gebell angefangen hatten, den Boden aufgegraben. Die Grube war danach wieder zugeschüttet worden, doch der dunkle Fleck Erde ragte immer noch aus dem winterlichen Rasen heraus. Im Frühjahr, wenn der Boden auftaute, würde er allmählich wieder einsinken.

Ich überlegte, dass ich dort gerne Rosenbüsche pflanzen lassen würde, doch dann fiel mir ein, dass ich meine Stellung als Mrs. Carrington noch nicht lange genug innehatte, um zu wissen, wer für die Gartengestaltung zuständig war.

Manchmal stand ich auch am Zaun und blickte auf die Stelle, an der Susans Leiche entdeckt worden war. Ich versuchte mir den zwanzigjährigen Peter vorzustellen, wie er sich überlegte, dass er die Tote gefahrlos dort vergraben könne, nachdem die Leichenhunde das Grundstück bereits abgesucht hatten. Ich rief sogar beim Gasversorgungsunternehmen an. Einer der Angestellten erklärte mir, eine Gasleitung verlaufe auf unserem Grund entlang dem Bürgersteig, und das Unternehmen besitze das Recht, den Boden jederzeit dort aufzugraben, um die Leitung zu warten oder zu ersetzen. Er sagte, normalerweise hätten seine Leute den Boden niemals in fast fünfzehn Meter Entfernung vom Bürgersteig aufgraben müssen.

»Wenn irgendwo der Verdacht auf ein Leck besteht, fahren wir sofort hin, ohne die Anwohner vorher zu verständigen«, sagte er. »An dem Tag, an dem die Leiche des Mädchens gefunden wurde, war Gasgeruch gemeldet worden, und unsere Leute haben sich sofort auf den Weg gemacht. Dass wir an diesem Tag mit den Detektoren Testlöcher bis dicht an den Zaun bohren mussten, war reiner Zufall.«

Das würde vielleicht erklären, weshalb Peter, auch wenn er schuldig war, nicht besonders beunruhigt wirkte, als er die Reparaturmannschaft so nahe am Bürgersteig hatte graben sehen.

Ich rekapitulierte noch einmal, was ich über diese Nacht wusste. Elaine hatte behauptet, sie habe Peter um zwei Uhr morgens zurückkommen sehen. Gesichert war, dass er Susan um Mitternacht nach Hause gefahren hatte. War sie so kühn gewesen, sich sofort wieder aus dem Haus zu schleichen, oder hatte sie nicht eher zwanzig Minuten oder eine halbe Stunde gewartet, um sicherzugehen, dass ihre Eltern nicht nach ihr schauen würden? Und wo sollte Peter – ob er nun geschlafwandelt hatte oder nicht – zwischen halb eins und zwei Uhr Susans Leiche versteckt haben?

Und wenn er das getan hatte, dann musste ihm jemand dabei geholfen haben. Mein Verdacht, dass Gary Barr irgendwie in diese Sache verwickelt war, wurde immer stärker. Das würde erklären, warum Gary in letzter Zeit so auffällig nervös gewesen war und warum er uns belauscht hatte. Falls er tatsächlich aus Loyalität versucht hatte, Peter zu helfen, befürchtete er nun vielleicht, wegen Beihilfe zum Mord vor Gericht gestellt zu werden.

Conner Banks gab mir eine Videoaufnahme einer Fernsehsendung, auf der Lokaltermine mit Tatrekonstruktionen von Verbrechen zu sehen waren, die in den Vereinigten Staaten begangen wurden. Die Täter waren zwei Männer, die sich zur Tatzeit im Zustand des Schlafwandelns befunden hatten. Beide wurden zu lebenslänglichen Freiheitsstrafen verurteilt. In derselben Sendung wurden Tatrekonstruktionen eines Totschlags und einer schweren Körperverletzung gezeigt, die von zwei Männern in demselben Zustand in Kanada begangen wurden. Sie wurden beide freigesprochen. Die Aufnahmen versetzten mich in ziemliche Verzweiflung. Zwei der Männer waren völlig verwirrt gewesen, als sie von der Polizei geweckt worden waren, und hatten keinerlei Erinnerung an das, was geschehen war. Ein anderer wachte in seinem Wagen auf und fuhr selbst zur Polizeistation, weil er mit Blut bedeckt war.

Zum Glück gab es in diesen Tagen noch eine Sache, mit der ich mich beschäftigen konnte – und die mir sogar Spaß machte: Ich nahm verschiedene Veränderungen im Herrenhaus vor. Peter hatte mir erzählt, dass Grace fast gar nichts am Herrenhaus verändert hatte, dass sie dafür jedoch die Wohnung in der Fifth Avenue komplett neu hatte einrichten lassen. Ich war bisher nur ein paarmal in den Wochen zwischen der Benefizveranstaltung und unserer Hochzeit in der Wohnung gewesen. Im Augenblick hegte ich keinerlei Wunsch, mich ohne Peter dort aufzuhalten. Es mag zwar lächerlich klingen, aber ich hätte mich wie ein Eindringling gefühlt. Sollte Peter am Ende ins Gefängnis gehen müssen, dann stünden noch größere Entscheidungen an, was mit dem gesamten Besitz geschehen sollte.

In der Zwischenzeit widmete ich mich jedoch den kleineren Veränderungen im Herrenhaus – in meinem Haus, wie ich mir manchmal noch selbst einreden musste. Ich bat Gary, die Kisten mit dem Limoges-Porzellan hinunterzutragen. Jane wusch die Teller, Tassen und Untertassen und all die wundervollen Einzelstücke ab, die im späten neunzehnten

Jahrhundert bei so mancher üppig gedeckten Dinnerparty benutzt worden waren. »So etwas sieht man heutzutage kaum noch, Mrs. Carrington«, strahlte Jane.

Im großen Esszimmer stand ein wunderschöner Vitrinenschrank aus dem achtzehnten Jahrhundert. Dort stellten wir das Limoges auf und packten dafür das Porzellan ein, das Elaine ausgesucht hatte. Ein Glück, dass wir das los sind, dachte ich.

In einem der Zimmer im zweiten Stock fand ich eine schwere Kiste, gefüllt mit altem, schwarz angelaufenem Tafelsilber. Als Jane und Gary es poliert hatten, entdeckten wir, dass alle Stücke ein Monogramm trugen. »ASC, wessen Initialen sind das?«, fragte ich Peter bei einem meiner nächsten Besuche.

»ASC? Das müsste meine Urur- – wie viele ›Ur‹, weiß ich nicht genau – -großmutter sein. Ihr Name war Adelaide Stuart, bevor sie 1820 meinen Urur- und so weiter -großvater heiratete. Meine Mutter hat mir erzählt, dass Adelaide sich rühmte, eine entfernte Nachfahrin von König Karl zu sein, und meinen väterlichen Urahn nie hat vergessen lassen, dass sie gesellschaftlich gesehen eine Stufe über ihm stand. Sie war auch diejenige, die den Umzug des Herrenhauses von Wales nach New Jersey betrieben hat.«

Ich machte die Erfahrung, dass ich mit Gesprächen wie diesem am ehesten ein Lächeln bei Peter hervorlocken konnte. Ihm gefiel der Gedanke, dass ich dem Haus meinen eigenen Stempel aufdrückte. »Tu alles ganz nach deinem Willen, Kay. Einige Zimmer wirken sowieso für meinen Geschmack viel zu steif und formell. Nur meine Bibliothek lass bitte ganz so, wie sie ist, und auf gar keinen Fall darfst du meinen Sessel neu beziehen lassen.«

Ich sagte ihm auch, dass ich vorhätte, einige der Gemälde in den unteren Räumen durch andere auszutauschen, die ich im zweiten Stock entdeckt hätte und die mir besser gefielen.

Maggie kam jetzt ein paarmal in der Woche zum Abendessen zu mir, oder wir gingen in unser Pasta-Restaurant. Mir war bewusst, dass die anderen Gäste uns mit Blicken verfolgten, wenn wir das Lokal betraten. Aber ich hatte eingesehen, dass ich mich nicht ewig verstecken konnte und dass sich am Ende oder zumindest bis zum Beginn des Prozesses die Neugier ein bisschen legen würde.

Ich hatte Elaine seit fast drei Wochen nicht mehr zu Gesicht bekommen, seit dem Tag, an dem sie sich geweigert hatte, das Hemd herauszugeben. Nur manchmal sah ich ihren Wagen, wenn sie die Auffahrt entlangfuhr. Ich hatte sämtliche Türschlösser auswechseln lassen, sodass sie nicht mehr einfach ins Haus kommen konnte, ohne vorher zu klingeln. Eines Abends, die Barrs hatten sich schon verabschiedet, saß ich in Peters Sessel und las, als an der Haustür Sturm geläutet wurde.

Ich eilte zur Tür und öffnete, und Elaine stürzte ins Haus mit vor Wut aufgerissenen Augen, die Hände wie Krallen gekrümmt. Für einen Moment dachte ich, sie wollte mir an den Hals greifen. »Was fällt dir ein?«, schrie sie. »Wie kannst du es wagen, in meinem Haus herumzuwühlen?«

»In deinem Haus herumzuwühlen?« Meine erschreckte Stimme und mein Gesichtsausdruck ließen sie wohl einsehen, dass ich keine Ahnung hatte, wovon sie sprach.

Ihre Wut verwandelte sich noch in der nächsten Sekunde in panische Angst. »Kay«, sagte sie. »Oh mein Gott, Kay, es ist *verschwunden*! Jemand hat es gestohlen!«

Ich musste nicht erst nachfragen, um was es sich handelte. Peters Smokinghemd, an dem Susans Blut haftete, das Hemd, das ihn unweigerlich als Mörder brandmarken würde, war verschwunden.

60

PAT JENNINGS VERBRACHTE in der Kunstgalerie Walker immer mehr Zeit am Telefon, weil es ansonsten für sie absolut nichts zu tun gab. In den vergangenen Wochen seit dem Streit mit seiner Mutter hatte sich Richard nur sehr selten blicken lassen. Er erzählte Pat, dass er beabsichtige, seine Wohnung zu verkaufen und sich eine kleinere zuzulegen, und dass er auf der Suche nach weniger teuren Räumen für die Galerie sei. »Ich glaube, die große Romanze mit Gina Black ist vorbei«, vertraute Pat ihrer Freundin Trish bei einem ihrer häufigen Telefongespräche an. »Sie hat ein paarmal Nachrichten für ihn hinterlassen, aber Richard hat mir aufgetragen, ihr zu sagen, er sei nicht in der Stadt.«

»Und was ist mit der anderen, dieser Alexandra Lloyd?«

»Ich glaube, die hat's aufgegeben. Sie hat seit Wochen nicht mehr angerufen.«

»Ist seine Mutter noch einmal da gewesen?«

»Nein, kein einziges Mal. Aber ich glaube, sie hat irgendwas Wichtiges verloren. Heute Morgen ist Richard da gewesen, und ich kann dir sagen, der war vielleicht geladen! Er ging schnurstracks zum Telefon und hat seine Mutter angerufen. Ich hörte ihn brüllen, dass er die ganze Nacht kein Auge zugemacht hat, weil er sich so über das aufregen musste, was sie ihm gestern erzählt hat. Ich kann ja praktisch jedes Wort verstehen, wenn er so laut spricht …«

»Wann war das?«, fragte Trish.

»Vor ungefähr einer Stunde.«

»Was hat er sonst noch gesagt?«

»Irgendwas darüber, wie blödsinnig es gewesen ist, es im Haus aufzubewahren, und warum sie es nicht gleich am Fahnenmast aufgehängt hat, damit es auch jeder sehen kann. Jedenfalls hat er dann einfach aufgelegt, und sie hat zehn Minuten später noch einmal angerufen. Man konnte ihr anhören, dass sie geweint hatte. Sie sagte, sie wolle nicht mit Richard sprechen. Stattdessen trug sie mir auf, ich soll ihrem Sohn ausrichten, es sei allein seine Schuld, dass sie es einsetzen musste und dass sie es nur seinetwegen im Haus hatte, und außerdem könne er von ihr aus zur Hölle fahren.«

»Was, *das* hat sie zu dir gesagt?«, sagte Trish atemlos. »Und hast du ihm das ausgerichtet?«

»Ich musste ja wohl, nicht? Er hat nur gesagt, er kommt heute nicht mehr, und dann ist er rausgerauscht und hat die Tür hinter sich zugeknallt.«

»Das ist ja glatter Wahnsinn!«, rief Trish. »So einen interessanten Job wie du möchte ich auch mal haben, Pat. Das ist einfach faszinierend, mit so Leuten wie den Carringtons zu tun zu haben. Was glaubst du, was Elaine verloren hat?«

»Vielleicht Schmuck oder so was«, mutmaßte Pat. »Oder einen Schlüssel zum Carrington-Vermögen. Den könnte Richard sicher ganz gut gebrauchen.«

»Vielleicht war es ein Zettel mit einem todsicheren Pferdetipp«, schlug Trish vor.

Beide mussten lachen.

»Halt mich auf dem Laufenden!«, mahnte Trish, bevor sie auflegte.

61

»Bei der Anhörung hat Peter durchaus deutlich machen können, worum es ihm geht, Kay«, sagte Conner Banks und fuchtelte dabei mit dem Zeigefinger vor mir herum, um seine Worte zu unterstreichen. »Wir haben eine Kopie des Bandes, auf der zu sehen ist, wie er im Schlaflabor aus dem Bett steigt. Es gibt eine Einstellung, in der er in die Kamera schaut und man deutlich sein Gesicht sieht. Selbst ein Laie kann erkennen, wie glasig und starr sein Blick ist und dass er vollkommen abwesend wirkt. Wenn sie das zu Gesicht bekommen, dann glaube ich schon, dass einige, vielleicht sogar alle Geschworenen glauben werden, dass Peter zu diesem Zeitpunkt im Zustand des Schlafwandelns war und er demnach grundsätzlich ein Schlafwandler ist. Aber, Kay, selbst wenn es so kommt, wird diese Verteidigung nicht funktionieren. Wenn Sie wollen, dass Peter jemals wieder als freier Mann in dieses Haus zurückkehrt, dann *müssen* Sie ihn überzeugen, dass er uns gewähren lässt und wir die Anklage angreifen. Wir müssen darlegen, dass es sowohl begründete Zweifel daran gibt, er habe Susan getötet, als auch, dass es begründete Zweifel daran gibt, er habe Ihren Vater getötet.«

»Dem kann ich mich nur anschließen«, sagte Markinson mit Nachdruck.

Banks und Markinson waren wieder einmal ins Herrenhaus gekommen. Eine Woche war vergangen, seitdem Peters

Hemd aus Elaines Haus gestohlen worden war. Ich weiß nicht, wer von uns beiden über das Verschwinden verzweifelter war, Elaine oder ich.

Es gab nur zwei Menschen, denen ich zutraute, den Diebstahl begangen zu haben: Gary Barr und Vincent Slater. Vincent hatte sofort erraten, dass der »Gegenstand«, mit dem mich Elaine erpresste, das Hemd sein musste, und ich war fast sicher, dass Gary unser Gespräch darüber belauscht hatte.

Ich konnte mir sogar vorstellen, dass Vince versucht hatte, sich des Hemdes zu bemächtigen, nachdem die Million Dollar an Elaine gezahlt worden war, besonders da sie versuchte, die Erpressung fortzusetzen, aber warum hatte er mir nichts davon gesagt? Ich konfrontierte ihn mit der Frage und bestätigte ihm, dass es sich bei Elaines »Gegenstand« um das gesuchte Hemd handelte. Er stritt vehement ab, es an sich genommen zu haben. Ich war mir nicht sicher, ob ich ihm glauben sollte.

Wenn aber Gary Barr es an sich genommen hatte, was hatte er dann damit vor? Vielleicht wollte er es als Faustpfand behalten, um damit einen Deal mit der Staatsanwältin aushandeln zu können, etwa in der Art: »Peter war fast noch ein Kind. Ich hatte Mitleid mit ihm. Ich habe die Leiche versteckt. Später habe ich ihm geholfen, sie außerhalb des Zauns zu begraben.«

Natürlich konnten sowohl Vincent als auch Gary ohne Schwierigkeit in Elaines Haus gelangen. Gary war den ganzen Tag auf dem Gelände; Vince kam und ging regelmäßig ins Herrenhaus. Der Wachmann hielt sich fast die ganze Zeit in der Nähe der Vordertür auf. Von Zeit zu Zeit drehte er eine Runde bis zur Rückseite des Hauses, aber dennoch stellte es kein Problem dar, zu Elaines Haus zu gehen, ohne von ihm gesehen zu werden.

Bevor sie den Verlust des Hemdes bemerkte, hatte Elaine vier Tage in ihrer Wohnung in New York verbracht. Der

Dieb hatte also genügend Zeit, gründlich danach zu suchen. Außer Vincent und Gary fiel mir noch ein dritter möglicher Verdächtiger ein, auch wenn es etwas weit hergeholt erschien. Als Elaine mir in panischer Aufregung erzählt hatte, dass das Hemd verschwunden sei, hatte sie unabsichtlich erwähnt, dass auch Richard davon wusste. Sollte er es an sich genommen haben als eine Art Versicherung gegen zukünftige Spielschulden? Aber laut Elaine habe er nicht gewusst, dass sie es nicht wieder in das Bankschließfach zurückgebracht hatte, wo es zweiundzwanzig Jahre gelegen hatte, und er sei furchtbar wütend gewesen, als er von dem Verlust erfuhr.

Alle diese Gedanken schwirrten mir durch den Kopf, als ich Connor Banks zuhörte, der mir Punkt für Punkt die Faktoren darlegte, die seiner Meinung nach die Grundlage einer auf »begründete Zweifel« aufgebauten Verteidigung bildeten.

»Peter und Susan waren befreundet, aber niemand hat je behauptet, dass sie eine ernsthafte Beziehung miteinander hatten«, sagte Banks. »Das Smokinghemd war verschwunden, aber es gab keinerlei Blutspuren an Peters Smokingjackett, seiner Hose, seinen Socken oder Schuhen, die allesamt noch vorhanden waren.«

»Und wenn dieses Hemd irgendwo auftaucht?«, fragte ich. »Angenommen, es sind tatsächlich Blutflecken von Susan darauf?«

Banks und Markinson schauten mich an, als ob ich übergeschnappt sei. »Wenn es nur die geringste Möglichkeit gäbe, dass das passieren könnte, dann würde ich versuchen, über zwei gleichzeitig vollziehbare Freiheitsstrafen von dreißig Jahren zu verhandeln«, antwortete Banks. »Und mich glücklich schätzen, wenn ich das erreiche.«

Wir drehen uns immer weiter im Kreis, und niemand weiß, wo das Ganze aufhört, dachte ich. Ohne es zu wissen, hatte Banks mir den entscheidenden Hinweis gegeben, wie ich zu antworten hatte. Wenn die Anwälte von der Existenz des Hemdes wüssten, würden sie versuchen, einen Deal mit der Staatsanwaltschaft auszuhandeln, aber Peter würde niemals ein Geständnis für diese Morde ablegen, nur um bestenfalls mit zweiundsiebzig Jahren wieder aus dem Gefängnis zu gelangen.

Unser Kind wäre dann dreißig, dachte ich.

»Ich werde nicht versuchen, Peter von seiner Meinung abzubringen, worauf seine Verteidigung basieren soll«, sagte ich. »Es ist sein Wille, und ich werde ihn darin unterstützen.«

Sie rückten ihre Stühle ab und erhoben sich zum Gehen. »Dann müssen Sie sich auf das Unvermeidbare gefasst machen, Kay«, sagte Markinson. »Sie werden Ihr Kind allein aufziehen müssen.«

Als sie hinausgingen, blieb Markinson vor dem Vitrinenschrank stehen. »Wunderschönes Porzellan«, bemerkte er.

»Ja«, antwortete ich, mir durchaus bewusst, dass wir jetzt nur noch höfliche Konversation trieben, dass Peters Anwälte unsere Sache innerlich so gut wie aufgegeben hatten.

Conner Banks betrachtete eines der Gemälde, die ich aus dem zweiten Stock heruntergebracht hatte. »Wirklich hervorragend«, sagte er. »Das ist ein Morley, nicht wahr?«

»Ich weiß es nicht«, gab ich zu. »Ich muss gestehen, dass ich leider zu wenig von Kunst verstehe. Es gefiel mir einfach besser als das, was vorher dort hing.«

»Dann haben Sie ein gutes Auge«, sagte er anerkennend. »Wir werden jetzt aufbrechen. Im Moment suchen wir Ärzte, die Patienten mit Parasomnien behandelt haben und bestätigen können, dass sie sich ihres Verhaltens vollkommen unbewusst sind, wenn sie schlafwandeln. Wenn Sie und Peter auf dieser Verteidigung bestehen, dann werden wir sie für den Prozess als Experten benennen müssen.«

Es war Besuchstag im Gefängnis von Bergen County. Mein Bauchumfang begann zu wachsen, und als ich mich an diesem Morgen anzog, musste ich den obersten Knopf meiner Hose offen lassen. Seit einiger Zeit trug ich fast nur noch Rollkragenpullover; sie halfen mir zu kaschieren, wie dünn ich geworden war, mit Ausnahme meiner Taille natürlich. Es beunruhigte mich, dass ich immer noch Gewicht verlor, aber der Gynäkologe hatte mir gesagt, dass das in den ersten Monaten einer Schwangerschaft nichts Ungewöhnliches sei.

Wann geschah es, dass sich meine quälenden Zweifel an Peters Unschuld allmählich verflüchtigten? Ich glaube, es begann, als ich in den Aktenschränken im zweiten Stock herumstöberte. Ich erfuhr darin sehr viel über seine Kindheit. Seine Mutter hatte für jedes Lebensjahr ein Fotoalbum geführt, bis zu ihrem Tod; damals war er zwölf Jahre alt. Mir fiel auf, wie selten sein Vater auf den Fotos zu sehen war. Peter hatte mir erzählt, dass seine Mutter nach seiner Geburt ihren Mann nicht mehr auf dessen Geschäftsreisen begleitet hatte.

Auf einigen Seiten hatte sie Anmerkungen dazugeschrieben, liebevolle Kommentare, wie klug Peter sei, wie schnell er lerne, über seinen wunderbaren Charakter, seinen Sinn für Humor.

Es berührte mich wehmütig, als ich begriff, wie nahe sich Peter und seine Mutter gestanden hatten. Dir war es wenigstens vergönnt, zwölf Jahre mit ihr zu verbringen, dachte ich. Dann fand ich ein Bild, das von einem Fotografen der Lokalzeitung am Tag ihrer Beerdigung aufgenommen worden war. Ein verstörter zwölfjähriger Peter, mit den Tränen kämpfend, ging neben dem Sarg seiner Mutter her, seine Hand ruhte auf dem Deckel.

In einem der Schränke fand ich seine Jahrbücher vom College und blätterte darin. Unter einem Foto von ihm stand als Unterschrift: »Eleganz unter Druck.« Ich stellte fest, dass gerade sein letztes Jahr in Princeton begonnen hatte, als Susan verschwunden war. In den Monaten, die danach folgten, war er ständig von der Staatsanwaltschaft verhört worden.

Als ich an diesem Nachmittag im Besucherraum des Gefängnisses saß und Peter hereingeführt wurde, blickte er mich lange durch die Plexiglasscheibe an, ohne etwas zu sagen. Er zitterte, und in seinen Augen glitzerten Tränen. Er nahm den Hörer auf seiner Seite der Trennscheibe auf. Mit heiserer Stimme sagte er: »Kay, ich weiß nicht warum, aber ich hatte so ein Gefühl, dass du heute nicht kommen würdest, dass du überhaupt nicht mehr kommen würdest, weil du dieses ganze Elend nicht mehr ertragen kannst.«

Für einen Augenblick glaubte ich, in das Gesicht des zwölfjährigen Jungen beim Begräbnis seiner Mutter zu blicken. »Ich werde dich nie verlassen«, sagte ich ihm. »Ich liebe dich viel zu sehr, als dass ich dich verlassen könnte. Peter, ich glaube nicht, dass du irgendeinem Menschen je etwas angetan hast. Dazu bist du gar nicht fähig. Es gibt eine andere Antwort, und ich werde sie mit Gottes Hilfe herausfinden.«

An diesem Abend rief ich Nicholas Greco an.

62

Jane Barr hatte Graupensuppe mit Rindfleisch zubereitet, falls die Anwälte über Mittag blieben, doch dann waren sie um Viertel vor zwölf gegangen. Sie war froh, dass sie einen Grund gehabt hatte zu kochen, denn sie brauchte etwas, um sich abzulenken. Man hatte Gary gebeten, ins Büro der Staatsanwaltschaft zu kommen, und er befand sich in diesem Augenblick dort. Warum wollten sie mit ihm sprechen? Sie machte sich Sorgen. Sie werden ihn doch nicht etwa nach so vielen Jahren über Susan Althorp befragen?

Bitte, lass es nicht das sein, betete sie.

Kay Carrington aß eine Tasse von der Suppe, bevor sie ins Gefängnis fuhr, um Peter zu besuchen. Es ist komisch mit ihr, dachte Jane. Sie kommt zwar nicht aus einer reichen Familie, aber sie hat so eine Haltung, nicht hochnäsig, aber irgendwie weiß sie, worauf es ankommt. Sie ist genau die Richtige für Peter. Und ich glaube, sie ist schwanger. Sie hat zwar nichts gesagt, aber ich könnte wetten, dass sie es ist.

Wo bleibt Gary denn nur?, grübelte sie, als sie auf die Uhr schaute. Was für Fragen die ihm wohl stellen? Und wie viel wird er ihnen verraten?

Nach dem Mittagessen verbrachte Jane normalerweise einen guten Teil des Nachmittags im Pförtnerhaus und kehrte anschließend wieder zurück, um die Lampen einzuschalten, die Vorhänge zuzuziehen und das Abendessen zu kochen. Als sie an diesem Tag nach Hause kam, saß Gary am Tisch, aß ein Sandwich und trank ein Bier.

»Warum hast du nicht Bescheid gesagt, dass du wieder da bist?«, fragte sie. »Und ich sitze die ganze Zeit wie auf Kohlen, um zu erfahren, was die eigentlich von dir wollten.«

»Die haben ein paar Sachen über mich ausgegraben, aus der Zeit, als ich noch nicht volljährig war«, sagte er in gereiztem Ton. »Ich hab dir davon erzählt. Als Jugendlicher hatte ich eine Zeit lang ein paar Schwierigkeiten, aber die Akten darüber sollten eigentlich unter Verschluss sein. Es hat aber damals auch was in den Zeitungen darüber gestanden, und ich vermute, so haben sie es dann rausgefunden.«

Jane sank auf einen Stuhl. »Das ist doch schon so lange her. Die werden dir doch nicht jetzt noch vorwerfen, was damals passiert ist, oder? Oder sehen sie die Sache damals mittlerweile in einem anderen Licht?«

Gary Barr sah seine Frau an, und es lag fast so etwas wie Verachtung in seinem Blick. »Was glaubst du denn?«, fragte er.

Jane hatte noch nicht einmal ihre Winterjacke aufgeknöpft. Jetzt nahm sie den obersten Knopf zwischen die Finger und ließ ihn durch das Knopfloch schlüpfen. Sie ließ die Schultern hängen. »Ich habe mein Leben lang in dieser Stadt gelebt«, sagte sie. »Ich wollte nie woanders hinziehen. Wir haben immer für nette Leute gearbeitet. Jetzt ist plötzlich all das in Gefahr. Was du getan hast, ist abscheulich. Haben sie dich danach gefragt? Wissen die irgendwas darüber?«

»Nein«, antwortete Gary ärgerlich. »Sie haben überhaupt nichts rausgefunden, also hör auf, dir Sorgen zu machen. Die Verjährungsfrist ist abgelaufen, das heißt, ich bin jetzt sauber. Sie können mir nichts mehr anhängen, weil seitdem zu viele Jahre vergangen sind. Und selbst wenn sie mir irgendetwas anderes anhängen wollen, dann hab ich immer noch was für sie im Angebot, das sie mir kaum abschlagen werden.«

»Wovon redest du denn?«, fragte Jane in heller Aufregung. »Für Mord gibt es doch gar keine Verjährung!«

Gary Barr sprang von seinem Stuhl auf und schleuderte wutentbrannt das Sandwich auf seine Frau. »Wenn du noch einmal dieses Wort in den Mund nimmst ...!«, schrie er.

»Es tut mir leid, Gary. Ich wollte dich nicht wütend machen. Es tut mir leid.« Während ihr die Tränen aus den Augen quollen, blickte Jane an sich hinunter auf den verschmierten Senf an ihrer Jacke und die zerbröselten Roggenbrotstücke sowie auf die Schinken- und Tomatenscheiben auf dem Fußboden.

Während er sich pausenlos die Hände rieb, gewann Barr mit sichtlicher Mühe wieder die Beherrschung über sich. »Okay. Na gut. Aber merk dir das. Ich war zwar da – aber sie umbringen, das ist eine andere Geschichte. Na schön. Ich werde die Sauerei beseitigen. Das Sandwich hat sowieso nicht geschmeckt. Ist noch was von der Suppe übrig, die du heute Morgen gekocht hast?«

»Ja. Jede Menge.«

»Tu mir den Gefallen und bring mir ein bisschen davon, ja? Ich hab einen harten Tag hinter mir. Und es tut mir leid, dass ich gerade eben so unbeherrscht war. Das hast du nicht verdient, Jane. Du bist eine gute Frau.«

63

Nicholas Greco war angenehm überrascht, einen Anruf von Assistenzstaatsanwalt Tom Moran zu erhalten. »Das war ein guter Tipp«, berichtete Moran. »Barr hat einen Eintrag im Jugendstrafregister. Der ist zwar für die Öffentlichkeit unter Verschluss, aber wir haben Zugang zu den Daten bekommen. Er wurde damals verhaftet, weil er Marihuana in die Schule gebracht und das Zeug in der Turnhalle geraucht hat. Wir haben auch das Jahrbuch von seiner Highschool und ein paar Klassenkameraden gefunden, die immer noch in Poughkeepsie leben. Barr stand im Ruf, ein ziemlich aufbrausender Charakter zu sein. Nicht gerade der Typ angenehmer, freundlicher Junge von nebenan.«

»Natürlich ist das lange her«, fuhr Moran fort. »Interessant ist aber, dass seine Klassenkameraden ihn als jemanden in Erinnerung haben, der sich schnell angegriffen fühlte und einen Minderwertigkeitskomplex hatte. Auf der Highschool hat er kaum gelernt, wollte auch nicht aufs College, doch Jahre später, auf einem Klassentreffen, hat er sich beschwert, dass er nie eine richtige Chance gehabt hätte, um erfolgreich zu sein.«

»Er fiel mir als ein sehr unsicherer, unzufriedener Mann auf, der mit der ganzen Welt hadert«, sagte Greco. »Was Sie mir da erzählen, passt ganz gut in das Bild, das ich mir von ihm machen konnte.«

»Um auf ein anderes Thema zu kommen«, sagte Moran. »Es gibt eine traurige Nachricht, die Sie sicherlich erfahren wollen. Mrs. Althorp ist heute gestorben.«

»Das tut mir wirklich sehr, sehr leid, aber ich denke, für sie ist es eine Erlösung.«

»Soviel ich weiß, soll es keine Totenwache geben, und die Beerdigung wird im kleinsten Kreis stattfinden. Ich nehme an, das war ihr Wunsch, und man kann ja auch verstehen, dass die Familie für alle Zeiten genug von dem Medieninteresse an ihnen hat.«

»Ja, das ist nur zu verständlich«, sagte Nicholas Greco. »Vielen Dank, Tom.«

Greco blickte auf seine Armbanduhr. Es war nach fünf Uhr, aber er hatte noch keine Lust, Feierabend zu machen. Er wollte in Ruhe nachdenken, und manchmal war dies einfacher, wenn alle anderen ihre Büros verlassen hatten und die Telefone schwiegen. Zum Glück war heute der Abend, an dem sich Frances mit ihrem Buchclub traf, daher würde es nichts ausmachen, wenn er später nach Hause kam.

Er lächelte in sich hinein. Frances war eine Frau, die am Ende des Tages volle und ungeteilte Aufmerksamkeit von ihm verlangte. Die meiste Zeit bekommt sie die auch von mir, dachte er zärtlich, aber heute muss ich mich wieder mal in Klausur begeben. Als er das erste Mal diesen Ausdruck gebraucht hatte, hatte sie ihn gefragt, was er damit sagen wolle.

»Die Redewendung ist vielleicht heute nicht mehr so gebräuchlich«, hatte er ihr erklärt. »›Sich in Klausur zu begeben‹ heißt, sich von der Umwelt abzuschotten, um sich ungestört in etwas zu vertiefen und nachzudenken, meine Liebe.«

»Also wirklich, Nick«, hatte sie geantwortet, »warum sagst du nicht einfach, du willst versuchen, etwas herauszufinden?«

Und das war genau das, was er jetzt vorhatte, dachte Greco.

Gary Barr stand ganz oben auf seiner Liste der Dinge, über die er nachdenken wollte. Greco hatte das Gefühl, dass Barr starke Ressentiments gegen diejenigen hegte, die seiner Meinung nach ein privilegiertes Leben führten. Wie war sein Verhältnis zu den Althorps? In den Jahren, in denen er und seine Frau für die Carringtons gearbeitet hatten, hatten sie regelmäßig auch für die Althorps bei festlichen Anlässen gekocht und serviert. Außerdem hatte Gary ihre Tochter gefahren. Wie und warum wurde er zu Susans »Kumpel«? Ich muss noch einmal mit Susans Freundin Sarah reden, nahm sich Greco vor.

Die herausgerissene Seite aus der *People*, die in Grace Carringtons Tasche gefunden wurde, war als Nächstes dran. Sie hatte eine Bedeutung, eine große sogar, dessen war er sich sicher. Aber warum?

Dann kam Susan Althorps Handtasche an die Reihe. Wieso kann sich Gary Barr so genau erinnern, dass Peter Carrington am nächsten Morgen Vincent Slater gebeten hat, sie ihr zurückzubringen, und warum weiß er sogar noch, dass Peter es kaum glauben wollte, als sie nicht im Wagen gefunden wurde? Oder hat Barr diese Geschichte aus irgendeinem Grund erfunden? Slater hat bestätigt, dass das Gespräch stattgefunden hat. Er behauptet jedoch, Carrington habe ihn nur gebeten nachzusehen, ob die Handtasche im Auto liegen geblieben sei, und sie Susan gegebenenfalls zu bringen.

Aber Susan wurde am gleichen Tag zum Brunch erwartet. Außerdem war die Handtasche klein und konnte nicht viel mehr als Taschentuch, Puderdose, Kamm oder Lippenstift enthalten haben. Warum wurde also so viel Aufhebens davon gemacht? War irgendetwas Besonderes darin gewesen, das sie dringend gebraucht hatte?

All diese Einzelheiten hängen zusammen, dachte Nicholas Greco, als er mit gefalteten Händen dasaß, ohne zu merken, dass es draußen allmählich dunkel wurde. Aber wie?

Das Telefon klingelte. Etwas irritiert wegen der ungebetenen Unterbrechung, nahm Greco den Hörer auf und meldete sich.

»Guten Abend Mr. Greco, Kay Carrington hier. Sie haben mir vor ein paar Wochen im Gericht Ihre Karte gegeben.«

Greco richtete sich auf seinem Stuhl auf. »Mrs. Carrington«, sagte er langsam. »Ich bin froh, dass Sie mich anrufen.«

»Wäre es möglich, dass Sie morgen Vormittag zu mir kommen?«

»Ja, natürlich. Um wie viel Uhr wäre es Ihnen recht?«

»Um elf? Ginge das bei Ihnen?«

»Elf ist gut.«

»Wissen Sie, wo ich wohne?«

»Ja. Ich werde um elf da sein.«

»Ich danke Ihnen.«

Greco hörte das Knacken, als die Verbindung unterbrochen wurde, dann legte er selbst auf. Immer noch in Gedanken versunken, stand er auf und ging den Flur entlang zum Garderobenschrank. In letzter Minute fiel ihm ein, einen Zettel auf dem Schreibtisch seiner Sekretärin zu hinterlassen: »Bin morgen Vormittag in New Jersey.«

64

Ich hatte Maggie noch nichts von meiner Schwangerschaft verraten, weil ich sicher war, dass sie es ihren Freundinnen weitererzählen würde, und dann könnte ich es bald in den Boulevardblättern lesen. Maggie war einfach unfähig, ein Geheimnis für sich zu behalten. Doch dann war ich von Bekannten in der Praxis des Gynäkologen gesehen worden, und weil ich nicht wollte, dass Maggie es als Gerücht von jemand anderem erfuhr, beschloss ich, es ihr zu sagen.

Nachdem ich mit Nicholas Greco am Telefon ein Treffen vereinbart hatte, holte ich Maggie zum Abendessen ab. Jane hatte Brathähnchen zubereitet und wollte uns auftragen, doch ich sagte ihr, sie solle ruhig nach Hause gehen, wir würden uns selbst bedienen. Das Letzte, was ich im Moment gebrauchen konnte, war, dass Gary unser Gespräch mithörte. Ich glaube, Jane begann sich langsam Sorgen zu machen, dass sie vielleicht ihren Job verlieren würden, und sie setzte schon zu einem Protest an, doch dann besann sie sich und wünschte uns freundlich einen guten Abend.

Die Küche ist groß, und es steht dort auch ein langer Tisch mit Sitzbänken, an dem früher die Dienstboten gegessen hatten, als die Hausherren noch eine größere Anzahl von ihnen beschäftigt hatten. Maggie wollte zuerst, dass wir dort essen sollten, doch ich war gegen diesen Vorschlag. Die Stühle im kleinen Esszimmer waren unendlich viel bequemer. Außerdem fühlte sie sich durch das Herrenhaus eingeschüchtert, und ich wollte, dass sie darüber hinwegkam.

Als wir uns am Tisch niedergelassen hatten, erzählte ich Maggie, dass ich ein Kind erwartete. Sie war absolut entzückt über die Nachricht, doch gleichzeitig machte sie sich natürlich sofort Sorgen um mich. »Oh Kay, es ist ja so furchtbar, dass der Vater deines Kindes nie da sein wird, um sein Kleines aufwachsen zu sehen.«

»Maggie«, sagte ich, »sein Name ist Peter, und ich habe die Hoffnung noch nicht aufgegeben. Er hat Susan Althorp nicht umgebracht, und schon gar nicht hat er meinen Vater umgebracht. Aber lass uns bitte von etwas anderem reden. Daddy wurde kurz nach Susans Verschwinden entlassen. Peter hat mir erzählt, dass Elaine ihn loswerden wollte, weil er nicht auf ihre Avancen eingegangen ist.«

»Das hast du mir bereits erzählt, Kay«, sagte Maggie zerknirscht. Offensichtlich bereute sie es inzwischen, sich so vorschnell auf die Annahme festgelegt zu haben, dass mein Vater wegen seines Alkoholproblems entlassen worden war.

»Was hatte Daddy eigentlich damals für Pläne? Hatte er irgendwelche Angebote?«

»Ich weiß es nicht, Kay. Es sind ja nur wenige Wochen zwischen seiner Entlassung und dem Tag vergangen, an dem wir glaubten, dass er sich das Leben genommen hätte. Zum letzten Mal habe ich ihn am dreizehnten September vor zweiundzwanzigeinhalb Jahren gesehen. Darüber haben wir schon gesprochen.«

»Lass uns noch einmal darüber sprechen.«

»Am dreizehnten September hat dein Vater mich gegen fünf Uhr angerufen und mich gefragt, ob du über Nacht bei mir bleiben könntest. Er sagte, er habe eine Verabredung mit jemandem. Du warst ein bisschen unglücklich darüber, weil er dir eigentlich versprochen hatte, dass ihr beide gemeinsam ein neues Rezept zum Abendessen ausprobieren würdet. Er hat dir auch versprochen, dass er das irgendwann wiedergutmachen wird. Aber am nächsten Tag ist er nicht gekommen, um dich abzuholen, und hat auch nicht angerufen, und dann hat die Polizei mich verständigt, dass sein Wagen hoch oben an der Steilküste über dem Fluss gefunden wurde und dass seine Brieftasche auf dem Vordersitz lag.«

»Hat man je versucht zu ermitteln, mit wem er verabredet war an diesem dreizehnten September?«

»Damals ist die Polizei davon ausgegangen, dass er diese Geschichte nur erfunden hat, damit er dich bei mir unterbringen konnte.«

Ich hatte das Gefühl, dass ich überhaupt nicht weiterkam mit diesem Gespräch. Ich hoffte die ganze Zeit, dass womöglich irgendein Fragment einer vergessenen Erinnerung in Maggies Bewusstsein auftauchen könnte, doch dazu kam es einfach nicht.

Bei einer Tasse Tee fasste ich schließlich den Entschluss, dass die Zeit gekommen war, Maggie von meinem Abenteuer als sechsjähriges Mädchen in der Kapelle zu erzählen.

Wie erwartet reagierte sie darauf mit der Bemerkung, dass ich für ihren Geschmack immer zu abenteuerlustig gewesen sei. Seltsamerweise beließ sie es bei diesem einen Kommentar.

Ermutigt von dieser milden Reaktion, erzählte ich ihr dann noch von dem Streit zwischen der Frau und dem Mann, den ich mitgehört hatte, was ich ursprünglich für mich behalten wollte. »Ich wusste sofort, welche Melodie der Mann pfiff, obwohl es nur die eine Liedzeile war«, sagte ich, »weil du sie mir immer vorgesummt hast, wenn du von Mutters Auftritt bei der Schulaufführung erzählt hast.«

Maggie warf mir einen Blick zu, aus dem ich nicht klug wurde.

»Was hast du?«, fragte ich sie.

»Kay«, rief sie, »das hättest du deinem Vater sagen müssen! Als sie sich noch nicht lange kannten, habe ich ihm von der Schulaufführung erzählt und geprahlt, wie wunderbar sie dieses Lied gesungen hatte. Daraufhin hat er sie gebeten, es ihm vorzusingen, und von da an nannte er es ›ihr Lied‹. Sie haben es sogar für den ersten Tanz auf ihrer Hochzeit ausgesucht. Das weißt du bestimmt.«

»Maggie, ich wusste von der Aufführung, aber an mehr kann ich mich nicht erinnern. Du hast mir nie erzählt, dass Daddy es ›ihr Lied‹ nannte oder dass sie auf ihrer Hochzeit zu dem Lied getanzt haben«, protestierte ich.

»Nun, das ist auch nicht so wichtig. Aber als dein Vater damals mit dir hier auf dem Anwesen war, um die Außenbeleuchtung für die große Party in Ordnung zu bringen, hat er dich danach bei mir abgesetzt. Ich erinnere mich genau, dass er richtig schwermütig wirkte. Er erzählte mir, dass er bei den Carringtons jemanden dieses Lied habe pfeifen hören und er sich anschließend mit ihm unterhalten habe. Ich vermute, dass dein Vater ihm erzählt hat, warum ihn dieses Lied so traurig gestimmt hat.«

»Hat er gesagt, wer dieser Mann war?«, fragte ich.

»Ja, aber ich kann mich nicht an den Namen erinnern.«

»Maggie, das ist wahnsinnig wichtig. Denk darüber nach. Bitte versuch dich zu erinnern.«

»Ich will es versuchen, Kay. Ich verspreche es dir.«

Eine Frage musste ich noch stellen. »Maggie, könnte es Peter gewesen sein?«

»Nein. Bestimmt nicht«, antwortete Maggie. »Daran würde ich mich erinnern, wenn es Peter Carrington gewesen wäre. Er war der strahlende junge Prinz in der ganzen Gegend hier. Deshalb war ich auch so enttäuscht bei dem Gedanken, dass er dieses arme Mädchen ermordet haben sollte. Nein, ich bin absolut sicher, dass er nicht derjenige war, den dein Vater erwähnt hat!«

Sie sah mich an. »Kay, was hast du?«, fragte sie. »Warum weinst du denn?«

Peter war es nicht, dachte ich erleichtert. Peter war es nicht! Es war irgendein anderer Mann, der damals in der

Kapelle erpresst wurde. Aber mein Gott, wenn ich Daddy damals von meinem Aufenthalt in der Kapelle erzählt hätte, und er hätte das der Polizei berichtet, dann wäre er jetzt vielleicht noch am Leben, und Peter säße nicht in Untersuchungshaft.

65

Vincent Slater war überzeugt, dass Gary Barr derjenige war, der Peters Smokinghemd aus Elaine Carringtons Haus gestohlen hatte. Eine Woche lang hatte er hin und her überlegt, wie er es ihm am besten wieder abluchsen könnte.

Es war absolut notwendig, in den Besitz des Hemdes zu gelangen, das war ihm umso deutlicher geworden, als er eines späten Abends einen Anruf von Conner Banks erhalten hatte. Dieser hatte ihn dringend aufgefordert, auf Peter einzuwirken, damit dieser seinen Anwälten gestatte, die Strategie seiner Verteidigung zu ändern.

»Vincent«, sagte Banks, »unserer Überzeugung nach stehen die Chancen nicht schlecht, dass die Geschworenen sich nicht einigen können oder wir sogar einen Freispruch hinbekommen, wenn unsere Verteidigung sich auf begründete Zweifel stützt. Ein Freispruch bedeutet, dass Peter endgültig nach Hause gehen kann. Uneinige Geschworene bedeutet, dass wir uns für eine vorläufige Freilassung gegen Kaution stark machen können und Peter wenigstens eine gewisse Zeit mit seinem Kind verbringen kann, bevor es zu einem zweiten Prozess kommt. Wenn die Geschworenen beim zweiten Prozess wieder nicht zu einem einstimmigen Spruch gelangen, wird die Staatsanwaltschaft vermutlich aufgeben und die Anklage fallen lassen.«

»Was würde geschehen, wenn Peters Smokinghemd auftaucht und sich Blutspuren von Susan darauf befinden?«, fragte Slater.

»Was geht hier eigentlich vor? Kay Carrington hat mich das auch schon gefragt.« Eine lange Pause folgte, dann sagte Conner Banks ruhig: »Wie ich bereits Kay sagte: Sollte dieses Hemd mit Susans Blut darauf auftauchen, dann gibt es für Peter nur noch eines – mit der Staatsanwaltschaft über ein Geständnis verhandeln.«

»Ich verstehe.« Es war neun Uhr, noch nicht zu spät, um Kay anzurufen, dachte Slater. Sie meldete sich und sagte, sie habe gerade ihre Großmutter nach Hause gefahren.

»Kay, ich bin mir sicher, dass Gary Barr das Hemd gestohlen hat«, sagte er. »Wir müssen es uns unbedingt zurückholen. In einer Schublade in der Küche befindet sich ein Satz Ersatzschlüssel. Der Schlüssel zum Pförtnerhaus ist auch dabei. Ich werde morgen früh um halb acht vorbeikommen, bevor Jane da ist. Dann werde ich um neun Uhr anrufen, als ob ich in New York wäre, und Sie bitten, Gary in die Stadt zu schicken, um einen Teil von Peters privaten Unterlagen abzuholen. Ich werde dafür sorgen, dass meine Leute ihn dort eine Weile beschäftigen. Sorgen Sie dafür, dass Jane nicht vorzeitig nach Hause geht.«

»Vince, ich weiß nicht, was ich von dieser Sache halten soll.«

»Aber ich weiß es. Ich werde nicht zulassen, dass Gary Barr dieses Hemd in der Hinterhand behält. Wir können nur hoffen, dass er es irgendwo im Pförtnerhaus oder in seinem Wagen versteckt hat. Ach ja – ich werde ihm sagen, dass vielleicht einer unserer Manager mit ihm zurückfährt, um Sie zu besuchen, und er deswegen eines der Autos der Familie fahren soll.«

»Wie gesagt, ich weiß im Moment nicht, was ich davon halten soll, aber ich werde mitmachen«, sagte Kay. »Vince, ich denke, ich kann es Ihnen ruhig sagen, ich habe eine Verabredung mit Nicholas Greco, dem Detektiv. Er wird morgen um elf Uhr hierher kommen.«

Vincent Slater sagte darauf etwas, von dem er niemals geglaubt hätte, dass er es je zur Frau seines Arbeitgebers sagen würde: »Wie konnten Sie nur so dumm sein, Kay. Und ich dachte, Sie lieben Ihren Mann!«

66

BOTSCHAFTER A.D. CHARLES ALTHORP saß in dem Zimmer seiner verstorbenen Gattin, eine Tasse Kaffee in der Hand, ein nicht angerührtes Frühstückstablett neben sich. Gladys' Tod hatte schon jetzt einige Veränderungen im Haus bewirkt. Krankenhausbett, Sauerstoffzelt, Infusionsständer und die vielen anderen medizinischen Geräte und Hilfsmittel waren verschwunden. Brenda, die Haushälterin, hatte gestern Abend unter Tränen Gladys' Schlafzimmer gelüftet und gestaubsaugt.

Ihm war die missmutige Miene nicht entgangen, mit der ihm Brenda an diesem Morgen das Frühstück serviert hatte. Er hoffte, sie ahnte bereits, dass sie sich demnächst auf die Suche nach einer neuen Stelle machen musste.

Seine Söhne hatten angerufen, traurig, dass ihre Mutter gestorben war, doch auch erleichtert, dass ihr langes Leiden nun ein Ende gefunden hatte. »Wenn es dort oben ein Museum gibt, dann sitzen Mom und Susan bestimmt gerade vor einem Bild und debattieren über seine Vorzüge und Schwächen«, hatte Blake, sein jüngerer Sohn, gesagt.

Althorp wusste, dass seine Söhne ihn nicht besonders mochten. Nach dem College hatten beide Stellenangebote in weit entfernten Städten angenommen, was ihnen eine Ausrede verschaffte, sich nur zweimal im Jahr zu Hause blicken zu lassen. Nun mussten sie aber schon zum zweiten Mal innerhalb weniger Monate herkommen. Das erste Mal zur Beerdigung ihrer Schwester, und jetzt zur Beerdigung ihrer Mutter.

Gladys Leichnam befand sich im Beerdigungsinstitut. Es war keine Totenwache vorgesehen, doch das Begräbnis sollte, auf Bitten seines älteren Sohnes, dessen Tochter sich gerade einer unaufschiebbaren Blinddarmoperation unterziehen musste, erst am Freitag stattfinden. Die Eltern wollten sie nicht allein lassen.

Nachbarn hatten angerufen, um ihr Beileid auszusprechen; er hatte Brenda aufgetragen, Nachrichten entgegenzunehmen. Doch um Viertel vor neun kam sie ins Zimmer und meldete zögernd, dass ein gewisser Mr. Greco am Telefon sei und darauf bestehe, mit ihm zu sprechen.

Althorp wollte schon ablehnen, doch dann fragte er sich, ob Gladys vielleicht dem Mann noch Geld schuldete. Möglich war es. Die Krankenschwester hatte berichtet, dass er sie noch vor Kurzem besucht hatte. Er nahm den Hörer auf. »Charles Althorp.« Er wusste, dass seine Stimme einschüchternd wirkte. Er war auch ein bisschen stolz darauf.

»Mr. Althorp«, begann Nicholas Greco, »ich möchte Ihnen zunächst mein herzliches Beileid zum Verlust Ihrer Frau aussprechen. Mrs. Althorp war eine liebenswerte und tapfere Frau und sie hat etwas in Bewegung gesetzt, was meiner Meinung nach bald dazu führen wird, dass ein Mörder gefasst wird.«

»Was reden Sie da? Carrington sitzt doch schon im Gefängnis.«

»Das ist genau das, worauf ich hinauswill, Mr. Althorp. Peter Carrington sitzt im Gefängnis. Aber sitzt er auch zu Recht dort? Oder, anders gesagt, sollte nicht ein anderer ebenfalls im Gefängnis sitzen? Ich bin mir bewusst, dass dies ein unglücklicher Augenblick für einen Besuch ist, aber könnte ich Sie vielleicht heute im Lauf des Tages auf ein paar Minuten sprechen? Ich habe eine Verabredung um elf Uhr bei Mrs. Kay Carrington. Wäre es Ihnen recht, wenn ich um halb eins zu Ihnen komme?«

»Kommen Sie um zwölf. Ich gebe Ihnen eine Viertelstunde.« Althorp knallte den Hörer auf die Gabel, setzte seine Kaffeetasse ab und erhob sich. Er ging zu seinem Schreibtisch, auf dem Bilder von seiner Frau und seiner Tochter standen.

»Es tut mir leid, Gladys«, sagte er laut. »Es tut mir leid, Susan.«

67

Ich sass in der Küche, als Vince um halb acht vorbeikam, um den Schlüssel für das Pförtnerhaus zu holen. Um neun Uhr rief er wie verabredet an. Gary Barr war mit dem Staubsauger im ersten Stock unterwegs, als ich ihm die Nachricht mitteilte. »Mr. Slater möchte, dass Sie in die Stadt fahren und Akten aus dem Büro von Peter holen«, sagte ich ihm. »Es besteht die Möglichkeit, dass einer der Manager mit Ihnen zurückfährt, also nehmen Sie bitte den Mercedes. Mr. Slater wird Ihnen sagen, wo Sie in der Tiefgarage parken können.«

Ich weiß nicht, ob Barr Verdacht schöpfte, jedenfalls ließ er sich nichts anmerken. Er nahm das Gespräch an einem der Telefone im Haus entgegen und ließ sich von Vincent die Parkmöglichkeit erklären. Ein paar Minuten später sah ich von einem der Fenster im oberen Stockwerk, wie Barr mit dem Mercedes am Pförtnerhaus vorbeifuhr und in die Straße einbog.

Vincent musste ihn auch von irgendwo aus beobachtet und abgewartet haben, bis er verschwunden war, denn kurz darauf sah ich seinen Cadillac am Herrenhaus vorbeifahren und nach links abbiegen. Ich nahm an, dass er irgendwo hinter dem Pförtnerhaus parken wollte, wo man das Auto vom Herrenhaus aus nicht sehen konnte. Nun war es meine Aufgabe, Jane davon abzuhalten, aus diesem oder jenem Grund kurz hinüber in ihr Haus zu laufen, bevor ihre übliche Nachmittagspause begann.

Es gab eine einfache Lösung für das Problem. Ich sagte ihr, ich hätte Kopfschmerzen und bat sie, für mich ans Telefon zu gehen und Nachrichten entgegenzunehmen, außer wenn Mr. Greco anriefe.

»Mr. Greco?«

Sie sah mich erschrocken an, und mir fiel wieder ein, dass Greco schon mit Gary Barr gesprochen hatte, als er von Mrs. Althorp engagiert worden war.

»Ja«, sagte ich. »Ich erwarte ihn um elf Uhr.«

Die arme Frau blickte ganz verängstigt und verwirrt drein. Falls Vince recht hatte, und Gary tatsächlich das Hemd gestohlen hatte, dann hatte Jane nichts damit zu tun, dessen war ich mir sicher. Doch dann erinnerte ich mich auch, dass sie unter Eid ausgesagt hatte, dass Gary in der Nacht, in der Susan umgebracht wurde, zu Hause im Bett lag. Hatte sie damals gelogen? Inzwischen war ich mir fast sicher.

Ich war zu unruhig, um mich hinzusetzen, deshalb verbrachte ich die nächsten eineinhalb Stunden im zweiten Stock. Ich hatte nicht einmal die Hälfte der Zimmer durchforstet, weil es viel Zeit brauchte, die Hüllen von den vielen dort abgestellten Möbeln zu entfernen. Ich suchte insbesondere nach Möbeln für Babys, und schließlich fand ich auch eine antike hölzerne Wiege. Sie war zu schwer, um sie hochzuheben, daher setzte ich mich auf den Fußboden und schaukelte sie hin und her, um ihre Stabilität zu prüfen. Sie war mit sehr schönen Schnitzereien verziert, und ich schaute nach, ob sie vielleicht signiert war. Tatsächlich fand ich eine Signatur, den Namen Eli Fallow und das Datum 1821.

Sicherlich hatte Adelaide Stuart die Wiege bestellt, jene vornehme Lady, die 1820 einen Carrington geheiratet hatte. Ich nahm mir vor, den Namen Eli Fallow nachzuschlagen, um herauszufinden, ob er als Meister einen Ruf hatte. Ich fand es faszinierend, all diese Schätze zu entdecken, und gleichzeitig lenkte es mich ein wenig von meiner ständigen Sorge um Peter ab.

Diese Art von Entdeckertätigkeit ist allerdings eine staubige Angelegenheit. Um halb elf ging ich hinunter in die Suite, um mir Gesicht und Hände zu waschen, dann zog ich mir einen anderen Pullover und eine andere Hose an. Ich war kaum fertig, als die Klingel um Punkt elf Uhr ertönte und Nicholas Greco das Haus betrat.

Das erste Mal war ich ihm bei Maggie begegnet. Ich hatte mich über seine Mutmaßung geärgert, dass mein Vater seinen Selbstmord nur vorgetäuscht haben könnte. Er hatte sogar angedeutet, dass es einen Zusammenhang zwischen ihm und Susan Althorps Verschwinden geben könnte. Als mich Greco nach der Kautionsverhandlung im Gerichtsgebäude angesprochen hatte, war ich so aufgeregt gewesen, dass ich ihn gar nicht richtig wahrgenommen hatte. Doch jetzt blickte ich ihm offen ins Gesicht und meinte, darin Wohlwollen und Sympathie zu entdecken. Ich gab ihm die Hand und führte ihn in Peters Bibliothek.

»Was für ein wunderschönes Zimmer«, bemerkte Greco, als wir eintraten.

»Denselben Eindruck hatte ich auch, als ich es zum ersten Mal gesehen habe«, sagte ich. Ich spürte eine plötzliche Befangenheit, ausgelöst durch den radikalen Umschwung meiner Haltung diesem Mann gegenüber. Um diese zu überspielen, fügte ich eilig hinzu: »Ich war damals hier, weil ich um die Erlaubnis bitten wollte, eine Benefizveranstaltung für das Alphabetisierungsprogramm in diesem Haus abzuhalten. Peter saß in diesem Sessel.« Ich deutete auf ihn. »Ich war sehr befangen und außerdem nicht angemessen angezogen. Es war ein windiger Oktobertag, und ich trug ein leichtes Sommerkostüm. Während ich für mein Anliegen warb, betrachtete ich diesen Raum und war davon begeistert.«

»Das kann ich gut verstehen«, sagte Greco.

Ich setzte mich hinter Peters Schreibtisch, und Greco zog

sich mir gegenüber einen Sessel heran. »Sie haben neulich gesagt, Sie könnten mir vielleicht weiterhelfen«, sagte ich. »Jetzt erklären Sie mir bitte, wie Sie das gemeint haben.«

»Ich kann Ihnen vor allem dadurch helfen, indem ich versuche, die ganze Wahrheit über das, was geschehen ist, herauszufinden. Sie sind sich ja sicherlich im Klaren darüber, dass Ihr Mann mit großer Wahrscheinlichkeit den Rest seines Lebens im Gefängnis verbringen wird, wenn es unter den jetzigen Bedingungen zum Prozess kommt. Es mag für ihn eine persönliche Genugtuung bedeuten, wenn die Öffentlichkeit zu der Überzeugung gelangt, dass er unschuldig ist, weil er – und jetzt zitiere ich – ›aufgrund eines nicht durch psychische Krankheit bedingten Automatismus gehandelt hat‹. So etwas könnte am Ende herauskommen, wenn der Prozess in Kanada stattfinden würde, aber er findet nun einmal hier statt.«

»Ich glaube nicht, dass mein Mann, sei es schlafwandelnd oder nicht, eines dieser Verbrechen begangen hat«, entgegnete ich. »Gestern Abend habe ich etwas erfahren, was für mich persönlich ein überzeugender Beweis ist, dass er es nicht gewesen sein kann.«

Ich hatte mich bereits entschieden, Nicholas Greco zu engagieren. Ich sagte ihm das, und danach weihte ich ihn in mein gesamtes Wissen ein, angefangen mit meinem heimlichen Besuch in der Kapelle, als ich sechs Jahre alt war. »Mir ist nie der Gedanke gekommen, dass es Susan Althorp gewesen sein könnte, die ich an jenem Tag gehört habe«, sagte ich. »Ich meine, warum sollte sie um Geld bitten oder gar jemanden erpressen wollen? Ihre Familie war reich. Ich habe auch gehört, dass ihr ein erhebliches Treuhandvermögen zustand.«

»Es wäre interessant zu ermitteln, wie viel Geld sie tatsächlich zur Verfügung hatte«, sagte Greco. »Es gibt nicht so viele Achtzehnjährige, die bereits frei über ihr Treuhandvermögen verfügen dürfen, und Susans Freundinnen haben berichtet, dass ihr Vater am Abend der Dinnerparty sehr wütend auf sie gewesen ist.«

Er fragte nach dem Vorfall, als Peter die Kautionsauflagen missachtet hatte und auf dem Rasen vor dem Haus der Althorps verhaftet worden war.

»Peter hat geschlafwandelt und weiß nicht, weshalb er dorthin gefahren ist, aber er glaubt, dass er denselben Traum gehabt hat, der ihn auch beim Schlafwandeln in der Klinik dazu trieb, das Zimmer verlassen zu wollen. Beim zweiten Mal hatte er im Traum das Gefühl, Gary Barr sei anwesend und beobachte ihn«, erläuterte ich.

Ich erzählte Greco, dass ich angefangs geglaubt hatte, Peter könnte der Mann gewesen sein, der in der Kapelle erpresst worden war. »Seit gestern Abend weiß ich, dass er es nicht gewesen ist«, sagte ich und wiederholte für ihn, was ich von Maggie erfahren hatte.

Grecos Miene verdüsterte sich. »Mrs. Carrington«, sagte er, »ich habe mir zunehmend Sorgen um Sie gemacht, seitdem ich gehört habe, dass Sie Susan Althorps Freundin Sarah North aufgesucht haben. Nehmen wir einmal an, Ihr Mann hat diese Morde nicht begangen. Wenn das so ist, dann läuft der Täter immer noch frei herum, und ich glaube – und fürchte –, dass dieser Mann sich in Ihrer Nähe aufhält.«

»Können Sie mir sagen, wie ich herausfinden kann, wer dieser Mann ist?«, fragte ich, wobei mir bewusst war, dass man mir meine Frustration ansah. »Mr. Greco, ich weiß, ich war erst sechs damals, aber wenn ich meinem Vater erzählt hätte, dass ich in der Kapelle war und was ich dort gehört hatte, dann wäre er vielleicht damit zur Polizei gegangen, als Susan spurlos verschwunden ist. Der Mann, den ich in der Kapelle gehört habe, muss derselbe gewesen sein, den mein Vater kurze Zeit später draußen hat pfeifen hören. Sie können sich vielleicht denken, wie sehr mich diese Vorstellung quält.«

»›Als ich ein Kind war, da dachte ich wie ein Kind‹«, sagte Greco mit sanfter Stimme. »Gehen Sie nicht zu hart mit sich ins Gericht, Mrs. Carrington. Diese Information eröffnet neue Wege, aber ich bitte Sie inständig, verraten Sie niemandem, was Ihre Großmutter Ihnen gestern erzählt hat, und sagen Sie ihr bitte, sie soll es ebenfalls nicht weitererzählen. Es könnte sein, dass jemand sich vor Ihrem Erinnerungsvermögen und dem Ihrer Großmutter zunehmend bedroht fühlt.«

Er sah auf seine Uhr. »Ich muss Sie in fünf Minuten verlassen. Ich habe Mr. Althorp gebeten, mir heute etwas von seiner Zeit zu widmen, und schlug halb eins vor. Unglücklicherweise bestand er auf zwölf Uhr. Gibt es noch etwas, was Ihrer Meinung nach für meine Ermittlungen wichtig ist?«

Bis zu diesem Augenblick hatte ich mich noch nicht entschieden, ob ich ihm von Peters Hemd erzählen sollte, doch jetzt wusste ich, dass ich aufs Ganze gehen musste. »Wenn ich Ihnen etwas verraten würde, was Peters Verteidigung ins Wanken bringen könnte, würden Sie sich dann verpflichtet fühlen, diese Information an die Staatsanwaltschaft weiterzugeben?«, fragte ich ihn.

»Was Sie mir erzählen, sind Gerüchte, und man würde mir nicht gestatten, sie als Zeuge zu wiederholen«, sagte er.

»Elaine Carrington war über all diese Jahre im Besitz von Peters Smokinghemd, auf dem sich offenbar ein paar Blutflecken befinden. Vor ein paar Tagen hat sie mir das Hemd für eine Million Dollar verkauft, sich jedoch nach der Geldüberweisung geweigert, es mir zu geben. In der Zwischenzeit wurde es aus ihrem Haus hier auf dem Anwesen gestohlen. Vincent Slater glaubt, dass Gary Barr derjenige ist, der es an sich genommen hat, und in diesem Moment ist er dabei, das Pförtnerhaus danach zu durchsuchen.«

Nicholas Greco schien nicht sonderlich überrascht von dieser Information zu sein. Er fragte mich, wie Elaine an das Hemd gekommen war und wie sicher es sei, dass es wirklich Blutflecken seien.

»Flecken ist eigentlich zu viel gesagt«, sagte ich. »Nach allem, was ich gesehen habe, war es mehr so eine verschmierte Spur, ungefähr hier.« Ich deutete auf eine Stelle knapp über meinem Herz. »Elaine sagte mir, sie habe Peter im Zustand des Schlafwandelns um zwei Uhr nach Hause kommen sehen. Sie habe keine Ahnung gehabt, was passiert sein könnte, doch sie habe den Blutfleck auf dem Hemd gesehen und verhindern wollen, dass das Mädchen ihn am nächsten Morgen entdeckt.«

»Und jetzt benutzt sie also das Hemd, um Sie zu erpressen. Warum hat sie gerade zum jetzigen Zeitpunkt das Hemd ins Spiel gebracht?«

»Weil ihr Sohn Richard ein krankhafter Spieler ist und sie ihm immer aus der Klemme hilft. Diesmal brauchte er anscheinend mehr Geld, als sie flüssig hatte, oder sie konnte es nicht schnell genug beschaffen, um ihn vor größeren Schwierigkeiten zu bewahren.«

»Ich verstehe.« Greco erhob sich. »Sie haben mir eine ganze Menge erzählt, worüber ich nachdenken muss, Mrs. Carrington. Sagen Sie mir noch eines. Wenn jemand in diesem Haus etwas liegen lassen würde, einen persönlichen Gegenstand irgendwelcher Art, und Ihr Mann hätte das Gefühl, dieser Gegenstand würde gebraucht, was würde er Ihrer Ansicht nach tun?«

»Ihn zurückbringen«, sagte ich, »und zwar sofort. Ich kann Ihnen ein Beispiel nennen. Eines späten Abends im Dezember hat Peter mich an meiner Wohnung abgesetzt und ist nach Hause gefahren. Er war schon über die Brücke gefahren, als er gemerkt hat, dass ich meinen Wollschal im Wagen liegen gelassen hatte. Da ist er extra noch einmal umgekehrt und hat ihn mir gebracht. Ich hab ihm gesagt, er sei verrückt, aber er entgegnete nur, es sei kalt draußen, und ich müsse am Morgen zu Fuß zu meinem Auto laufen. Er habe gedacht, es sei besser, wenn ich ihn dann hätte.« Ich merkte, worauf Greco hinauswollte. »Susans Handtasche«, sagte ich. »Glauben sie, dass Peter ihr in jener Nacht die Handtasche zurückbringen wollte, als er geschlafwandelt hat?«

»Ich weiß es nicht, Mrs. Carrington. Es ist eine der vielen Möglichkeiten, die ich im Auge behalten muss, und es würde erklären, warum Ihr Mann am nächsten Morgen so überrascht und verzweifelt zu sein schien, als sich die Handtasche nicht in seinem Auto befand, nicht wahr?«

Er wartete meine Antwort nicht ab, sondern öffnete seine Aktentasche, zog ein Blatt Papier daraus hervor und reichte es mir. Es war die Kopie einer Seite aus der *People*. »Hat dies irgendeine Bedeutung für Sie?«, fragte er.

»Ach, das ist ein Artikel über Marian Howley«, sagte ich. »Sie ist eine ganz wunderbare Schauspielerin. Ich habe bisher noch keines ihrer Stücke ausgelassen.«

»Anscheinend teilte Grace Carrington Ihre Begeisterung für diese Schauspielerin. Sie hat diese Seite aus der Zeitschrift rausgerissen. Sie befand sich in ihrer Tasche, als sie tot im Schwimmbecken aufgefunden wurde.«

Ich wollte Greco die Seite zurückgeben, doch er winkte ab. »Nein, nein, ich habe mehrere Kopien davon gemacht, als ich die Ausgabe der Zeitschrift gefunden habe. Bitte, behalten Sie diese hier. Vielleicht könnten Sie sie Mr. Carrington zeigen.«

Das Telefon klingelte. Ich wollte gerade den Hörer abnehmen, da fiel mir ein, dass ich Jane Barr aufgetragen hatte, Nachrichten entgegenzunehmen. Nur Augenblicke später, als Greco und ich gerade die Bibliothek verließen, kam sie herbeigeeilt. »Es ist Mr. Slater, Mrs. Carrington«, sagte sie. »Er sagt, es sei wichtig.«

Greco wartete, während ich zurück zum Schreibtisch ging und den Hörer aufnahm.

»Kay, ich habe es nicht gefunden«, sagte Vince. »Er muss es irgendwo anders versteckt haben.«

Irgendetwas in seiner Stimme gab mir das Gefühl, dass er log. »Das glaube ich Ihnen nicht«, sagte ich.

Ich hörte, wie die Verbindung unterbrochen wurde.

»Vincent Slater behauptet, er habe Peters Hemd nicht

gefunden«, berichtete ich Nicholas Greco. »Ich nehme ihm das nicht ab. Er hat es. Ich weiß es genau.«

»Besitzt Vincent Slater einen Schlüssel zu diesem Haus?«, fragte Greco.

»Ich habe alle Schlösser auswechseln lassen und ihm nur einen Schlüssel zu der Tür gegeben, die von der Terrasse in sein privates Arbeitszimmer führt. Aber man kann von seinem Zimmer in das Haus gelangen.«

»Dann besitzt er also einen Schlüssel, Mrs. Carrington. Lassen Sie dieses Schloss sofort auswechseln. Es könnte sein, dass Vincent Slater ein sehr gefährlicher Mann ist.«

68

»Ich habe mich entschieden, die Galerie zum Ende der Woche zu schließen«, sagte Richard Walker zu Pat Jennings. »Ich weiß, das kommt ziemlich plötzlich, aber der Hausbesitzer hat jemanden gefunden, der die Räume sofort haben will und sogar bereit ist, eine Abfindung zu zahlen, um sie zu bekommen.«

Jennings fiel aus allen Wolken. »Können Sie denn selbst so schnell andere Räume finden?«, fragte sie.

»Nein, ich meine, ich werde die Galerie *endgültig* schließen. Wie Ihnen sicherlich nicht entgangen ist, bin ich ein zu großer Pferdenarr, als meinem Geldbeutel guttut. Ich möchte es mit einem kompletten Tapetenwechsel versuchen. Ich habe einen älteren Freund, der eine kleine, aber äußerst interessante Galerie in London besitzt, und er hat großes Interesse daran gezeigt, dass ich bei ihm einsteige.«

»Das klingt ja großartig«, sagte Jennings und bemühte sich, aufrichtig zu klingen. Vielleicht hat Mama den Geldhahn endgültig zugedreht, dachte sie. Ich könnte sie gut verstehen. Und vielleicht hat er ja recht. Es wäre nur gut für ihn, wenn er von all den Buchmachern wegkäme, die ihn immer mit diesen todsicheren Tipps versorgen. »Was hält denn Ihre Mutter von dieser Sache?«, fragte sie. »Ganz bestimmt werden Sie ihr fehlen.«

»Ach, selbst ohne Concorde ist England nur einen Katzensprung entfernt, und außerdem hat sie viele Freunde hier.«

Pat dachte betrübt, dass ihr nicht nur das Gehalt, sondern auch die flexiblen Arbeitszeiten fehlen würden – sie passten so perfekt zum Stundenplan ihrer Kinder. Und es war schön gewesen, sich mit Trish regelmäßig zu treffen, von dem Platz in der ersten Reihe, von dem aus sie die Carrington'sche Familiensaga verfolgen konnte, ganz zu schweigen.

Sie beschloss, vielleicht noch ein letztes Häppchen zu ergattern, bevor es zu spät war. »Wie geht es denn Mrs. Peter Carrington?«, fragte sie Richard und versuchte dabei besorgt, aber nicht zu interessiert zu wirken.

»Ach, wie nett von Ihnen, danach zu fragen! Ich habe Kay schon seit mehreren Wochen nicht gesehen, aber meine Mutter sagte mir, sie sei in engem Kontakt mit ihr gewesen. Wir werden alle zusammen noch einmal zu Abend essen, bevor ich nach England fliege.«

Mit einem spöttischen Lächeln, als ob er bemerkt hätte, dass sie nur gierig auf neue Informationen war, wandte sich Richard Walker ab, um in sein privates Arbeitszimmer zu gehen. In diesem Augenblick klingelte das Telefon. Als Pat Jennings sich meldete, tönte eine zornig klingende Stimme: »Alexandra Lloyd hier. Ist Richard da?«

Ohne erst nachfragen zu müssen, wusste Pat, welche Antwort sie geben musste, nur schmückte sie sie diesmal etwas aus: »Mr. Walker ist auf dem Weg nach London, Miss Lloyd. Kann ich ihm etwas ausrichten?«

»Ja, das können Sie. Sagen Sie Mr. Walker, dass ich sehr enttäuscht von ihm bin und dass er weiß, was ich damit meine.«

Das ist eine Nachricht, die ich ihm nur ungern ausrichten möchte, dachte Pat. Und ich hatte die ganze Zeit geglaubt, diese Dame sei eine Künstlerin. Jetzt denke ich eher, sie ist auch so eine Buchmacherin.

Es war drei Uhr, Zeit aufzubrechen und die Kinder abzuholen. Richards Tür war geschlossen, doch sie vernahm das

Murmeln seiner Stimme, was bedeutete, dass er telefonierte. Pat schrieb Alexandra Lloyds Nachricht Wort für Wort auf einen Zettel, dann klopfte sie, wenig begeistert darüber, wie sich das Ganze auf dem Papier ausnahm, an Richards Tür, trat ein und legte den Zettel vor ihn auf den Schreibtisch.

Danach schnappte sie sich mit der Eile eines Menschen, der weiß, dass in jedem Moment ein Feuerwerkskörper zu seinen Füßen explodieren kann, ihren Mantel und verließ die Galerie.

69

NICHOLAS GRECO WURDE von der Haushälterin in das Zimmer geleitet, in dem er früher mit Gladys Althorp zusammengekommen war. Sofort spürte er ein deutliches Missbehagen darüber, dass ihr Ehemann sich so schnell den Raum angeeignet hatte, der zuvor der ihrige gewesen war. Er sah, dass ihr Schultertuch nicht mehr auf ihrem Sessel lag und dass die Jalousien nicht mehr schräg gestellt waren. Grelles Sonnenlicht, das schon eine Vorahnung des Frühlings vermittelte, erfüllte den Raum und zerstörte die gedämpfte und ruhige Atmosphäre der Geborgenheit, die er früher dort empfunden hatte.

»Mr. Althorp wird gleich hier sein«, sagte die Haushälterin.

Das ist doch wieder so ein Machtspielchen, dachte Greco. Ich habe vorgeschlagen, um halb eins zu kommen; er bestand auf zwölf. Und jetzt lässt er mich anscheinend warten.

Greco erinnerte sich, wie sehr die Haushälterin Gladys Althorp umsorgt hatte. Wie war gleich wieder ihr Name? Dann fiel es ihm ein. »Brenda, mir ist immer aufgefallen, wie sehr Sie sich um Mrs. Althorp gekümmert haben. Ganz bestimmt waren Sie ihr eine große Stütze.«

»Das hoffe ich. Ich bin noch gar nicht so lange hier, aber ich habe sie immer sehr gemocht. Sie durfte in der glücklichen Gewissheit sterben, dass der Mörder ihrer Tochter am

Ende doch für sein Verbrechen büßen wird. Mrs. Althorp hat mir erzählt, dass sie zweiundzwanzig Jahre für diesen einen Augenblick gebetet hat; für den Tag, an dem Peter Carrington in Handschellen dem Gericht vorgeführt wird.«

Charles Althorp hatte das Zimmer betreten, während sie sprach, und ihre letzten Worte gehört. »Wir sind entzückt, Ihre Meinung vernommen zu haben, Brenda«, sagte er sarkastisch. »Sie dürfen jetzt gehen.«

Althorp war Greco auf Anhieb unsympathisch. Seine Haushälterin vor einem Fremden zu demütigen, war vermutlich ein Verhalten, das kennzeichnend für das Verhältnis von Arbeitgeber zu Angestellten in diesem Haus war, und Althorps Verhalten am Telefon nach zu schließen, hatte er eigentlich auch nichts anderes erwartet.

Brenda reagierte, als ob sie geohrfeigt worden wäre. Ihre Haltung versteifte sich, dann wandte sie sich in stiller Würde ab und verließ das Zimmer.

Althorp wies Greco einen Stuhl an und setzte sich. »Ich bin zum Mittagessen verabredet«, sagte er, »daher werden Sie verstehen, dass es bei einer Viertelstunde bleiben muss.«

»Ich bin mir der zeitlichen Beschränkung bewusst«, sagte Greco, dann kam er ohne Umschweife zur Sache: »Mr. Althorp, Sie waren an dem Abend, an dem Susan verschwand, sehr wütend auf Ihre Tochter. Einer Reihe von Leuten ist das damals aufgefallen. Was war der Grund für diesen Zorn?«

»Das weiß ich nicht mehr, und das ist auch unwichtig. Natürlich blieb es für mich immer ein schrecklicher Gedanke, dass mein letzter Kontakt mit Susan unter einem solchen Unstern stand.«

»Sie und Ihre Gattin sind an diesem Abend sehr früh aufgebrochen.«

»Wir sind gleich nach dem Abendessen gegangen. Gladys fühlte sich nicht wohl, was damals schon durchaus häufiger vorkam.«

»Bevor Sie gegangen sind, haben Sie Ihrer Tochter gesagt, sie müsse um zwölf zu Hause sein. Die Party dauerte, wie mir gesagt wurde, noch gut eine Stunde länger. Warum sollte sie so früh zu Hause sein?«

»Susan war übermüdet. Ich habe mir Sorgen um sie gemacht. Ich wollte eigentlich, dass sie mit uns zusammen aufbricht. Es wurde gerade mit dem Tanzen angefangen. Peter fragte mich, ob sie nicht noch ein bisschen länger bleiben dürfe. Er bot an, sie nach Hause zu fahren.«

»Sie mochten Peter.«

»Ja. Sogar sehr, damals.«

»Mr. Althorp, ich muss Sie nochmals fragen: Warum haben Sie sich solche Sorgen um Ihre Tochter gemacht?«

»Das geht Sie nichts an, Mr. Greco.«

»Oh, ich glaube schon. Wenn meine Vermutung zutrifft, dann war das der Grund, weshalb Susan sterben musste.«

Greco beobachtete, wie Althorps Gesicht rot anlief. Vor Wut oder vor Angst?

»Als Mrs. Kay Carrington ein sechsjähriges Kind war, saß sie vor dem Herrenhaus der Carringtons und wartete auf ihren Vater, Jonathan Lansing, der, wie Sie wissen, dort als Landschaftsgärtner arbeitete. Es war genau der Tag, an dem die Party stattfand. Er war gekommen, um die Außenlichtanlage zu überprüfen. Kay hatte von der Kapelle gehört, und da sie ein typisch neugieriges Kind war, ging sie heimlich ins Haus, um sie sich anzuschauen. Während sie drinnen war, hörte sie Leute kommen und versteckte sich zwischen den Kirchenbänken. Sie hat die Leute nicht gesehen, aber sie hat alles mitgehört, was geredet wurde. Es war ein Paar, und die Frau hat Geld von dem Mann verlangt.«

Greco machte eine Pause, dann sagte er in schneidend kaltem Ton: »Ich glaube, dass die Frau in der Kapelle Ihre Tochter Susan war. Ich glaube, dass sie ein Drogenproblem hatte und Geld brauchte, um sich mehr Drogen zu besorgen. Ich glaube, Sie wussten von dem Problem und haben versucht, es auf Ihre Weise in den Griff zu bekommen, indem Sie dafür gesorgt haben, dass sie kein Geld zur Verfügung hatte, und indem Sie versucht haben, sie so streng zu beaufsichtigen, dass sie keinen Kontakt zu irgendwelchen Dealern haben konnte.«

»Ich wundere mich nicht mehr, dass Sie so einen Ruf als Detektiv haben, Mr. Greco. Aber selbst wenn das alles stimmen sollte, was beweist das? Warum ist das jetzt noch wichtig?« Althorps Stimme klang genauso kalt.

»Oh, ich würde sagen, es ist sogar *sehr* wichtig, Mr. Althorp. Wenn Sie dafür gesorgt hätten, dass Susan professionelle Hilfe erhält, könnte sie vielleicht noch am Leben sein.«

»Als sie verschwunden war, dachte ich, sie wäre mit ihrem Dealer auf und davon. Ich dachte, sie würde eines Tages wieder auftauchen«, entgegnete Althorp.

»Und obwohl Sie das dachten, haben Sie die unverzeihliche Sünde begangen, zuzulassen, dass Peter Carrington wegen ihres spurlosen Verschwindens verdächtigt wurde? Obwohl Sie die ganze Zeit glaubten, sie könnte noch am Leben sein?«

»Ich wusste es einfach nicht. Und ich sah mich nicht in der Lage, diese Möglichkeit offen anzusprechen. Das hätte meine Frau nicht überlebt«, sagte Althorp. »Susans Mutter hielt sie für das perfekte Kind. Die Vorstellung, dass Susan drogenabhängig war, hätte sie umgebracht.«

»Wann hatten Sie zum ersten Mal den Verdacht, dass Susan Drogen nahm?«

»Kurz nachdem sie von ihrem ersten Jahr am College zurückkam. Sie wirkte auf mich verändert in diesem letzten Sommer. Sie war reizbar, brach schnell in Tränen aus, was ganz untypisch für sie war. Ich wusste nicht, was ich davon halten sollte, bis ich eines Abends, als sie ausgegangen war, an ihrem Zimmer vorbeikam und mir auffiel, dass sie das Licht hatte brennen lassen. Ich ging hinein, um die Lampen auszuschalten, und dabei sah ich etwas auf dem Fußboden liegen. Es war ein Stück Alufolie mit Resten von weißem Pulver darauf. Es schien Kokain zu sein. Da wusste ich, was los war. Ich habe sie daraufhin zur Rede gestellt und verlangt, sie solle mir sagen, woher sie das Zeug habe. Sie hat sich geweigert, es mir zu verraten. Das war ungefähr einen Monat, bevor sie verschwunden ist.«

»Wenn Sie der Polizei etwas von Susans Problem gesagt hätten, dann wären die Ermittlungen sofort in eine ganz andere Richtung gegangen, und ihr Dealer wäre vielleicht verhaftet worden. Warum hat Ihre Frau mich vor einem halben Jahr engagiert? Damit ich etwas herausfinde, das den mutmaßlichen Mörder Ihrer Tochter, Peter Carrington, vor Gericht bringt. Wenn der wahre Mörder Susans gefasst und verurteilt worden wäre, hätte ihr das sicherlich den ersehnten Seelenfrieden gebracht.« Greco bemerkte, dass seine Stimme lauter wurde. »War es vielleicht besser, Ihre Frau jeden Tag ihres restlichen Lebens leiden zu lassen? Ist das Ihre Vorstellung von Barmherzigkeit? Oder war es nicht eher eine bequeme Ausrede für Ihr Schweigen? War es nicht eher so, dass Sie sich Hoffnungen auf einen weiteren Botschafterposten gemacht haben und verhindern wollten, dass auch nur der kleinste Hauch eines Skandals mit Ihrem Namen in Verbindung gebracht wird? Die schöne junge Tochter, mutmaßlich von einem reichen jungen Mann umgebracht, das hat der Familie in der Öffentlichkeit viel Mitleid und Sympathie gebracht. Das kam Ihnen ganz gelegen, und so haben Sie es dabei belassen.«

»Das ist Ihre Meinung, und ich werde mich nicht dazu herablassen, darauf zu antworten«, sagte Althorp. »Warum sind Sie hier, Mr. Greco? Was für einen Unterschied macht das jetzt noch? Susan wird nicht wieder lebendig davon, und, wie mein Sohn mir gestern sagte, wenn es ein Kunstmuseum im Himmel gibt, dann befinden sich Susan und ihre Mutter jetzt dort und diskutieren über Gemälde. Das ist ein Bild, in dem ich Trost finde.«

»Mag sein, dass Sie Trost darin finden, aber Sie fragen mich allen Ernstes, was es für einen Unterschied macht, wenn die Wahrheit jetzt ans Licht käme? Ist Ihnen denn niemals der Gedanke gekommen, dass es vielleicht der Drogendealer war, der Susan ermordet hat und nicht Peter Carrington?«

»Peters Hemd war verschwunden. Ich dachte, dass er vielleicht einen Streit mit Susan gehabt hat, der am Ende in Gewalt ausgeartet ist.«

»Es war entweder ein Dealer oder Peter, der Susan umgebracht hat, und Ihnen scheint das gleichgültig zu sein! Ich habe noch eine andere Theorie, Mr. Althorp. Sie haben vielleicht gehört, wie sich Susan aus dem Haus geschlichen hat. Sie waren vielleicht so wütend auf sie, dass Sie ihr etwas angetan haben. Es hat bis Mittag des nächsten Tages gedauert, bevor jemand gemerkt hat, dass sie nicht in ihrem Zimmer war. Sie hatten genügend Zeit, die Leiche zu verstecken, bis Sie sie irgendwann endgültig loswerden konnten.«

Charles Althorp ergriff mit beiden Händen die Armlehnen seines Sessels. »Das ist absolut grotesk, Mr. Greco! Und ungeheuerlich. Ihre Viertelstunde ist um. Verschwinden Sie!«

»Ich werde jetzt gehen, Herr Botschafter«, sagte Greco, indem er den Titel in verächtlicher Weise betonte. »Aber ich werde wiederkommen«, sagte er. »Das kann ich Ihnen versichern.«

70

Ich telefonierte in den nächsten Tagen ein paarmal mit Maggie, und sie versicherte mir, sie bemühe sich unablässig, sich an den Namen des Mannes zu erinnern, den mein Vater das Lied hatte pfeifen hören, das ihn so nostalgisch gestimmt hatte. Bei einem dieser Anrufe fiel mir etwas ein. »Maggie, du hast gesagt, dass Daddy in depressiver Stimmung war, als er dir davon erzählte. Und kurze Zeit später wurde sein Wagen gefunden, und du hast geglaubt, er habe Selbstmord begangen. Meinst du nicht, dass du über diesen Vorfall mit deinen Freundinnen geredet hast?«

»Wir haben bestimmt darüber gesprochen, wie sehr deine Mutter ihm gefehlt hat. Vermutlich habe ich ihnen davon erzählt. Es war ein Beispiel, wie sehr er sie vermisst hat.«

»Dann besteht doch die Möglichkeit, dass du den Namen des Mannes erwähnt hast, weil Daddy ihn ja dir gegenüber auch erwähnt hat.«

»Das könnte schon sein, Kay, aber das ist über zweiundzwanzig Jahre her. Wenn mir der Name schon nicht einfallen will, wie kannst du da erwarten, dass sich andere daran erinnern?«

»Ich erwarte es auch nicht wirklich. Aber es ist einfach etwas, was du ohne großen Aufwand tun könntest und was enorm wichtig sein könnte. Ich möchte, dass du mit deinen Freundinnen über Daddy sprichst. Sag ihnen, die Gewissheit zu haben, dass er mich nicht willentlich im Stich gelassen hat, sei für mich in gewisser Weise eine Erleichterung. Dann kannst du sie an diese Geschichte erinnern und sagen, wie sehr es dich schon die ganze Zeit ärgert, dass du dich nicht an den Namen des Mannes erinnern kannst, der damals dieses Lied gepfiffen hat. Aber bitte sprich nur mit deinen Freundinnen darüber und sonst mit niemandem.«

»Kay, es ist wirklich sehr unwahrscheinlich, dass jemand nach all diesen Jahren noch auf den Namen kommt, aber ich werde alles tun, wenn du meinst, dass es wichtig ist. Heute ist Besuchstag im Gefängnis, nicht?«

»Ja.«

»Würdest du bitte deinem Mann – ich meine Peter – meine herzlichen Glückwünsche zu dem Baby ausrichten?«

»Danke, Maggie. Das wird ihn freuen.«

Zwei Stunden später saß ich im Besucherraum des Gefängnisses von Bergen County und sah Peter durch die Plexiglasscheibe an. Ich sehnte mich danach, ihn zu berühren, meine Hand mit der seinen zu verschränken. Ich sehnte mich danach, gemeinsam nach Hause zu fahren und die Tür hinter uns zu schließen. Ich sehnte mich nach unserem früheren Leben.

Aber es würde ihm alles nur noch schwerer machen, wenn ich davon sprach. Es gab so viele Dinge, die ich nicht sagen konnte. Ich konnte nicht über das Hemd sprechen, das Gary Barr vermutlich aus Elaines Haus gestohlen hatte, nur um es sich seinerseits von Vincent Slater stehlen zu lassen. Vince hatte weiterhin abgestritten, es gefunden zu haben, doch ich glaubte ihm nicht.

Ich konnte nicht mit Peter über das Geld sprechen, das ich Elaine gezahlt hatte, und erst recht konnte ich ihm nicht sagen, dass ich Nicholas Greco engagiert hatte.

Stattdessen erzählte ich ihm davon, wie ich die antike Wiege gefunden hatte und dass ich versuchen wollte, etwas über den Schreiner Eli Fallow zu erfahren. »Da oben im zweiten Stock fühlt man sich wie ein Schatzsucher, Peter.«

Geplauder. Unbefriedigend. Wie man mit einem Patienten im Krankenhaus plaudert, wenn man weiß, dass man nicht über wichtige Dinge reden darf, weil es ihn zu sehr aufregen würde. Peters Gesicht hellte sich bei jeder Anspielung auf das Baby auf, doch folgte darauf immer große Sorge um mich. Ihm war aufgefallen, dass ich abgenommen hatte, und ich musste ihm versichern, dass der Gynäkologe dies in den ersten drei Monaten für nichts Ungewöhnliches hielt.

Er fragte, ob ich Elaine und Richard häufiger sehen würde. Ich wich einer Antwort aus und erzählte stattdessen, wie überrascht ich gewesen sei, von Elaine zu hören, dass Richard seine Zelte abbrechen und nach London umziehen wollte. »Ich glaube, er hat eingesehen, dass er seine Spielsucht nicht im Griff hat, und stellt sich der Tatsache, dass seine eigene Galerie immer nur Verlust gemacht hat«, sagte ich.

»Das scheint mir ein Schritt in die richtige Richtung zu sein«, sagte Peter. »Schon in der Zeit, als mein Vater und Elaine sich kennenlernten, hat Richard sich mit Pferdewetten abgegeben, und wenn du meinen Vater gekannt hättest, wüsstest du, dass das für ihn absolut unverzeihlich war. Das war auch, glaube ich, einer der Gründe, weshalb mein Vater bei der großen Neugestaltung der Innenräume darauf bestand, jede Rechnung zu kontrollieren. Er wollte sicherstellen, dass Elaine die Spielgewohnheiten ihres Sohnes nicht unterstützte, zumindest nicht mit seinem Geld. Ich glaube, es wäre nett, wenn du Elaine, Richard und Vince zum Abendessen einladen würdest, bevor Richard abreist, Kay.«

Ich konnte nicht sagen, dass es das Letzte sei, worauf ich Lust hätte. Daher ging ich nicht weiter auf seinen Vorschlag ein und fragte: »Wie viel Taschengeld hast du denn als Kind bekommen? War dein Vater großzügig zu dir?«

Peter konnte so jungenhaft wirken, wenn er lächelte. »Eigentlich war er okay. Für unsere Beziehung war es ein Glück, dass ich mich nie in Richtung ›verwöhntes Kind aus schwerreicher Familie‹ entwickelte. Ich ging gern während der Schulferien ins Büro. Die Welt der Finanzen hat mich schon immer fasziniert. Ich war gut darin. Das gefiel meinem Vater. Und er hatte wirklich ein weiches Herz für Menschen, die in echten Nöten steckten, weshalb auch dieser Scheck, den er Maria Valdez Cruz gegeben hat, eine ganz typische Geste von ihm ist.«

Peters Miene verdüsterte sich. »Aber versuch mal, jemandem das zu erklären«, sagte er leise.

Ich wusste, dass uns nur noch wenige Minuten blieben. »Hör mal zu«, sagte ich, dann summte ich das Lied, das ich in der Kapelle gehört hatte, in den Hörer. »Kennst du diese Melodie?«, fragte ich.

»Ich glaube nicht. Nein, das kenne ich ganz sicher nicht.«

»Ich hatte mal einen Freund, der sehr gut pfeifen konnte. Fast niemand tut das heute noch. Oder kennst du jemanden, der pfeifen kann, ich meine, jemanden wie Vince zum Beispiel?«

Peter musste tatsächlich lachen. Ich glaube, es war das erste Mal, dass ich ihn lachen hörte seit unserer Rückkehr aus den Flitterwochen.

»Kay, Vince und pfeifen? Kann ich mir genauso wenig vorstellen, wie dass er im Zirkus als Bauchredner auftritt. Unser zugeknöpfter Vincent Slater, der für alle hörbar ein Liedchen vor sich hin pfeift? Ich bitte dich!«

Der Wachbeamte kam auf mich zu. Die Besuchszeit war um. Peter und ich pressten die Lippen gegen die Scheibe, die uns trennte, und, wie immer, versuchte ich, nicht zu weinen. »Wie liebe ich dich?«, fragte ich ihn.

»Lass mich die Arten zählen«, flüsterte er. Es war zu unserem kleinen Abschiedsritual geworden.

Doch dann sagte er noch: »Kay, es wäre schön, wenn du dieses Abschiedsessen gibst, bevor Richard nach London fliegt. Das wäre mir sehr lieb. Er hat immer seine Probleme gehabt, aber schließlich ist er mein Stiefbruder, und Elaine ist immer gut zu mir gewesen.«

71

Je mehr ich erfahre, desto weniger weiß ich, dachte Nicholas Greco, als er in die Einfahrt zum Carrington-Anwesen einbog. Der Wachmann war verständigt worden und ließ ihn mit einem freundschaftlichen Wink passieren, als er durch das Tor fuhr und zum Pförtnerhaus abbog.

Er hatte gestern mit Gary Barr telefoniert und um dieses Gespräch gebeten. Dabei hatte er darauf bestanden, es in Abwesenheit von Jane zu führen.

»Ich weiß nicht, wie viel Ihre Frau über Ihre früheren Aktivitäten weiß«, hatte er gesagt, »aber wenn Sie nicht über sämtliche Erlebnisse mit ihr gesprochen haben, dann würde ich Ihnen raten, dass wir uns zu einer Zeit treffen, in der sie nicht da ist.«

»Ich bin bis ungefähr zwölf Uhr unterwegs, um Besorgungen zu machen«, sagte Barr. »Um diese Zeit ist Jane immer im Herrenhaus.« Mit einer Stimme, die zugleich feindselig und besorgt klang, hatte er hinzugefügt: »Ich weiß nicht, was Sie noch von mir wollen. Ich habe schon alles gesagt, was ich über den Tod des Mädchens weiß, und ich habe nicht mal hier gearbeitet, als der Landschaftsgärtner umgebracht wurde.«

Hoffentlich zeigt meine Strategie die beabsichtigte Wirkung, dachte Greco, als er den Wagen abstellte und zum Eingang des Pförtnerhauses ging. Ich lasse ihm Zeit, sich den

Kopf zu zerbrechen, worüber ich mit ihm sprechen will, was ihn gehörig aus der Ruhe bringen soll.

Es war ein kleines, aus Steinen gemauertes Gebäude mit Bleiglasfenstern. Als Gary Barr öffnete und ihn mit mürrischer Miene bat einzutreten, war Greco vom Inneren des Hauses überrascht und beeindruckt. Die beschränkte Grundfläche war maximal genutzt worden: Das Erdgeschoss war zu einem einzigen großen Raum ausgebaut worden, mit Küchen-, Ess- und Wohnbereich, die harmonisch ineinander übergingen. Der schlichte offene Kamin aus Naturstein und die hohe Balkendecke verbreiteten eine zeitlose Atmosphäre. Wie viele Generationen von Menschen mochten hier gelebt haben, seit das Haus vor vierhundert Jahren in Wales erbaut wurde?

Eine komfortable Wohnung für ein Haushälterehepaar, dachte er, weitaus freundlicher als das, was den meisten Hausangestellten zur Verfügung steht. Ihm fiel auf, wie makellos sauber und gepflegt alles war. Als Ermittler hatte er manchmal Haushälter erlebt, deren eigene Wohnung kaum als Muster an Sauberkeit gelten konnte.

Ohne dazu aufgefordert worden zu sein, wählte er einen Stuhl mit gerader Lehne nahe der Couch, setzte sich und sagte in unverhüllt kühlem Ton: »Mr. Barr, ich denke, wir sollten heute keine Zeit verschwenden. Lassen Sie mich gleich zum Punkt kommen: Sie haben Drogen an Susan Althorp verkauft.«

»Das ist nicht wahr!«

»Ach wirklich? Als sie diese jungen Damen durch die Gegend kutschiert haben und Susan immer vorn neben Ihnen saß, da haben Sie sich darum bemüht, ihr ›Kumpel‹ zu werden. Aber es saßen noch drei weitere Mädchen auf der Rückbank. Eine davon, Sarah Kennedy, war Susans beste Freundin. Glauben Sie im Ernst, dass Susan ihr nichts davon erzählt hat?«

Es war so eine typisch hinterlistige Frage, wie sie Greco

gern stellte, und die oft eine entlarvende Antwort hervorlockte.

Gary Barr antwortete nicht darauf, sondern blickte nervös um sich, als ob er befürchtete, jemand könnte ihr Gespräch belauschen. Ein chronischer Lauscher hat immer Angst davor, selbst belauscht zu werden, dachte Greco mit Verachtung.

»Sie und Ihre Frau haben in den Jahren, die Sie nicht bei den Carringtons angestellt waren, ziemlich regelmäßig für die Althorps gearbeitet. Ich habe selbst miterlebt, was für eine Haltung Mr. Althorp gegenüber seinen Angestellten an den Tag legt. Das muss Ihnen sehr gegen den Strich gegangen sein, nicht wahr, Mr. Barr? Was für eine süße Rache muss es für sie gewesen sein, die junge Tochter des Hauses zum Drogenkonsum zu verführen, und sich später zu weigern, ihr mehr von dem Zeug zu geben, wenn sie nicht sofort bar auf die Hand bezahlte. Als sie sich in jener Nacht noch einmal heimlich aus dem Haus schlich, da wollte sie sich mit Ihnen treffen. Ist es nicht so gewesen?«

Gary Barr wischte sich ungeduldig die Schweißperlen weg, die sich auf seiner Stirn gebildet hatten. »Sie brauchen nicht zu glauben, dass Sie mir Angst machen können. Ich kenne die Gesetze. Selbst wenn ich ihr ein bisschen Kokain verkauft haben sollte, das ist über zweiundzwanzig Jahre her. Das ist längst verjährt, das können Sie nachschlagen.«

»Das brauche ich nicht nachzuschlagen, Mr. Barr. Ich kenne mich mit den Verjährungsfristen aus, und Sie haben recht. Leider können Sie dafür nicht mehr vor Gericht gestellt werden, dass Sie dem armen Mädchen Drogen verkauft haben. Ihnen dürfte allerdings auch bekannt sein, dass es für Mord keine Verjährung gibt.«

»*Mord*? Sie machen wohl Witze. Ich hab …«

Greco unterbrach ihn: »Wenn ich zur Staatsanwaltschaft gehe und denen erzähle, was ich weiß, dann wird ohne Zweifel eine neue Anhörung mit Geschworenen angeordnet werden. Da werden Sie vorgeladen und müssen unter Eid aussagen. Sie können die Aussage nicht verweigern, weil Sie nicht angeklagt werden können. Aber man wird Sie wegen Meineides belangen, wenn Sie vor den Geschworenen falsche Aussagen machen über Ihre Beziehung zu Susan und alles Weitere, was Sie über die Umstände ihres Todes wissen. Es ist also besser, wenn Sie jetzt reinen Tisch machen.«

»Na schön! Ich war da«, sagte Barr mit heiserer und stockender Stimme. »Es ist so gewesen, wie Sie sagen. Sie wollte Stoff von mir, und ich hab ihr gesagt, ich müsse zuerst das Geld sehen, und sie sagte darauf, sie werde es besorgen. Ich sagte ihr, ich würde um Viertel vor zwei vor dem Haus warten, und sie solle pünktlich sein.«

»Peter Carrington hat Susan um zwölf Uhr nach Hause gebracht. Warum so spät?«

»Sie wollte ganz sicher sein, dass ihr Vater schläft.«

»Warum haben Sie ihr das Kokain nicht auf der Party gegeben?«

»Sie hatte das Geld noch nicht, als sie die Party verließ. Sonst hätte ich es ihr dort gegeben.«

Greco warf einen hasserfüllten und angewiderten Blick auf Barr. Weil du ihr nicht gegeben hast, was sie brauchte, hast du ihr Todesurteil unterzeichnet, dachte er. Sie wollte sich noch mit jemandem treffen, der ihr das Geld bringen sollte.

»Ich bin um halb zwei von hier aufgebrochen und zu Fuß zu den Althorps gegangen«, sagte Barr. »Ich habe mich ihrem Haus über den Rasen der Nachbarn genähert und mich unter den großen Baum an der Seite des Hauses gestellt, wo niemand mich sehen konnte. Dann hab ich gewartet. Sie ist nicht aufgetaucht um Viertel vor zwei. Ungefähr zehn Minuten später hörte ich ein Auto kommen. Ich habe abgewartet, um rauszufinden, was dort vor sich ging. Ich dachte mir, es könnte vielleicht jemand sein, der ihr das Geld bringen will und sich verspätet hat.«

Barr stand auf, lief zum Spülbecken und füllte ein Glas mit

Wasser. Er trank es halb leer, setzte es ab und kam wieder zurück. »Ich hab den Wagen erkannt. Es war der von Peter Carrington. Er ist ausgestiegen, um den Wagen herumgegangen, hat die Beifahrertür geöffnet und etwas herausgeholt.«

»Sie konnten ihn deutlich genug sehen, um zu erkennen, was er machte?«

»Direkt vor dem Haus der Althorps steht eine Straßenlaterne auf dem Bürgersteig. Deshalb wollte ich mich auch mit Susan an der Seite des Hauses treffen.«

»Weiter.«

»Peter hat die Tür geschlossen und ist über den Rasen gelaufen. Dann ist er stehen geblieben und hat sich hingekniet. Ich bin etwas aus meinem Versteck hervorgetreten, und da habe ich gesehen, dass er sich über etwas gebeugt hat. Es war gerade genug Licht, dass ich erkennen konnte, dass dort etwas – oder vielleicht sogar jemand – auf dem Boden lag. Dann ist Peter wieder zu seinem Wagen zurückgekehrt und weggefahren. Ich hatte keine Ahnung, was dort vor sich ging, und bin dann sofort weg und nach Hause zurückgelaufen.«

»Sie haben sich nicht zuerst vergewissert, ob jemand vielleicht Hilfe benötigte?«

»Carrington war weggefahren. Er hatte auch niemandem geholfen.«

»Und Sie haben sonst niemanden gesehen?«

»Nein.«

»Sind Sie sicher, dass Sie sich nicht doch mit Susan getroffen haben? Vielleicht hatten Sie eine Auseinandersetzung, weil sie das Geld nicht dabei hatte, vielleicht hat sie sogar damit gedroht, ihrem Vater von Ihnen zu erzählen, wenn Sie ihr kein Kokain geben. Sie haben sie erwürgt, dann haben Sie Peters Auto gehört und sich versteckt. Als er wieder weggefahren war, haben Sie die Leiche beseitigt. Ist es nicht eher so gewesen, Mr. Barr?«

»Nein, so ist es nicht gewesen. Ich würde sogar einen Test mit dem Lügendetektor machen, wenn es sein muss. Ich war um zwanzig nach zwei zu Hause. Ich habe sogar meine Frau aufgeweckt und gesagt, dass ich mich nicht gut fühlen würde.«

»Sie meinen, Sie wollten eine Zeugin haben, für alle Fälle. Sie sind ein Mensch, der immer nur an das eigene Wohl denkt, Mr. Barr. Ich erinnere mich, dass Ihre Frau angeboten hat, sich einem Test mit dem Lügendetektor zu unterziehen, als sie ausgesagt hat, Sie seien die ganze Nacht zu Hause gewesen.«

»Sie hat geglaubt, dass ich die ganze Zeit zu Hause war.«

»Gut, damit wäre ich zunächst einmal fertig mit Ihnen. Ach übrigens, hat Mr. Slater das Hemd mit dem Blutfleck gefunden, nachdem er Sie nach New York gelockt und Ihr Haus durchsucht hat, Mr. Barr?«

Es war für Greco eine Genugtuung zu beobachten, wie Gary Barr für kurze Zeit erstarrte und ein verblüffter Ausdruck über sein Gesicht huschte.

»Ach so, also *er* war das«, sagte Barr langsam. »Das hätte ich mir denken können.«

72

Richard sollte am Sonntagabend nach London fliegen. Ich hatte mich entschieden, für den Samstagabend zum Abschiedsessen einzuladen, mehr um Peters Wunsch nachzukommen, als um Richard die Ehre zu erweisen, doch bei der Vorbereitung gab ich mir viel Mühe. Ich bin eine gute Köchin, und gemeinsam mit Jane stellte ich ein paar wirklich ausgefallene Gänge zusammen: Spargel mit warmem Käse als Vorspeise, dann Seezunge, dazu Brunnenkressesalat mit Äpfeln, zum Nachtisch Himbeersorbet und als Abschluss ein Käseteller, begleitet von einem Dessertwein.

»Die Cocktails wie immer im Wohnzimmer, und nach dem Essen werden wir den Kaffee in Mr. Carringtons Bibliothek trinken«, sagte ich zu Jane.

»Ich werde Gary sagen, dass er in der Bibliothek Feuer machen soll«, versprach sie.

Gary Barr zeigte sich in letzter Zeit auf unangenehme Art dienstbeflissen mir gegenüber, und ich war entschlossen, ihn über kurz oder lang zu entlassen. Es tat mir sehr leid, dass ich damit zugleich auch Jane verlieren würde, aber mir blieb keine andere Wahl. Außerdem war ich mir sicher, dass sie mittlerweile auch die Zeichen an der Wand sehen konnte.

Ich hatte mehrmals mit Nicholas Greco gesprochen, und er hatte mir berichtet, dass mein Verdacht bezüglich des verschwundenen Smokinghemdes völlig richtig war. Barr hatte es aus Elaines Haus gestohlen. Slater wiederum hatte es anschließend im Pförtnerhaus gefunden, und vermutlich war es immer noch in seinem Besitz. Greco schärfte mir ein, nichts zu sagen oder zu tun, woraus man schließen könnte, dass ich wisse, was mit dem Hemd geschehen sei.

»Aber ich war doch diejenige, die Gary gesagt hat, er soll mit Vincent sprechen«, wandte ich ein. »Ich habe ihn zu dieser Fahrt nach New York angestiftet.«

»Barr denkt wahrscheinlich, dass Slater Sie ohne Ihr Wissen für seine Zwecke benutzt hat«, entgegnete Greco. »Sie müssen sich so verhalten, als ob Sie Barr immer noch für Ihren vertrauenswürdigen Angestellten hielten. Zudem würde ich Ihnen raten, sich bei Mr. Slater dafür zu entschuldigen, dass Sie seiner Aussage bezüglich des Hemdes nicht geglaubt haben. Ganz bestimmt wird Gary Barr es nicht wagen, Slater deswegen zur Rede zu stellen.«

Bei unseren folgenden Telefonaten warnte mich Greco immer wieder von Neuem: »Sie müssen sehr vorsichtig und wachsam gegenüber Slater und Barr sein. Wer weiß, vielleicht gibt es doch irgendeine unheilige Allianz zwischen den beiden. Elaine Carrington ist eine Erpresserin, und ihr Sohn steckt chronisch in Geldnöten. Wenn Sie das noch hinzunehmen, dann ergibt das eine potenziell hochexplosive Situation.«

Ich sagte ihm, dass Richard im Begriff stehe, nach London umzuziehen.

»Ich bezweifle, dass die Entfernung grundsätzlich etwas an seinen Problemen ändern wird«, sagte Greco. »Das Problem liegt nicht im Ort begründet, sondern im Menschen selbst.«

Greco fragte, ob ich Peter bei meinem letzten Besuch die Seite aus der *People* gezeigt hätte. Ich gestand ihm, dass ich es nicht getan hatte. »Ich bin sicher, dass er nicht dabei war, als Grace den Artikel ihren Gästen gezeigt hat«, sagte ich. »Alle sind sich einig, dass er nach der Szene mit ihr sofort nach oben gegangen ist.«

»Ich verstehe, dass Sie Ihrem Mann keine neuen Sorgen bereiten wollen, aber, Mrs. Carrington, irgendjemand hat an diesem Abend die Zeitschrift an sich genommen. Und ich glaube, dieser Jemand hat sie an sich genommen, weil er nicht bemerkt hat, dass Grace die Seite mit dem Artikel über die Schauspielerin bereits herausgerissen hatte. Es ist wichtig. Vertrauen Sie meiner Intuition. Es ist sehr wichtig.«

»Ich werde den Artikel Peter zeigen, wenn ich ihn das nächste Mal besuche«, versprach ich. Darauf fragte ich Greco nach seinen Fortschritten, um Peters Unschuld zu beweisen. Seine Antwort machte mir nicht sonderlich viel Mut. »Ich fange an zu begreifen, warum diese Tragödie in Gang gesetzt wurde«, sagte er. »Jetzt muss ich mir noch den Rest der Geschichte zusammenreimen. Es ist noch viel zu früh, und es wäre sehr unfair, wenn ich Ihnen unbegründete Hoffnungen machen würde.«

Ich wollte keine Zweideutigkeiten. »Gibt es irgendeine Hoffnung, dass Sie neue Fakten entdecken, die zu einem Freispruch von Peter führen könnten?«

»Vielleicht gibt es diese Hoffnung, Mrs. Carrington«, antwortete Greco. »Aber bevor ich Ihnen keine Beweise liefern kann, die auch vor Gericht bestehen können, kann ich Ihnen leider nicht mehr als das bieten.«

Einstweilen musste ich mich wohl damit begnügen. Das Problem war, dass mir Peter so schrecklich fehlte. Ich sehnte mich nach irgendeinem Trost, nach Zuspruch, danach, dass mir jemand versicherte, er werde irgendwann nach Hause kommen, selbst wenn es dazu eines Wunders bedurfe.

Die Vorbereitungen für das Abschiedsessen waren eine Ablenkung, und während ich im Käseladen meine Auswahl traf, zwang ich mich zu dem Glauben, dass ich schon bald wieder Peters Lieblingskäse für ihn kaufen würde.

Ich verbrachte einige Zeit in dieser Woche damit, Gary Barr die Möbel im Wohnzimmer umstellen zu lassen. Als ich den

Raum zum ersten Mal gesehen hatte, hatte ich durchaus einen positiven Eindruck – es war ein schönes Zimmer. Aber mir war inzwischen auch klar geworden, dass er Elaines Geschmack widerspiegelte. Sie hatte alles ausgesucht, was sich darin befand, und je öfter ich mich dort aufhielt, desto mehr begann ich mich unbehaglich darin zu fühlen. Alles schien zu förmlich, passte zu genau, strahlte eine sterile Perfektion aus. Es fehlte dem Raum an Wohnlichkeit und Wärme, dem Gefühl, dass dort wirklich gelebt wurde.

Ich begann damit, die Lampen, die Elaine ausgesucht hatte, durch wunderhübsche antike Porzellanlampen auszutauschen, die ich im zweiten Stock gefunden hatte. Nach Aussage von Jane Barr hatte Elaine sie dorthin verbannt. Ich stellte gerahmte Familienfotos auf den Kaminsims und legte Fotoalben, die bis zu hundert Jahre zurückreichten, auf den Flügel.

Ich habe einmal eine bekannte Journalistin sagen hören, in ihrem Haus bestehe die Innendekoration aus Büchern. Die Bücherschränke neben dem Kamin im Wohnzimmer enthielten teuren und modernen Nippeskram. Ich packte das meiste davon weg und ersetzte es durch einen Teil meiner Bücher, die ich vor der Hochzeit in das Herrenhaus hatte bringen lassen. Peter und ich hatten scherzhaft gesagt, diese Bücherkartons wären meine Mitgift. Wenn Elaine am Samstag kommen würde, wäre das ihr erster Besuch, seit ich diese Veränderungen vorgenommen hatte. Ich war gespannt auf ihre Reaktion.

Ich hatte die Gäste für sieben Uhr bestellt. Es schien mir, dass Jahre vergangen waren, seit Peter und ich mit denselben Gästen zu Abend gegessen hatten. Tatsächlich war es eine Woche nach unserer Rückkehr von der Hochzeitsreise gewesen. Ich beschloss, dieselbe Seidenbluse und Samthose anzuziehen, die ich damals getragen hatte. Beim Hineinschlüpfen merkte ich deutlich, dass ich diese Hose erst wieder würde tragen können, wenn das Baby zur Welt gekommen war. Meine Haare ließ ich offen auf die Schultern fallen. Mir war bewusst, dass ich mich für meinen Mann umzog, nicht für diese Leute.

Ich hatte die Kopie aus der *People* auf meine Kommode gelegt. Meine Hoffnung war, dass ich die Botschaft finden würde, die sich nach Meinung Grecos irgendwo darin verbarg, wenn ich nur immer wieder daraufblickte. Als ich mich anschickte, nach unten zu gehen, nahm ich aus einem spontanen Entschluss heraus die Seite mit. Ich legte sie auf Peters Schreibtisch in der Bibliothek, sodass sie sofort den Blick auf sich ziehen würde, wenn wir nachher dort Kaffee trinken würden. Ich hatte mir vorgenommen, den wahren Mörder aus der Reserve zu locken – falls er sich unter den Gästen befand. Wenn diese Seite tatsächlich irgendeine Bedeutung haben sollte, würde sie vielleicht eine Reaktion bei einem von ihnen hervorrufen. Aber ehrlich gesagt war ich der Meinung, dass Greco ihr viel zu viel Gewicht beimaß.

Um Punkt sieben ertönte die Hausglocke, und der Erste meiner Gäste trat ein.

73

»Halt dich doch ein bisschen zurück, Richard!«, mahnte Elaine Carrington, als sie sah, wie sich ihr Sohn einen zweiten Wodka einschenkte. »Wir werden im Herrenhaus Cocktails trinken und anschließend Wein zum Abendessen.«

»Ach? Darauf wäre ich nie gekommen«, antwortete er.

Elaine betrachtete ängstlich ihren Sohn. Er benahm sich schon die ganze Zeit übernervös, was vermutlich hieß, dass er wieder ein paar Wetten platziert hatte, nachdem er wieder ein paar von diesen todsicheren Tipps erhalten hatte. Aber vielleicht irre ich mich, versuchte sie sich zu beruhigen. Schließlich weiß er, dass ich nicht mehr für seine Verluste aufkommen kann.

»Was meinst du, wie es weitergehen wird, wenn Peter verurteilt wird?«, fragte Richard abrupt. »Wird Kay dann ganz allein im Herrenhaus vor sich hin wursteln?«

»Sie kriegt ein Kind«, entgegnete Elaine scharf. »Sie wird nicht lange allein sein.«

»Davon hast du mir nichts gesagt.«

»Kay hat mir auch nichts davon gesagt. Ich hab es herausgefunden, weil Linda Hausers Tochter gesehen hat, wie Kay aus der Praxis von Dr. Silver kam.«

»Das heißt doch nicht unbedingt, dass sie schwanger ist.«

»Glaub mir, sie ist es. Außerdem werde ich sie heute Abend danach fragen, und ich bin sicher, sie wird es zugeben.«

»Dann haben wir also einen Erben für das Carrington-Vermögen«, sagte Richard mit einem höhnischen Grinsen. »Wenn das keine wundervolle Nachricht ist!«

»Mach dir keine Sorgen. Ich beabsichtige, die beste Stiefgroßmutter zu werden, die die Welt je gesehen hat. Kay hat schon verstanden, dass ich das Hemd nur versteckt habe, um Peter zu retten, und sie ist dankbar dafür. Es war ein großer Fehler, es ihr nicht zu geben – sie hätte für immer in meiner Schuld gestanden. Jetzt hält sie mich für eine Erpresserin, die ihr Wort nicht gehalten hat.«

»Womit sie recht hat«, sagte Richard.

Elaine setzte das Glas Wein, an dem sie genippt hatte, abrupt ab. »Was fällt dir ein, in diesem Ton mit mir zu reden! Wenn du nicht gewesen wärst, könnte ich jetzt von den Zinsen von zehn Millionen Dollar plus einer Million Dollar pro Jahr leben. Mit deinen elenden Wetten und deinen beschissenen Investitionen hast du mich restlos in die Pleite getrieben, Richard, und das weißt du ganz genau! Unendliche Qualen musste ich deinetwegen ertragen, und jetzt wagst du es auch noch, mich zu beleidigen! Geh mir aus den Augen, Richard, verschwinde! Ich will dich nicht mehr sehen!«

Ihr wutentbranntes Gesicht fiel in sich zusammen, als ihr Sohn rasch auf sie zutrat. »He, nicht doch, ist ja gut«, sagte er besänftigend. »Du weißt doch: du und ich gegen den Rest der Welt – diese ganzen verdammten Carringtons eingeschlossen. Stimmt's, Mommy?« Und dann in sanft bettelndem Ton: »Komm schon, Momma-mia, wir wollen uns wieder vertragen, ja?«

»Oh Richard«, sagte Elaine mit einem tiefen Seufzen. »Du erinnerst mich immer an deinen Vater. Knips den Charme an, vertragen wir uns wieder. So hat er es auch immer gemacht.«

»Du warst verrückt nach meinem Vater. Das weiß ich noch.«

»Ja«, sagte Elaine ruhig. »Aber selbst wenn man verrückt

nach jemandem ist, kann man an den Punkt kommen, an dem es einem endgültig reicht. Merk dir das, Richard. Und lass deinen zweiten Wodka stehen. Du kannst einen im Herrenhaus trinken. Es wird Zeit, dass wir gehen. Wir sollen um sieben da sein.«

74

Vincent Slater war der Erste, der zum Abendessen eintraf. Wie gewöhnlich parkte er hinter dem Herrenhaus, nahm sein Schlüsselbund aus der Tasche und wollte das Haus durch die Glastür betreten, die zu seinem Büro führte. Der Schlüssel passte nicht – das Schloss war ausgewechselt worden.

Verflucht noch mal, dieses verdammte Biest, dachte er. Kay Lansing, die Tochter des Landschaftsgärtners – jetzt sorgt sie schon dafür, dass ich aus Peter Carringtons Haus ausgesperrt werde, ausgerechnet ich, derjenige, der Peter immer beschützt hat, schon als er noch ein Junge war. Und der ihn immer noch beschützt, dachte Slater grimmig. Wenn sie wüsste!

Hätte ich ihr das Hemd gegeben, hätte sie es diesem Detektiv gezeigt, und dann wäre die Sache gelaufen gewesen. Sie tut immer so, als ob sie Peter weiß Gott wie liebt, aber so wie es im Moment aussieht, wird er bis in alle Ewigkeit in einer Gefängniszelle schmoren, während sie sich ein schönes Leben mithilfe des Carrington-Vermögens macht.

Vielleicht. Vielleicht wird es aber auch ganz anders kommen, dachte er.

Slater eilte um das Herrenhaus herum, während seine Wut mit jedem Schritt anschwoll. Er nickte dem Wachmann knapp zu und ging zur Haustür. Zum ersten Mal seit fast dreißig Jahren drückte er den Klingelknopf und wartete, bis man ihn einließ.

75

»Es war Slater«, meldete Barr seiner Frau, als er die Küche betrat. »Der ist natürlich mal wieder überpünktlich. Die Uhr hat noch nicht sieben geschlagen, da steht er schon auf der Matte und klingelt.«

»Warum hast du so eine Wut auf ihn? Er war doch immer nett zu dir.« Jane Barr schob gerade Käseküchlein in den Backofen. Sie schloss die Ofentür und wandte sich zu ihrem Mann um. »Du musst dein Verhalten ändern, Gary, auch wenn es vielleicht dafür schon zu spät ist. Ich merke doch, dass Mrs. Carrington sich nicht wohl fühlt, wenn du in der Nähe bist. Deshalb hat sie uns auch an den meisten Abenden nach Hause geschickt und wollte nicht, dass wir das Essen servieren.«

»Sie war diejenige, die mich an Slater verwiesen hat, als der mich für nichts und wieder nichts nach New York hat fahren lassen. Sie wusste, dass er das Haus durchsuchen wollte. Sie hat dir sogar aufgetragen, die Anrufe entgegenzunehmen, damit du nicht aus irgendeinem Grund kurz hinüber ins Haus gehst.« Zu spät merkte Gary Barr, dass er sich verraten hatte. Jane wusste weder etwas von Peter Carringtons Smokinghemd, noch hatte sie bemerkt, dass das Haus durchsucht worden war.

»Wovon redest du?«, fragte Jane. »Wer hat was durchsucht? Warum?«

Die Hausklingel ertönte erneut. Das ist die Rettung, dachte Gary Barr und verschwand schnell aus der Küche, um zu öffnen. Diesmal waren es Elaine Carrington und ihr Sohn Richard.

»Guten Abend, Mrs. Carrington, Mr. Walker.«

Elaine ignorierte ihn und rauschte an ihm vorbei in die Eingangshalle.

Walker blieb stehen und sagte: »Ich rate Ihnen in Ihrem eigenen Interesse, das zurückzugeben, was Sie aus dem Haus meiner Mutter gestohlen haben. Ich weiß mehr über Sie, als Sie vermuten, und ich werde mich nicht scheuen, es gegen Sie zu verwenden.«

76

Barbara Krause und Tom Moran hielten sich immer noch in den Büros der Staatsanwaltschaft auf, nachdem die übrigen Mitarbeiter schon längst nach Hause und ins Wochenende geeilt waren. Als Krause den Anruf erhielt, hatte sie Moran gebeten, die Fallakten von Susan Althorp herauszusuchen. Sie wollten noch einmal die Aussagen durchgehen, die Botschafter Althorp zu dem Zeitpunkt des Verschwindens seiner Tochter gemacht hatte.

Der Botschafter hatte Krause angerufen, um ein Gespräch nachgesucht und gesagt, er könne erst so spät kommen, weil sein Anwalt ihn begleiten würde.

»Wir haben es immer für möglich gehalten, dass er es gewesen sein könnte«, sagte Moran, »obwohl es nicht sehr naheliegend schien. Aber nachdem seine Frau jetzt tot ist, hat er vielleicht das Bedürfnis, ein Geständnis abzulegen. Denn warum sollte er sonst seinen Anwalt mitbringen wollen?«

Pünktlich um acht Uhr wurden Althorp und sein Anwalt in das Zimmer der Staatsanwältin geführt. Krauses erster Eindruck war, dass Althorp krank aussah. Die rötliche Gesichtsfarbe, die sie von ihrer letzten Begegnung in Erinnerung hatte, wirkte nun eher teigig, das ganze Gesicht schien eingefallen.

Er sieht aus wie jemand, der gerade einen Faustschlag in den Magen bekommen hat, dachte sie.

»Meine Frau wurde zu Grabe getragen«, begann Althorp unvermittelt. »Ich kann sie nicht länger beschützen. Nach der Beerdigung habe ich meinen Söhnen etwas anvertraut, was ich zweiundzwanzig Jahre lang für mich behalten habe. Daraufhin hat einer von ihnen mir erzählt, was Susan ihm an Weihnachten vor ihrem Tod anvertraut hatte, und diese neue Information wirft alles Bisherige über den Haufen. Ich glaube, dass es einen furchtbaren Justizirrtum gegeben hat, und ich trage meinen Teil der Verantwortung dafür.«

Krause und Moran starrten ihn an. Verblüfftes Schweigen herrschte im Raum.

»Botschafter Althorp möchte eine Aussage machen«, sagte sein Anwalt. »Sind Sie bereit, Sie aufzunehmen?«

77

Elaine liess keinerlei Bemerkung über die Veränderungen im Wohnzimmer fallen, was ich so interpretierte, dass sie ihr nicht besonders zusagten. Sie bewahrte tapfer Haltung, obwohl ich mir vorstellen konnte, wie es in ihrem Inneren aussah. Noch vor einem halben Jahr wusste sie nicht einmal, dass ich existierte. Sie hatte die fünf Jahre, die sie mit Peters Vater verheiratet war, in diesem Haus gelebt, und nach dessen Tod war sie geblieben und hatte das Regiment geführt, bis Peter Grace Meredith geheiratet hatte. Jetzt gehörte es mir.

»Damals hat sich alles verändert. Mrs. Elaine ist in das andere Haus umgezogen, und Mr. Peter hat uns gebeten, zurückzukommen«, hatte Jane Barr mir erzählt. »Mrs. Grace Carrington hat die Leute vom Personal, die sie besonders mochte, in die New Yorker Wohnung mitgenommen. Dort wohnte und amüsierte sie sich eigentlich die meiste Zeit. Obwohl es also eine neue Hausherrin gab, hatte Mrs. Elaine eigentlich immer noch das Sagen hier im Herrenhaus, auch wenn sie gar nicht mehr hier wohnte.«

In den Jahren, die auf Graces Tod folgten, war Elaine de facto wieder zur Hausherrin des Anwesens geworden. Und dann war ich aufgetaucht und hatte alles verdorben.

Ich war mir darüber im Klaren, dass sie Peters nächststehende Angehörige wäre, wenn es mich nicht gäbe. Folgerichtig wäre es nur natürlich gewesen, wenn er sich Trost suchend an sie gewandt hätte, als er ins Gefängnis musste. Und Peter war großzügig.

Vincent Slater verhielt sich äußerst kühl mir gegenüber, vielleicht hatte er aber auch Angst vor mir. Ich war mir da nicht sicher. Entweder war er der Ansicht, ich hätte Peter hintergangen, indem ich Nicholas Greco engagiert hatte, oder er befürchtete, dass Greco etwas herausfinden würde, was ihn belasten könnte. Greco hatte die Möglichkeit einer »unheiligen Allianz«, wie er es genannt hatte, zwischen Vince und Barr angedeutet. Ich hatte noch keine Zeit gefunden, über diese Möglichkeit nachzudenken.

Ich muss zu Richard Walkers Gunsten sagen, dass er derjenige war, der den Abend rettete. Er unterhielt uns mit Anekdoten aus der Zeit, als er Anfang zwanzig war und bei Sotheby's arbeitete, und erzählte von dem älteren Kunstkenner in London, der ihn jetzt eingestellt hatte. »Es ist wirklich ein unheimlich netter Kerl«, sagte Richard, »und der Zeitpunkt für diesen Schritt ist geradezu ideal. Ich kann aus dem Mietvertrag für die Galerie aussteigen und kriege sogar noch einen Zuschlag, weil ich die Räume sofort aufgebe. Derweil kümmert sich ein Makler um meine Wohnung, und es gibt schon eine Reihe von Angeboten dafür.«

Für eine Weile vermieden wir es, über Peter zu sprechen, doch während des Essens ließ sich die Tatsache nicht länger ignorieren, dass wir alle hier in seinem Haus zu Abend aßen, während er in einer Gefängniszelle hockte. »Immerhin konnte ich ihm eine gute Nachricht überbringen«, sagte ich. »Ich habe ihm gesagt, dass wir ein Kind bekommen.«

»Hab ich's mir doch gedacht!«, rief Elaine triumphierend. »Erst vorhin habe ich Richard gesagt, dass ich heute Abend fragen würde. Ich hatte so meine Ahnungen.«

Sowohl Elaine als auch Richard umarmten mich mit anscheinend nicht gespielter Herzlichkeit.

Blieb noch Vincent Slater. Unsere Blicke trafen sich, und

ich sah einen Ausdruck in seinen Augen, der mich beängstigte. Ich konnte ihn nicht deuten, doch für einen kurzen Moment tauchte vor meinem inneren Auge das Bild von Peters früherer schwangerer Frau auf, leblos im Schwimmbecken treibend.

Gegen neun Uhr saßen wir dann in der Bibliothek und tranken Kaffee. Mittlerweile wussten wir einander nicht mehr viel zu sagen, und eine Atmosphäre von gezwungener Höflichkeit hatte sich breitgemacht. Ich spürte so viel Feindseligkeit in der Luft, dass ich für mich beschloss, diese Menschen nie wieder in Peters Allerheiligstem zusammenzubringen. Ich bemerkte, dass sie alle für Gary Barr nur Verachtung übrig hatten. Ich wusste, dass Elaine ihn verdächtigte, Peters Hemd gestohlen zu haben. Greco hatte mir bestätigt, dass Barr den Diebstahl zugegeben hatte, und wir wussten, dass Vincent es bei ihm gefunden und an sich genommen hatte.

Ich konnte mir nicht klar darüber werden, ob einem von ihnen, Barr eingeschlossen, der Zeitungsartikel aufgefallen war. Ich hatte ihn so auf Peters Schreibtisch gelegt, dass er kaum zu übersehen war. Ich verstand immer noch nicht, warum er eine solche Bedeutung haben sollte, aber falls er bei einem meiner Gäste eine Reaktion hervorlocken sollte, würde mir das vielleicht einen Hinweis geben.

Um halb zehn standen alle auf, um sich zu verabschieden. Zu diesem Zeitpunkt fühlte ich mich bereits erschöpft von der Anspannung, unter der der ganze Abend stand. Wenn einer dieser Männer derjenige gewesen sein sollte, der von Susan Althorp damals in der Kapelle erpresst worden war, dann würde ich das jedenfalls heute Abend nicht mehr herausfinden.

Wir standen noch eine Weile an der Haustür zusammen, und Vincent und ich wünschten Richard alles Gute für London. Er sagte mir, dass er falls irgend möglich zu Peters Prozess kommen werde, um moralische Unterstützung zu bieten. »Ich hab diesen Kerl sehr gern, Kay«, sagte Richard. »Das war schon immer so. Und ich weiß, dass er dich liebt.«

Vor langer Zeit hatte mir Maggie einmal erklärt, dass man einen Menschen lieben könne, ohne alles an ihm zu lieben. »Monsignore Fulton Sheen war ein großartiger Redner, der vor ungefähr fünfzig Jahren in einer eigenen Fernsehsendung auftrat«, hatte sie erzählt. »Eines Tages hat er etwas gesagt, was mich wirklich beeindruckt hat. Er sagte: ›Ich hasse den Kommunismus, aber ich liebe den Kommunisten.‹«

Ich glaube, das wäre ein guter Vergleich mit der Art der Zuneigung, die Peter für Richard empfand. Er liebte den Menschen und verachtete seine Schwächen.

Als ich die Haustür hinter Elaine, Richard und Vincent geschlossen hatte, ging ich nach hinten in die Küche. Die Barrs schickten sich gerade an zu gehen. »Die Tassen sind alle abgewaschen und aufgeräumt, Mrs. Carrington«, sagte Jane ängstlich.

»Mrs. Carrington, wenn Sie irgendetwas in der Nacht benötigen – Sie wissen ja, wir sind sofort für Sie da, wenn es etwas gibt«, sagte Gary Barr.

Ich ignorierte seine Bemerkung, sagte aber, dass nach meinem Eindruck alle das Abendessen sehr genossen hätten. Ich wünschte ihnen eine gute Nacht, und sie verließen das Haus durch die Küchentür. Ich schloss zweimal hinter ihnen ab.

Es war mir zur Gewohnheit geworden, am Ende des Tages noch eine Weile in Peters Bibliothek zu sitzen. Es gab mir das Gefühl, ihm nahe zu sein. Ich sah wieder vor mir, wie ich das erste Mal dieses Zimmer betreten und ihn in seinem Sessel erblickt hatte. Und ich musste lächeln, wenn ich mich erinnerte, wie ihm die Lesebrille von der Nase gerutscht war, als er sich erhoben hatte, um mich zu begrüßen.

Doch an diesem Abend blieb ich nicht lange dort. Ich fühlte mich körperlich und seelisch erschöpft. Allmählich stieg in mir die Befürchtung auf, dass es Nicholas Greco nicht gelingen würde, etwas zu finden, was Peters Verteidigung stärken könnte. Er hatte sich so überaus vorsichtig ausgedrückt, als ich ihn nach seinen Ermittlungen gefragt hatte. Vielleicht hatte er ja auch etwas entdeckt, was Peter schaden könnte.

Ich erhob mich aus dem Sessel und ging zum Schreibtisch. Ich durfte nicht vergessen, die Seite aus der *People* mit nach oben zu nehmen. Ich wollte sie nicht hier unten liegen lassen. Schließlich hatte Greco mich gedrängt, sie beim nächsten Besuchstag Peter zu zeigen.

Ich hatte die Seite mit Peters schöner antiker Leselupe beschwert, und diese bedeckte teilweise das Foto von Marian Howley.

Auf dem vergrößerten Teil des Bildes war ein Gemälde zu sehen, das hinter Howley an der Wand hing. Ich hob die Lupe etwas hoch und betrachtete das Gemälde aufmerksam. Es war eine Landschaftsszene, identisch mit dem Gemälde, das ich im Esszimmer ausgetauscht hatte. Ich nahm die Seite und die Lupe und eilte die Treppe hinauf in den zweiten Stock. Ich hatte eine ganze Reihe von Gemälden ausgetauscht, und so musste ich es aus einem größeren Stapel herausziehen, den ich auf dem Fußboden aufgeschichtet hatte, jedes Bild sorgfältig eingepackt und zugedeckt.

Der Rahmen war schwer, und ich zerrte und ruckelte vorsichtig daran, um nichts zu beschädigen, aber schließlich gelang es mir, das Bild herauszuziehen. Ich stellte es gegen die Wand und setzte mich im Schneidersitz davor auf den Boden. Mithilfe der Lupe begann ich, es langsam und systematisch zu untersuchen.

Ich bin keine Kunstexpertin, daher konnte die Tatsache, dass dieses Gemälde mich in keiner Weise berührte, keinen Hinweis auf seinen Wert geben. In der unteren Ecke befand sich eine Signatur – Morley – mit denselben Schnörkeln wie auf dem Bild, das sich jetzt im Esszimmer befand. Die beiden Gemälde waren im Wesentlichen in ihrem Inhalt identisch. Doch das andere zog die Aufmerksamkeit auf sich; dieses ließ einen dagegen kalt. Unter der Signatur war 1920 als Datum angegeben.

Hatte Morley demnach im Jahr 1920 diese Szene gemalt, um danach noch weitere, ganz ähnliche Szenen zu malen, die ihm nur besser gelungen waren? Das war durchaus möglich. Doch dann sah ich etwas, was man nur bei genauer Betrachtung entdecken konnte: Es stand noch ein weiterer Name unter Morleys Signatur.

»Was fällt Ihnen eigentlich ein, Kay?«

Ich wirbelte herum. Vincent Slater stand in der Tür. Er starrte mich an, das Gesicht kreidebleich, die Lippen zu einem dünnen Strich aufeinandergepresst. Er machte ein paar Schritte auf mich zu, und ich wich vor ihm zurück.

»Was fällt Ihnen ein?«, fragte er noch einmal.

78

Ein Gerichtsstenograf war in Barbara Krauses Büro beordert worden, um die Aussage von Botschafter Charles Althorp aufzunehmen. Althorp hatte sich beruhigt, er wirkte jetzt wieder gelassener als bei seiner Ankunft, und er begann mit fester Stimme zu reden.

»Zu dem Zeitpunkt, als meine Tochter Susan spurlos verschwand, hatte ich herausgefunden, dass sie kokainsüchtig war. Diese Tatsache habe ich damals verschwiegen. Hätte ich dies nach ihrem Verschwinden der Polizei offenbart, wären, wie mir Mr. Greco gestern erklärte, die Ermittlungen womöglich in eine andere Richtung gegangen.«

Er senkte den Blick auf seine gefalteten Hände. »Ich habe geglaubt, dass ich Susan zwingen könnte, von der Droge wegzukommen, indem ich sie rund um die Uhr beaufsichtigte und ihr den Geldhahn zudrehte. Das war natürlich ein Fehler. Mr. Greco hat mir berichtet, dass an demselben Tag, an dem die Party bei den Carringtons stattfand, die jetzige Mrs. Carrington ein Gespräch belauscht hat, in dem eine Frau einen Mann erpresst hat, weil sie Geld benötigte. Greco ist davon überzeugt – und ich bin es inzwischen auch –, dass diese Frau Susan gewesen sein muss. Das hat sich nur Stunden vor ihrem spurlosem Verschwinden ereignet.

Jahrelang habe ich das Wissen um Susans Drogenabhängigkeit für mich behalten. Ich habe es meinen Söhnen erst gesagt, als wir vor dem Grab ihrer Mutter standen. Hätte ich es früher offengelegt, hätte vielleicht ein großes Unrecht verhindert werden können.« Althorp schloss die Augen und schüttelte den Kopf. »Ich hätte ...« Er führte den Satz nicht zu Ende.

»Was haben Sie Ihren Söhnen denn nun genau gesagt, Mr. Althorp?«, fragte Tom Moran.

»Ich habe ihnen gesagt, dass Susan vermutlich mit den Drogen anfing, als sie zu Beginn ihres letzten Sommers vom College zurückkam, und dass sie wahrscheinlich jemanden erpresst hat, um an das nötige Geld zu kommen. Daraufhin fühlten meine Söhne sich ihrerseits dazu veranlasst, mir Dinge über ihre Schwester zu erzählen, Dinge, die eine ganz neue Bedeutung in Zusammenhang mit der jüngsten Entwicklung bekommen könnten.

Mein Sohn David hatte uns an dem Weihnachtsfest, das ihrem Verschwinden vorausging, besucht. Susan hielt sich damals sehr viel im Herrenhaus der Carringtons auf. Sie hat David damals anvertraut, sie habe bemerkt, dass mehrere Gemälde im Erdgeschoss des Herrenhauses durch Kopien ersetzt worden waren. Sie studierte Kunstgeschichte, wissen Sie, und sie wusste eine Menge auf diesem Gebiet. Sie meinte zu wissen, wer hinter dem Austausch der Gemälde steckte, denn bei einer Gelegenheit hatte der Betreffende eine junge Künstlerin zu einer Party im Herrenhaus eingeladen, und Susan hatte beobachtet, wie sie einzelne Gemälde fotografierte.

David riet Susan, ihre Entdeckung zu vergessen und keinem etwas davon zu sagen. Sie möge bedenken, was passieren würde, wenn Mr. Carrington senior Wind davon bekäme. Es würde in einem üblen Gerichtsprozess enden, und Susan werde dann vermutlich als Zeugin auftreten müssen. David sagte ihr, unsere Familie habe bereits genug Ärger mit dieser Familie gehabt wegen meiner früheren Affäre mit Elaine Carrington.«

»Susan ist demnach zunächst Davids Rat gefolgt. Bis zu jenem Sommer, als sie Geld brauchte. Da hat sie womöglich ihr Wissen über den Kunstdiebstahl dazu benutzt, sich welches zu beschaffen«, sagte Krause.

»Meiner Ansicht nach ist genau das geschehen«, pflichtete Althorp bei.

»War es Peter Carrington, Mr. Althorp?«, fragte Moran. »Hat er seinen eigenen Vater bestohlen?«

»Natürlich nicht. Begreifen Sie denn nicht, warum mich die Sache so quält? Peter sitzt im Gefängnis, er wird beschuldigt, Susan ermordet zu haben. Er hatte keinerlei Grund, sie zu töten. David sagte mir, wenn Susan Peter um Geld gebeten hätte, hätte er es ihr ganz sicher gegeben und dann versucht, ihr professionelle Hilfe zu vermitteln. Doch Susan hätte Peter niemals um Geld gebeten, weil sie in ihn verliebt war. David sagte mir, dass mein Schweigen Peters Verderben heraufbeschworen hätte. Als ich David heute Nachmittag sah, sagte er mir, wenn ich nicht noch heute Abend zu Ihnen ginge, würde er nie mehr ein Wort mit mir wechseln.«

»Wer hat denn nun die Gemälde gestohlen?«

»Elaine Carringtons Sohn, Richard Walker.«

79

Pat Jennings legte das Buch weg, das sie gerade las, schnappte sich die Fernbedienung und schaltete die Zehn-Uhr-Nachrichten ein. »Ich muss wissen, was in der Welt passiert«, sagte sie zu ihrem Ehemann, der mit einer Zeitschrift auf dem Schoß vor sich hin döste und nicht reagierte. Sie hatte auch keine Antwort erwartet und wandte ihre Aufmerksamkeit dem Bildschirm zu.

»Soeben erreicht uns eine Nachricht«, sagte der Sprecher von Fox News. »Die Leiche der sechsundvierzig Jahre alten Alexandra Lloyd wurde aus dem East River geborgen. Das Opfer weist zahlreiche Stichverletzungen auf. Nach Angaben einer Nachbarin und engen Freundin handelt es sich um eine Kunstlehrerin, die wegen Haushaltskürzungen vor Kurzem ihren Job an einer örtlichen Highschool verloren hat. Die Polizei bittet um sachdienliche Hinweise unter der Nummer 212-555-7000.«

»Alexandra Lloyd!«, rief Pat aus, als auch schon das Telefon klingelte.

Es war Trish. »Pat, ich hab die Nachrichten eingeschaltet und …«

»Ich weiß«, sagte Pat, »ich hab sie auch gerade gesehen.«

»Und rufst du da jetzt an und erzählst denen, dass sie öfter bei Richard Walker angerufen hat?«

»Da kannst du Gift drauf nehmen, und zwar jetzt gleich.«

»Die arme Frau. Das ist ja entsetzlich, erstochen und einfach in den Fluss geworfen. Mein Gott, glaubst du, er war's?«

»Ich weiß es nicht, das soll die Polizei herausfinden.«

»Halt mich auf dem Laufenden«, mahnte Trish, bevor sie auflegte.

80

Nachdem Charles Althorp seine Aussage gemacht hatte und mit seinem Anwalt aufgebrochen war, saßen Barbara Krause und Tom Moran noch im Büro und sprachen darüber, was das soeben Gehörte bedeutete und wie sich dies auf die Anklage gegen Peter Carrington auswirken würde.

»Selbst wenn Walker wertvolle Gemälde gestohlen und durch Kopien ersetzt hat, heißt das noch lange nicht, dass er Susan umgebracht hat. Und vieles von dem, was Althorp erzählte, sind nur Gerüchte«, sagte Barbara Krause.

»Und es beantwortet nicht die Frage, warum Carrington in der Nacht sein Smokinghemd verschwinden ließ und warum sein Vater Maria Valdez Cruz einen Scheck über fünftausend Dollar überreicht hat«, bemerkte Moran. »Wie auch immer, die Verjährungsfrist für Diebstahl ist abgelaufen, und wir können Walker wegen dieser Geschichte nicht mehr vor Gericht bringen, selbst wenn wir beweisen können, dass er hinter dem Betrug mit den Bildern steht.«

Barbara Krause erhob sich von ihrem Stuhl. »Ich bin müde. Machen wir Schluss für heute.«

Das Telefon klingelte. »Das ist sicher meine Familie, die denkt, dass ich mit Ihnen durchgebrannt bin«, sagte sie, als sie den Hörer aufnahm. Doch ihr Gesichtsausdruck änderte sich rasch, nachdem sie die ersten Sätze ihres Gesprächspartners gehört hatte, und sie begann, ihn mit Fragen zu bombardieren: »Wann haben Sie sie gefunden? ... Die Sekretärin ist sicher, dass sie ihm gedroht hat? ... Er fliegt morgen nach London? ... Gut. Danke.«

Sie legte auf und schaute zu Moran. »Richard Walkers Name ist noch einmal aufgetaucht. Eine Frau, die Walker häufig in seinem Büro angerufen und vor ein paar Tagen eine zornige, fast drohende Nachricht für ihn hinterlassen hat, wurde tot im East River gefunden. Ihr Name ist Alexandra Lloyd. Die Information, dass Lloyd bei Walker angerufen hat, kam von seiner Sekretärin. Mein Gott, ich frage mich, ob am Ende beide Stiefbrüder Mörder sein könnten.«

»Wie ist sie gestorben?«, fragte Moran.

»Es wurde mindestens ein Dutzend Mal auf sie eingestochen«, antwortete Krause.

»Walkers Mutter, Elaine Carrington, wohnt in einem Haus auf dem Anwesen. Könnte sein, dass er dort ist«, sagte Moran.

»Wir geben der Polizei von Englewood Bescheid. Sie sollen sofort einen Streifenwagen hinschicken«, entgegnete Krause, deren Stimme jetzt besorgt klang. »Die haben zwar private Sicherheitsleute draußen auf dem Anwesen postiert, aber Kay Carrington ist nachts ganz allein in dem Haus.«

81

»Was machen Sie hier?«, fragte ich Vincent Slater, während ich mich eilig erhob. »Wie sind Sie hereingekommen?«

»*Wie ich hereingekommen bin?* Ich kann Ihnen gar nicht sagen, wie sehr mich Ihre Frage beleidigt. Nachdem ich dreißig Jahre lang einen Schlüssel zu meinem eigenen Büro in diesem Haus gehabt habe, nach all den Jahren, in denen ich Peter beschützt habe, in denen ich versucht habe, ihn vor der drohenden Strafverfolgung zu schützen, kam ich hier am frühen Abend an und musste feststellen, dass das Schloss ausgewechselt wurde.«

»Was meinen Sie mit ›vor der drohenden Strafverfolgung schützen‹?«, schrie ich. *»Peter ist unschuldig!«*

»Nein, das ist er nicht. Er hat in der Nacht, als Susan getötet wurde, geschlafwandelt. Er wusste nicht, was er tat. Dessen bin ich sicher.«

»Sie *glauben*, dass es so war, mehr nicht!«

»Sein Vater musste gewusst haben, was passiert war«, entgegnete Vincent. »Deshalb hat er dem Dienstmädchen Geld gegeben. Ich habe das Hemd; es ist Blut darauf. Deshalb weiß ich, dass er es getan haben muss. Wissen Sie, Kay, Sie haben mich wirklich ganz schön reingelegt. Zuerst habe ich geglaubt, dass Sie Peter wirklich lieben und die richtige Frau für ihn sein könnten. Doch dann haben Sie Greco engagiert, ausgerechnet diesen Mann, der Maria Valdez Cruz aufgespürt hat, deren Aussage die Staatsanwaltschaft benützen wird, um Peter endgültig ins Verderben zu stürzen. Haben Sie nicht in Wirklichkeit gehofft, dass Greco noch mehr Beweise finden würde, sodass Sie Peter ein für alle Mal begraben könnten? Ich weiß, dass Sie das Hemd an Greco weitergeben wollten, deswegen habe ich es behalten. Geben Sie es zu. Sie haben Peter geheiratet, damit Sie an sein Geld kommen. Jetzt, wo Sie auch noch schwanger sind, können Sie das als sicher verbuchen. Aber ist das Kind überhaupt von Peter?«

Ich war so verblüfft, dass es mir die Sprache verschlug.

»Oder ist es vielleicht das Kind dieses Mannes, dem Sie den Schlüssel zu meinem Arbeitszimmer gegeben haben? Ich habe gerade eben einen Mann durch mein Zimmer ins Haus gehen sehen. Er hat die Tür offen gelassen, auf diese Weise bin ich hereingekommen. Ich bin aus zwei Gründen hier. Erstens, weil ich Ihnen sagen wollte, was ich von Ihrem demütigenden Vorgehen halte, einfach das Schloss auszuwechseln, ohne mir etwas davon zu sagen.«

»Und der zweite Grund?«, fragte ich höhnisch.

»Der zweite Grund«, antwortete er ebenso höhnisch, »ist der folgende: Falls aus irgendeinem Grund Peter doch nicht derjenige gewesen sein sollte, der Susan getötet hat, war es mehr als leichtsinnig von Ihnen, diese Seite aus *People* so offen in der Bibliothek herumliegen zu lassen. Ich kann mir einfach nicht zusammenreimen, weshalb Sie das getan haben. Ich weiß zwar nicht, was es mit dieser Seite auf sich hat, aber sie muss irgendeine Bedeutung haben. Warum hätte Grace sie sonst herausgerissen?«

»Vince, Sie haben gerade gesagt, Sie hätten einen Mann durch ihr Arbeitszimmer in das Haus gehen sehen. Wer war das? Diese Tür hätte abgeschlossen sein müssen.«

»Es war dunkel, und ich konnte nicht viel erkennen. Aber ich glaube, Sie wissen ganz genau, wer das war. Wo ist er jetzt – in Ihrem Schlafzimmer?«

»Nein, ich bin hier. Kay, Sie hätten die neuen Schlüssel nicht in der Küchenschublade lassen sollen.«

Erschrocken wirbelten wir herum und blickten in die Richtung, aus der die Stimme kam. Richard Walker schritt langsam auf uns zu, eine Pistole in der Hand.

82

Der Streifenbeamte Steven Hausenstock von der Polizei Englewood hatte es für besser gehalten, weder Blaulicht noch Sirene einzuschalten, um Richard Walker nicht vorzeitig zu warnen, falls er sich auf dem Anwesen der Carringtons befand. Jetzt bog er in die Einfahrt ein und hielt am Tor, um mit dem Wachmann zu sprechen. »Wissen Sie, ob Richard Walker hier ist?«, fragte er.

»Er ist gegen fünf Uhr gekommen«, antwortete der Wachmann. »Er muss immer noch da sein. Manchmal übernachtet er im Haus seiner Mutter.«

»Wer ist sonst noch da?«

»Mr. Carringtons Assistent, Mr. Slater, ist vor ungefähr einer halben Stunde weggefahren, doch vor ein paar Minuten ist er zurückgekommen.«

»Gut. Ich soll bei Mrs. Carrington vorbeischauen, ob alles in Ordnung ist.«

»Sie können bis zum Haupteingang fahren und klingeln. Falls sie nicht aufmacht – der andere Wachmann steht dort auf dem Posten und hat einen Schlüssel. Er kann Sie reinlassen.«

Der Streifenbeamte fuhr zum Haupteingang. Er beobachtete, dass im Inneren des Hauses nur im zweiten Stock Licht brannte.

»Ist Mrs. Carrington zu Hause?«, fragte der Streifenbeamte den Wachmann.

»Ja«, antwortete dieser. »Sie hatte Gäste zum Abendessen da. Sie sind alle vor ungefähr einer halben Stunde gegangen.«

»Wer war alles da?«, fragte der Streifenbeamte.

»Mrs. Elaine Carrington, ihr Sohn Richard Walker und Vincent Slater. Mr. Slater ist gerade noch einmal zurückgekommen und zur Rückseite des Hauses gefahren, wo sich sein Arbeitszimmer befindet. Er benutzt eigentlich immer diesen Eingang.«

»Wo ist Richard Walker hingegangen, nachdem er sich verabschiedet hat?«, fragte der Streifenbeamte.

»Er hat seine Mutter zu ihrem Haus begleitet.« Der Wachmann deutete in die Richtung. »Er muss noch dort sein, weil ich ihn nicht mehr gesehen habe. Sein Wagen steht vor ihrem Haus.«

Hausenstock nahm über das Funkgerät im Streifenwagen Kontakt zur Leitstelle auf. »Richard Walker ist hier«, sagte er. »Der Wachmann hat ihn vor einer halben Stunde zuletzt gesehen, als er zu Fuß zum Haus seiner Mutter ging. Schicken Sie Verstärkung, aber ohne Sirene und Blaulicht. Hoffentlich hat er mich noch nicht gesehen.« Das Mikrofon in der Hand, fragte er den Wachmann: »Kann man von Slaters Arbeitszimmer in das Innere des Hauses gelangen?«

»Ja«, antwortete der Wachmann.

Der Streifenbeamte wandte sich wieder an die Leitstelle: »Ich werde jetzt zur Rückseite des Hauses gehen, um nachzusehen, ob Carringtons Assistent, ein gewisser Slater, da ist. Wenn ja, dann werde ich über ihn ins Haus gelangen und überprüfen, ob alles in Ordnung ist. Ich möchte nicht am Haupteingang klingeln, falls es Walker irgendwie gelungen sein sollte, ins Haus zu kommen, ohne dass der Wachmann etwas bemerkt hat.«

Hausenstock wandte sich wieder an den Wachmann: »Richard Walker könnte gefährlich sein, und er könnte bewaffnet sein. In Kürze werden weitere Polizeibeamte hier eintreffen. Falls Sie Walker sehen, vermeiden Sie jeden Kontakt mit ihm und benachrichtigen Sie die anderen Polizeibeamten, sobald sie da sind. Er könnte versuchen, mit dem Wagen zu fliehen. Informieren Sie Ihren Kollegen am Tor und sagen Sie ihm, er soll das Tor schließen, sobald die anderen Streifenwagen durchgefahren sind.«

83

Wie zur Salzsäule erstarrt stand ich da, als Richard Walker langsam auf uns zukam und dann in einem gewissen Abstand – groß genug, dass keiner von uns nach der Hand mit der Waffe greifen konnte – stehen blieb. Vince stellte sich vor mich.

Er will mich schützen, dachte ich. Richard richtete die Waffe direkt auf uns.

»Richard, machen Sie keinen Unsinn«, sagte Vince ruhig. »Was soll das?«

»Was das soll?« Walkers Stimme klang erstickt vor Erregung. »Ich werde Ihnen sagen, was das soll. Es geht darum, dass in der kurzen Zeit, seitdem die jetzige Mrs. Peter Carrington hier ist, mein Leben zerstört wurde. Meine Mutter hat Peter die ganzen Jahre über geschützt, indem sie dieses Hemd versteckt hat. Sie hat ihn in jener Nacht gesehen, als er nach Hause kam. Sie hat die Blutflecken auf dem Hemd gesehen und geglaubt, dass er in irgendwelchen Schwierigkeiten steckte. Wenn sie es am nächsten Tag der Polizei übergeben hätte, als das Verschwinden von Susan bemerkt wurde, dann hätte Peter die letzten zweiundzwanzig Jahre im Gefängnis verbracht.«

Ein Telefon klingelte. Es war das Gerät, das auf dem Tisch am Fuß der Treppe stand, die in den zweiten Stock führte. Walker bedeutete uns mit einer Handbewegung, still zu sein.

Er wollte hören, ob jemand eine Nachricht auf den Anrufbeantworter sprach.

Ich hatte die Lautstärke am Nachmittag aufgedreht, damit ich eventuelle Anrufer hören konnte, während ich im zweiten Stock war. Nach ein paar Sekunden ertönte Maggies Stimme, die äußerst besorgt klang: »Kay, es ist schon spät. Wo bist du? Ich habe mich gerade erinnert, wer derjenige gewesen ist, den dein Vater das Lied hat pfeifen hören. Es war Richard Walker, der Sohn von Elaine. War der nicht heute Abend bei dir zum Abendessen eingeladen? Kay, bitte sei vorsichtig. Ich mache mir solche Sorgen um dich. Ruf mich an, sobald du diese Nachricht gehört hast.«

Richard musste jetzt eingesehen haben, dass sein Spiel aus war, das spürte ich. Ich trat einen Schritt hinter Vincent hervor. Was auch immer geschehen würde, ich wollte mit ihm abrechnen und ihm die Wahrheit ins Gesicht sagen. »*Sie* waren es, Sie haben Susan Althorp umgebracht«, sagte ich mit einer merkwürdig ruhigen Stimme, die meine Angst überlagerte. »Es waren Sie und Susan, die ich damals in der Kapelle gehört habe, nicht wahr?«

Ich deutete auf das Bild, das ich untersucht hatte. »Sie sind der Kunsthändler, der seine Spielsucht nicht in den Griff bekommt. Ich glaube, dass Sie derjenige waren, der dieses Gemälde ausgetauscht hat – und wer weiß wie viele andere noch. Peter hat mir gesagt, dass die besten Gemälde im Erdgeschoss hängen. Nun, dieses hier hing im Esszimmer, aber es ist nur eine Kopie. Das echte kann man auf der Wand hinter Marian Howley auf dem Foto in *People* sehen. Und das gehört eigentlich in dieses Haus, nicht wahr, Richard? Grace war Ihnen auf die Schliche gekommen, genau wie Susan Jahre vorher. Susan verstand eine Menge von Kunst. Sie hat Ihnen offen gesagt, dass sie Ihren Diebstahl durchschaut hat, nicht wahr? Ich weiß zwar nicht, warum Susan Sie damit erpresst hat, statt es Peters Vater zu sagen, aber jedenfalls hat sie es getan.«

»Hören Sie auf, Kay. Sagen Sie jetzt nichts mehr«, sagte Vincent warnend. Er befürchtete offenbar, dass Richard die Nerven verlieren und schießen könnte, doch ich war fest entschlossen, zu Ende zu führen, was ich begonnen hatte.

»Es war nicht Peter, den Ihre Mutter geschützt hat«, sagte ich. »Sie waren es, den sie schützen wollte. Und da ist noch viel mehr. Mein Vater hat damals einen Entwurf für das Gelände außerhalb des Zauns angefertigt, die Stelle, an der Sie Susans Leiche vergraben haben. Er schickte ihn an Peter, der ihn an seinen Vater weitergeben sollte, doch Peter studierte am College und bekam ihn nicht zu Gesicht. Aber Ihre Mutter hat ihn vermutlich gesehen und Ihnen gezeigt. Daraufhin haben Sie beide beschlossen, dass Sie meinen Vater loswerden müssten. Es hat in Ihren Augen nicht gereicht, dass Sie ihn rausgeschmissen hatten. Sie mussten befürchten, dass er dennoch Peters Vater zur Ausführung des Entwurfs überreden würde, und das mussten Sie unbedingt verhindern. Sie haben den Tod meines Vaters wie einen Selbstmord aussehen lassen, und dann haben Sie seine Leiche hier auf dem Gelände vergraben, weil Sie dachten, dass es nie wieder abgesucht werden würde.«

Vincent hatte meinen Arm ergriffen, in einem verzweifelten Versuch, mich zurückzuhalten. Richards Hand zitterte. Obwohl ich ahnte, dass er uns erschießen würde, musste ich weitermachen. Ich war überwältigt von dem Gedanken an die vielen Jahre, in denen mir mein Vater so furchtbar gefehlt hatte, oder schlimmer noch, in denen ich mich von ihm verlassen gefühlt hatte. Überwältigt von dem Gedanken, dass ich wochenlang den quälenden Anblick meines an Händen und Füßen gefesselten Ehemannes ertragen musste und das alles einzig und allein wegen dieses Mannes, der jetzt drohend vor mir stand.

In diesem Moment sah ich, wie sich im Flur hinter Richard ein Schatten bewegte. War das Elaine Carrington oder Gary Barr, die gekommen waren, um Richard zu helfen? Selbst wenn Maggie aus lauter Sorge die Polizei angerufen hatte, als ich mich nicht am Telefon gemeldet hatte, konnten sie unmöglich schon hier sein. Doch wer auch immer da draußen im Flur stand, ich wollte, dass er mit anhörte, was ich Richard Walker zu sagen hatte.

»Sie haben nicht nur Susan und meinen Vater umgebracht, Sie haben auch Grace umgebracht«, fuhr ich fort. »Die Seite aus der Zeitschrift befand sich in ihrer Tasche, als man sie im Schwimmbecken fand. Sie musste begriffen haben, dass das Original von Morley in dieses Haus gehörte. Und Richard, vielleicht interessiert es Sie, zu erfahren, dass diejenige, die in Ihrem Auftrag die Kopie angefertigt hat, so stolz auf ihre Arbeit war, dass sie ihren eigenen Namen unter die gefälschte Signatur von Morley gesetzt hat.«

Ich zeigte wieder auf das Gemälde, das ich untersucht hatte. »Sagen Sie mir, Richard, wer ist diese Alexandra Lloyd?«

Richard seufzte resigniert. Ein schwaches Lächeln huschte über sein Gesicht. Seine Hand hörte auf zu zittern. »Wenn Sie es unbedingt wissen wollen: Alexandra Lloyd war eine Künstlerin, doch jetzt ist sie tot. Ich habe gerade in den Nachrichten gehört, dass ihre Leiche aus dem East River gefischt wurde. Genau wie Susan, diese charmante junge Dame, die gleichzeitig drogenabhängig war, hat die gute Alexandra nicht begriffen, dass der Versuch, mich zu erpressen, eine Riesendummheit war. Auch Sie haben einige schwerwiegende Fehler begangen, Kay, und somit zwingen Sie mich, mit Ihnen genauso zu verfahren wie mit den anderen auch.«

Darauf blickte Richard zu Vince. »Tut mir leid, Vince. Ich bin nicht mit der Absicht hergekommen, Ihnen etwas anzutun. Sie haben sich mir und meiner Mutter gegenüber immer anständig verhalten. Doch leider sind Sie zur falschen Zeit am falschen Ort aufgetaucht. Für mich ist die Sache gelaufen. Meine Pechsträhne scheint nicht abzureißen. Irgendwann wird die Polizei mich mit Alexandra in Verbindung bringen, und dann werden sie sich auch den Rest zusammenreimen. Aber ich habe immer noch eine kleine Chance zu entkommen, und deshalb kann ich Sie nicht hier zurücklassen, damit Sie alles der Polizei erzählen.«

Richard wandte sich wieder an mich: »Aber wenn sie mich doch schnappen sollten und ich ins Gefängnis komme, dann werde ich wenigstens die Befriedigung haben, dass Sie das ganze Geld der Carringtons auch nicht genießen können.« Er richtete die Pistole auf meinen Kopf. »*Ladies first*, Kay.«

In diesem Augenblick verwandelte sich der Schatten, den ich im Flur gesehen hatte, in einen Polizeibeamten, der in das Zimmer stürzte, Richard die Waffe aus der Hand schlug und ihn zu Boden warf. »Polizei!«, brüllte er Richard an. »Bleiben Sie liegen!«

Während der Polizeibeamte mit Richard rang, stieß Vincent mit dem Fuß die Pistole weg und ließ sich dann seinerseits auf Richard fallen, um dem Beamten zu Hilfe zu eilen. Sekunden später war das Poltern von Schritten auf der Treppe zu hören, und zwei weitere Polizisten stürmten ins Zimmer. Als er sie sah, gab Richard jede weitere Gegenwehr auf und begann zu weinen.

Wie in Trance sah ich zu, wie Richard Handschellen angelegt wurden und die Beamten ihn hochhoben und auf die Füße stellten. Einer der Polizisten sammelte die Pistole ein, und der Beamte, den ich im Flur gesehen hatte, wandte sich an mich: »Ich hab alles gehört, Mrs. Carrington«, sagte er. »Ich versichere Ihnen, dass ich alles gehört habe.«

84

Am nächsten Tag um halb zwei Uhr nachmittags wurde mein Mann, in Handschellen und mit einem orangefarbenen Häftlingsoverall bekleidet, Richter Smith vorgeführt. Wieder sollte Barbara Krause die Anklage vertreten und Conner Banks für die Verteidigung sprechen. Wieder war der Gerichtssaal gesteckt voll mit Zuschauern und Medienvertretern. Wieder saß ich in der ersten Reihe. Vince Slater saß neben mir, und neben ihm saß Nicolas Greco. Maggie saß auf der anderen Seite und hielt meine Hand.

Staatsanwältin Krause setzte zu ihrer Ansprache an: »Euer Ehren, außerordentliche Dinge haben sich in den letzten fünfzehn Stunden ereignet. Richard Walker, der Sohn von Elaine Carrington, hat für die Morde an Susan Althorp, Jonathan Lansing und Grace Carrington ein Geständnis abgelegt. Die Staatsanwaltschaft hat inzwischen wegen dieser Verbrechen Anklage gegen Mr. Walker eingereicht, und die Anklageerhebung wird morgen unter Ihrem Vorsitz, Euer Ehren, stattfinden. Er hat ebenfalls gestanden, vor drei Tagen Alexandra Lloyd ermordet zu haben, deren Leiche im East River in New York City entdeckt wurde. Das New York Police Department hat wegen dieses Verbrechens eine Strafanzeige gegen ihn eingereicht.

Euer Ehren – und ich möchte mich an dieser Stelle auch an Mr. Carrington wenden –, wir bedauern diesen groben Justizirrtum zutiefst. Wir können uns einzig mit der Tatsache trösten, dass er aufgedeckt wurde, bevor weiteres Unrecht geschehen konnte. Wir beantragen hiermit, dass der Anklagebeschluss der Grand Jury gegen Mr. Carrington aufgehoben wird. Dieser Beschluss beschuldigte ihn des Mordes an Susan Althorp und Jonathan Lansing. Wir beantragen darüber hinaus, die Anklagen wegen Verstoßes gegen die Kautionsauflagen, die vor Kurzem eingereicht wurden, ebenfalls aufzuheben. Ich möchte betonen, dass wir Mr. Carrington bislang nicht formell des Mordes an Grace Carrington angeklagt haben. Euer Ehren, der einzige Anklagepunkt, der möglicherweise übrig bleiben könnte, wäre die Anklage wegen Körperverletzung an dem Polizeibeamten, als Mr. Carrington, offenbar im Zustand des Schlafwandelns, vor dem Haus des Ehepaares Althorp aufgegriffen wurde. Ich habe persönlich mit dem betroffenen Beamten gesprochen, und er hat mich gebeten, die Aufhebung dieser Anklage zu beantragen. Er empfindet, genau wie wir, tiefes Mitgefühl mit Mr. Carrington. Wir sind der Meinung, dass er genug gelitten hat. Ich beantrage hiermit, dass diese Anklage ebenfalls fallen gelassen wird.«

Richter Smith wandte sich daraufhin an Conner Banks. »Gibt es noch etwas, was Sie oder Mr. Carrington sagen wollen?«

Banks und Peter blickten sich an, und Peter schüttelte den Kopf. »Euer Ehren«, sagte er, indem er seine gefesselten Hände vorzeigte, »bitte sagen Sie ihnen, sie sollen mir diese Dinger abnehmen. Ich möchte nichts weiter, als mit meiner Frau nach Hause gehen.«

Richter Smith, sichtlich gerührt, sagte: »Dem Antrag der Staatsanwaltschaft, sämtliche Anklagepunkte aufzuheben, wird stattgegeben. Mr. Carrington, ich gebe selten persönliche Kommentare ab, auf der anderen Seite habe ich selten etwas Vergleichbares erlebt. Es tut mir furchtbar leid, dass Sie ein Opfer dieser Tragödie geworden sind. Sie werden sofort freigelassen werden.«

Während sich der gesamte Gerichtssaal Beifall klatschend erhob, rannte ich auf Peter zu und schlang meine Arme um ihn. Ich war zu gerührt, um etwas zu sagen; er tat es für mich: »Es ist vorbei, mein Engel, es ist vorbei«, sagte er. »Komm, lass uns nach Hause gehen.«

EPILOG

Ein Jahr später

Es ist jetzt ein Jahr her, dass Peter im Gerichtssaal stand und hörte, wie die Staatsanwältin beantragte, alle Anklagen gegen ihn fallen zu lassen. Für die Menschen, die dafür verantwortlich waren, dass Peter durch diese Hölle gehen musste, hat sich das Räderwerk der Justiz weiterbewegt.

Richard Walker bekannte sich schuldig für die Morde an Susan Althorp, meinem Vater, Grace Carrington und Alexandra Lloyd. Er wurde sowohl in New Jersey als auch in New York zu einer lebenslangen Freiheitsstrafe verurteilt. Die Staatsanwaltschaft hat mir versichert, dass er nie mehr freikommen wird.

Vince Slater übergab Peters Smokinghemd der Staatsanwaltschaft. Dort wurde festgestellt, dass sich der Blutfleck, der sich darauf befand, vereinbaren ließ mit Richards Darstellung, was sich in der Nacht der Dinnerparty abgespielt hatte. Richard sagte aus, er habe Susan versprochen, sich um halb zwei mit ihr vor dem Haus zu treffen. Er sollte so spät kommen, weil sie sicher sein wollte, dass ihr Vater schlief. Als sie sich zur verabredeten Zeit getroffen hatten, habe sie ihm beteuert, sie wolle von den Drogen wegkommen, und es sei das letzte Mal, dass sie Geld von ihm fordere. Doch er habe ihr nicht geglaubt. Er habe Angst gehabt, dass sie seinen Betrug mit den Bildern verraten würde, und deshalb beschlossen, sie zu töten. Um sie vom Schreien abzuhalten, habe er ihr mit der Faust auf den Mund geschlagen, sodass sie geblutet habe und Blut auf ihr Abendkleid getropft sei. Dann habe er sie erwürgt. Bevor er sie zum Kofferraum seines Wagens tragen konnte, sei Peters Wagen aufgetaucht und vor dem Haus der Althorps stehen geblieben.

In Panik habe er sich hinter Büschen versteckt. Dann habe er beobachtet, wie Peter ausgestiegen sei, etwas vom Beifahrersitz geholt habe und über den Rasen auf die Stelle zugelaufen sei, an der Susan lag. Er habe sein Smokinghemd getragen, jedoch kein Jackett. Er habe gesehen, wie Peter einen Gegenstand fallen ließ – wie sich herausstellte, war es eine Damenhandtasche –, dann auf die Knie sank und den Kopf an Susans Brust legte, anscheinend, um nach ihrem Pulsschlag zu lauschen. In diesem Moment sei das Blut an sein Hemd gekommen. Danach sei Peter zu seinem Wagen zurückgekehrt und weggefahren.

Richard bestätigte, dass Peter während der gesamten Szene wie ein Schlafwandler gewirkt habe.

Elaine Carrington bestritt, von Richards Absicht, Susan zu töten, vorher Kenntnis gehabt zu haben. Allerdings gab sie zu, dass er ihr seine Tat nur wenige Stunden danach gestanden habe. Er habe das ihr gegenüber so erklärt, dass er Susan im Streit getötet habe, weil sie sich gegen seine Avancen gewehrt habe, obwohl sie sich aus dem Haus geschlichen habe, um sich mit ihm zu treffen.

Elaine gab zu, Richard geraten zu haben, die Leiche in seinem Fischerhäuschen im Norden des Staates New York zu verstecken. Später habe sie ihm dann geholfen, sie auf dem Gelände hinter der Umzäunung zu vergraben, nachdem sie sicher waren, dass die Polizei die Suchaktionen eingestellt hatte. Ihre Idee sei es auch gewesen, dass Richard unter einem falschen Namen meinen Vater zu einem zum Verkauf stehenden Anwesen im Norden des Staates New York gelockt hatte, unter dem Vorwand, ihn dort als Landschaftsgärtner anzustellen.

Nachdem Richard meinen Vater ermordet hatte, half Elaine ihm wiederum beim Verscharren der Leiche auf dem Grundstück. Richard fuhr den Wagen meines Vaters an die Stelle über dem Hudson, wo er später gefunden wurde, und Elaine folgte ihm in ihrem eigenen Auto. Danach fuhr sie ihn wieder nach Hause.

Elaine bestritt jede Verwicklung in die Morde an Grace Carrington und Alexandra Lloyd. Sie behauptete auch, nichts von den Kunstdiebstählen gewusst zu haben.

Gary und Jane Barr sind mittlerweile geschieden, und ich bin sehr froh, dass Jane weiterhin für unsere Familie arbeitet.

Nicholas Greco ist jetzt regelmäßig als Experte für Kriminalistik auf Fox News zu sehen. Ich schulde ihm unendlich viel für seine Beharrlichkeit bei der Suche nach der Wahrheit.

Vince Slater und ich haben eingesehen, dass wir beide, wenn auch auf sehr unterschiedliche Weise, verzweifelt versucht haben, Peter zu schützen. Nie werde ich vergessen, wie er sich vor mich stellte, als Richard die Waffe auf uns richtete. Vince wirkt weiterhin als Peters engster Mitarbeiter und ist auch für mich zu einem teuren Freund geworden.

Der jüngste Peter Carrington ist jetzt ein halbes Jahr alt. »Junior« kann man nicht sagen, denn eigentlich ist er Peter Carrington der Fünfte. Er ist das getreue Abbild seines Vaters und das Licht in unserem Leben.

Maggie ist entzückt über ihre Rolle als Urgroßmutter. Sie und Peter stehen sich inzwischen sehr nahe. Sie ist mittlerweile sogar überzeugt, dass sie in ihrem Innersten immer an Peters Unschuld geglaubt hat.

Peter ist wieder Vorstandsvorsitzender der Carrington Enterprises, und das Unternehmen floriert nach wie vor. Er wird sein Leben lang vorbeugende Medikamente gegen das Schlafwandeln einnehmen müssen, aber es hat bisher keine weiteren Episoden gegeben.

Ein wichtiger Faktor beim Schlafwandeln ist Stress, und ich sehe es als meine Aufgabe an, unser Haus für Peter in jeder Hinsicht zu einem Ort der Geborgenheit zu machen. Wenn er abends zur Tür hereinkommt und ich ihm mit dem Kind im Arm entgegentrete, dann sehe ich an seinem Blick und an seinem Lächeln, die sein Gesicht zum Leuchten bringen, dass mir das ganz gut zu gelingen scheint.

ANMERKUNG DER AUTORIN

Schlafen! Vielleicht auch träumen! Ja, da liegt's …

Schlafen! Vielleicht auch *schlafwandeln*! Ja, da liegt's …

Shakespeare möge mir diese Paraphrase verzeihen, aber die Idee, eine Geschichte über einen chronischen Schlafwandler zu schreiben, der in diesem Zustand vielleicht ein Verbrechen begangen hat, hat mich so sehr fasziniert, dass ich sie eines Tages verwirklichen musste.

Mein Dank geht an Krankenschwester Jane O'Rourke, die mich freundlicherweise durch das Zentrum für Schlafstörungen des Pascack Valley Hospital geführt und mir die verschiedenen Einrichtungen erklärt hat. Zu großem Dank bin ich den Zeitschriften und Webseiten verpflichtet, die viele Informationen zum Thema Schlafwandeln anbieten, und insbesondere folgenden Autoren von Artikeln über dieses Thema: Marion Howard, Dr. phil. Rosalind Cartwright und Fumiko Konno.

DANKSAGUNG

Schreiben ist im Wesentlichen eine einsame Beschäftigung. Der Schriftsteller kann sich glücklich schätzen, der Menschen um sich hat, die ihn auf seinem Weg unterstützen und ermutigen. Wenn ich eine neue Geschichte anfange, werde ich nach wie vor von meinem langjährigen Lektor Michael V. Korda und Cheflektor Chuck Adams ermuntert und mit Ratschlägen bedacht. Mein Dank gilt, wie immer, ihnen und Lisl Cade, meiner Pressereferentin, meinem Agenten Sam Pinkus sowie der stellvertretenden Leiterin der Satzredaktion, Gypsy da Silva, und ihrem Spezialteam: Joshua Cohen und Jonathan Evans.

Hochachtung und Dank an meine Familie, Kinder und Enkel, an »Ihn«, den stets perfekten John Conheeney, an meine fest zusammenhaltenden Mitstreiterinnen Agnes Newton, Nadine Petry und Irene Clark. Ihr seid eine großartige Truppe, und ich liebe euch alle.